中文社会科学引

中国现代文学论丛

第十七卷 贰

教育部人文社会科学重点研究基地
南京大学中国新文学研究中心

南京大学出版社

《中国现代文学论丛》编辑部

通讯地址：南京市栖霞区仙林大道163号(邮编210023)
南京大学仙林校区文学院638信箱
南京大学中国新文学研究中心

电　　话：(025)89686720　　89684444

传　　真：(025)89686720

E - mail：wxluncong@126.com

目录

Contents

Overseas Chinese Literature

Bai Xianyong Study

（特约编辑：任一江　张　宇；英文翻译：张　宇）

文本与叙事的错位

——《孤独者》的一种读法①

周海波

(青岛大学文学与新闻传播学院)

内容摘要:《孤独者》是鲁迅小说中常读常新的一个短篇小说,在这个文本中,鲁迅叙述了一个"以送殓始,以送殓终"的有"始"有"终"的具有传统叙事意味的故事。但是这个故事具有强烈的反讽特征,以鲜明反叙事传统的手法回归传统,以反故事的叙事方法讲述故事,以消解有始有终的方式结构故事。这个有始有终的故事是"我"与魏连殳"相识一场"的故事,又是魏连殳和他的祖母生死离别的故事。故事的"始"与"终"并非一定是具有因果逻辑关系的完整故事,而是呈现为生活现象的原生态特征。在这个故事中,生与死是被作者不断解构和重构的双重文本,给予我们重新回到鲁迅的小说文体的可能性。

关键词:鲁迅 《孤独者》 现代小说 文体学

一、前言:重回小说的文体世界

1935年,李长之在他刚刚出版的《鲁迅批判》中,对鲁迅小说创作推崇有加,认为《孔乙己》、《风波》等八篇作品"都是完整的艺术","有永久的价值",但他同时又认为《示众》、《高老夫子》等小说是"失败之作"。《孤独者》之所以也是"失败之作",主要在于除了

---

① 本文为国家社科基金项目"文体形态与中国现代文学史建构研究"(17BZW023)的阶段性成果。

“末尾几句抒情的笔调是颇好的，通体上却沉闷，而无生气，在第三段，记叙和连殳的对话，又落入如在《在酒楼上》的对话的那样单调”。也就是说，《孤独者》的沉闷、无生气，与其小说抒情性有关。李长之对“失败之作”也进行了解释，认为“失败的作品不一定是最坏的作品。正相反，它有些坏处，却又有些好处”，失败的作品主要表现为艺术上的不完整，《孤独者》就是这样的作品。[①] 夏志清在《中国现代小说史》中也认为，包括《孤独者》在内的诸多作品，“鲁迅仍然不能完全把握他的风格”，“还是逃不了伤感的说教”。[②] 李长之和夏志清的批评并非没有道理，他们从作品的艺术整体性、笔调气息等方面，为阅读与研究《孤独者》打开了另一种思路，以超越人物与题材的拘囿，寻求新的阅读视野，试图从“完整的艺术”方面寻找小说作为一种文体的价值所在。

这里需要进一步研究的是，为什么李长之认为《孤独者》是“失败之作”，而不属于现代小说的“完整的艺术”。对于什么是现代小说的“完整的艺术”，李长之并没有进行明确论述，但他指出了鲁迅的《孔乙己》、《风波》、《故乡》、《阿Q正传》、《社戏》、《祝福》、《伤逝》和《离婚》“八篇东西，都是完整的艺术”，“这八篇东西里，透露了作者对于农村社会之深切的了解，对于愚昧、执拗、冷酷、奴性的农民之极大的憎恶和同情，并且那诗意的、情绪的笔，以及那求生存的信念和思想，统统活活泼泼地渲染到纸上了”。[③] 作为文学评论家的李长之，非常理性地看到了鲁迅小说艺术手法的独创性，他在分析《祝福》、《风波》等作品时，也指出了这些小说的抒情性、复合性等，都可以作为“完整的艺术”看待。不过，李长之的批评又是他对小说文体理解上的偏狭，小说而抒情，更符合他所认定鲁迅为“诗人和战士”的品格，却有些偏离小说文体。

---

① 李长之：《鲁迅批判》，北京出版社2003年版，第96—98页。
② 夏志清：《中国现代小说史》，刘绍铭等译，复旦大学出版社2005年版，第34页。
③ 李长之：《鲁迅批判》，北京出版社2003年版，第56—57页。

回到鲁迅小说文体，回到文本，而不是从某些既定的观念出发，也许才能更好地进入鲁迅的小说世界。但这种批评思维同时也提醒我们，如何回到文本，在文体的分析与研究中寻找鲁迅的创作对现代小说艺术的贡献，寻绎中国“现代小说”的文体美学，才是我们需要做的。

二、“始”与“终”：一个反叙事传统的故事

如果从《孤独者》那段著名的开头阅读作品，显然会首先注意到鲁迅给我们提供了一个叙事性极强的文本：“我和魏连殳相识一场，回想起来倒也别致，竟是以送殓始，以送殓终。”这个叙述语句，不仅是故事的开端，而且以独特的方式确立了叙事风格。“以送殓始，以送殓终”营造了一个有“始”有“终”的具有传统叙事意味的故事。浦安迪就曾指出过小说有头有尾、有始有终的叙事方式：“任何‘外形’，指的是任何一个故事，一段话或者一个情节，无论‘单元’大小，都有一个开始和结尾。”① 在鲁迅那里，这个有“始”有“终”的故事却具有强烈的反讽特征，以鲜明反叙事传统的手法回归传统，以反故事的叙事方法讲述故事，以消解有始有终的方式结构故事。在这个有“始”有“终”的故事中，两个重要的人物“我”与魏连殳二人演绎了“相识一场”的故事，同时也赋予故事不同的意义。“送殓”的叙事与这两个人物融为一体，成就了故事的“始”与“终”，也预示了叙事的不同寻常。

“始”和“终”是故事的开头与结尾，应该叙述一个头尾完整的故事。故事始于送殓，是魏连殳为其祖母送殓；终于送殓，是“我”为魏连殳送殓，开始为他人送殓的人，最终却成为被送殓的人，这个故事本身就具有反讽的意义，而这个反讽的故事形成了一个不

① ［美］浦安迪：《中国叙事学》，陈珏译，北京大学出版社 1996 年版，第 55 页。

可再生的封闭性叙事空间;在反叙事传统的小说叙事中完成故事,并以这个完整的故事串联起了纵和横的两条故事线索,组织成了立体化的叙事结构。

首先,这个故事是"我"与魏连殳"相识一场"的故事。

英国作家福斯特认为,"故事是一切小说不可或缺的要素","故事就是对一些时间顺序排列的事件的叙述"。[1] 福斯特在阐述故事的时间性时更进一步说:"故事是对一些按时间顺序排列的事件的叙述(故事与情节不同,它可成为情节的基础,而情节属于一种更高形式的有机体)。"[2] "我"与魏连殳相识的过程就是一个时间故事,这个时间段是以"始"与"终"的方式呈现出来的,是对于"相识一场"的时间性叙述。在《孤独者》中,"相识一场"这个叙事仅仅是就"我"与魏连殳的相识与相互关系而言,从"相识"到"我"为魏连殳送殓,这个过程说明了"相识一场"是一个完整的叙事。在这里,"一场"既是一个叙事时间的概念,也是"我"与魏连殳关系的数量词,这个词不仅可以描述"我"与魏连殳的关系,而且能够更具体地说明"我"对魏连殳的评价。我们知道,《孤独者》并不是叙述"我"与魏连殳相识的过程的,而是以他们之间的相识讲述了魏连殳的生命历程。也就是说,鲁迅在小说中所表现的是一个嵌套式的结构,一个叙事的结构被装置在另一个叙事的结构之中,这两个结构虽然被作家精心设计,融合于同一个文本之中,但它们之间并不具有内在的关联,"我与魏连殳相识一场"的叙事装置了魏连殳的生命故事,构成了魏连殳故事的文本。

不过,鲁迅对小说叙事时间的处理不同于中国传统的小说以故事发展的时间顺序的结构方式,而是以具有哲学意味的"始"与"终"作为叙事时间,强化故事时间的生命意义。从"始"到"终"只

---

① [英]爱·摩·福斯特:《小说面面观》,苏炳文译,花城出版社1984年版,第23—24页。

② 同上注,第26页。

是时间的段落，而不是时间的线性发展。在这个时间段中，“我”与魏连殳的相识、交往，以零乱的不具有逻辑性的联结组合在一起，成为这一时间段内的几个被叙述出来的事件。“我”在寒石山与魏连殳相识，只是因为“我”去凭吊魏连殳的祖母。此后回到S城再次相见，与此前的相见同样没有因果关系。但恰恰是这些断续的事件，成为故事的载体，承载了作家要叙述的故事。浦安迪认为，“在大多数中国叙事文学的重要作品里，真正含有动作的‘事’，常常是处在‘无事之事’——静态的描写——的重重包围之中”①。“无事之事”是叙事文学的一个重要概念，指的是故事并非一个实体，不一定按照一个时间的顺序向前作直线运动，而是在一定的空间范围内循环往复的过程。“我”与魏连殳“相识一场”的“始”和“终”是叙事的过程，而并不一定是故事的开始与终结。也可以说，“我”与魏连殳“相识一场”的故事与魏连殳的故事在寒石山、S城相遇了，相遇、相识的故事所承载的文本与魏连殳的故事本来应该是相同的、一致的，但在这个文本中，恰恰是错位的，送殓的“始”与“终”成为“我”与魏连殳交往的背离，也成为故事表现意义的背离。

其次，这个故事又是魏连殳和他的祖母的生死离别的故事。

如果重新审视魏连殳与其祖母之间的关系，也许能够更好地把握魏连殳的性格特征，认识其“异样”的精神实质。刚刚逝去的祖母是魏连殳唯一的亲人，唯一有所牵挂的人。同时，只有这个祖母最能检验出魏连殳的精神特质，是一个有正常人情感、正常人的思维和正常人的做事方式的人，表现出人间大爱、真爱。当然，当我们明白了这位祖母只是魏连父亲的“继母”，与魏连殳并无血缘关系时，那种朴素的、没有利害关系的真爱更加让人动容。当魏连殳从城里回到寒石山参加祖母的大殓时，是在与他唯一的亲人送别。但是，在族人们这一方面，当魏连殳从城里来到寒石山时，目

① ［美］浦安迪：《中国叙事学》，陈珏译，北京大学出版社1996年版，第47页。

的已经被悄然转移，一个前来与他深爱的祖母永远告别的仪式，由于魏连殳的"异样"被强行改变了："送殓"不是一场悲痛的告别，而是荒唐的"对付"的闹剧。

其实，所谓魏连殳的"异样"只是他人眼中的怪异，是"从村人看来，他确是一个异类"，因为"全山村中，只有魏连殳是出外游学的学生"。在"我"与魏连殳相识的故事中，已经比较清晰地写出了魏连殳的"怪异"的性格。这里的"怪异"并不是针对"我"而主是针对族人们而言，是不同文化环境中人物性格的价值评判的失衡以及族人们不能理解和不能接受这个看起来与众不同的人物。我们必须注意到，"怪异"的魏连殳却是如此真诚而又无限悲哀地为他祖母送殓，以他人不能理解而又是族人们预先安排好的节目为祖母送殓，以惊异于人们接受能力的方式与祖母进行了生死离别仪式。所有这些，当人们试图从中寻找前因后果时，却只能得到无聊的答案，而忽视了魏连殳与祖母的真正关系。

在这个"始"与"终"的矛盾对立及其叙事的框架中，魏连殳回去为其祖母送葬的寒石山与他死去的 S 城也是一对矛盾。寒石山距离 S 城是"旱道一百里，水道七十里"，寒石山的封闭与 S 城的开放是对立的，寒石山的传统与 S 城的现代也是对立的，"中国的兴学虽说已经二十年了，寒石山却连小学也没有"。但是，现代的 S 城并不比封闭的寒石山进步到哪里去，甚至在某些方面二者都是相同的。生活在寒石山的魏连殳族人与生活在 S 城的魏连殳的堂兄，那些欺凌祖母的人与传布流言的文人君子几乎是一类的，那些假惺惺的爱暴露着冷冰冰的恨。

再次，这个故事中的"始"并非一定抵达"终"的始，"终"也并不一定是由始而来的终。

中国传统小说叙事比较讲究故事情节的因果关系，一个叙事文本往往有因果联系，有因才有果，有果必有因。《聊斋志异》中的《辛十四娘》讲述了冯生邂逅、迎娶辛十四娘，又遭他人陷害入狱，后又得到辛十四娘营救的故事。冯生之所以被人陷害，主要原因是他的“轻脱，纵酒”，因轻脱而纵酒，因纵酒而令楚公子怀恨在心。狐狸身份的辛十四娘生性善良，虽然冯生惹是生非，但她依然为营救冯生奔走操劳，最后修成功德，成功升仙。在这个故事中，冯生、辛十四娘因其性格而决定了他们的命运，因其不同的性情而有不同的境遇，因与果的关系清晰明确。在《孤独者》中，鲁迅虽然构造了一个有“始”有“终”的完整故事，但这个“始”与“终”不具有因果关系，“始”未必能导出“终”的结局，“终”之果也不能从其“始”得到因。“始”与“终”只是文本中两个不同的场景或事件，这些场景或事件构成了小说叙事中不可或缺的“故事”，只有当这些故事被融入文本的整体性结构中时，它们才具有叙事学的意义，成为具有更高形式的有机体。因此，在《孤独者》中，“以送殓始”是一个故事的终结，“以送殓终”也是一个故事的终结，终与终所构成一个自足的封闭性的文本，祖母的死让魏连殳彻底失去了在这个世界上的牵挂，或者说，作为小说叙事的祖母死去的“始”，仅仅成为“我”与魏连殳“相识一场”的始，而对魏连殳本人而言，却恰恰是他生命的“终”。

必须认识到这样的问题，魏连殳与他生活的世界一直处于各种错位的境况中，在错位的社会与人生中逐步走了他所追求的反面。他热爱他的祖母，虽然这个祖母是他父亲的继母，与他没有血缘关系；魏连殳为着他唯一的亲人回到寒石山奔丧，本应该得到族人们的劝慰和关爱，却遭到了人们的“对付”。他热爱大良二良，认为孩子总是好的，但他的关爱只能得到孩子们拿着芦苇叶喊杀。他的堂兄也只是看好了他的一间破房屋而要将小儿子过继给他，他本来要在作杜师长的顾问的新的人生角色中生活下去，但遭到了无情的嘲笑，并且在自我造成的孤独中死去。所有的这些错位故事构成了作家在小说文本中所营造的错位结构，正是这种错位结构书写了中国社会人生最为荒诞的一幕。

三、"生"与"死":一个解构与重构的反讽式文本

进一步解读可以发现,鲁迅精心建构的这个从"始"到"终"的故事,是建立在祖母、魏连殳、族人们、大良二良们、大良的祖母等这些"死的人和活的人"的身上的。也就是说,"我"既是故事的叙述者又是故事中的被叙述者,"我"与魏连殳"相识一场"从一个特定的角度叙述了对魏连殳的所见、所闻、所交的故事,"我"见证了魏连殳为祖母的送殓,也见证了人们为魏连殳送殓,叙述了"相识一场"的完整的过程;同时又叙述了诸多与魏连殳相连的人,在这些相关联者的身上,体现了另一种生与死或者另一种"始"与"终"。我们可以发现,在作家所建构的"我"与魏连殳故事的同时,魏连殳的族人们、大良二良等,又从不同的角度解构了魏连殳的故事,解构了另一种"相识一场"的意义。

值得注意的是,鲁迅笔下的"生"与"死"被安置在了与人们日常生活密切联系在一起的场所。刘潇雨在《魏连殳的客厅——〈孤独者〉的空间移动及其衍义》一文中,已经关注到作为空间因素的客厅在小说叙事中的意义,认为鲁迅通过"从本家客厅到客居之厅"的书写,在"作为思想形式的文学化表达"中,"通过不同空间的转移以及自我在象征空间中的位置移动,《孤独者》烛照了一段鲁迅的精神危机与精神自新的过程与结果"。[①] 如果换一个角度看鲁迅笔下的客厅,可以更清晰地发现客厅之于鲁迅小说叙事学的意义。这个客厅既为叙事提供了独特的空间,又将作品中主要叙述的对象"生"与"死"进行了艺术化的装置,从寒石山魏连殳祖母家的厅堂到魏连殳的客厅,连接了两种不同的生与死,呈现了两位

---

① 刘潇雨:《魏连殳的客厅——〈孤独者〉的空间移动及其衍义》,《中国现代文学研究丛刊》2020 年第 1 期。

虽无血缘关系却有无限爱心者的死的归宿。寒石山祖母家的大厅上，是族人们围绕祖母的死而“排成阵势，互相策应”，准备与魏连殳“力作一回极严厉的谈判”。在这组对立的结构关系中，祖母的死虽然是事件的中心，但在族人们的安排下被边缘化、被解构了。族人们关注的重点似乎不在祖母的死，而是由祖母的死引发的对待魏连殳的态度。这种态度便是先预设了魏连殳是一个“异己”，预设了魏连殳“向来就不讲什么道理”，因为他们从传闻中认定他是“‘吃洋教’的‘新党’”，于是，族人们对待一个失去了自己亲人的人，不是给予安慰、关怀、劝解，而是重在“对付”。客厅里发生的这些故事具有一种先入性特征，以“从村人看来”和族人们的预设代替了事实的发生，从而使故事发生的空间（客厅）具有反讽的意味；魏连殳回到寒石山后所发生的一切，也都在反讽中完成，全部都出乎村人们的预料。

在“我”与魏连殳“相识一场”的故事中，生与死是被作者不断解构和重构的双重文本。生的文本被赋予复杂的人际关系，一种生与死的纠结在魏连殳与其生存环境的撕扯中，不断走向生的无奈与死的离别。在S城魏连殳的客厅，作家主要书写的是有关“生”的故事。在“生”的世界里，同样构成了一个反讽式的结构，追求生命的意义、追求爱的精神寄托的魏连殳，不但没有得到应有的爱，反而遭到各种讽刺、打击，流言蜚语紧紧追着他，围绕着他，使“虽在这一种百无聊赖的境地中，也还不给连殳安住”。“不能安住”主要来自两个方面。一是魏连殳的寓所里“正有很讨厌的一大一小在那里，都不像人”。“都不像人”的堂兄和他的小儿子以及各种正人君子。堂兄看准了魏连殳没有孩子这一事实，所以要把小儿子过继给他。从中国文化中“生”的观念来看，无子无后是“生”的缺陷，所以将小儿子过继给没有儿子的魏连殳是堂兄对魏连殳“生”的弥补。但是，由于“过继”的隐性含义中掺杂了其他内容，“他们其实是要过继给我那一间寒石山的破屋子”，将“生”的要义全部解构，只留下了冷冰冰的利益二字。二是魏连殳无端地受到诽谤，“小报上有匿名人来攻击他，学界上也常有关于他的流言”，随后又被校长辞退了。这是魏连殳所遭到的现实打击，生的活路被无情地堵死了，只留他“满眼是凄凉和空空洞洞”。“我”与魏连殳在S城的几次交往，形成了前后巨大变化和彼此消解。在“我”第一次到魏连殳客厅拜访时，是一幅热闹活跃的景象，不仅有大良二良们追杀喊叫的活跃，而且也有堂兄和小儿子的纠缠。但再去魏连殳的客厅时，这里已经如“冬天的公园”，不仅大良二良们“声音便寂然”，而且其他人已经不再来往。在魏连殳的生命世界里只剩下了空洞。这两种不同景象相互映衬，相互消解，形成了不同故事之间的反讽式结构。

正是发生在魏连殳身上的这些故事，让他痛切地感受到“生”与“死”的哲学命题，虽然这个命题是魏连殳生命世界中不得不去回答的，也是他日常生活中必须面对的，但这个命题又不断折磨着他，无法真正做出回答。“我还得活几天！”这是魏连殳对“我”发出的声音，“仍是这样的声音”，这种声音中隐含着挣扎，表现出他对生命美好的渴望，“你看，有一个愿意我活几天的，那力量就这么大”。无论是祖母还是其他的什么人，只要有一个人“愿意我活几天”，就成为他生活下去的力量，成为一种无形的精神支撑了魏连殳的生活与生命。于是，在魏连殳的生命世界中，活下去既是一种生命的态度，也是生存的方式，虽然这其中谈不上生命的意义，却在生命的意义书写中呈现出魏连殳存在的价值。不过，当魏连殳真正希望活几天的时候，他的“活”却被无情地消解了。“先前，还有人愿意我活几天，我自己也还想活几天的时候，活不下去；现在，大可以无须了，然而要活下去。”

在这种“生”与“死”的矛盾中，魏连殳为死而活下去或者为生而死去，生与死的问题被置于新的语境之中。关于做了杜师长的顾问之后的魏连殳，学界认为，这是魏连殳以一种极端的方式复仇，向他的敌人复仇，向大良二良们复仇，甚至也向寒石山他的族人们复仇。这种理解本身并没有问题，从追求爱而到追求恨，从爱祖母、爱大良二良，甚至爱所有人，转而“我已经躬行我先前所憎恶，所反对的一切，拒斥我先前所崇仰主张的一切了。我已经真的失败，——然而我胜利了”。这样的句式往往被解读为小说叙事的复调结构，呈现出作家对情节戏剧化处理的反讽效果。

四、“爱”与“恨”：一个生活化的现实叙事

“我”与魏连殳在寒石山相识，回到 S 城后，他们又曾有过两次相见，这两次相见既可以视为故事的延续，又可以看作故事的重新书写，是对小说的文本与故事的重构。

我们发现作为小说文本的《孤独者》与小说的叙述方向并不一致甚至是矛盾的。一位受过现代教育、具有现代文化良好素养的魏连殳，怀有对包括他祖母在内的几乎所有人的爱，却并不能得到人们的理解与接受，他的爱没有得到应有的回报，无端招致莫名其妙的恨环绕着他，构成了魏连殳生活世界的主色调，从而将魏连殳也拉向恨的世界，以恨的方式表达一种极端的爱。

《孤独者》中对于魏连殳与他祖母关系的描写并不多，但这不多的描写支撑起了魏连殳精神世界中最为生动的特点。

在这个文本中，魏连殳与他的祖母具有同构性，或者说，鲁迅巧妙地构思了一个同构性的结构，将魏连殳与他的祖母置于同一框架之中，祖母的孤独与魏连殳的孤独是同构的，祖母的爱与魏连殳的爱是同构的，而祖母的死与魏连殳的死也是同构的，在这种同构性的结构中，可以看到祖孙二人之间的相互关系，也在这种相互关系中看到被爱包围和被爱遗弃的孤独。正是这样，祖母与魏连殳两个人物具有精神上、性格上的共同性，在祖母身上看到魏连殳的影子，在魏连殳身上看到祖母的身影。在这种生与死的关系结

构中，作家以这位与他没有任何血缘关系的祖母，印证了魏连殳存在的价值，也说明魏连殳的死在某种意义上正是祖母的死的延续。在祖孙结构中，魏连殳与祖母也是错位的关系，虽然这祖母是“我的祖母”，“没有分得她的血液”，但他与她在精神世界里相通，在他们之间建立起了以“爱”的哲学为基础的关联。“可是我爱这‘自己的祖母’，她不比家里的祖母一般老；她年轻，好看，穿着描金的红衣服，戴着珠冠，和我母亲的像差不多”，与此同时，“我知道她一定也是极其爱我的”。在这组有关血缘与情感的结构关系中，作家对魏连殳与祖母的血缘关系进行了解构，以魏连殳父亲的继母的身份解构了具有血缘关系的家里的祖母。但是，这种解构恰恰成就了“我的祖母”的建构。魏连殳之所以将“我的祖母”与“家里的祖母”进行位移，不仅说明了两个祖母与魏连殳的血缘与情感关系，而且特别强调了“我的祖母”在叙事中的意义，让读者在进入魏连殳的情感世界中获得了一种陌生化的效果，在作家的解构中建立起了一种更具人情味的祖孙关系。随后，在魏连殳的叙述中，他虽然逐渐疏远了祖母，却仍然在深切地感受着祖母的爱，“她却还是先前一样，做针线；管理我，也爱护我，虽然少见笑容，却也不加呵斥。直到我父亲去世，还是这样；后来呢，我们几乎全靠她做针线过活了，自然更这样，直到我进学堂……”在这个叙述中，“我的祖母”与“家里的祖母”构成一对矛盾，渐行渐远的魏连殳与“我的祖母”构成一对矛盾，父亲去世前后的祖母也构成为一对矛盾，处于矛盾关系中的祖母成为魏连殳回忆中最为动人的情景，这些矛盾及其情景，是由于祖母的死带来的，同时也是给予还活着的魏连殳最为宝贵的一笔财富。

从这个角度再来看魏连殳回到寒石山为他祖母送葬的故事，就可以理解他的处境与心情，也可以理解“我”与魏连殳谈论“爱”与“恨”、“哭”与“不哭”的意义。满怀对祖母的爱的魏连殳回到寒石山后得到的却是族人们如何“对付”他，当他以一句“都可以的”

平静地接受了族人们所有的安排时，让人们大感意外，大感失望，大喊“奇怪”。这些出乎人们意料的行为被解读为“复仇”时，实际上把《铸剑》中的思想强加在了魏连殳身上，而没有真正关注或理解魏连殳，也没有从魏连殳与他祖母之间的关系以及他们之间的生活现实出发去解读这些行为。如果我们能够接受魏连殳对他祖母（虽然这祖母与他并没有血缘关系，但被魏连殳称为“我的祖母”）的爱，那种发自内心的出于人性的爱，那么，当族人们无论出于什么目的而提出让魏连殳接受的条件时，都会得到无条件的答应。对于魏连殳而言，只要能够表达对祖母的爱，表达对祖母的悲痛哀悼之情，任何要求“都可以的”。这里并不是复仇，而是人之常情。在鲁迅的笔下，这种“常情”被置于“生”与“死”的阴阳相隔的世界中，形成了对立而又融合的关系。祖母的“死”是对祖孙之间爱的解构，但同时也是对爱的重构，生者对死的爱在解构的过程中以另一种方式表现出来，其爱的形式与内容被进行了重构，日常生活中的祖孙关系也在重新建构中被赋予了新的含义。

在解读《孤独者》的过程中，将魏连殳“做了杜师长的顾问”视为一种复仇，显然是将魏连殳的人生经历与祖母、族人、大良二良们进行了因果关联。在这种观点看来，魏连殳生活在一个由传统的观念围笼成的“无物之阵”，处于一种“我自己也还想活几天的时候”，却已经“活不下去”的困境之中，处于与周围的民众对立着的“异己者”地位，于是他在“连这一个也没有了”的境况中，“偏要为不愿意我活下去的人们而活下去”，于是他只好做了自己敌人的师长的顾问。这种被设定的因果关联显然将魏连殳视为鲁迅本人的“自叙传”，将鲁迅以毒攻毒的斗争术加在了作品中的人物身上。如果一定要追究魏连殳违背自己的初衷去做杜师长的顾问，可能是一件比较困难的事情。作为小说文本所能提供的因果材料，也只有魏连殳留给“我”（申飞）的那封信，但在这封信中魏连殳并没有真正透露他走向自己反面的原因，也没有将自己“活下去”后所得到的“新的宾客，新的馈赠，新的颂扬，新的钻营，新的磕头和打拱，新的打牌和猜拳，新的冷眼和恶心，新的失眠和吐血”这些现象，归因于他先前所经历的一切。因为在此之前，魏连殳已经表达了他为了自己的追求、那种“还有所为”而甘愿去求乞、冻馁、寂寞、辛苦，所以，他不会因为自己的经历而去复仇，去做杜师长的顾问，走向自己的反面。我们反而无法在这些曾对魏连殳冷漠、敌视、欺凌者的身上找到原因。也就是说，在《孤独者》中，并没有真正对等的具有逻辑关系的因与果，因此，小说的文本结构并不因其一定的因果关系而构成。如果一定追究原因，同样在这封长信中，魏连殳向“我”叙述了祖母与其人生成长以及活下去还是死去的可能性选择：“你看，有一个愿意我活几天的，那力量就这么大。然而现在是没有了，连这一个也没有了。同时，我自己也觉得不配活下去；别人呢？也不配的。”“这一个”人显然魏连殳的祖母，魏连殳所爱的唯一的人。正是由于对祖母的爱，魏连殳在这种力量的支撑下才可以忍受求乞、冻馁、寂寞、辛苦的屈辱，一旦他的爱无所寄托，活下去的精神力量不再存在时，就产生了“不配活下去”的想法。恰恰是祖母的爱支撑了他，而当祖母舍他而去后，他从原来所奉行的哲学走向另一端，而这一端仅仅是他活下去的一点维系，是魏连殳从“始”走向“终”的别无选择的选择，以极端的方式完成了一个有始有终的过程。于此，我们在鲁迅所构造的文本世界里，看到了一个完整的结构以及这个完整的结构所承载的“我”与魏连殳“相识一场”的故事。

至此我们看到了处于几种不同关系结构中的魏连殳：一是魏连殳和他的祖母的非亲非故的没有功利只有互爱的关系，第二种是魏连殳和大良二良们的爱与恨错位呈现的关系，第三种是魏连殳和他的“堂兄和他的小儿子”的“过继”关系，一种极端实利的包裹下的冷漠关系，第四种是魏连殳和“我”就爱与恨进行过辩论的朋友间关系，第五种则是魏连殳与散布流言的“某君们”的相互防备、小心行事的仇恨关系……可以明白一点，“孤独者”魏连殳的孤独是内在的，本质的，是他的爱与世间的恨交织矛盾的呈现，也是他精神世界里最真切最深刻的感受。有爱而又在追求爱的“是很可以谈谈的”一个人，他所希望于世间的正是人与人的和谐美好，是爱与爱的共生共存。但当他只能感受实用主义的利用与冷酷，内在的孤独使他陷于大的悲哀之中。当魏连殳拥有生活的热情，在追求爱时，他却只得到他人对他的识破和曲解，得到了不应有的恨。当他怀着的爱风尘仆仆从城里回到寒石山为祖母送葬时，他却得到了族人“怎样对付这‘承重孙’”，得到了族人们“此唱彼和，七嘴八舌，使他得不到辩驳的机会”，无法让他在祖母面前表达他作为“承重孙”悲痛之情，表达他最后的爱心，反而在重重包围和各种规矩中失去了真情。这个巨大的反讽显示了魏连殳与他所生活的世界的错位，表现出爱与恨的两极对立以及被消解的爱的情感和生命意识。在这种矛盾书写中，鲁迅式的叙事结构为现代小说带来了不同于古代或外国小说的艺术方式，寻找到了中国“现代小说”的叙事手段。

鲁迅在《孤独者》中多次写到“虚假的爱”。魏连殳的族人们是一种“虚假的爱”，那曾经竭力欺凌他的堂兄将儿子过继给他也是一种“虚假的爱”。在这种“虚假的爱”的环境中，魏连殳被视为“异类”，或者说被以“异样”“异类”为标签打入另册，从而将“虚假的爱”堂而皇之抬入公堂，成为正统，而魏连殳的真爱、大爱，却被有意无意地忽视了，甚至被抹杀了。

有学者已经注意到魏连殳“精神世界渐次颓败的沦丧过程，而不是在成长中追寻积极的意义”，意识到鲁迅已经注意到魏连殳“精神成长是以对生活意义的解构完成的”。[①] 这个发现是非常重

① 国家玮：《作为反讽的“再描述”与第一人称限制叙事——〈孤独者〉重读》，《中国现代文学研究丛刊》2015 年第 1 期。

要的，他指出了以往研究者注意了魏连殳行为的社会革命意义，而忽视了对魏连殳精神成长的关注，忽略了魏连殳精神成长与小说叙事的关联结构及其文体学意义。实际上，在鲁迅的笔下，魏连殳的精神世界具有相对一致性，从他的出场、往事的倒叙，他的死亡，先后都表现出对生活的强烈追求欲望，表现了一位受过新式教育的知识分子对爱的向往与追求，对于精神生活的积极建构，表现出他的精神成长中祖母的爱的重要性，也表现出他的精神成长过程中的积极性追求。但是，当“虚假的爱”充斥于魏连殳生活的世界时，所有的一切都被改变，人的积极进取的精神被扭曲，人的向上的力量只能被异化为精神颓败。

结　语

1918 年 5 月 5 日出版的《新青年》第 4 卷第 5 号，同期发表了胡适的《论短篇小说》和鲁迅的《狂人日记》，这种因缘际会的现象，无论是编辑者有意的安排，还是无意中的巧合，都是中国现代文学史值得纪念的，从理论上和创作实践上完成了“现代小说”的文体形态，具有划时代的文学史意义。胡适对“短篇小说”的定义是：“短篇小说是用最经济的文学手段，描写事实中最精彩的一段或一方面，而能充分满意的文章。”对此，胡适特别阐释了“事实中最精彩的一段或一方面”和“最经济的文学手段”。看了一棵树的“横截面”或者数了树的“年轮”，就可以知道一棵树的树龄。在这个定义中，胡适集中于短篇小说的“内容”与“形式”，即作家在小说叙事中的“叙”的手段和“事”的内容。从胡适随后引证的法国小说家都德的《最后一课》、《柏林之围》以及莫泊桑的《二渔夫》来看，显然与中国古代的“小说”具有诸多共同之处。在古代文体中，小说的特点在于能够以“最精彩的一面或方面”表现人生的复杂性与丰富性。

鲁迅的小说虽然并不是呼应胡适的小说理论而作，但鲁迅又的确在某些方面实践了胡适的理论倡导。《孤独者》不仅在叙事上回归小说文体，以书写魏连殳的普通故事为主，而且着重于“描写事实中最精彩的一段或一方面”，仅仅截取了人物的“始”与“终”的人生一段，着力表现魏连殳的生命进程中的某一个方面。“以送殓始”“以送殓终”的故事完成了一个完整的文本，但并没有结构一个完整的故事。与鲁迅早期小说不同，《孤独者》的叙事是向着价值叙事发展的，努力于发掘人物在日常社会生活中的价值，这在叙事层面上超越了《呐喊》中的《孔乙己》、《药》、《阿Q正传》、《风波》等作品。鲁迅从早期人物的“无所事事”到魏连殳的价值叙事，在叙事手段和方法上为中国现代小说开辟了新的方向。正是如此，魏连殳追求爱而走向恨的错位人生，热爱生命但却被死亡所困扰，恰恰成就了鲁迅以小说文体对现代文学的思想史书写。

米兰·昆德拉说过：“穆齐尔和布洛赫在小说的舞台上引入了一种高妙的、灿烂的智慧。这并不是要将小说转化为哲学，而是要在叙述故事的基础上，运用所有手段，不管是理性的还是非理性的，叙述性的还是思考性的，只要它能够照亮人的存在，只要它能够使小说成为一种最高的智慧综合。”① 鲁迅所创造的也正是这样的小说。

① ［捷］米兰·昆德拉：《小说的艺术》，董强译，上海译文出版社2004年版，第21页。

但激潜流与漩涡　终落耻辱与恢复

——重读《长明灯》

程小强

（云南师范大学文学院）

内容摘要：一般研究片面地将“长明灯”的寓意理解为封建时代乡村社会结构的心理守护象征，从而使疯子熄灭“长明灯”的行为具备了十足的合理性、革命性与历史正义性。实质上，疯子不顾一切地要熄灭“长明灯”与烧掉整座神庙的行为，表面看来是疯子坚决反对封建迷信与旧势力的革命实践，本质在于烧毁四爷统治吉光屯的信仰/迷信基础与报杀父之仇。可以说，疯子的目的并不在于让吉光屯全体村民有所觉醒，并非要让辛亥革命的胜利果实和启蒙可能在乡土中国落地，疯子与吉光屯全体民众的精神思维在本质上是趋同的。鲁迅借助《长明灯》对乡村宗法制的破产预期符合社会历史发展规律，也符合晚清民国以来中国乡村社会实情，但同样回答不了也无法回答旧的乡村宗法制衰亡后乡村治理及乡土中国的发展方向问题。

关键词：《长明灯》　辛亥革命　复仇　乡村治理

《长明灯》在鲁迅所有小说中偏于难懂难解，一般泛泛认为的思想主题深刻固然是重要原因，而鲁迅小说重视象征，叠加对人物隐秘心思的曲折呈现，以及语义与关键情节的腾挪穿插组织等因素都使解读变得困难：就思想主题而言，单一的反封建思想革命主题即使正确，也不能涵盖《长明灯》的复调特征，甚至流于平面化与简单化；“长明灯”作为贯穿性意象，对文本主题呈现到底起画龙点睛还是统领全篇的作用？语言使用上的节略法，大幅增加了小说人物心性行为及动机的考察难度；鲁迅思考辛亥革命及至“五四”

以来中国社会历史形态/人情伦理的守常之恒与谋变之艰的意图加大了辩证解读的难度;《长明灯》的丰富性内涵要求阐释并不能限定在某个具体或特定的理论框架下展开。因此,研究史上的误读频频发生,隔靴搔痒式的泛读渐趋普遍,主题先行的填空式阅读多有市场,有价值的阅读与深度阐释近乎凤毛麟角。这都是《长明灯》阅读与阐释所面对的难题。

一、重提辛亥、重返起点

从《怀旧》开始的鲁迅小说多对辛亥革命前后中国社会历史与人性道德做出深度思考,这一主题多见于《呐喊》而绝迹于《彷徨》。《长明灯》的历史背景不明,且《彷徨》所述事件已整体远离辛亥革命时期,相对于"长明灯"作为封建社会的象征①及反封建主题易被确认,反思辛亥革命影响的主题长期被忽视。意外的是,《长明灯》的辛亥革命背景仍能从个别字眼中有所发现:

"的确,该死的。"阔亭抬起头来了,"去年,连各庄就打死一个:这种子孙。大家一口咬定,说是同时同刻,大家一齐动手,分不出打第一下的是谁,后来什么事也没有。"

"那又是一回事。"方头说,"这回,他们管着呢。我们得赶紧想

① 在"长明灯"与"吉光屯"的象征意义发掘上,多有论者出于反封建的新文学话语将"长明灯"看作与封建有关的一切旧有象征。这一理解尽管牵强但比较好理解,只是鲜有论者对"吉光屯"的象征意义给予关注。"吉光"一词源于上古时期对神兽或神马的称谓,象征着吉祥。作为环境与心理同构的"吉光屯"命名,高度符合从历史到当下的全体吉光屯民众的求存理想与生存期待,也与吉光屯村的宗法制权力者期待高度合拍,这一求安稳幸福与平安吉祥的诉求遭遇辛亥革命的大变局而更为显赫。因此,"长明灯"与"吉光屯"具备了同构性质,二者属于相辅相成的关系,熄灭"长明灯"意味着破坏吉光屯的吉祥源,所以疯子熄灭"长明灯"的行为就变成一人对抗乡村共同体之举,要是出于天下为公之心当为悲壮,若出于不可告人的其他目的,则多少不乏"阴鸷"人性的揭橥,从小说用"阴鸷"一词形容疯子的"笑容"看,则可能偏于后一种情形。

法子。我想……”①

在这段如何处理疯子的对话中，“去年”仍行得通的众人合力打死疯子在“今年”已行不通，只因为“他们管着呢”。“他们”是谁，小说并未明确交代。稍有历史常识即知，在辛亥革命之前的漫长宗法制时代里多见此类不经诉讼而进入祠堂直接执行家法之事，众人合力击杀不肖子孙并不鲜见；辛亥革命之后，尽管此类众人合力击杀之举未根除，但至少于现代法理不合。现代法治的审判权取代传统乡村宗法制权力虽未大规模普及但历史必然且此刻已形成一定社会影响，所以，此处的“他们”应为辛亥革命之初最先到来的一批现代乡村管理者，他们顺应时代限制并逐步取代乡村宗法权力，原来多见的合力击杀就不能再那样随意了。可以推定，《长明灯》的故事发生时间应该在1913年前后。这一推定将《彷徨》的思考起点由1920年代溯源至辛亥革命前后，证明了鲁迅于“五四”退潮之际并未全部放弃思考辛亥革命问题，对《呐喊》形成了事实上的继承与回响。

《长明灯》重溯鲁迅对辛亥革命之于中国社会历史/人性道德影响的思考起点。辛亥革命引起中国近代以来的大变局，但对中国乡村影响缓慢且有限，《长明灯》就是另一次辛亥革命之际的短暂“风波”。在《长明灯》中，乡土中国权力阶层的力量整体未被削弱，乡村社会关系维持着辛亥革命之前的常量，疯子要熄灭“长明灯”的行为再次失败，原因在于乡村流氓无产者与士绅地主勾结后对付极少数乡村异端力量之际，广大的乡村沉睡者浑浑噩噩、毫无主见而归流至看戏的“虚无党”，即使在最需要拯救、最具希望的“孩子”身上也看不到任何希望。②

① 《长明灯》，《鲁迅全集》（第2卷），人民文学出版社2005年版，第65页。

② 在一般文学叙事中，孩子代表着未来，《狂人日记》就发出“救救孩子”的呼声。在《长明灯》中，疯子在神庙门外欲熄灭长明灯和最终被关押在神庙内的两个场景中，都有小孩“樱桃似”的口中道出“吧！”字，尽管两处情境不同，但小孩子的发声意味高度统一，是由不相信引起的嘲讽和无所谓。这一态度大概率地源于小孩的家长们对疯子不可能熄灭长明灯的判断。进而言之，寄寓着未来希望的小孩子们不仅成为“百无聊赖”的看客团成员，更和这个乡村共同体保持高度统一。

一个最广泛的群体苟且求存的精神特征昭然，辛亥革命的最大失败也在于对这一群体几无触动。进而言之，鲁迅借《长明灯》对中国乡村社会的观察纵深感大大加强，由一般乡土子民深陷蒙昧的具体处境推及乡村中国治理结构："这屯上的居民是不大出行的，动一动就须查皇历，看那上面是否写着'不宜出行'；倘没有写，出去也须先走喜神方，避吉利。"[①] 辛亥革命对乡土子民的日常生活包括心理层面没有触动，吉光屯居民严守"老皇历"引导下的规矩生活，行动原则不顾实际需求而只求心理安宁。饶是如此小心谨慎与战战兢兢，群体性的心理脆弱叠加久已丧失人之为人的主动性与自主意识，稍有风吹草动便惶惑不已，《长明灯》所叙人物心理体验朝着复杂化、深层次发展。而小说对一般民众参加赛会、祀敬长明灯、茶馆传播消息形成舆论、一般茶馆经营之道、无聊看客的围观示众等叙写，使乡村社会日常生活气息逐渐浓郁；民俗风情的保守、乡村生活的无聊与旧势力外强中干式的滑稽衰朽，都使得小说的悲剧力量有所减轻而具备一点轻喜剧特征。同时，现代意义上的公共空间/公共舆论介入叙事日趋精致圆熟，茶馆作为一个开放空间，每每承担着形成舆论与推动叙事的重要功能，现代小说技巧也在中国化的场景叙事中润物细无声般地落地，至于人物形象由单调走向圆融、鲜活与复杂更是不小的收获。这些都是《长明灯》的创获。当然，最重要的收获在于以疯人疯事完成对近现代转型期乡村中国的隐秘心思叙写，直触乡村中国治理危机与解决之道及终极出路问题。

二、变/常激荡中的耻辱与恢复

《长明灯》呈现的乡土中国之"常"令人沮丧，而呈现的"变"直

---

① 《长明灯》，《鲁迅全集》第2卷，人民文学出版社2005年版，第58页。

触乡村中国之恶,如以三角脸、方头、阔亭、庄七光为代表的流氓无产者出现,丰富了鲁迅的"百无聊赖"看客团形象:他们因无事可做而无聊,在流氓心性与迷信心理的支配下期望与权贵阶层勾结,从祥林嫂悲剧命运的"帮闲"滑向疯子命运的"帮凶"。所幸的是,新的乡村基层管理者已初步制约乡村宗法权力,传统知识人的忤逆行为可能且已经发生——传统乡村结构内部的新力量出现,包括对其镇压的方式已经相对文明而不是简单的一杀了之。按,历来研究对疯子其人其事多有肯定,甚至无条件的变成了觉悟者、反抗者:

在广大的居民,首先是广大的农民这种普遍的不觉悟、冷漠、麻木的状态下,有觉悟的分子的出现自然也往往是孤立的,从《长明灯》里便可以看出这点。《长明灯》也和《狂人日记》一样,表现着作者明白、热烈的反对封建传统的精神。那盏据说从梁武帝起便点着的长明灯,在这里可以说是象征着中国封建社会的停滞、落后和灾难的根源,而一心要想扑灭它的那个疯子,却正是体现着反抗者的精神的。这个疯子是这样坚定、沉着,不受别人的阴谋诱惑,也不因为别人的威胁便动摇自己的意志。但同时我们也看到,他几乎是完全孤立的,他周围的人没有哪一个是理解他同情他的。①

还有"觉醒者"形象,"当觉醒者背着因袭的重担,艰难地肩起了沉重的黑暗的闸门……"②这些立足于辛亥革命历史进步性的判断预设了疯子其人其事的合理性,尤其将"长明灯"的寓意理解为封建时代乡村社会结构的心理守护象征时,疯子熄灭"长明灯"的行为便具备了十足的合理性、革命性与历史正义性:"疯子的'放

① 陈涌:《论鲁迅小说的现实主义——〈呐喊〉与〈彷徨〉研究之一》,《鲁迅研究的历史批判——论鲁迅(二)》,河北教育出版社 2002 年版,第 18—19 页。

② 王富仁:《中国反封建思想革命的一面镜子——〈呐喊〉〈彷徨〉综论》,中国人民大学出版社 2010 年版,第 137 页。

火'要求的直接目标虽然是几千年的封建传统，但引起的'紧张'却是全社会的。"① "这人由于某种情况被置于舞台中心，处于与其他庸众相对立的孤独者地位。"② 可问题是，疯子的思与行和滑稽的觉醒者如阿Q、真正的革命者夏瑜等人的诉求及行动的清晰可辨不同，即使同处"孤独者地位"而本质差别着实不小，并非所有的孤独者都是与庸众对立的先觉者，也并非所有与庸众对立的孤独者都是先觉者，夏瑜是先觉者，孔乙己、疯子与祥林嫂就不是先觉者。饶是如此，多有研究者连疯子熄灭"长明灯"的诉求与动机都不多思考一点，就轻易地做出了历史正义性与反封建思想的判断。

按照《长明灯》几乎呈碎片化的叙事，"长明灯"及所处神庙由疯子的祖先捐了部分款项而修建，"长明灯"生而具备一种将过去延伸到当下及至未来的欲望和诉求，这是"吉光屯"作为乡村共同体的集体无意识。因此在随后的漫长岁月里，疯子的列祖列宗们都借助这座庙宇及永不熄灭的"长明灯"来维持其在吉光屯的宗法权力，到了疯子的父辈，经过一系列无法还原细节的变故，四爷谋取了吉光屯的宗法权力。即使无法还原其间变故，依然可以大致推断如下：疯子的父亲有些疯，这一判断源于乡村公共舆论散播者灰五婶貌似可信的论述（"他的老子也就有些疯的"），可灰五婶传达的信息及判断并非最接近事实，灰五婶的认知最多只代表这个乡村共同体的普遍认知，这个普遍认知显然源于当下主宰乡村话语权的四爷。根据细节，疯子的父亲也就是四爷的弟弟，大约在清末之际接受了一些维新思想，其拥有相当威权（"呵，后来不是全屯动了公愤，和他老子去吵闹了么？可是，没有办法"）竟然可以抵挡处于"公愤"中的全屯人（按：包括四爷在内）。当然，开明思想与力量在彼时的乡村根本行不通，其大约在掌握乡村权力后不久便死

① 汪晖：《反抗绝望——鲁迅及其文学世界》，河北教育出版社2002年版，第119页。
② 李欧梵：《铁屋中的呐喊》，岳麓书社1999年版，第84页。

去，且应为非正常死亡，四爷至少参与其中甚至大概率地变成疯子父亲死亡的推手，结果四爷获得了主宰吉光屯的权力，同步获得了疯子家的资财，当然连祖屋都要全部占有。[①] 疯子明显受其父影响更大，由此对乡村愚民统治法及背后的精神支柱不屑一顾且多发叛逆之举："有一天他的祖父带他进社庙去，教他拜社老爷，瘟将军，王灵官老爷，他就害怕了，硬不拜，跑了出来，从此便有些怪。"[②] 社老爷、瘟将军与王灵官分别寄寓着彼时乡村子民对五谷丰登、平安康健及规矩做人的传统伦理与安稳生活的诉求，这正是疯子列祖列宗长期维护，并对吉光屯拥有绝对权力的治理(信仰)基础，疯子明显反感这些祭祀鬼神行为。疯子一心且不顾一切地要熄灭这座"长明灯"，甚至熄灭未果之际提出要烧掉整座神庙，这些表面看来是疯子坚决反抗封建迷信与旧势力的实践。实质上，结合鲁迅 1925 前后的复仇写作，疯子所有作为只有一个目的，就是烧毁四爷统治吉光屯的信仰/迷信基础，一次又一次甚至强度不断增加的行为更可能出于报杀父之仇，这才有了疯子欺骗众人"吹熄，我们就不会有蝗虫，不会有猪嘴瘟"的说辞。这是一种策略上的蛊惑，是疯子针对吉光屯的统治基础而言的："那灯不是梁五弟点起来的么？不是说，那灯一灭，这里就要变海，我们就都要变泥鳅么？"[③] 一众愚民不辨梁五帝与梁武帝而坚信熄灯后会罹遭大难。疯子列祖列宗在愚弄广大乡村沉睡者，而疯子的蛊惑实质上变成另一番愚弄乡民行为。也就是说，疯子自始至终的目的并不在于让吉光屯全体村民有所觉醒，并非要顺承辛亥革命的历史大势，让辛亥革命的胜利果实和启蒙可能在乡土中国落地。反而观之，广大沉睡者群体的突然惊惶不已恰好源于疯子对吉光屯民情

---

① 这一占房产的行为在当时的乡村非常普遍，1920 年代的乡土作家如王鲁彦、彭家煌、许杰、许钦文、台静农等作家都有涉笔。

② 《长明灯》，《鲁迅全集》第 2 卷，人民文学出版社 2005 年版，第 60 页。

③ 同上注，第 61 页。

民意的深入了解，在这个过程中，吉光屯的广大沉睡者反而被疯子绑架与蛊惑。当然，在自始至终的熄灯诉求与具体操作层面，疯子清醒自己势单力薄，熄灭“长明灯”最多只是一种修辞、策略而非终极目的，而因目标难度过大引起的情绪极度紧张，就流露在眼神及面部表情的不断变化中，狂热、焦虑与惊惧的心理也就不在话下了：“眼光也越加发闪了”、“略带些异样的光闪”、“两眼更发出闪闪的光来”、“忽又现出阴鸷的笑容”、“狂热的眼光”、“两只眼睛闪闪地发亮”。这些丰富的表情与眼神背后，正是疯子借熄灭“长明灯”的幌子而实际希冀摧毁四爷的乡村宗法权力时的急切、焦虑、执着、无计可施与无可奈何等多样复仇期心理，是典型的两面人变态心性。

从疯子的身份来看，他表面上具备一点近现代以来读书人的思维，对中国乡村社会结构与治理过程有一点了解。如疯子的复仇选择直击乡村宗法制统治的迷信基础，这一选择既符合鲁迅对中国社会思想运行的深度观察，同时也符合疯子的自我定位“黄的方脸和蓝布破大衫”。“黄的方脸”证明疯子身体不太好，“蓝布破大衫”是疯子的知识人身份确认，更彰显着没落特征，“破大衫”继续加深显示其在长久的没落后仍不愿放弃传统读书人身份的畸形心理，一个“历史中间物”在扭曲的心性呈现中逐渐饱满起来。疯子此次复仇的契机在于一次“看了赛会”的行为，清末民初江南地区的“赛会”、“赛社”活动意味深长：作为一种长期流传的民俗和宗教活动，各宗族长斥巨资举办主要为迎神祈福，以达到风调雨顺、五谷丰登和生活生产平安的目的，进而成为展现举办者的地方治理实力，强化权力的重要途径。“赛会”能在吉光屯举办，是四爷作为统治者治理能力与财力雄厚的展现，“赛会”活动必然强化四爷的统治基础，此为疯子所受刺激之源。而这一影响广泛的民俗活动与疯子被祖父牵引前去“长明灯”前拜祭的目的如出一辙，都是通过迷信活动以维护现存统治秩序，所以疯子此时选择熄灭“长明灯”甚至烧毁庙宇的报复行为充满着浓郁的泄私愤目的，与现代意义上的启蒙和革命毫不搭界，疯子与吉光屯全体民众的精神思维在本质上是趋同的：“他们不了解革命。革命也不了解他们。”[①]当然，疯子的报复行为也仅停留在了言语层面，疯子所毁坏的“长明灯”、甚至希望烧毁的神庙地位既然如此显赫，凭其一己之力又如何完成。如疯子的熄灯努力缺少邀约帮手与制定周详的计划，充满了十足的盲动与十分不冷静：一次带有翻天覆地意图的行为缺少最基本的常识与谋略，天下哪儿有闹革命搞造反尚未开始就四处喊叫嚷嚷的道理，三岁小孩尚未愚蠢至此。若再尝试推进一层，会发现疯子的最终目的并非“烧毁”庙宇和熄灭“长明灯”，“悲愤疑惧的神情”背后心理容量过大：“悲愤”源于出身与当下处境艰难及自认命运不公，“疑惧”来自疯子被惯常伤害着的事实，“看人就许多工夫不眨眼”来自长期被伤害之后神经损伤，所以疯子之疯有现实依据。其生活艰窘及精神困窘源于脱离于一个阶级之后的必然遭遇：“短的头发上粘着两片稻草叶，那该是孩子暗暗地从背后给他放上去的。”[②] 疯子身处恶境而如此行动客观上成为一次刷存在感的行为，但仅引起全吉光屯人的片刻骚动后又很快复归平静了。《长明灯》的第四个场景写到失败了的疯子被关进神庙侧屋时仍幻想着“放火”，场面极具反讽：疯子念念在兹、梦寐以求仍不得入内的放火、灭灯之所在，当轻易地进入时已深陷囹圄再无实施计划的一点可能，此时疯子却活在了幻觉之中，即使深陷囹圄依旧“两只眼睛闪闪发亮”而近似于卖火柴的小女孩的幻觉。表面上讽刺“想放火烧毁神庙长明灯的人却被关在神庙里，成为长明灯的

① 孙玉石：《鲁迅改造国民性思想问题的考察》，《鲁迅研究的历史批判——论鲁迅(二)》，河北教育出版社2002年版，第170页。

② 《长明灯》，《鲁迅全集》第2卷，人民文学出版社2005年版，第62页。

守卫者”[①]，深层反讽在于或许仅仅是一场口舌之快或一次刷存在感的做作，最终却被当作乡村治理的麻烦而一劳永逸地解决了。

当然，四爷也终究会变成新文学叙事中的“最后一个”，四爷的儿子六顺也是另一个疯子，这场即将发生于秋天的婚姻大概率会成为四爷夺取疯子最后一点财产的契机。《长明灯》给现代中国的启蒙与革命还是留下了期许：疯子只是被关押而并未死去，“革命火种”仍旧得以保存，郭老娃、四爷等乡村宗法制的掌权者后继无人且自身年事已高，“吉光屯唯一的茶馆子里的空气”“有些紧张”恐怕将成为常态，“梁五帝”作为标识的愚弄乡村子民法则终将逝去，旧的已逐渐显露崩溃态势，新生力量崛起诚然可期。

三、由人性揭橥而思想启蒙的实践

在还原了人物与故事发生的动力学之后，跳开一般人物心性行为分析，从鲁迅小说的创作脉络来看，《长明灯》多有出色贡献。

一是在小说主题探索上，鲁迅选择辛亥革命作为其小说写作（《怀旧》）起点，在《药》、《风波》的革命者与群众的隔阂之外，《长明灯》着眼于辩证考察思想制度层面的影响：辛亥革命在历史实践上的失败与在社会体制层面上的功勋被同步呈现，彼时乡村治理模式的改变、一般社会思潮的松动都给未来留下期许。在《长明灯》中，吉光屯村民在守常生活中小心谨慎、严守规约、信念单一，乡村管理秩序井然，阶级分层清晰明确。吊诡的是，越是这些清晰精准、固化僵硬的权力组织结构与生产生活样式就越经不起多少风吹草动，每一次“风波”对之而言都是一场不小的灾难，而宗法制时代的乡村权力执掌者最重要的治理任务就是防止任何形式的新

---

① 王本朝：《〈长明灯〉：反抗的污名化与游戏化》，《回到语言：重读经典》，广西师范大学出版社 2017 年版，第 247 页。

变。因此，疯子为了达成既定的复仇目的，轻易地将自己与吉光屯权力执掌者四爷的家族内部矛盾扩大至乡村共同体，家族矛盾就轻易地演变成了一次宗法制进入新的时代后的乡村治理危机。然而，乡村宗法制退出历史舞台仍需一个过程，四爷纠集一众流氓无产者商量处理疯子的经过既彰显了乡村宗法制权力体系仍在起作用，也同步昭示了这一权力已受限，处理疯子的办法只能关其禁闭。经此之后，吉光屯的乡村宗法治理体系的矛盾与走向没路的特征已一览无余：四爷与同为乡村权力中心的郭老娃年事已高，即将成为过去时，四爷唯一有望继承其权力的儿子六顺却事事不顺且不守乡村宗法之常而处于疯癫，乡村宗法制瓦解崩塌只是时间问题。所以，《长明灯》的结尾从表面看来确实获得了危机平息过后的平静，而实质上的破产根本无法遏制。就此而言，鲁迅对辛亥革命之于中国乡村社会的影响考察始于《呐喊》时期的具体人事悲剧，进而指向中国乡村治理制度与治理模式在近现代以来可能发生的裂变与转型，思想启蒙的主旨由此被确立。这一主题在《彷徨》收官之作《离婚》中再次得到精彩呈现，区别在于《离婚》关于乡村治理的危机明显指向 1920 年代的现代法治观念初步传入乡土中国时引起的各阶级之间的矛盾与对抗，而非《长明灯》书写中国乡村于 1913 年之际的维稳诉求。

二是关于中国乡村治理的出路问题。乡村治理的核心仍在于人，什么样的人来治理乡村，什么样的人能够破旧立新，什么样的人能代表社会历史前进方向。对这些问题，鲁迅在从《祝福》、《长明灯》到《离婚》的连贯思考中做出了近乎绝望的判断。一般研究视野将鲁迅的知识分子叙事放在孔乙己、魏连殳、吕纬甫、涓生与子君等人物身上，其实在鲁迅的小说叙事中，另一类知识分子形象如《祝福》中的“我”、《离婚》中的七大人、《长明灯》中的疯子等仍具备相当的现实意义。这类形象大都有着相似的经历，幼年以来成长于封建旧家庭，青年之际外出接受了一些新思想，同时和各自的原生乡村又发生着各种联系，区别在于他们与乡村的关系："我"（《祝福》）与鲁镇世界有一个潜在的妥协，七大人（《离婚》）在乡民接受现代法治观念后初步觉醒之际坚持维护乡村宗法制，疯子则从来没有拉开与乡村宗法制的距离而歪打正着地成为乡村宗法制内部的抗争者。这些和乡村发生着诸种联系的知识人根本无法完成乡村启蒙、改革与革命等重建工作，鲁迅对乡村宗法制的破产预期符合社会历史发展规律，也符合晚清民国以来中国乡村社会的实情，但鲁迅同样回答不了也无法回答旧的乡村宗法制衰亡之后乡村治理及乡土中国的发展方向问题，鲁迅对乡土中国产生了深刻的绝望甚至多了份虚无感。《风波》、《长明灯》、《离婚》中的乡村在经历治理危机后表面上暂时复归平静，只是鲁迅敏锐地发现平静下的暗流涌动，历史经过一个极端黑暗之后终究走向光明的发展轨迹无法阻遏，但如何走向光明，走向光明之后又如何，鲁迅则没有多少信心。进而言之，鲁迅于《彷徨》中叙写的不仅是一代乡村知识人的蒙昧，实则完成了1920年代其笔下的全部知识人身处蒙昧之中的观察。相较而言，《祝福》中的"我"稍具客观理性，饶是如此，"我"对鲁镇的村镇社会并无进一步作为和思考，至少看不到半点启蒙与革命的时代精神，仅仅是乡村宗法制的顺承者而非决裂者。

三是鲁迅关于中国乡村"百无聊赖"的看客团形象塑造问题。钱理群先生提出"无主名无意识的杀人团"概念，鲁迅的表述为"百无聊赖"的看客团。"百无聊赖"的看客团与"无主名无意识的杀人团"在《呐喊》、《彷徨》集中频频出镜，他们的精神特征集中：因无事可做而无聊，因无聊而专事从别人的痛苦处取乐；他们并不直接杀人，而是以集体无意识/公共舆论的形式给当事人造成重压；他们的存在迟滞了现代时期以来启蒙意识的落地生根；他们身份不一，对同一件事的看法也都不尽相同，但都以集体合力的面目出现，对小说中的人事命运起推波助澜作用。将《长明灯》、《祝福》与《离婚》的看客团成员比较一番，不难发现其间差别，《祝福》的看客团成员主体由鲁镇民众组成，他们并无一般善恶之念，只是为了在单调无聊的生活中寻一些娱乐，介于鲁镇统治者的“帮闲”和“帮凶”之间。《长明灯》中出现的乡村流氓无产者群体已不是简单的“愚昧的图腾主义和对新事物的恐惧”者①，他们寅吃卯粮而混吃混喝、见风使舵媚上欺下、流氓成习恬不知耻、尔虞我诈钩心斗角、缺少良知而集体作恶，成为旧有乡村统治者的“帮凶”。《长明灯》至少从道德上已彻底否定了他们的存在意义，凸显乡村共同体的恶劣面，给这个貌似坚固实则内里已然颓朽的乡村共同体奏了一曲挽歌，客观上为乡村革命提供了必要性。至于《离婚》中的看客团成员已多显经历初步启蒙后的乡村社会分裂特征，人物性格朝着多元化方向发展，公共舆论已呈现多声部特色。需要反思的是，鲁迅此类写作是否有重复嫌疑，如何看待这样的重复。可以尝试做如下判断：自走上文学道路以来，鲁迅就对此类群体性的力量高度敏感，自伸张个人至上的文学观念以来，鲁迅批判并坚决否定群体之于个体所造成的压迫，在群体与个体的历来冲突中，鲁迅在文学内外总是坚定地站在个体一边。这是鲁迅为人与为文尤其显赫的方面，这一观念在20世纪末经萨义德的论述，就变成知识分子的使命与担当甚至是真假知识分子的区别。鲁迅在其文学世界中乐此不疲地考察这一群体，这一模式化意味着鲁迅对中国社会的阶级力量对比与人际交往行为的谙熟，对一般中国民众精神与众生相的通透认知，对中国问题和中国人的境遇作出超乎具体时代的独特发现，进而导向国民性批判主题的合理性、必要性与超越性。

就鲁迅的创作而言，辛亥革命作为中华民族近现代以来的重大历史事件，其意义的彰显及影响层次的发现也经历了一个过程：在新文化—新文学运动作为辛亥革命以来重要成果的标准论述

① 汪晖：《反抗绝望——鲁迅及其文学世界》，河北教育出版社2002年版，第130页。

外，就鲁迅而言，其对辛亥革命之于中国社会历史的影响从具体人事出发，最终发现了辛亥革命之后中国社会在面相上的顽固反动与实质上无可遏抑的走向没落的实际，乡土中国各个阶层在历史巨变中的仓皇、犹豫、无奈、侥幸与反动心理行为成为时代主流。鲁迅由此发现并力透纸背地画出了社会巨变落在个体身上的复杂心理图景，又不无忧心地发现了这个没落过程竟然如此漫长，历史机遇期如此短暂又难得。在这样一个预设框架内，鲁迅对辛亥革命及至“五四”时期的中国乡村与农民、知识分子群体发出深沉的绝望。这是鲁迅文学叙事最贴合时代之处。

佛韵禅悟里的现代烛照：论《桥》中佛教文化的“现代表达”[①]

闫晓昀

（青岛大学文学与新闻传播学院）

内容摘要：《桥》是彰显废名佛教文化底蕴和禅佛思想的代表作，它通过对佛教意象、理念和世界观的摹写，架构起一个禅蕴世界，体现了作者对禅宗一脉的偏爱。禅宗内蕴的自由、能动等现代精神被发掘及升华，废名借由它们在《桥》中表达了对现代思想的认同与理解，尤其突出了对“人”的关注，使《桥》汇入“人的文学”主潮。为兼顾禅意表现与观念传递，《桥》放弃对语言和情节的依赖，用意念构建叙事，实现了小说文体的突破，推动了小说的现代化进程。通过佛教文化的“现代表达”，《桥》展现了传统文化传承与转化的必要性和意义。

关键词：废名　《桥》　佛教文化　现代性

中国现代作家群中，与佛教文化渊源深厚的，废名当属其一。作为黄梅子弟，废名长期浸染禅宗文化的经历，为其佛禅思想的养成提供了基础。佛学背景决定了佛教文化视角在理解废名作品中的特殊作用，正如有研究者指出的，“不从禅理、禅趣、禅思来解读他的诗，是难以深入其堂奥的”[②]。统观其作品，《桥》可谓尽显废名佛学底色的代表之作。与废名其他作品相比，《桥》中佛教元素最为丰盈驳杂，通篇沐浴在禅诗一般的清幽意蕴中，人物举止也充

---

① 本文为山东省社会科学规划研究项目“乡土叙事中的传统文化转化与现代民族文化形象构(16DZWJ02)”阶段成果。

② 王泽龙：《废名的诗与禅》，《江汉论坛》1993 年第 6 期。

满“参禅悟道”的诗性与哲思意味。

那么,废名在《桥》中“礼佛”,他究竟表述了怎样的佛心禅意?这些“表象”之中内蕴着何种深层“奥义”?这些“奥义”又给《桥》带来了什么?本文即尝试以佛教文化为窗,浏览《桥》之风韵,寻求以上问题的答案,并思考当佛教文化行至现代,它以怎样的方式参与了现代文学建设。

一

欲借佛教“法门”深入《桥》之“堂奥”,首先要探明《桥》标识了哪些佛教文化质素。《桥》中佛韵,从意象选择开始便清晰可感。

落笔之初,废名曾想取“塔”为全书题目,因听说已有作品名为《塔》而作罢。尽管未能选用,但“塔”字的佛学语义是不言而喻的。作为“塔”的替代,“桥”同样极富佛理意味。佛教话语惯用“此岸”代指烦恼世界,以“彼岸”代指极乐境地,“桥”联通两岸,暗含了获得超越的修行意味。废名在命名之初便暗示了《桥》的资源选择,《桥》中也自然而然地充斥了大量佛教意象。这些意象凭借极高的复现率为作品铺垫了浓郁的宗教底蕴,具备了呈显作品主旨的深层功能。

其中,“坟”意象最值得一提。现代文学史上,把“坟”作为审美对象大加渲染的,废名当算第一人。他笔下的“坟”有着别样的情调和语义。《清明》一节中有这样的描述:“松树脚下都是陈死人,最新的也快二十年了,绿草与石碑,宛如出于一个画家的手,彼此是互相生长。怕也要拿一幅画来相比才合适。”一幕凄恐荒寂的场景,在废名笔下却充满诗情画意,而“‘死’是人生最好的装饰”、“坟对于我确同山一样是大地的景致”等描述,已然超越了景物抒写,涉及生死认知的思考。

与“好生恶死”的民族传统观念不同,佛学理念里的“死亡”不过是轮回的一环，不仅不是无望的终点，反而是超越的起点，修行者若能看清生死皆空的本质，便可超越无明，经由“灰身灭智”的涅槃获得无上喜乐，作者对此似乎深以为然。《窗》一节中，在鸡鸣寺梅院，“他（小林）在那里伏案拿着纸笔写一点什么玩，但毫无心思作用，手下有一支笔，纸上也就有了笔画而已。胡乱地涂鸦之中，写了‘生老病死’四个字，这四个字反而提醒了意识，自觉可笑，又一笔涂了，涂到死字，停笔熟识着这个字，仿佛只有这一个字的意境最好”——被世人回避的“死”字，在小林这里却“意境最好”，舍不得抹掉，当把这种“欢喜”同废名的佛学背景关联在一起时，其逻辑便自然地通顺起来，作者的心思也可揣摩一二。无怪乎废名如此欣赏“坟”这个“大地的景致”，甚至要把它同“诗的题目”关联起来，将“坟”上升到了诗性高度，无形中赋予《桥》超然于世的佛学意蕴和哲学品格。

除坟以外，花、桥、灯、塔等暗含佛教指涉的意象也在《桥》中频繁出现。如《塔》一节中，细竹由画而想到史家庄门口塘的莲花，对小林说道，“下雨的天，邀几个人湖里泛舟，打起伞来一定好看，望之若水上莲花叶”。雨天泛舟莲塘，伞如莲叶田田，这一场景如诗如画，用莲花叶比喻打伞，应景的同时，也暗自为风景增添了一丝“佛味”，毕竟“莲”的佛教语义再明晰不过。这个比喻让小林“很是欢喜”，称赞细竹道“你这一下真走得远”——经由眼前事物，到“走得远”的景致，小林显然已从具象世界升华到观念世界，满眼寂静悠远的禅意，这本身不就是禅宗理路吗？废名刻意选择“莲”作为思维跳板，是否也有向读者“明示”思想之意？答案令人寻味。

类似的表述在《桥》中不胜枚举，这些承载着佛教语义的意象被废名频频调用到词句中，处理方式也高度统一。无论是“放河灯”时借“灯”美化死之意韵，还是在“花面交映”中获得“拈花一笑”的片刻了悟，废名无一不是将意象主动放置在佛教背景中加以运用，使人物经由意象触发，到达超脱于客观世界的观念世界，并有所心得。它们的高度复现率具有极强的暗示功能，不仅将佛宗意味带入文本，同时也以强大的指涉力干预着读者思维，引导他们自觉地参与禅悟体验，使《桥》无论在文本层面还是接受层面上，均佛机遍布，昭示着一个观心看净的清虚所在。

仅从意象，即可见《桥》中佛韵实乃作者苦心孤诣为之。那么，废名想借其“苦心孤诣”表达什么？

“空”之理念，大概位列第一。佛家追求“四大”皆空，认为悟“空”乃最高境界，“空”中无差异分别，拥有无限包孕性与可能性，是佛教最为基本的价值观和世界观。

《桥》中谈“空”的方法是多样的，“说梦”堪称最直接的手段。《金刚经》曾以梦喻空，认为“一切有为法，如梦幻泡影，如露亦如电”。鉴于“梦”与“空”在佛学思想中的互文意义，《桥》频频地说梦，以表达对空的理解与追求。如细竹和琴子“摇步的背影”，仿佛是在“梦里走路”，两人过桥的“两幅后影”也“很像一个梦境”。这种场景极易使人跳脱对现实世界的体察，融化于似真似幻、刹那生灭的精神体验中。不仅作品提及梦的地方不在少数，反观废名造《桥》的方式，他的手法也是“痴人说梦”般的。他跳脱理性叙事，任凭意识随机跳跃，这种意念化叙事技巧与梦的缥缈不谋而合（后文将有详述），《桥》所铺陈的风情画卷，因此具备了独特的内涵——“此画应是一个梦，画得这个梦之美，又是一个梦之空白”（《窗》）——梦、美、空，《桥》的深意尽在三字之间了。

与“说梦”功能相似的还有“镜子”。《箫》一节里，小林在女子闺房看见镜子，产生“镜子是也，触目惊心”的感触，话虽简短，但触目惊心四字有点题功效。为何“触目惊心”？无非镜子隐喻的虚幻“镜界”与作者的认知不谋而合。因此，《桥》对具有镜像特征的虚境抱有极大热情，不遗余力地塑造一个个“美丽的虚空”，使整部作品通过隐喻技巧成为一面庞大的镜子，反照着一个虚实难辨的世界。无论《桥》中人，还是造《桥》人，都像废名在诗中写的那样：“如今我是在一个镜里偷生。”(《自惜》)在此,“我”与“镜”已难分主体客体,世界实为一种“无我”和“无常”状态,释家“四大皆空”的思想不证自明,废名在意象上的用心,也再次得以展现。

此外,“苦”也是废名钟情的佛家观念。无论当时还是现今,“田园牧歌”大概是多数读者对《桥》的第一印象。然而,与理想国想象相悖的是,《桥》中经常萦绕着哀伤气息,更值得关注的是,这一不和谐质素通常出现得十分突兀,并无逻辑铺设,连白昼和阳光也令人伤情,很有些为赋新词强说愁的意味。然而,这种“错裂感”恰好是废名有意为之。佛教认为苦是四谛之首,作为人生本质遍布方方面面,废名不惜以体验错位为代价,在《桥》的和谐光辉里杂糅了苦的滋味,借此宣讲佛家认知。需要注意的是,《桥》有意谈苦,却并未沉迷苦海难以自拔,而是“借题发挥”,点出了“苦”中内蕴的超越性因素。《钥匙》一节里,小孩牵着羊,携母亲的手回家的场景打动了小林,“他想,母亲同小孩子的世界,虽然填着悲哀的光线,却是一个美的世界,是诗之国度,人世的‘罪孽’至此得到净化”。这段描写非常典型。孩童牵手母亲的温馨画面,竟也填着“悲哀的光线”,可谓无缘无故,但这种“无厘头”的苦彰显了苦的本体性:它是事物本质,是自在之物,即使美好安宁也不能将其抵消。同时,废名也未止步于“诉苦”,而是笔锋一转,将苦与美和诗等同,升华至“净化罪孽”的高度,为苦找到了“自救”路径。《清明》一节中也有类似描述,“琴子微露笑貌,但眉毛,不是人生有一个哀字,没有那样的好看”。此处的“哀”同样莫名其妙,但“哀”字里也不只有“苦”味,还滋养了美的体验,激发出作者的怜惜之情,从宗教角度看,这种广博的悲悯,的确是“救苦”的有效思路。

正因如此,《桥》里的苦才总能以柔情的面貌示人,美、诗、悯、爱附着其上,充满救赎精神。尽管并无救世之主,萦绕《桥》中的“苦”,却也被母子的影像冲淡了,被女子的柔婉抵消了,被村庄的静谧覆盖了,被小儿女无邪的恋爱遮掩了。这造就了以“慈悲之心写人间悲苦"的废名，也使《桥》中无论妇孺老幼、山川景物、人际往来，均沐浴着柔情光辉，达成了乐园样貌，这也许是读者乐于将其视为牧歌的根本原因。虽然在救赎方法上略有差异，但价值观念上，《桥》依然与释家"救苦"的理念达成了共识。

在传递概念的同时，废名的"悟道"还涉及世界观思考。《黄昏》一节中，小林陷入了对"存在"和"世界"的思索，并得出这样的结论："这个世界——梦——可以只是一棵树。"一个奇怪的公式形成了：世界＝梦＝树。梦的指涉自不待言，这里的树，显然也不是植物学概念上的树，它与"世界"和"梦"关联，成为承载着抽象观念的载体，很容易使人想到"一花一世界，一树一菩提"的说法。

为何世界的本质（如梦幻境）会是一棵树？追根溯源，还得从《桥》的宗教背景谈起。依照佛家观点，世间万物均有"真如"，可互相转喻，这一点在禅宗一脉尤为明显。从谂禅师回答"如何是祖师西来意"时，答曰"庭前柏树子"，意思是佛性触目皆是，自在而得，不必刻板相求，所谓"青青翠竹尽是法身，郁郁黄花无非般若"。这一理念观照下，上述奇怪的公式丝毫不奇怪——世界本质是"空"（梦），空里充盈着无限真如，真如可散落在任何具象上。废名用树来隐喻世界，也许仅仅是思维随机掉落到"树"上而已，是树是花都不重要。《窗》一节中所言"人的境界正好比这样的一个不可言状，一物是其着落，六合俱为度量"，即是这种认识的结果。"物"与"六合"同人一样，共具反映"境界"的能力，物我不二，处处智慧，《桥》也因此显得哲思意味十足，十分讨巧地传递出废名对佛教世界观的认同。

实际上，《桥》秉持"真如遍布"的世界观也属意料之中。郭绍虞曾说"禅家靠悟，而诗人则于悟外更有事在"，这句话道出了"悟道"在宗教和文学里的差别：要写好禅诗，除心领神会外，还须让禅意有所"附着"。当这一虚实矛盾摆在废名面前时，"真如遍布"恰好为他提供了解决的好方法——死虽虚空，坟却是真实的；梦虽飘渺，镜却是可感的；世界虽抽象，树却是具体的。这也许是《桥》钟情于“意象”的原因，深意几乎都由它转喻，少有直白辩论。因此，《桥》从未沉入纯粹的理念世界，而是在实境中求虚境，从具象中觅抽象，所有的努力，都是为了形散神聚地打造一个“整体性意境”，提点读者刹那“顿悟”。诚然，这对读者来说颇为艰难，无怪乎周作人称“废名君的文章是第一名的难懂”①。

二

于是一个疑问自然地产生了：废名冒着“难懂”风险，牺牲作品的可读性，将本该风情万种的故事讲出了思辨滋味，他究竟想“启悟”些什么。

直观来看，废名最想明示的，大概是对禅宗一脉的偏爱。上一节我们遵循由表及里的理路，对《桥》中佛韵做出了梳理，从表象（意象）入手逐渐走进废名的思想深层（世界观），越到后面，禅宗的主导意味越突出，《桥》“悟道”的方法和“悟到”的结果，都汇向了“禅”的殿堂，《桥》的整体风貌，也同“水穷云起”的传统禅诗形成了呼应。

与其他外来文化相比，无论从时长、深度还是广度来看，佛教都是影响中国文化最甚的一脉，以至于有学者结论道，不研究佛教对中国文化的影响，就无法写出真正的中国文化史、中国哲学史甚至中国历史。② 中国文学史上不乏小说与佛教结缘之作，然而创作目的多在于宣扬封建文化价值观，内含不少落后质素，冲淡了佛学理念的纯粹性和崇高性，有些作品甚至演变为“实用性迷信文学”，到了传统小说最盛的明清时期，世俗化最甚的净土宗几乎成

---

① 《枣和桥的序》，《周作人自编文集·苦雨斋序跋文》，河北教育出版社 2002 年版，第 107 页。

② 季羡林：《我和佛教研究》，《佛教与中国文化》，中华书局 2005 年版，第 18 页。

为佛教辐射文学的唯一凭借。幸运的是，现代小说家对此并非无所作为。

就《桥》而言，此中之“佛”，无论内涵还是外延，均呈现出“现代释家”风范。它的审美世界质地轻盈，富于理趣，并未出现传统小说涉及佛教时常见的世俗驳杂意味，这与《桥》对佛教资源的筛选直接相关。

面对不同宗派，出身禅宗之乡的废名，对禅宗一脉表现出明显偏好。禅宗向来是中国佛教史上兴盛的一脉，会昌法难后各宗普遍衰退，只有禅宗仍有较大发展，禅宗独胜也成为佛教文化发展至现代的一个显著特点，以致出现谈“佛”也即谈“禅”的情势。禅宗主张“见性成佛”和“顿悟成佛”，一旦觉悟自身本性，无需漫长苛刻的修行便可达到理想境地，“担水斫柴”亦是“妙道”，这种简易性和通俗性与当时的变革语境十分相配。更为重要的，面对佛教资源时，现代作家作为知识者，本能地依据个体定位做出了选择。他们继承了传统士人对禅宗的偏爱，崇尚理趣，追求静观体悟，侧面推动了禅宗的现代复兴。近代宗教家太虚法师在《中国佛学》的开篇谈道，“佛法由梵僧传入，在通俗的农工商方面，即成为报应灵感之信仰。在士人方面，以士人思想之玄要，言语之隽朴，品行之恬逸，生活之力简，遂形成如《四十二章经》、《八大人觉经》等简要的佛学……如此适于士人习俗之风尚，遂养成中国佛学在禅之特质”①。这段论述不仅点明了佛教“下行”时的俗化归宿，更指出了其“上行”至士人层面时，中国知识者们对“禅”的一贯追求。正是“简要”和“理趣”，促成了现代小说家们对禅宗的选择。《桥》作为结晶之一，它对内观的追求，对整体性意境的执着，对“顿悟”的推崇以及行文方面的“不落言筌”，都恰如其分地折射出现代文学对禅宗的偏向。

---

① 太虚：《太虚佛学》，浙江古籍出版社 2012 年版，第 13 页。

然而，经受了启蒙观念洗礼的现代小说家们，仅是用“禅”来娱己明心吗？当时代的重任落到作家身上，即使“禅”若废名，也实在难以(也许根本不能)闭门读经，只求自身超越。只不过，轻盈的表达更须借助趁手的工具，才能和谐而有效地释放沉重意义。对废名而言，他一向熟悉的禅宗，自然最理想不过。

实际上，禅宗本身即是内蕴着革新精神的宗教流脉，这一特质显然被废名感知并运用到《桥》的构建里，为《桥》的世界附上了“言外之意”。那么，作为一名“现代禅人”，废名经由“轻盈”的禅意，宛转地释放了哪些“沉重意义”？

首先，《桥》中内蕴的“平等”诉求，也许是禅宗这棵老树借废名之手，在现代文学土壤里开出的新花。在普遍认识中，清规戒律是佛教修行的必要保障，诸如五戒、八戒、九戒、十戒乃至二百五十戒、三百五十戒等繁复严苛的条规，均是以强制形式来树立权威，规范行为，以期修为自我。然而，自慧能而始的南禅走上了另一条道路。它进化为简易之法，强调“即我即心即佛”，蔑弃权威和戒条对“成佛”的规束，这一行为本身即暗含了反抗之意。据记载，慧能得法后避难于猎人队中，“每至饭时，以菜寄煮肉锅。或问，则对曰：‘但吃肉边菜’”(《坛经》契嵩本)。禅宗破除权威、改革思想的自由之势，从这一著名典故中可见一二。革新后的禅宗主张成佛之路上并无高低贵贱，认为人人皆有佛性，而佛性本无差异。在现代思想萌芽的时期，这种潜藏于禅宗的平等观念显然被废名所发现、认同和择取，并结合现代背景进行了升华。在佛性平等的观照下，废名找到了表达个人理念的最佳方式，于不动声色中消解了伦理纲常和森严等级对于社会秩序的统摄，将众生放置于灵魂平等境遇。《桥》中人无论男女老幼，皆为无身份框定的自然人，与同时期常见的乡土小说相比，它并未致力于批判现有社会结构和伦理秩序，而是直接构造了一个无阶级差别、无身份差别、无等级差别，甩脱礼与名限制的理想社会。虽然从文化渊源来看是传统的，然而《桥》的思想本质是极为现代的,它所宣讲的佛教文化,也在思想解放的语境中具备了时代使命的新意味。

因此,当把“禅宗”和“时代”两大要素捏合在一起时,《桥》谈死、谈空、谈苦、谈真如遍布,难免都内蕴了现代指涉。如面对《桥》的“悟空”,当我们脱离浅表的宗教语义,从创造主旨上深入解读时,便会发现废名并未止步于感叹人事虚空,而是从认识论层面拒绝绝对控制的存在,毕竟“本来无一物”,个体的存在尚被怀疑,统治个体的规矩和权威又将焉附?在“空”的统摄下,废名钟情于坟,似乎也获得了合理解释。由坟表征的“死”,终将把世间诸灵接引到统一的“空”里,沐浴“大公平”的美丽光辉。这与传统文化中对人之归宿的设定有显著的不同,儒家用“君子”和“伦理”规范人的最终价值,传统的道家和佛家,则把升仙成佛作为终极向往,无论哪家,“人”总在框架中难以自由,而废名借“坟”悄然间消解了这些束缚,无怪乎作者如此爱它,把它称作大地的景致。值得玩味的是,废名到此即止,并未进一步渲染“死”的宗教意义,由此也可猜度,虔诚礼佛的废名,“礼”的究竟是不是那个传统意义上的佛。又如《桥》谈“真如遍布”,宣讲的显然是佛性面前万物平等,并无绝对权威或唯一道路可言。因此不难理解为什么《桥》中“救苦救难”的方法既非至高救主,也非法理佛经,而是在爱、美、诗的抽象话语中实现了苦的救赎,这种“泛神”式的崇拜,从根本上奠基了“平等”意识的存在基础。在中国文化刚从封建桎梏中解脱之际,这种将个人从秩序中抽离出来的表达,显然有它明确的意图,《桥》的谈禅论道也不再是“食古”那么简单。

其次,在获得真理的道路上,禅宗对“个体”给予充分重视。它积极肯定自我在成佛之路上的能动作用,强调“佛是自作性,莫向身外求,自性迷,佛即众生,自性悟,众生即佛”,主张“自识本心,自见本性”,认为只有凭借“自性自度”才可到达理想彼岸。它注重精神实质,抛弃了刻板形式,消除了宿命观念,不计因果前嫌,主张依靠主观能动的现世修行顿悟成佛，暗含着积极的入世态度，同时也暗合了现代思潮对于个体意识的追求。废名显然对此十分青睐，遍布于《桥》中的"顿悟"时刻，其背后的文化指向颇耐人寻味。小林等人在外部环境的触发下，经由眼前物或景，片刻间即可在精神的自我升华中获得强烈的情绪体验，这种"顿悟"式的情绪描写看似一部抒情小说采取的叙述策略，然而，主人公的情绪体验已不再捆绑道德教化等群体性规则，智慧与真理的获得也不靠救世神提点，而是在主观能动中，依靠自悟，到达自由超越的审美境地。这一点在废名的"救苦"中体现得最为明显。尽管苦是《桥》的自在之物，但并非不可超越，它完全可以救赎，然而救赎的方法不再是讲经说法，艰涩修行，而是在寻常生活场景中，经由人之本身（母亲、孩子、少女）内蕴的人性力量（即爱与美等现代话语）实现"救苦"，是一种典型的"自度"，只不过自度的介质，与传统的禅学观念相比，更富"新意"而已。

似乎可以这样小结：《桥》中的禅悟，是带有现代意味的禅悟。禅宗里蕴含的现代性质素暗合了正在行进中的思想革命的步伐，这一特征被废名发掘并升华，"禅"也成为《桥》表达意义的趁手工具，为小说赋予独特风貌的同时，也在现代禅学者手里获得了新义。

倘若读者在废名的引导下过了这座晦涩的"桥"，便会发现对岸的第一道景观，是一个糅合了新质的禅悟世界。废名虽置身"佛"这座古老的大厦里思量世界，然而真正为他提供观望视野的，却是"禅宗"这扇与现代思想合拍的小窗。作者凭借对于禅宗的选择性传承，"借花献佛"地表达着对个性平等、反抗权威和个体自主等现代思想的认同，使佛学在新时期获得了契合时代的新品格与新内涵。这一事实证明传统与现代间并不存在黑白分明的割裂，传统里同样可能隐含着现代因子，可在升华中实现与现代思想的接榫，适应文明进程的需要。《桥》通过对禅宗革命性精神内核的发掘与光大,给传统理念种下了一粒现代转化的种子,同时也为佛教文化在现代开扩了一片新的生存空间。

三

由此可见,尽管《桥》拥有轻盈超越的禅境之表,但“话里有话”,《桥》经常被当作牧歌理解,对废名来说,也许更多是被误读的无奈,正如他在《说梦》一文中谈到《桥》时的“吐槽”:“我的一位朋友竟没有看出我的眼泪。”

《桥》的“眼泪”为何而流?答案从被多次提到的“苦”中即可见端倪。《桥》的苦无非指向两个方向,悯人与救人——废名献给“佛”的那朵“花”,始终是那个现代文学说不尽的“人”字。

小说,从文体本身来讲,便无法跳脱“人”而存在。小说旨在“讲故事”,“故事由人物间的矛盾冲突构成”,组成故事的“事件”也是“具体的场景与人物组合”。[①] 然而,《桥》毕竟是一部“参禅悟道”的小说,讲究空寂超越的宗教氛围,如何在打通人与佛之间屏障的同时还能两者兼顾?在此,禅宗对于《桥》的意义再次显现出来。

如前所述,相比其他流派,禅宗的修行道路相对灵便,砍柴担水中亦可领会妙道,它强调主观能动的顿悟,修行的起点和终点都在“我”之上。这种对人的尊重,与“以人为本”的现代观念取得了一致,为现代禅学者的废名大开了小说叙事的方便之门,不仅解决了小说无法逃离“人”的问题,还保全了作家本人的“佛心”。同时,禅宗的简易与平易,促动了佛学从庙堂下行至普通民众,受众群体相当可观,以禅喻世,还可凭借其“地气”摆脱理论阐释和哲学宣

---

① 周海波:《中国“现代小说”的理论构成及其文学史意义》,《中国社会科学》2020 年第 4 期。

讲，经由清晰易懂的具体生活表达主体思想，非常适合观念普及。两点综合在一起，驱使禅宗成为废名观察世界、表达价值的窗口，作家以此为据，以看似游离的方式汇入了“人的文学”主潮，造就了一个佛韵之外仍有“人气”的文学世界。

中国文学史上，与佛教有关的传统小说尽管常以“度人”为纲，但作为个体的“人”，实则脱离在主线之外，或成为清规戒律的表征，或成为彰显佛之荣耀的中介，大多囿于“工具”而非真正的“目的”。即使颇得禅宗精髓的禅诗，也好以山水比禅，着重表现无人之境的空寂辽远，即使“有人”，人物也无非禅韵图景的点缀，反具“蝉噪林逾静，鸟鸣山更幽”的功效。

相形之下，《桥》虽“镜花水月”，但始终没甩脱个“人”字，返照的仍然是社会主体的意义。如《路上》一节中，废名借小林之口说道，“这个路上，如果竟不碰着一个人。这个景色殊等于乌有”——美景之大美，需“有人”才能确立，与追求“无人”的传统禅诗相比，“人”字的分量可见一斑。与此类似，《窗》一节中这样写姐妹二人，“她还是注意她的蝴蝶，她还是埋头闪她的笔颖，生命无所不在，即此一支笔，纤手捏得最是多态，然而没有第三者加入其间，一个微妙的光阴便同流水逝去无痕，造物随在造化，不可解，使造化虚空了”。这些语句均指向一个思维的向度：妙境若不为人（所谓第三者）欣赏和领悟，那真是彻底“虚空”了，可惜可叹。可见，“人”始终是废名观念世界的支点，每有所得，总是因人而起，最终也总要落回人之上，才算悟得正果，这使得《桥》并不像古典禅诗一样清虚，而是别具切实内里。从“无”到“有”，从虚到实，可谓“禅与诗”的千古话题流转到废名手中后发生的最显著变化。

在对“人”的关怀中，《桥》实际上将佛教传统的“出世”情怀，演化为一种现代的“入世”热情。这一结果，首先仍是废名的禅宗偏好决定的。禅宗讲究“道流佛法无用功处，只是平常无事，屙屎送尿，着衣吃饭，困来即眠”，也就是说，悟道要基于具象生活，世俗世界也可为理想世界。这一立足现实的主张,可谓禅宗最具现代意味的主张之一。《桥》中虽充斥着“虚境”,但正如第一节所述,虚境总是经由具象和实景升腾而出,从未落入以空对空的理路,也许便是对这一主张的践行。作品看似对现世无亲近之感,实则颇为关切。

实际上,废名一贯不以“出世”为文学追求,在《妆台及其他》中他曾说道:“我忽然觉得我对于生活太认真了,为什么这样认真呢?大可不必,于是仿佛要做一个餐霞之客,饮露之士,心猿意马一跑跑到桃花源去掐一朵花吃了。糟糕,这一来岂不成了仙人吗?我真个有些害怕,因为我确是忠于人生的……”这一表白,实在是再明显不过。似乎要为这表白做个注脚,《荷叶》一节里废名这样写道:“她当阶而立,对于小林是一个侧影,他不由得望着她的发髻,白日如画——他真是看得女子头发的神秘,树林的生命都在一天的明月了。上来的那两个女子,已在阶前最后几步,他望着她们很明白,但惊视着,当前的现实若证虚幻。”这段描写虚实交融,颇有思辨意味,然而小林对于“生命”和“虚幻”的形而上体悟,是由“女子头发”触动而来。小林对女子的头发实在有莫名的热念:要去“高山上挂发”,让头发成为“人间的瀑布”,想躲到女子的“头发林”里看个究竟,“女子梳头”的场景更是频频出现,每每都能引发人物的超越体验。然而,我们在升华意境的同时,务必也要警醒,女子头发,本身就暗合情爱指涉,是世俗男女羁绊的表征。《桥》尽管披着空净的禅佛外衣,但故事骨血依然是小儿女的懵懂痴恋,人物无处不在的“悟”,也非凭空说道,而是始终有根人情的丝线牵引,未曾飞离到缥缈的观念世界中去,作者最终呈现的仍然是禅意观照下真、善、美的“俗常”图景。这是一个极度理想化的世界,它既有仰望星空的高远,又有脚踏实地的贴切,可谓废名对于现实社会的终极期待,此中深意,我们大概也可揣摩一二。

所以,《桥》写佛,究其根本,还是为了写人,写人之存在,写人之本性，写人之能动，写人之悲苦。这些沉甸甸的思考未被他人感知，废名才“不满”朋友看不到他的眼泪。由此也可再次确认，废名无意塑造一个只管沉浸而不升华的理想境地，作者自有他的哀愁，这种哀愁对《桥》而言具有结构性意义，促使它最终呈现出挽歌氛围，传递的正是基于人之思考的“沉重意义”。但是，肯定“挽歌”的同时，我们也无法忽视《桥》的“牧歌”成分，毕竟无论表里，它都有作为牧歌存在的理由。浅表的宁静氛围自不待言，人的“自足”，也为《桥》的精神内里覆上了一层理想纱衣。这是一种强大的能力，在《桥》中，无论爱与美，还是慈与悲，这些崇高的精神体验，都是人向内开发，自求所得，人也从中解脱，获得崇高的精神升华，这种理想人性，的确是构成“牧歌”的重要因素。可见，无论怎样定义，挽歌也好牧歌也罢，《桥》的目始终明确而统一，它要表达的，始终是对人的思考与探索，“禅”这一古老词汇，也经由《桥》的转译，在废名手里获得了更为开阔的视野。

在《桥》落笔的 1920 年代，对于作家们而言，时代的精神与目标都十分明了，在这种语境下，废名关注人、悲悯人、欣赏人，用爱与美等现代话语来“救苦”的行为，便有了更深刻的语义，贯通了作家对社会实际问题及其出路的思考。《桥》虽看似背离时代主潮，然而，但凡能看到作者的“眼泪”，便能感知它仍与疗救社会、呼唤人性的批判性小说保持了思想的一致。废名通过摹写“人”字，升腾了一个理想境地，这里的“理想境地”，结合现代语境来看，显然不仅是宗教范畴里的“得道”那么简单，其“道”中更有诸多现世意义。《桥》代表了现代作家应和现代思潮的另一套方案，其回响一样悠长深远，沈从文在湘西乐土供人性的“希腊小庙”，未必不是得《桥》真传，用一种看似不合时宜的方法来追赶时代步伐。

可见，废名对传统的回归绝不是盲信式的宗教皈依，它追求的是一种既超脱又烟火的多重境界，考量世界的原则始终在于“以人为本”。作者凭借“禅”的超越性及独特内涵,离弃了仕途经济、道德规范、才子佳人、王权贵族、殿堂高阁等传统小说主题,转而关注普通民生,推动佛学与人学在精神实质上形成了交汇。作者画出了一座颇具古典情韵的“桥”,然而仔细端详每条笔画,都能看到一个潜伏的“人”字,宣讲的仍是现代文明对于人的呼唤。这不仅证明废名的禅悟是与现实社会及现代思考融为一体的,同时也证明经由“现代表达”之后的佛教文化,同样与之密切相关。在这一创作主旨的带领下,《桥》看似佛性遍布,但并未出现传统意义上的庄严佛身、僧侣寺院、教理法事、宏伟大道,作者也无意说教,这种策略使《桥》无须恪守佛理框架,无须考量读者期待,避免了陈腐与媚俗,从根本上保证了佛家应有的自由与崇高,对佛教文化而言,这看似“转化”,实则“回归”。《桥》以其实践证明,当佛教与小说相遇时,未必一定要折中妥协,它完全可以在保障“清虚”本质和“度人”初衷的同时,还能有所拓展,收获“合时宜”的新意。

这种叙事目的的移动和由此而来的叙事效果,使《桥》的“作读关系”同传统小说相比差异巨大。传统小说追求“说书人”与“听书者”的亲密,听众越多,听得越明白,作品越成功,而《桥》对作读关系的态度可谓十分“豁达”。它私人化的情绪相当丰富,如同一位特立独行的演奏者沉浸于个人表达,不凝视乐谱,也不取悦观众。在宣讲真义方面,废名也不用经文典故等惯常手段启迪佛理,而仅凭抽象的“造境”点悟读者。他总是将人物的悟道行为呈现给观众而不作深解——有共鸣者自然能领会深意,无共鸣者权当读一篇诗罢——客观上,这使得《桥》十分晦涩,然而这种晦涩造成的功效是奇特的。读者在废名的“不求甚解”中,注意力不自觉地旁落到对朦胧意境和抽象观想的体悟中去,构成了作者、人物、读者共同参禅的奇妙景观,打通了三者之间的壁垒,对中国小说的现代化之路起到了有益的助动作用。

四

至此,《桥》中佛教文化的“现代表达”,终于从内容来到了形式。

《桥》问世之初,曾有人评论道,“读者从本书所得的印象,有时像读一首诗,有时像看一幅画,很少的时候觉得是在‘听故事’”[①],这应该代表了绝大多数读者对《桥》的感受。朱光潜也认为《桥》“实在并不是一部故事书”,并把它称作“中国以前实未曾有过的文章”。废名为什么要放弃小说对“故事”的追求,架起一座“难过”的“桥”?《桥》又是凭借什么,成了批评家口中的拓荒之作?

答案仍在《桥》的一片禅心里。早在谈“空”时,废名便不得不直面一个问题——“空”作为至高智慧,想说透一二,一不小心便会落入言不尽意的窠臼。也许是实在道不明,也许是有意用语言的失效配合“空”的奥义,通观全文,“语言”二字,显然在《桥》中失去了小说叙事中应有的理性特征。废名在叙述的关节之处,频繁放弃对语言逻辑的追逐,致使《桥》中遍布了非逻辑性的碎片叙述,“故事”悄然旁落,只余“莫名其妙”的空白体验。刘西渭谈到作《桥》的废名时说,“(他)渐渐走出形象的沾恋,停留在一种抽象的存在”[②],这一结论十分精准。

对抽象的重视为废名提供了体验世界的新视角,促使他放弃形象,采取了避开逻辑语言、在模糊印象中传达观念的方法。实际上,《桥》那镜花水月般的意境,的确难以描述,还是沉默、空白、观想等概念与之最为般配,正如作者借小林之口的“表白”:“他欢喜着想表示一句什么,什么又无以为言,正同簇影不可以翻得花叶,

① 灌婴:《桥》,《新月》1932年第4卷第5期。

② 刘西渭:《〈画梦录〉——何其芳先生作》,《李健吾批评文集》,珠海出版社1998年版,第132页。

而沉默也正是生长了”(《荷叶》)。也许在废名看来,“一落言诠,便失真谛”,为保留真谛,“无以为言”大概是最好的选择。然而,文学创作毕竟无法割离对语言的依赖,为两全其美,废名最终主动或被迫地,选取了疏远“逻辑性”语言的折中方案,既满足了小说对语言的基本需求,又确保了语言不会束缚思想的恣肆。

在这一方案的引导下,越近结尾,《桥》的语言越跳脱,废名也越向“不落言诠”的语言理想靠近,有时干脆中止叙述,放弃完整表达,放纵意识游荡。如《钥匙》中,小林见到一处坟(废名着实钟爱坟),念到“‘这不晓得是什么人的坟,想不到我们到这里……’她很是一个诗思,语言不足了,轮眼到那一匹草上的白羊,若画龙点睛,大大的一个佳致落在那个小生物的羽毛了,喜欢着道:‘这羊真好看。’”——《桥》中人常常如此这般,玄妙意境充盈于心,却又无法言明,只好“顾左右而言他”,真意但凭体会,正所谓“人的境界正好比这样的一个不可言状”(《窗》)。至此我们也似乎理解了《桥》“非逻辑性”中的“逻辑”:如何能用“物”来表达“本来无一物”?以空对空,是无奈也是必然,然而,其结果是十分奇妙的,废名的“不落言诠”,带来的正是“妙不可言”的境界,境界中自有“真谛”滋长。

一言蔽之,在造《桥》的过程中,废名离弃了语言的逻辑性,转向非逻辑性表达。因此,既不脱离语言,又不依赖语言逻辑的“意念”二字升腾而出,成为废名“造境”最合适的砖瓦。其实,早在分析废名的意象处理时,“意念”的引领作用便可见一二。一般来说,小说采用意象,目的在于完善表达,使故事更为清晰,而废名却借由意象,每每将叙述引向更为模糊的境地。表面上看,似乎意象的语义非常明确(如坟),然而它最终指向的,是莫可名状的体验(如空),遵循着由“实”到“虚”的理路。

因此,每当现实场景触动人物时,人物总是超越实境,置身“意念现实”。如《塔》一节中,细竹说到雨天泛舟的情景,激发了小林的想象,小林似乎已独立湖边遥望泛舟之人,并为此人姿容所吸引，赞美道，“你看，这个人真美”。“这个人”显然是“无中生有”，却来得如此自然，读者仿佛也跟随小林视线，实实在在地看到有人乘一叶扁舟漫行水面一样。这种人造的“意念现实”处处可寻，与实境相比，它往往更具美感，可以说，《桥》的诗学理路，正是从现实转向意念，探求现实中无法实现的妙境。在人物的思维跳跃中，《桥》成了现代乡土描写中的异端，由“色”走向“空”，且色、空的转化总是不留痕迹，仅仅是笔锋一转，便将读者由“读故事”引向对境界的体悟。

实际上，这种以“意念”体察现实的方式，本身即是“顿悟”之道，所谓识心见性、以心生法，其中“心”的维度落实到文字上，无非联想、幻想、观想等内观倾向。因此，无论从客观还是主观来看，语言的废止、意念的升腾，似乎都是《桥》必然的归宿，目的在于穿越表象、直指人心。在这一理念的指引下，《桥》虽故事松散，但“意念”始终穿针引线，每每把叙事引向“虚境”和“内境”的统一终点。如《窗》一节中有这样的描述，“看她睡得十分干净，而他又忽然动了一个诗思，转身又来执笔了。……又想到笑容可掬的那个掬字，若深在海岸，不可测其深，然而深亦可掬。又想到夜，夜亦可画，正是他所最爱的颜色”。这段描写可谓“凌乱”无比，作者显然已经放弃了对真实世界的专注，完全跌进跳跃的意识世界。女孩的睡姿在此仅是一个跳板，在意识起跳后便失去了意义，之后引领叙事的，始终是流动的意识，它飞速地将阅读从实景引向虚地，由外部引向内部，以求实现“穿越表象，直指人心”的初衷。

这很像现代“意识流”小说的组织方法，“颇类似普鲁斯特与伍而夫夫人”（朱光潜语），当代有学者提出“心象小说”[①]概念，用以概括《桥》的文类归属，也是十分有道理的，所谓“心象”，“可以看作

---

① 吴晓东在《镜花水月的世界》中即以此来指称《桥》一类小说作品。

是废名在创造性的自由联想中生成的一个个拟想性的情境”[①]。正是这些非逻辑性的“拟境”,赋予《桥》一个整体性“心境”,为“识心见性、以心生法”提供了可能的土壤。这种独特的架构方式,也许本身便是废名“参禅悟道”的一环,在作者意念的跳跃和语言逻辑的失落中,《桥》通过镜像式隐喻技巧,成了一面庞大的镜子,镜中孕养着一个似是而非的世界。废名深潜至这一“镜花水月”的非理性王国,形神兼具地传递出人生如梦、真如遍布等佛教精髓,小林等人也在这幻境中不停地“故弄玄虚”,启迪读者共同感念“顿悟”妙道。

可见《桥》的“表”与“里”边界非常模糊,它们纠结交错,难分难解,废名也干脆放弃了对两者的分辨,“丢开一切浮面的事态与粗浅的逻辑而直没入心灵深处”[②]。因此,想从《桥》里获得情节上的满足似乎很难,在丢弃“事态”和“逻辑”的过程中,传统的小说创作对情节的执着也变得散漫,整部作品逻辑异常疏松,虽然以恋爱故事为主线,然而情爱进展显然比不同时代同题材小说平缓太多,几无激荡冲突,关键情节处甚至仅用寥寥数语一笔带过,无怪乎读者们觉得它不像一个“故事”。与这个不像“故事”的故事相配,《桥》的人物塑造也极其模糊,与其说“塑造”,不如说废名像作写意画那般,随便涂抹几笔,为人物勾出个轮廓形神而已。

这种叙事方略,使《桥》从整体风貌来看,更像一篇美术作品。它虽写世俗村落,不外儿女情长,但读来满眼净寂空山、青田流水、莲动竹喧,尤其工于营造空旷、清幽、静默的无人之境。《碑》一节中有这样一幅场景:小林一人走在旷野,夕阳西下,别无行人,旷野辽阔,一目难穷,这一场景不禁使人联想到无量无边的三千世界,小林也仿佛悟得了此中妙处一样,“一眼把这一块大天地吞进去

① 吴晓东:《镜花水月的世界》,广西教育出版社 2003 年版,第 195 页。

② 孟实:《桥》,《文学杂志》1937 年第 3 期。

了”。这种空寂中见禅意的文学品格，跟传统禅诗毫无二致。从语义上看，“禅”本身即是静虑止观之意，主张以虚静心灵体悟心外之物。因此，受禅宗影响的文人历来追求虚空境界和清幽寒寂的审美情趣，以此修建心无挂碍、自由静寂的精神疆域。这在古典文学中不仅是一种精神所向，甚至成为判断作品优劣的标准，苏轼所言“欲令诗语妙，无厌空且静”，大概由此而来，《桥》亦堪此言。《桥》写景色，颇有“曲径通幽处，禅房花木深”的静娴；写境界，颇有“人闲桂花落，夜静春山空”的幽寂；写情韵，颇有“山花落尽山长在，山水空流山自闲”的顺达，于“空且静”中蕴藏了无限奥妙。“情节”对于小说的意义，在这抹禅机中悄然破除，换来一个整体性意境盘旋纸上。黄思伯曾说废名“一两句话，可以指出一个鲜明的境界，使人顿悟”[①]，可谓一语中的，但当我们意识到这种“顿悟”是由“小说”而非“诗”来实现时，该小说的“破天荒”属性可谓再鲜明不过了。

至此，本节开头的问题似乎有了线索：废名为什么要离弃“故事”，《桥》又是凭何而“破天荒”。

显然，废名要追逐的“彼岸”，用传统数路已经无法达到，他必须艰难地开疆扩土，为其“佛心”寻找贴切的表现方式，在守住纯粹性与崇高性的前提下，把“现代化”了的佛教文化，恰如其分地传递出来。所以《桥》不得不对“作读关系”做出根本改变，放弃用故事取悦读者的老路，通过语言退场、情节淡化、意念升腾和境界塑造，尝试用人物的悟道启迪读者的悟道，最终实现作者本人的创作目的。

无意也好有意也罢，从结果来看，废名的确是通过佛教与现代思维的两相结合，为小说创作提供了全新的思路与面貌，实现了小说文体的“破天荒”。在现有文体框架下为《桥》做出准确的归类很

① 黄思伯：《关于废名》，《文艺春秋》1947年第1卷第3期。

难，《桥》也正如朱光潜所言，“体裁和风格都不愧为废名先生的特创”。这种新颖又艰涩的创作方略，造成了《桥》意料之中的“难懂”，然而若能了望“难懂”背后的语义，所谓的“难懂”实则再容易不过。

结　语

不少学者认为废名的小说隐含有一种“反现代性”主题，确实，在废名的文学世界中，少有对“现代”的直接表述，创作理念看似也更倾向于“传统”。他在思想激荡的年代，仍然从传统中吸取养料，构建起一个桃源风情的纸上世界，似乎也成为这一观点的明证。然而这里的“传统”，早已非彼传统。作为一名现代小说家，废名凭借现代意识为佛教文化附上了一层滤镜，赋予它现代意味浓郁的内容、观念和言说方法，呈示了当佛教同现代文学结缘时，衍生出怎样的性格特征和外在形象，对传统佛教文化进行了一次卓越的“现代表达”。

这种“现代表达”的意义是相当卓著的。首先，在“现代表达”中，《桥》实现了佛教文化的传承，使之在传统文化整体遭受质疑的时代获得了生存空间。它尤其坚守了佛教的崇高与纯粹，促使读者用严肃深沉的阅读态度来解读作品、消化义理，无形中赋予《桥》精英文学品格，将与佛教相关的小说从传统的消遣文学，提升至思辨意味浓厚的严肃文学。

其次，在“现代表达”中，《桥》亦实现了佛教文化的转化。它挖掘了传统佛教文化中的现代因素，将其纳入思想革命轨道，使之成为现代文学建设的一股力量，证实了传统文化是民族文化中难以抹除的根性组成，即使在变革时代，仍具备生命力与塑造力，现代文学完全可以在全新的历史背景下，从传统中吸取适于自身发展的精神食粮。

再次，为寻求精准的表达方法，《桥》以其探索性实践促动了小说文体的开疆破土，通过独有的叙事方略和文学风格，进一步打破了“小说”框架，为小说的现代化进程助一臂之力，丰富和影响了中国现代文学的形式与风貌。

美国学者史书美说废名是“传统中的现代”[①]，这是十分中肯的评价。废名通过对佛教文化的“现代表达”，履行了全新历史背景下一位现代作家应尽的义务，无论从内容、形式还是目的上看，都是对佛教文化的新阐释。这不仅成就了废名在文学史上独特的价值，也为佛教文化在现代文学领域开辟了一方新图景。

在多数现代文人直接向西方文明寻求支持的时代，废名从自身文化资源中发现了进步的可能，为“传统”与“现代”搭建起沟通彼此的一座“桥”，为现代性的表达开辟了另一条可行的道路。事实上，由内部实现自我突破，远比直接采纳外来观念要困难得多，但倘若实现，文化血脉的坚固与惯性决定了它将具备更为深刻的渗透度与影响力，其颠覆意义也将更加显著。《桥》提示着我们文化传承与转化的必要性与积极意义，这些看似疏离时代的作品，维护了现代民族文学的多样性与完整性，为现代文学留存了一片风貌独特的园地。把握其中的文化符码，不仅可为现代文学的深解与重读提供可能的新维度，也可为当下民族优秀精神遗产的整理提供可能的思索依据。

---

① [美]史书美：《废名：传统中的现代》，《殷都学刊》1994年第4期。

论《有生》的叙述美学

李安昆

（南京大学中国新文学研究中心）

内容摘要：胡学文的新作《有生》呈示了一种传统与现代辉映、形式与内容贴合、先锋与有机融通的叙述美学。一方面，胡学文具有鲜明的形式自觉，整体上采用联缀式的"伞状"结构，在不同章节分别运用第一人称全知叙述和第三人称限知叙述，还使用多种时间变形手段，构建出极具实验性和变化性的文本形态；另一方面，他又十分注意故事的丰润性和内容的有机性，通过"三一律"的变体形式、再时间化的变形方式、"设谜—解谜"的问答锁链、深沉浑厚的叙述语调等，有力地维护了文本的整全性。胡学文接续了由古典史传、民间故事和现实主义文学融汇而成的文学传统，同时也对多种美学资源、文学技法等保持着开放心态和主体意志。

关键词：《有生》　叙述美学　叙述机制　时间结构　悬疑

胡学文在新作《有生》中，营构了一个名为"宋庄"的小说世界。地方特征鲜明浓郁的天气物候、地理环境、庄稼花卉、民俗谣谚等，出入于故事和叙述之中，为一幅辽阔粗犷而又细腻深情的北中国风情画卷铺就了底色。祖奶乔大梅和如花、毛根、罗包、北风、喜鹊等各色人物相继登场，一日一夜中的讲述、回忆和经历、动作，串联起了二十世纪世态人情的百年流转。面对如此规模宏大、联系漫漶的故事图景，胡学文独运匠心，精雕细琢，充分调动民族/民间美学传统的资源，和当代文学发展历程中积淀下来的美学经验，融造出一部清丽柔美的叙事作品。

一

二十世纪八十年代后期,"向内转"的先锋文学在文学界崭露头角,主张回到语言本体,关注叙述形式,"怎么写"代替"写什么",成为衡量小说文学质地的首要尺度。零度叙述,叙述圈套,多重视角,时间倒错,拼接、混淆"真实"与"虚构"等方法,一时间纷至沓来,层出不穷。经历了更加"现代"的现代主义、后现代主义等文学观念和写作技法的洗礼,"传统"现实主义的第三人称全知叙事、依照自然时序的情节安排、头尾清晰的完整故事、零距离的可靠叙述语言等特征,显得陈旧落伍,几乎全然丧失了美学上的正当性。事实上,单向度的机械形式实验,在完成一次美学的大解放之后,未能占据对文学的主导阐释权,反而因缺失了与内容和意义的有机联结,导致"内容被化解为于形式之中,只是形式的添加剂……能见到的只是拒绝主题,结构瓦解,片段零散,平面人物,性格单一"[①],由此很快耗尽了其历史能量,沦为能指的空洞运转游戏而难以为继。

八十年代末,新写实小说应运而生,不仅"善于吸收借鉴现代主义各种流派在艺术上的长处",还"特别注重现实生活原生形态的还原,真诚直面现实、直面人生"。[②] 进入九十年代,一批以形式探索著称的先锋作家如格非、苏童、余华更是纷纷后撤,回退到写实的轨道上来,在增强小说现实关怀的同时,凭借所习得的文学技法,继续推动写实的精细化和内向化,催动着现实主义品格的更生发展。由此,历经现实主义/现代主义、先锋形式/有机内容之间

① 赵毅衡:《当说者被说的时候:比较叙述学导论》,四川文艺出版社 2013 年版,第 291 页。

② 《钟山》编辑部:《"新写实小说"大联展卷首语》,孟远编《新写实小说研究资料》,百花洲文艺出版社 2018 年版,第 13 页。

正—反—合的辩证转化，中国小说的文体构成得以增添新质，小说美学也建立了新的基本门槛和规范。

生于1967年的胡学文甫一写作，便置身新的小说美学的“影响的焦虑”之下，这让他获得了鲜明的形式自觉，尤为注重作品的形式安排和对写作技法的综合运用。在《有生》中，这体现为对整体结构、叙述方位和时间变形的精巧设计。

首先来看整体结构。诚如胡学文在小说后记《我和祖奶》中的夫子自道，《有生》的结构经过了长时间的苦心思索，最终是在雨伞的启发下灵光一闪，才定为“伞状”。整体上看，小说采用的是组合式或称联缀式的结构形式，以人物为基本单元，由中心人物祖奶和她接生的五个视角人物来串联全篇。小说分为上下两部，共二十章，上部是从第一章到第十章，首章及各奇数章，均以“祖奶”为名，叙述了祖奶乔大梅的百年生命风云，各偶数章则分别以五位视角人物如花、毛根、罗包、北风、喜鹊为核心展开叙述，并以人名作为各自章回的题目；下部是从第十一章到第二十章，各奇数章以视角人物来命名，各偶数章及终章则以“祖奶”为名。以“祖奶”始，中间则依次蛇形排布各视角人物，继以“祖奶”终，恰似一柄巨伞撑开和聚拢的运动过程。[①] 在每一章下，又有以阿拉伯数字标记的小节，将情节语流分割为次一级单元，方便对每个人的生命史内容予以更仔细地拣选、加工、删略和凸显，进而更加精湛地把控他们生命图景的主色调。

众所周知，联缀式的结构方式在中国的叙事传统中有着相当古老的渊源。包括歌谣、故事、史诗等在内的原始民间口头叙事文学，往往以简单的组合关系结构文本；《史记》中属性不同的本纪、世家、列传，则是以人物为中心相互勾连，最终组合成一部被视为

---

① “巨伞撑开又聚拢”的说法，来自胡学文在2021年3月6日于南京市新街口新华书店二楼廉政书屋举行的“我们为什么还要读长篇小说——胡学文《有生》新书分享会·南京站”上所作的发言，笔者以为该说法最为贴合文本的形态。

有机完整的叙事作品;《水浒传》《西游记》等脱胎于民间话本的章回小说,在长期积累成书的历史过程中自然地形成了联缀式结构,而由吴敬梓独立创作的文人章回小说《儒林外史》,也被鲁迅评价为“如集碎诸锦,合为帖子,虽非巨幅,而时见珍异”[①]。

不同于从外来的现代主义、后现代主义小说中寻求叙述突破的资源,胡学文反求诸内,将探索的触角伸向了他长期生活和表现的广袤乡土民间,以及潜隐于其文化地层深处的民族传统美学资源。联缀结构和回目设置,让《有生》的文本形式中闪耀着的“传统”的吉光片羽,可称为一部“拟章回”文本。小说上下两部奇偶相分,彼此之间错落对仗,构成巧妙呼应,实现了均齐整饬的美学效果,更富有图像特色,获得了空间维度上的象喻性。这种契合民族传统审美趣味的形式安排,最终使得《有生》领异标新,成功地突破了汗牛充栋的单体式家族小说的美学樊篱。

二

在《有生》的祖奶章节中,胡学文采用的叙述方位是“第一人称全知叙述”。所谓“第一人称全知叙述”,看似违反叙述学规则,实际是指显身的第一人称叙述者利用在小说中做主角的机会,突破其作为人物的感知范围,灵活使用“跳角”,任意讲述故事信息,以实现叙述完整流畅、情感清晰圆融的效果。为了给这种叙述方位提供必要的理据,往往使用书信、日记、回忆、自传等搭建叙述情境。[②]

胡学文把回忆作为祖奶章节的基本叙述机制,还安排了“蚂蚁”充当重要的回忆装置。叙述人祖奶年近百岁、瘫痪在床,但是

---

① 鲁迅:《中国小说史略》,江西教育出版社 2017 年版,第 132 页。

② 赵毅衡:《当说者被说的时候:比较叙述学导论》,四川文艺出版社 2013 年版,第 146—147 页。

保留了灵敏的听觉和嗅觉，能够通过声音和气味来感知外界的变动。小说从四月的一个早上开始，一只蚂蚁爬上了祖奶的身体，掀开了她的记忆大门。“往事袭来，我甚是惊惧，难道又有什么大事要发生了吗?”① 小说的叙述能量自此引爆。何以如此？随着叙述/回忆的推进，蚂蚁与死亡和灾难之间的联系渐渐清晰。原来，在母亲因难产而死，祖奶自己被人强暴、父亲死于枪下，次子李夏的死讯传来之时，都伴有蚂蚁的出现，而且颇具神秘色彩。蚂蚁成了祖奶的梦魇，当她再度遇险之时，“似乎黑的白的蚂蚁突然窜到身上，我浑身刺痒，阵阵痉挛”②。由此，蚂蚁成了《有生》版的“小玛德莱娜”点心，它的出现，让人亡物毁、了无陈迹的久远往事和苦难回忆，聚成浩荡的时间之流滚滚而来；它的存在，又让祖奶惊惧不已，不时从回忆中抽身而出，警觉着未来可能到来的厄运。临近结尾时，祖奶得知乔石头正是强暴喜鹊的歹人，并要在午夜时分去喜鹊家向其坦白一切，感觉到“心被沙石猛击了一下”，“蚂蚁大军杀出来，在我的头上、脸上、后背、前胸，在我的手臂和大腿上奔走”。③ 死神的突然出现、乔石头即将面临的死亡，呼应了小说开端祖奶因视蚂蚁为噩兆而产生的疑虑，蚂蚁作为叙述装置的功能豁然开朗，混合着种种谜题的文本为之一变，被叙述的过去和作为叙述现在的当下合二为一，叙述至此结束。

另外，对蚂蚁的感知，又是行动能力受阻、部分感官失能的祖奶主体意志的反应。在麦香倾倒苦水时，祖奶对她自怨自苦的想法并不赞同，麦香的言语中便被插入了“蚂蚁在窜”，以祖奶的“抢话”表示她对麦香的疏离；当祖奶第一次听闻乔石头建造祖奶宫的计划时，顿时心跳如雷，相对应地出现了三个连用的“蚂蚁在窜”。这样，通过蚂蚁，祖奶对现实也有了更多的参与性。据统计，整部

---

① 胡学文:《有生》，江苏凤凰文艺出版社 2021 年版，第 4 页。
② 同上书，第 703 页。
③ 同上书，第 921 页。

小说三百余次出现蚂蚁,“祖奶”八十六次看到或感受到“蚂蚁在窜”。[①] 总的来说,蚂蚁包裹着过去、现在、未来三重时间位置,表征着祖奶的主体意志,提示着叙述者祖奶在过去和当下之间的跳进跳出,以及对身边的事情或远或近的态度和评价。蚂蚁在第一人称全知叙述的总体机制中,纵贯文本的始终,形成一条绵延不绝的链条,飘忽不定的回忆意识流萦绕其上,让叙述变得更为紧密扎实。

在占据小说另一半篇幅的视角人物章节,胡学文安排了第三人称限知叙述,不仅与祖奶章节有所区分,满足了伞状结构的整体规划,也提供了具有另一种美学质地的文本风景。具体而言,胡学文所采用的是隐身叙述者+复式主要人物视角:如花、毛根、罗包、北风、喜鹊,在各自章节中不仅是主要人物,也是叙述的感知者,他们的所感、所思、所想,乃是叙述者的所说、所述。五个视角人物章节之间的转换安排得相当整齐,彼此独立,叙述方位却又高度相似,与祖奶的章节在数量和形态上明显不同,从而使之凸显出来,形成了主次之分。

在第一人称全知叙述中,由于叙述者同时也是人物,叙述使用自由直接引语,其实就是由“我”在讲述自己的故事;而在第三人称限知叙述中,叙述者居于故事情节之外冷静陈述,所谓叙述,是由叙述者采用间接引语来转述别人的故事。如此一来,读者与六个人物之间就产生了不同的距离:同祖奶迎面相逢,听这位百岁老妪在暮年讲述自己的过往,仿佛她就是“现实”中的人物;而如花、毛根、罗包、北风、喜鹊等,因为叙述者居间的阻隔,似乎只“活”在故事之中,显得虚构性更强。两部分内容在距离上的远近,也可以十分便捷地被理解为层次上的高低。通过对叙述方位的差异化安排,六个人物章节之间有了数量和形态、距离和层次上的不同,文

① 何同彬:《〈有生〉与长篇小说的文体“尊严”》,《扬子江文学评论》2021年第3期。

本结构在阅读心理的综合中,便很容易地被构拟为非线性的伞状。

同时,主要人物视角让叙述聚焦在视角人物的生活和遭逢上,更以人物的主观感知为标准,叙述内容因而带上了人物的思想、情感和意志,呈现出各个不同的五彩质地。在如花的世界中,旷野里的树林和草滩富有灵性,她喜爱花卉和夜舞,乐于在野地里游荡,在她看来,自己死去的丈夫钱玉不仅会给自己托梦,还可以转世成乌鸦陪伴自己;在罗包的世界中,宋庄里充满了各种各样的气味,他的周身长满了无数的鼻孔,敏锐地捕捉到了麦香身上特殊的香气,并深深迷恋其中,二人最终走到了一起,而他身上又莫名其妙地沾上了豆腥气,成了这段婚姻裂痕的开始;而在喜鹊的世界里,因为父亲的懦弱和母亲的"放浪",宋庄不是一个温柔的所在,而是需要以自己的"刁蛮"、"霸道"去回击侮辱、赢得尊严的赛场,她一直背负着巨大的重量竭力生活,生命在苦涩中焕发出坚韧的光彩。

主要人物视角的设定,让人物的生活和处境得到了极为细致的书写,他们的内心深度也得到了更加充分的挖掘,外在的言谈和行动也就有了更为充分的心理依据,人物形象因此更加丰满生动。更重要的是,不同人物提供了看待世界的不同视角,形成了各不相同的主观真实,而世界则在不同视角的仔细照亮、打磨下,表现出更为全面和本真的状态。

三

从根本上说,小说是一种摆弄时间的魔法,故事时间在其中经过种种变形和倒错,转化为叙事时间,并焕发出引人瞩目的斑斓色彩。《有生》的主体故事时间始自清末,直至当代,长达百年,如何让小说在时间维度上获得美学质地的提升,具有相当大的操作空间,也是胡学文念兹在兹的一个问题。

《有生》将叙事的开始放在了故事时间的后半段,从祖奶的生命末期讲起。这样,正如上文已经提到的,回忆便成为统摄整个小说文本的宏观时间结构,而不是局部尺度上具有装饰性功能的一般时间倒错。然而,胡学文并不满足于简单的时序变形,期待着一个更富实验性的时间结构。“小说写了她的一个白日和一个夜晚,在这短短的时间内,她讲述了自己的百年人生。”① 胡学文将回忆包裹进现实的时间框架,一方面,小说的叙述变成了一个连续不断的大规模往返运动;另一方面,回忆的时间倒错性质被纠正,转化为现实时间的底层构成,现实的时间结构得以被掘进而双层化,呈现了更大的时间容量。小说整体的时间结构在保持清晰可辨的坚实轮廓的同时,拥有了更加丰富的内在肌理。更重要的是,由于时间尺度的不同,现实叙述与回忆叙述之间有了速度上的差异,小说故而获得了双重的韵律。现实部分的内容,基本上是依照自然时序演进的蚂蚁的活动、祖奶的感知和一些人物的对话场面,叙述单一、简略、浅白,相比较而言,回忆叙述涉及了更加广阔的时空、信息和内容,时间来回穿插交错,叙述更为丰富和细密。然而,由于一日一夜的现实时间的限制,回忆的速度又十分迅速,大量事件场景都以祖奶的讲诉而被压缩,事件与事件之间则用省略而迅速跳跃过去,祖奶的过去得到了详略得当的凝练呈现。

视角人物章节虽然也以一日一夜的现实时间作为枢纽,但是打破了其物理外壳,呈单线型向外蔓延。具体来说,各个视角人物都首先出现在上部祖奶章节的现实叙述部分,即四月的一个白天,与小说主体的时间场域发生了紧密联系,但是在各自章节中,又重新起头,跳跃至从小说的时间起点之前。如罗包的章节,先讲百年前罗包的曾祖罗世成在鸡鸣驿与西逃的慈禧太后的一段遭逢,再跳到罗包五六岁时磨豆腐、卖豆腐的童年生活,接着才讲述他长大成人后开豆腐房、迷恋麦香、结婚以及婚姻的危机;如花的章节,从

---

① 胡学文:《有生》,江苏凤凰文艺出版社 2021 年版,第 942 页。

她养的四季海棠被折断开始，继而讲与钱玉的赌约、婚恋，以及钱玉的意外去世，直到如花将乌鸦当作去世的钱玉，至此，还需要经过四年十个月，才能到小说主体的时间起始，即毛根将乌鸦射死的那个早上。这样看来，小说上部的各个视角人物章节，构成了一个个外倒叙或者混合倒叙，而下部的叙述，或从四月的白天开始，或与之相交错，一直顺叙至故事时间的结尾，即五月的那个夜晚。这样，不但让各部分之间联系紧密，小说的时间也有了多个源起。祖奶章节的时间结构显得整饬严谨，而视角人物章节的时间结构疏朗多姿，一张一弛，从中可以体会到胡学文的用心所在。

另外，由于故事时间和信息密度的差异，相比较而言，视角人物章节的叙述节奏显得更加舒缓，更有耐心，并不急于传递更多的叙述信息以勾勒一个完整的生命故事，而是以场景取代讲述作为叙述的基本元素，甚至运用了大量的停顿，醉心于营造故事的背景和氛围。如钱玉和如花的相见相恋，婚后种花、去野外欣赏闪电；又如罗包在夜里追逐暗香，教安敏摸豆子，继而与她云雨高唐，小说都不吝笔墨，写得细腻生动，诗意盎然。

四

不难看出，胡学文在《有生》形式建构上的确用心颇深，而丰润的故事性和内容的有机性也是《有生》叙事美学的重要内涵，他在写作时特别注意叙事可追踪性和故事整全性的设计与构造。

首先，小说有异常清晰的时空背景和故事内核，将机械化排布的各个章目紧密结合。百岁的祖奶在长达几十年的接生岁月中将万余人接引于世，被乡人神化，声名远播，她的住所因而成了神圣空间，各类人物纷纷聚集于此，倾诉祷告。乔石头是祖奶的孙子，富甲一方，具有很强的社会影响力和广泛的社会联系。在上部，四月的一个白天，乔石头突然准备回乡，村支书宋品、照顾祖奶的麦香、镇长北风等得到消息，都紧锣密鼓地行动起来。而恰巧在这一天清晨，毛根射死了如花的乌鸦丈夫，如花前来向祖奶告状；负责照顾祖奶的麦香开小差，去镇上找丈夫罗包，让宋慧代班，宋慧借机向祖奶吐露了自己与毛根的纠葛。在下部中，乔石头回乡后，为了修建祖奶宫而征地，往来各处，或通过宋品，或直接与毛根、如花、喜鹊、罗包、北风等接触，并在五月的一个夜晚告诉了祖奶自己修建祖奶宫的计划和强暴喜鹊的罪孽过往。胡学文以"三一律"的变体形式，"用一地、一天内完成的一个故事从开头直到末尾维持着舞台充实。"①

其次，小说运用时间扭曲获得波折效果的同时，还最大可能地保证了叙述线性的维持。赵毅衡将叙述的时间变形分为两种，其中，非时间化指的是"对底本时间作了根本性的破坏性的改变……使述本中的事件无法按底本中的时间顺序复原"，而"再时间化基本是一种非破坏性的时间变形……其目的……通过打乱底本时间，使人们更感到底本时间的相续性和其中包含着的因果链"。②无疑，胡学文采用的是再时间化的变形方式，"八月的某个黄昏""那一年，朝廷又换了皇帝""二十天后""四年十个月后"等时间标记，在文本中俯拾即是，极其密集，核心的故事内容从逻辑上说，几乎全无遗漏。在记述核心人物的同时，小说还叙及他们的父祖妻母兄弟姐妹，乔家、钱家、花家、罗家、毛家，都写了三代人，不仅流露出史传的味道，也在时间维度上获得了类似传统的叙述满格的效果。

第三，小说特别重视"设谜—解谜"的交替与呼应，营构了突出而又完整的悬疑机制，让环环相扣的情节严整而有力地发展演进。正如李珍妮和贺仲明已经指出的，"《有生》以大量的笔墨铺垫了许

① ［法］波瓦洛：《诗的艺术》，任典译，人民文学出版社 1959 年版，第 33 页。

② 赵毅衡：《当说者被说的时候：比较叙述学导论》，四川文艺出版社 2013 年版，第 214 页。

多悬念和疑案”，“预叙事在小说中比比皆是”。[①] 其实，预述是悬疑的一种基本方式，在解谜时，将已经提及的内容仔细阐释，又在频率上形成了复述，预叙—复述形成了一个完整的问答链。如钱玉和如花分别时，叙述者指出“没想到这次别离竟然是永别”[②]，接下来便详述钱玉之死和相关善后事宜，形成了对上文的解答和详细表述。

除此之外，胡学文还运用了倒叙来设置悬疑。如喜鹊在给羊倌买媳妇的过程中惨遭强暴，叙事者压住施暴者的身份不讲，在故事最后通过乔石头的自白倒叙来揭开谜底。又如麦香向祖奶哭诉自己的婚姻不幸时，提到了自己夭折的私奔，以及“男人明目张胆养小，听说那个贱女人又怀上了”[③]，从故事时间衡量是倒叙，但因为位于叙述的前半部分，同样起到了设置悬疑的作用。除了时间变形，悬疑还可以通过伏笔来设置。小说中最典型的伏笔，就是祖奶在出生时，接生婆对她命大/硬的评价，这个悬疑用整个小说的幅度才得到回答：按照传统的民间观念，祖奶“克”死了父母、公爹、两任丈夫和八个子女；另一方面，祖奶经受了各种灾难和打击，顽强地生活了下来。可以说，《有生》讲述的就是祖奶如何命大/硬，而直到叙述结束，我们才能体会开始时接生婆评价的意味深长。

此外，还有一些悬疑充当定语，作为修饰掺杂在句子当中，如“四子五女、三个丈夫都吮吸过的乳房”[④]等。这些通过种种方式来设置的悬疑和相应的回答分布在小说的各个角落，彼此之间的呼应是维系故事有机完整性的强韧纽带。即使存在着一些“有因

① 李珍妮、贺仲明：《建构以民间为中心的生命观——评胡学文的长篇新作〈有生〉》，《当代作家评论》2021 年第 3 期。

② 胡学文：《有生》，江苏凤凰文艺出版社 2021 年版，第 75 页。

③ 同上注，第 18 页。

④ 同上注，第 29 页。

无果”、“有头无尾”[1]的故事，却并未对小说的整全性造成损伤。最后，小说的叙述语调在整体上保持了一致，低沉浑厚，娓娓道来，也是维护文本整全性的有利因素。无论是祖奶章节，还是视角人物章节，心理描写都占据了其中绝大部分篇幅，因此，无论是第一人称还是第三人称叙述，都沾染了“意识流”的色彩，具有内在性和深沉性。

形式与内容的本体地位和美学价值之争，是文学理论史上一个经典性命题，也是作家在文学叙述中必须预先处理并在写作实践中不断调整的重要问题。二十世纪八十年代以来中国文学创作和批评中的喧哗众声，有不少也是这一问题的余音和回响。对此，胡学文的看法是：“写作的形式是重要的，但更重要的是形式与内容的结合。托尔斯泰和卡夫卡的作品是不同的山峰，其实哪种形式都可能写出了不起的作品。”[2] 故此，《有生》表现出了一种传统和现代交相辉映，形式与内容紧密贴合，先锋与有机交融互动的叙述美学。可见，胡学文并非极端的形式主义者，形式上的先锋实验性，只是出于对自身写作技艺的严格要求。他更像是一个朴素的讲故事的人，接续着由古典史传、民间故事和现实主义文学互相融汇所构成的文学传统，以人物、情节和细节为经纬，编织出一个个温润可亲的动人故事。胡学文的应答方式未必会得到众口一词的称赞，但无疑表现出了一种对多种美学资源、文学观念、写作技法等兼容并包的开放精神和有所倾向、有所拣选的主体意志。这样的理念和态度，也正是中国文学得以不断成长、发展的原因所在。

---

① 李珍妮、贺仲明：《建构以民间为中心的生命观——评胡学文的长篇新作〈有生〉》，《当代作家评论》2021 年第 3 期。

② 谢岩：《用思索的笔墨直抵灵魂——访第六届鲁迅文学奖获得者、省作协副主席、我市籍著名作家胡学文》，《张家口日报》2014 年 8 月 27 日。

当代文学的“婚恋书写”与社会主义新伦理文化探寻

——评东西长篇小说《回响》①

钟世华[1]　田振华[2]

（1，南宁师范大学新闻与传播学院，山东大学文学院；

2，江苏师范大学文学院）

内容摘要：改革开放四十余年波澜壮阔的现代化进程，不仅使我国的外在面貌发生了翻天覆地的变化，而且使人的价值观念、精神和心理等都在悄然变化着。婚恋观念的快速变迁就是最好的例证。作家东西的长篇力作《回响》就是基于当下复杂现实背景下的新婚恋现实主义书写。作品借助一个刑事案件的外壳，在“自我”与“他者”的博弈中，不同婚恋观次第展开又互为镜像；作者通过极为细腻的心理分析，向我们展现了主人公冉咚咚在扑朔迷离的案件、家庭的情感纠葛和自我内心突围中的艰难心路历程；在开放的现代化时代，坚守爱情是婚姻的底线、对婚姻抱有信仰、平庸才是真正的浪漫，也许这些才是社会主义应有的婚姻伦理。《回响》呼吁我们建立的是健康的、和谐的和具有真正信仰的社会主义新伦理文化。

关键词：东西　《回响》　婚恋书写　社会主义新伦理文化

作家东西是一位始终致力于“当下现实主义”书写的作家，他力求发现当下现实社会出现的“新问题”、“真问题”，企图以文学审美书写的方式，为当下社会现实把脉。从早期的《痛苦比赛》、《不

① 本文系广西高校人文社会科学重点研究基地——广西民族文化保护与传承研究中心特别委托项目阶段性成果（项目编号：2021TBWT01）、2020 年广西哲学社会规划研究课题“当代文学桂军资料整理与研究”（项目批准号：20FZW006）、2018 年国家社科基金项目“广西当代少数民族文学多元表述的文化意义研究”（项目编号：18XZW034）阶段性成果。

要问我》等多部中短篇小说集，到书写当下底层教育问题的《篡改的命》，再到新近创作的婚恋题材长篇小说《回响》，莫不是如此。表面来看，小说《回响》整体上是两条线索同步进行，奇数章主要书写对杀人案的调查，偶数章专门写冉咚咚和慕达夫的感情问题，最后一章两条线索共同汇聚在一起，构成“回响”。但实际上，两条线索并驾齐驱又相互交织，不论是奇数章中的案件书写，还是偶数章中的感情书写，都是围绕着“婚恋”这一主题来展开的，奇数章中对案件书写的背后，大多展现的还是不同人物婚恋观指引下的言行举止和心理历程，《回响》就是基于当下复杂现实背景下的新婚恋现实主义书写。

改革开放四十余年波澜壮阔的现代化进程，不仅使我国的外在面貌发生了翻天覆地的变化，而且使人的价值观念、精神和心理等都在悄然变化着。婚恋观念的快速变迁就是最好的例证。时代变迁催促着现代人的婚恋观念不断地更新。婚恋问题是文学中的永恒话题，又是常说常新的话题。我们需要什么样的婚恋观，是代代作家不断探索的问题。“五四”以来，百年新文学中对婚恋话题的探索就没有停止过，丰富而复杂的婚恋话题，既是时代体验的展现，又是文学表达的需要，是展现文学丰富性、人物心理复杂性最重要的载体之一。什么样的才是更为恰当或更为符合时代发展和人性本真的婚恋观，既是见仁见智的，又有着社会共同的心理基础。作家东西的最新长篇《回响》，借助一个刑事案件的外壳，在自我与他者的博弈中，不同的婚恋观念次第展开又互为镜像，作者通过极为细腻的心理分析，向我们透视了在开放的现代化时代，不同婚恋观背后展现的鲜活的社会主义新伦理文化。

一、百年文学中的“婚恋书写”

婚恋话题既是一个公共性的社会话题，又是一个极为私密性的个人话题。“五四”时期，随着新时代的到来和新观念的引入，禁锢中国人数千年的落后婚恋观念开始被打破，以鲁迅为代表的一代作家开始了探索新时代婚姻观的艰难历程。在那个时代，底层的女性依旧延续着被压迫、被奴役的命运。相比较封建政治的强权，在底层社会女性受到的最直接的奴役就是与其朝夕相伴的夫权，这直接造成她们和整个时代婚恋观的扭曲。鲁迅的《祝福》中，祥林嫂的悲剧命运与她内心深处背负的夫权观念密不可分，甚至在传统观念下，她在为自己死后依附哪一位丈夫而焦虑，丝毫没有女性的自我独立意识和平等观念，这成为作家大加批判的对象，女性在婚恋中处于完全弱势的地位。但实际上，那个时代纵使有了自我独立意识的青年女性，依然摆脱不了社会和时代的枷锁，最初个人的觉醒被封建时代的“强权”扼杀。在《伤逝》中，子君出走后的悲剧命运，让觉醒了的女性无路可走。值得一提的是，相对于《祝福》中祥林嫂一类的传统女性形象，《伤逝》中子君一类的新女性形象，虽然在婚姻中依旧无法摆脱弱势的地位，但是在恋爱方面，她们已经超越了祥林嫂的“无恋爱”的状态，子君与涓生的爱恋已经成为那个时代的新风尚。1920 年代，诸多作家依旧延续鲁迅开辟的道路，继续走在提倡女性解放和批判封建强权的书写道路上，为自由的女性婚恋观摇旗呐喊。王鲁彦的《菊英的出嫁》对冥婚的书写、台静农的《烛焰》对“荒婚”的书写、许杰的《出嫁的前夜》对“冲喜”的书写、杨振声的《贞女》对娶木主的婚姻习俗的书写、柔石的《为奴隶的母亲》对婚姻买卖的书写、许钦文《步上老》中对入赘的书写、冯沅君在《隔绝》中展现的女性对媒妁之言的反抗以及“不自由宁可死”的决绝等，都展现了乡土作家对传统婚恋观念的批判和鞭挞。作家们借助婚恋书写传递婚恋启蒙话语。1930 年代，一方面以沈从文为代表的京派作家，创作了以《边城》为代表的纯美故事，展现纯净美好的婚恋观；另一方面，以施蛰存、穆时英、刘呐鸥等新感觉派作家开启了婚恋中的欲望书写，对婚恋中男女的心理分析以及意识流的呈现，也成为这一时期婚恋书写的一大突破。1940 年代，解放区文学和国统区文学中的婚恋书写呈现出较大差异。在解放区文学中，妇女解放成为主要书写话题之一，以赵树理等为代表的解放区作家的作品中，女性的命运开始与时代、政治关系越来越紧密。在国统区文学中，在展现资产阶级或市民阶层的婚恋观日益开放的同时，女性依旧没有完全摆脱弱势群体的地位。张爱玲的《倾城之恋》、《金锁记》等作品中塑造的女性形象，一方面延续了新感觉派的欲望书写和创作手法，另一方面也呈现了一定的深度，在婚恋书写的背后，往往能够发觉作家对人性幽暗深邃的探寻。

“十七年”时期的婚恋书写有着极为明显的时代痕迹，时代的发展使得文学创作中较少关注个人话语。因而男女婚恋成为大多数作家回避的话题，甚至少有的婚恋书写也要服务于时代和作品主题的需要。在杨沫的《青春之歌》中，青春的勃发唤醒的不是婚恋的自由，而是奉献于波澜壮阔的时代洪流。柳青的《创业史》中，徐改霞敢于反抗包办婚姻，终于获得胜利。但梁生宝在与徐改霞的恋爱过程中，因为徐改霞的一次转业两人分道扬镳。同样在宗璞的《红豆》中，江玫与齐虹一见钟情的爱情，也在革命时代到来之时走向终结。在这一时期的文学作品中，青年人对于婚恋的热情明显低于投身社会革命的激情，或者至少在表面看来，个体对婚恋的欲望被社会革命的力量压制着。这种舍小我为大我的婚恋观，某种程度上有着积极意义，但是过于压制个体的情感，无疑也走向了另一种极端。值得一提的是，1950 年《中华人民共和国婚姻法》的实施，从官方强调了婚姻自由的合法性，在此政策下的婚恋观也呈现了明显的转型。为响应婚姻法，赵树理专门创作了小说《登记》。《登记》虽然体现了明显的政治性，但无疑也展现了当地人对婚姻法的支持，进而呈现了婚姻观念的变迁。此外，马烽的《结婚》、王安友的《李二嫂改嫁》，某种程度上都可以说是“婚姻法”的产物。

进入新时期，改革开放政策的实施和时代氛围的逐步转变，唤醒了青年人婚恋观念的进一步转变。旧的婚姻观念依旧是作家批判的对象，在郑义的《老井》中，倒插门“嫁”给年轻寡妇喜凤的孙汪泉，受到了身心上的百般屈辱。在刘绍棠的《蒲柳人家》中，望日莲作为童养媳被杜四家买来，却在杜四家遭受百般欺辱，杜四的傻儿子被杀害后，杜四却想霸占她，后经过周檎一家人的拯救才脱离苦海。新一轮思想启蒙的背后，唤醒的是新一代作家对婚姻自由和美满爱情的追求。贾平凹的《鸡窝洼人家》中，为追求真正的爱情和婚姻，农村中的两对夫妻甚至“冒天下之大不韪”相互调换配偶，但最终双方都得到了自己想要的和适合的婚姻。与“十七年”差异明显的是，在1980年代，各种婚恋观念和行为在文学作品中都有所呈现，对婚恋自由和人性欲望尺度的展现越来越大。铁凝的《麦秸垛》书写的是知青杨青、沈小兰与陆野明之间的三角恋情；王安忆的《小城之恋》与《荒山之恋》展现的是青年人蠢蠢欲动的情欲；张洁的《爱是不能忘记的》则将视角深入到人的情感和精神的深处。这些都展现了改革开放时代中国人婚恋观的转型。1990年代以后，随着市场经济的推广和商业化的侵袭，以及人的日益觉醒特别是女性意识的张扬，女性作家对女权的书写达到了极致。以卫慧、棉棉等为代表的女性作家极度张扬女性解放，这种解放甚至不受任何道德、法律限制，坦白而直露的性欲和情欲书写随处可见。但是伴随着对女权的维护，过于暴露的女性欲望，甚至跨越道德底线的鸿沟，也使得这种过度私人化的写作在新世纪走向了没落。

进入新世纪，随着时代的进一步转型，中国日渐进入了“加速社会”。科技化、信息化的日益推进，使得中国整体上进入了“多元文化”并存的时代。在经历了几十年对传统婚恋观的摒弃和1990年代以来形成的过度开放和张扬的婚恋观之后，新世纪中国人的婚恋观整体上也走向了对二者的调和。随着社会的进步和女权的进一步张扬，女性在社会各个领域中逐渐获得了平等地位。这一时期的婚恋观主要呈现三个方面。首先，新世纪的婚恋书写依旧有着对女性婚恋观念中欲望的书写和个性的张扬，在铁凝的《笨花》、《大浴女》中都有对女性欲望的充分展现。贾平凹《带灯》中的带灯、赵德发《经山海》中的吴小蒿成为当代职场中的“女强人”形象，她们的婚恋观都展现着自我独到的思考；贾平凹的《秦腔》、莫言的《丰乳肥臀》、赵本夫的“地母三部曲”中，将女性奉为“女神”或“地母”形象。其次，在乡村社会，由于乡村中的掌权者和财富占有者的特殊地位，乡村留守女性成为他们霸占的对象。面对强权和金钱的压制或诱惑以及身心上的孤独，她们要么被动接受，要么主动迎合。这在贾平凹的《秦腔》、关仁山的“农民命运三部曲”、叶炜的“乡土中国三部曲”、付秀莹的《陌上》等乡土作品中都有所呈现。再次，随着女性地位的提高、知识女性群体的增加，对知识女性婚恋观的展现成为这一时期婚恋观转型的重要表现。作家往往通过对知识女性婚恋观的变迁书写，探寻当下女性的心灵和精神世界。在付秀莹的《他乡》中，主人公小梨成为“他乡”中的知识分子，她在追求自我价值实现和婚恋自由中，展现出的是当代知识女性的精神心灵史、精神变迁史。东西的《回响》就是在时代加速变迁的背景下，对当下人的婚恋观持续掘进的重要作品。

二、自我与他者：互为镜像的婚恋叙事

在复杂、开放的“多元文化”时代，必定会产生多样化的婚姻观念。如何呈现当下人的婚恋观？如何真正书写出那些表象后的婚姻观念、婚姻心理？如何将多种多样的婚姻观念融合在一部作品中，并使之相互交织在一起，同时呈现出故事的深度，也许东西的《回响》给出了答案。《回响》中，作者“一以贯之的刃刃见血见骨的

劲道,悬疑叠加的精彩叙事,散发着颇具质感而活泼泼的叙事气韵,体现了作者出色的结构意识和美学形态的艺术自觉"[①]。作品中,杀人案的调查方和被调查方,多样的婚恋观次第展开,同时又相互对照,互为镜像。作者对"自我"与"他者"婚恋观的展现中,成功达成了互为镜像的婚恋叙事。实际上,"自我的建构既离不开自身也离不开自我的对应物——他者,而这个'他者'就来自于镜中自我的影像,是自我通过与这个影像的认同实现的"[②]。作者围绕不同人的婚恋观,在相互交织的叙事中,给我们呈现了多重镜像。

首先,对调查方和被调查方婚恋观的书写,是作品呈现最多的一重镜像。调查方冉咚咚、受害者夏冰清和被调查方徐山川的老婆沈小迎三者之间的婚恋观形成强烈对比。冉咚咚的多疑和敏感,对婚姻感到了危机,使得她在调查夏冰清遇害案的过程中,对夏冰清和沈小迎的婚恋观产生了极大的兴趣。冉咚咚在对他者婚恋观的观察与分析中,也对自我婚恋观进行了调试和反思。她在办案的过程中,无意中发现丈夫慕达夫在蓝湖大酒店的两次开房记录。慕达夫对开房不能够解释清楚或者解释的不足以让冉咚咚满意。这使得二人之间的婚姻就开始出现了裂隙。冉咚咚是一个对婚姻要求完美的人。她和慕达夫曾有过美好的恋爱经历,婚后很长一段时间家庭美满和谐。但是因为冉咚咚职业和性格的原因,加之她对慕达夫过往和女性交往经历的了解,不得不让她对丈夫是否出轨产生怀疑。在她的婚恋观念中,不允许丈夫对她的感情出现任何一点游移,她只能是丈夫的唯一。在多疑和层层逼迫下,最终他们的婚姻走向了结束。相反,夏冰清和沈小迎的婚恋规则与冉咚咚的形成了鲜明的对比。作者通过多人的讲述,死者夏冰清是一个对感情没有那么"洁癖"的人。在她看来,哪怕恋爱对

---

① 张燕玲:《东西长篇小说〈回响〉:人生的光影与人性的回响》,《文艺报》2021 年 4 月 2 日。

② 刘文:《拉康的镜像理论与自我的建构》,《学术交流》2006 第 7 期。

象徐山川是有妇之夫，但只要他能满足自己对物质的需求，作为第三者她也愿意接受。为此，她和徐山川签订了合同："内容是甲方徐山川每月给乙方夏冰清一笔钱，但乙方必须随叫随到，且不得破坏甲方家庭。"[①] 这在冉咚咚看来，是极为不能接受的。随即就发出了"这哪是合同，分明是歧视"[②]的呼喊。沈小迎作为徐山川的妻子，她是爱徐山川的，"她嫁给徐山川不仅仅是嫁给钱那么简单，也包括嫁给了制度、智慧等综合实力。他们是有感情基础的，是经过时间考验的"[③]。但令冉咚咚不解或无法接受的是，沈小迎知道丈夫出轨，但仍表现出不在乎的样子。冉咚咚通过对夏冰清和沈小迎婚恋观的了解，在无法认同的痛苦中，不断审视和反观自我。她开始怀疑自己对丈夫的猜忌，曾一度放弃对丈夫的追问和暗中调查。但也许是天性的原因，这种放弃并没有持续太久。在这里，冉咚咚相对传统、保守而又纯净的婚恋观与夏冰清建立在物质基础上的婚恋观和沈小迎满不在乎的婚恋观形成了强烈的对比。作者将"自我"和"他者"的婚恋观糅合在一起，将其互相映照，互为镜像，给读者呈现出开放时代多元化的婚恋观。

其次，婚恋观既有稳定性的一面，但也不是一成不变的。这种变化既与时代的发展和个体的生存环境有关，又与自我个体成长密不可分。即个体的当下和过去可能呈现反差较大的婚恋观。在《回响》中，作者通过"回忆叙事"等手法，让主人公过往和当下的婚恋观交错出现，在过去与当下相互映衬、互为镜像中，展现个人婚恋观的复杂和多变。夏冰清的死亡，与她婚恋观的变迁有着直接的关联。最初，她和徐山川建立在物质基础上的"地下婚姻"，随着时间的推移，也被她日渐膨胀的欲望打破。徐山川说："夏冰清威

---

① 东西：《回响》，人民文学出版社 2021 年版，第 14 页。

② 同上注，第 14 页。

③ 同上注，第 22 页。

胁我，说如果得不到婚姻她就告徐山川，如果告不倒徐山川她就做掉他。"[①] 也就是说，后来夏冰清已经不能满足没有名分的"地下婚姻"。这可以说是对当下女性自我权利的追寻，同时也是欲望膨胀的结果。但也能看出，纵使是开放的当下女性，内心深处依旧保存着传统中的婚恋观念。这也直接导致徐山川采取其他手段与夏冰清断裂。虽然夏冰清的死亡与徐山川没有直接关系，但是夏冰清前后婚恋观的变迁，成为她死亡的导火索。作者通过对夏冰清前后婚恋观的差异书写，一方面是对人的欲望的呈现，另一方面也展现着当下人的婚恋观的多变与复杂。作者对过去和现在互为镜像婚恋观的展示，为我们认识和透视人物性格和婚恋观的变迁，提供了方便。

再次，由于人性的复杂，表面呈现的婚恋观与内心深处真正的婚恋观，也可能呈现差异。也就是说，婚恋观念还存在着表象与内在的不同。外在行为或口头描述展现的婚恋观，也许不是个体真正意义上追求的婚恋观。《回响》中，冉咚咚通过对夏冰清案的牵连者刘青的调查，发现他的婚恋对象卜之兰背后的故事。卜之兰与刘青年轻时相互爱慕，后来卜之兰却在刘青毫不知情的情况下出走，再后来又回到刘青的身边。在刘青看来，卜之兰之所以回到自己身边，是因为他依旧是卜之兰婚恋中的完美对象。但实际上，卜之兰的回归更大的是对刘青的一种补偿。她内心深处婚恋中的完美对象，也许是像慕达夫这样的人。作者通过冉咚咚对卜之兰的追问，才真正探索出卜之兰表象和内在表现出的差异明显的婚恋观。也许，内在的婚恋观才是真正意义上的人的婚恋观，内在的婚恋观也成为表象婚恋观的一种镜像，这种婚恋观被隐藏在内心深处，甚至自我个体都无法察觉。但作者通过层层追问的方式，将这种表象背后的婚恋观慢慢揭示出来，足可以看出作者叙事的高

① 东西：《回响》，人民文学出版社 2021 年版，第 83 页。

明之处。

三、心理分析：透视开放时代的现代婚恋观

无论是对调查方和被调查方，还是对过去和现在、表象和内在等互为镜像的婚恋观的展现，作者都大量采用了心理分析的方式。婚恋观本就是人内在心理的一种体现，加之处于信息化和开放的时代，史诗性、宏大题材的展现已经不能满足读者阅读兴趣，使得对现代个体内在心理的揭示，成为当下长篇小说创作的重要指向。通过心理分析，隐藏在人内心深处的复杂而又多样的精神世界才能真正揭示出来。通过心理分析，透视开放时代的现代婚恋观，成为《回响》对当下婚恋现实书写最重要的贡献之一。《回响》中，作者既对当下个体异样婚恋观的心理基础予以揭示，同时又对当下婚恋观中存在问题的病态心理基础予以呈现。作者之所以能够将人物心理分析得如此透彻，是因为他对此做过充分的准备，他说道："多年前写《后悔录》时，我就有意识地向人物内心开掘，并做过一些努力，但这一次似乎做得更彻底。"[①] 他动用了自己多年的积累，将其在《回响》中和盘托出。作者或采用心理暗示或采用病态展示的方式，呈现了隐藏在表象背后的一个个复杂人物形象。《回响》中，主人公冉咚咚分别在扑朔迷离的案件、家庭的情感纠葛和自我内心的突围中展开心理分析，这展现了作者强大的心理分析能力。

冉咚咚特殊的职业，使她必须具备强大的心理分析能力。杀人案背后的复杂背景与杀人者的智慧和狡诈，都给案件的调查带来了难度。在调查的过程中，其中任何一步如果没有精准的心理分析，都可能使案件无法进行下去，甚至前功尽弃。案件从对徐山

① 东西：《创作谈：现实与回声》，《小说选刊》2021 年第 4 期。

川夫妇的调查开始，夏冰清想从徐山川那里获取名分而不得，进而对徐山川进行威胁。冉咚咚从徐山川借钱给徐海涛买房中分析到徐海涛可能为嫌疑人，又从徐海涛找吴文超帮着摆平夏冰清中找到吴文超，再从吴文超找刘青合作帮着夏冰清办理移民手续中找到了嫌疑人刘青，最后从刘青找易春阳搞定夏冰清中，找到最终的杀人凶手易春阳。这里的每一步都环环相扣，心理分析贯穿整个案件的始终。冉咚咚从对不同人物的言行举止中，分析他们的心理状况，或者通过暗示或者通过推理，判断出嫌疑人作案的可能性。这也是作者以心理分析的方式进行叙事的能力体现。

在家庭中，冉咚咚同样是一位善于心理分析的人。她与丈夫慕达夫的婚姻，从最初的和谐乃至堪称完美，到出现裂隙，最后分道扬镳的过程，作者几乎都采用了心理分析的方式呈现。冉咚咚与慕达夫婚姻关系的变化，有着潜在的心理基础。前期和谐的婚恋关系，是建立在她健康的婚恋观念的基础之上的；之后她多疑、善感的心理，成为婚姻产生裂隙的重要原因，当然也与慕达夫解释不清或不愿解释的开房记录直接相关；最后，冉咚咚近乎病态的心理，成为他们婚姻关系走向终结的重要推手。作者通过故事的推进，一步步探索出冉咚咚内心深处的病态心理。当沈小迎对冉咚咚说“你的丈夫是不是出轨了”的时候，冉咚咚自己都感到惊讶。自从冉咚咚怀疑慕达夫出轨后，他们二人彼此猜疑对方的心理，进行着心理上的斗争和暗示。当冉咚咚说“我爱你为什么还要提出跟你离婚”的时候，慕达夫分析道：“这叫虐恋，心理学有一种说法，那就是你越爱一个人就越想折磨他，你越怕失去他就越想离开他，赶走关心自己的人，是害怕对方不能一直关心自己。”[1] 但在冉咚咚看来，慕达夫的一举一动都成为她进行心理分析的对象，她很容易对慕达夫发脾气，久而久之造成了她近乎病态的心理。当冉咚

---

① 东西：《回响》，人民文学出版社 2021 年版，第 264—265 页。

咚对沈小迎审问的时候，沈小迎就怀疑冉咚咚患上了“偏执型人格障碍”。后来，她甚至发展到割腕和要去看心理医生的地步，做噩梦、自我怀疑，甚至出现幻觉无法辨认现实与幻觉的界限等。

可贵的是，作者在对冉咚咚这种心理变迁进行探索的过程中，也在找寻这种心理产生的原因。作者说道：“她的这种脾气不是自带的，而是由时间和经历渐渐塑造的。”① 这就展现出冉咚咚病态心理的现实基础。从童年经验来看，小时候的冉咚咚被抛弃过，是那种心理上的抛弃。小时候她父亲的出轨，给她的心理造成了巨大的创伤，甚至将这种创伤进行“仇恨转移”。慕达夫对冉咚咚说：“你混淆了恨的对象，其实你恨的不是我而是出轨，你对我的恨至少有一半是受案件刺激后的情绪转移。”② 从职业来看，从事高度紧张的现代职业的冉咚咚，心理乃至性格无形中被职业所改变。五年前破获的两个案件改变了她：“她变得不注意他了，连唤雨在她心目中似乎也不那么重要了，仿佛使命发生了转移。”③ 现代职业无疑构成主人公心理轨迹变迁的重要基础。高度集中的现代职业对人的心理承受能力提出了更高的要求，也造就了人心理的亚健康和现代心理病的出现。

但是，这种现代人的病态心理并不容易被发现，在慕达夫看来，冉咚咚敏感多疑、喜怒无常甚至脾气暴躁，但是在冉咚咚的同事邵天伟看来，冉咚咚就是工作上的女强人。邵天伟说：“她思路清晰，既克制又理性，比我们专案组的任何人都冷静。”④ 不同场合冉咚咚表现出不同的状态，使得不同人眼中对她产生了不同看法。现代人的病态心理，往往隐藏在表象背后，作者以敏锐的眼光和精准的心理分析，将这种心理层层揭示出来，成为我们找寻现代

---

① 东西：《回响》，人民文学出版社 2021 年版，第 106 页。
② 同前注，第 266 页。
③ 同前注，第 108 页。
④ 同前注，第 192 页。

人婚恋观念变迁的重要依托。此外，作者还对包括徐山川、夏冰清、沈小迎、刘青等在内的诸多人物进行了心理分析，这些心理分析都构成他们现代婚恋观的内在基础。

四、从婚恋书写到社会主义新伦理文化探寻

数千年“乡土中国”的稳定结构，塑造了具有悠久历史和丰富内涵的婚姻伦理。但在中国人物质基础日渐丰富的今天，当下人的心理和精神世界也发生了巨大变化，婚姻伦理的变化尤为明显。这些变化，已经不是传统的婚姻伦理观所能够完全涵盖和解释的。当我们的精神世界与现实世界发生冲撞的时候，如何实现个人调试以使二者相互适应，是当下人需要解决的问题。现代人有选择和实践自我婚恋观的自由，但在快速发展的当下，我们需要什么样的婚恋观？如何协调家庭、职业和婚恋之间的关系？如何在爱自己和爱他者之间实现平衡？也许是每个人要面对的问题。《回响》中，作家东西通过对现代社会背景下不同人展现的新的多样而复杂的婚恋观，探索社会主义新伦理文化。“改革开放 40 年，中国人创造了并继续创造着二战以来世界最大的奇迹。13 亿多的中国人，经历了从‘站起来’到‘富起来’的伟大变革历程。这一伟大变革历程，其艰辛度、复杂度、广阔度和深远度，都远远超出了人们原来的想象，更是需要在更深远的时间维度上显现出其独特深远的意义与价值。这正是‘当下现实主义文学’的难度、价值与魅力所在。”① 从这一意义而言，东西的《回响》就是书写当下新时代婚恋观的现实主义力作。

案件告破，冉咚咚和慕达夫却因此遍体鳞伤。冉咚咚在调查

---

① 张丽军：《当代文学的“财富书写”与社会主义新伦理文化探索》，《文学评论》2019 年第 2 期。

和认识他人的过程中，也在不断探索反观自我。但她在印证自我“正确”的同时，无法真正认识自己。这就看出了人性的复杂。“别以为你破了几个案件就能勘破人性……(省略号为笔者所加)感情远比案件复杂，就像心灵远比天空宽广。”① 冉咚咚的外在行为实际上都在她深层次的内心有过潜在的预兆。之所以她越来越对慕达夫不满，其最根本的原因是她爱上了同事邵天伟，但又找不到恰当的理由结束与慕达夫的婚姻。慕达夫无法解释清楚的开房记录，就成为她实现心灵深处那个诉求的借口。她说：“没有爱情的婚姻是可耻的。”② 在冉咚咚看来，无论时代如何变幻，爱情都是婚姻的前提，她即看不上夏冰清建立在物质上的爱情和婚姻，也不能接受沈小迎对婚姻逆来顺受的妥协。同样的，慕达夫在即将与冉咚咚离婚前也认识道：“有的婚姻是用来过日子的，有的婚姻是用来示范的，以前我觉得‘过日子’重要，现在我认为‘示范’更具社会意义，如果连我们都不守护了，那婚姻的信仰就会坍塌。”③ 在冉咚咚看来，一切的错误都在慕达夫，但是慕达夫也因此背负了沉重的代价，更让他认识到也许婚姻就是一种信仰。可以说，冉咚咚和慕达夫都在婚姻产生裂隙后，经历了精神和心灵上的蜕变。

在慕达夫与贝贞的一次交流中谈及“人生”话题。慕达夫说道：“你不知道平庸的魅力，它貌似践踏你，其实是保护你，它让你惭愧却又让你舒服自在有安全感，你时时刻刻都想逃避它，但它却在暗中一直保护你，它是你摔倒时接住你的双手，也是你脱颖而出时的衬托，它是我们逃避不了的基因，是我们意识不到的‘集体无意识’，我东突西撞这么多年，直到现在才明白甘于平庸的人才是英雄，过好平庸的生活才是真正的浪漫。”④ 那个过去桀骜不驯和

① 东西：《回响》，人民文学出版社 2021 年版，第 345 页。
② 同前注，第 294 页。
③ 同前注，第 294 页。
④ 同前注，第 305 页。

具有叛逆精神的慕达夫，在经历了婚姻的变故后，悟到了人生和婚姻的真谛。在这里，慕达夫所悟到的“平庸”不是庸才，而是英雄，是经历世事打磨后的淡定与从容。在这个纷繁复杂、激流勇进的时代，慕达夫所谓的“平庸”，也许就像我们每一个人都需要一点“精神胜利法”一样，它是我们调剂生活的良药。

文学可能无法解决社会现实问题，但文学能够发现现实表象背后深层次的精神问题，并通过对这些问题的探究，挖掘现代人丰富而深邃的精神和心灵世界。“文学能够做到的，是开启智慧的启迪之门，启示人们去思考问题、解决问题。优秀的文学作品就是把时代最重要的、最根本的、最核心的问题，以一种审美的文学书写和艺术表现方式鲜活地呈现出来，从而实现为国家立心、为民族立魂、为生民立命的目的、使命与责任担当。”[①] 在这样的时代，建构既适应当下社会发展又符合人性的婚姻伦理，可以说是当务之急，因为婚姻伦理历来都“发挥着规范婚姻关系、促进婚姻和谐、稳定社会秩序的作用”[②]。坚守爱情是婚姻的底线、对婚姻抱有信仰、平庸才是真正的浪漫，也许这些才是社会主义应有的婚姻伦理。在开放的当下时代，传统的婚姻伦理已经不能成为当下青年人共同坚守的存在，新的婚姻伦理观念在纷繁复杂的现实面前又没有完全建构起来。面对这一现状，我们如何坚守婚姻的信仰，并不任由其偏离轨道，也许是每个处在婚姻中的人都要面对和思考的问题。在婚姻观念、婚姻伦理快速变迁的当下，东西的《回响》体现了作者巨大的时代担当，“东西以极端化的方式将人的情感和人性最深层的模糊样貌呈现出来”[③]，“他对人性的分析、探求、认知，以及他对人性残存之希望的守护，在中国当代作家中不仅独树一帜，而

① 张丽军：《当代文学的“财富书写”与社会主义新伦理文化探索》，《文学评论》2019年第2期。

② 王歌雅：《中国婚姻伦理嬗变研究》，黑龙江大学2006年博士论文，第8页。

③ 孟繁华：《长篇小说〈回响〉：在“绝密文件”的谱系里》，《文学报》2021年3月18日。

且也是走得较深、较远的几个作家之一"[1]。《回响》也是东西延续自我对"当下现实主义"书写的又一力作,他在呈现开放时代多元婚姻伦理观的同时,也在呼吁我们建立健康的、和谐的和具有真正信仰的社会主义新伦理文化。

① 谢有顺:《日常生活令人惊骇的一面》,《南方文坛》2021 年第 4 期。

百年中国残疾人文学史论[①]

国丽芸
（南京特殊教育师范学院语言学院）

内容摘要:以残疾人作家为主体进行的文学创作、以残疾人为书写对象的文学作品及相关文学现象、思潮流变构成了百年中国"人的文学"的一个独特存在。从中国残疾人文学的百年跨度系统梳理这一文学现象,努力展示百年来中国残疾人作家的个体价值和特殊经验,思考人类生存意义与生命尊严,从而推动残疾人文学在文学史地位中的凸显,拓宽当代文学研究视野,构建百年残疾人文学理论与实践话语体系,推进中国残疾人文学史研究,具有重大的学术价值和时代意义。

关键词:残疾人文学　文学史　人的文学

1919 年"五四"新文化运动高举"民主、科学"的旗帜,拉开了"人的文学"视域下的百年中国文学序幕。百年中国文学是"人的文学"的觉醒、发现、发展和现代性塑造的过程。[②] 残疾人群作为特殊的人类群体,作为疾病、灾难、残缺等符号隐喻的承载者,其所带来的创伤体验、生命感悟及人性抗争光辉具有文学观照的独特意义。但在主流文学叙事体系中,残障文学往往混杂在一般文学史视野中,沉积在作家作品的个体分析中。

一百年来的中国文学发展长河中,残疾人文学与残疾人作家

---

① 本文为江苏省社科基金项目"中国百年残障文学文献数据库建设与研究"(20ZWB007)阶段成果。

② 丁帆:《中国新文学史》上册,高等教育出版社 2013 年版,第 10 页。

文学创作已成规模，具备了文学史学研究的充分条件。因此，从中国残疾人文学的百年跨度系统梳理这一文学现象，推动残疾人文学在文学史地位中的凸显，从而拓宽当代文学研究视野，推进中国残疾人文学史研究，具有重大的学术价值和时代意义。

一、概念提出：残疾人文学，一个被遮蔽的“他者”

关于残疾人文学，目前尚未有严格界定。也有人使用“残疾文学”“残疾书写”来描述这一文学现象。因此，在进入文学现场之前，有必要对相关概念进行厘定。

汉语言文字中，残与疾是两个概念。残，一般指躯体残缺。疾，指的是疾病。残疾合用，可以作偏正短语理解，残疾就是因残而被看作异于常人的病人。古人云：身体发肤，受之父母。而肢体残缺则被视作天生的不健全者、丧失劳动功能者，甚至被贴上天谴、暴力、罪恶标签。如陶渊明《读山海经》诗云“刑天舞干戚，猛志固常在”。“刑天”即为砍去脑袋的巨神，以乳为目，以脐为眼，操干戚而舞。《水浒传》中梁山好汉面颊刺字，即被社会辱为“贼配囚”。一旦落入残疾这个彀中，则被视为“废人”，无用之人。《礼记·礼运》由此提出社会理想：“矜、寡、孤、独、废疾者皆有所养。”疾与废并用，需要国家来抚养。因此，很长一段时间里，人们曾经使用“残废”一词来指称肢体、器官或其他功能方面的缺陷，包括肢体、器官的缺损，也包括疾病带来的功能缺陷，都是基于上述文化语境。

随着国家发展进步和社会文明程度的提升，直到二十世纪八十年代，“残废”这个具有否定甚至歧视性质的名词逐渐被摈弃，代之“残疾”二字。如 1982 年《宪法》规定：“国家和社会帮助安排盲、聋、哑和其他有残疾的公民的劳动、生活和教育”；《中华人民共和国民法通则》第 104 条规定：“残疾人的合法权利受法律保护”；还有《残疾人保障法》《残疾人教育条例》等法律也统一使用“残疾人”

的称谓。据《中华人民共和国残疾人保障法》(1990年)的定义,残疾人是指:"在心理、生理、人体结构上,某种组织、功能丧失或者不正常,全部或者部分丧失以正常方式从事某种活动能力的人。残疾人包括视力残疾、听力残疾、言语残疾、肢体残疾、智力残疾、精神残疾、多重残疾和其他残疾的人。"上述"残疾"概念的使用,主要建立在法律应用和医学界定基础上,其出发点依然是以个体身体或医学缺陷为中心,以正常与非正常为判定界限,统一于社会管理和医学治疗的功用之中。基于此,传统文学领域使用"残疾作家"和"残疾人文学"等类似词汇时,基本默认上述的社会文化语境,秉持人道主义的文化心理讨论作家及作品。

我国已加入了联合国的《残疾人权利公约》,该公约确认:残疾是一个演变中的概念,残疾是伤残者和阻碍他们与其他人平等的基础;充分和切实地参与社会的各种态度和环境障碍相互作用所产生的结果。在此基础上,残疾人就是包括肢体、精神、智力或感觉有长期损伤的人,这些损伤与各种障碍相互作用,能阻碍残疾人在与他人平等的基础上充分和切实地参与社会。

与医学、法律、社会、人口就业、语言学等领域的关注与探讨相比,我国文学领域关于残疾、残疾作家及残疾文学的研究依然局限于医学意义上的个体概念,落后于经济社会文明理念的发展。在知网搜索"残疾文学"条目,对应文章104项,与文学研究有关的多为残疾形象、残疾叙事、残疾人和具体文本分析。输入"残障文学"关键词,仅有六篇与文学研究有关,更多的是关于外国残障理论的介绍。"现时,国内对残疾文学的研究一般分两类:概述残疾文学的当代发展史,及分析重要残疾作家(如史铁生和张海迪)的作品中的残疾意识和价值观。两者均缺乏糅合理论、处境和文本的分析。"①

① 曾繁裕:《西方残疾理论与中国残疾文学研究》,《厦门大学学报(哲学社会科学版)》2018年第4期。

文艺评论和文学研究长期沿用有关"残疾"的惯性定义,限制了文学史中"残疾人"及其创作被解读的可能性,使之成为浩如烟海的百年文学史中隐形弱势的一方,遮蔽于"正常"文学叙事的逻辑之中,规训于人道主义的同情/奋发自强的励志、残疾形象的代言/社会命运的抗争、异常的景观/正常的偷窥二元话语之中。残疾人作家的特殊写作处境及作品独特性,长期隐没于主流文学与批评的阴影下,处于集体被忽视的状态。

概言之,本文中的残疾人文学是指以残疾人作家为主体进行的文学创作、以残疾人为书写对象的文学作品及相关文学思潮流变。它除了注重考查作家作品反映的个体的生物学医学的残疾之外,更关注历史、社会和文化意义上的残疾元素与互动反应,从而思考残疾人文学在百年中国文学发展中的独特表达乃至文化意义和时代价值。

二、历史梳理:百年残疾人文学发展与分期

文学史学的构建,需要解决几个基础性的问题。一是研究对象的确定,一是文学标准的界定(方法与标准),以及历史分期问题。

关于研究对象的确定,这是将残疾人文学从一般文学史中剥离出来的关键所在。在对残疾人文学概念进行阐释的时候,我们已经初步提到了该研究关注的对象,即百年中国文学中一切强烈表现残疾人元素、书写残疾人群体生活与精神面貌、彰显人道主义精神和独特人性光辉、思考人类生存价值与生命尊严的作家作品、文学现象与思潮流派。

国外的残疾人文学研究兴起于二十世纪末的美国,目前主要集中在四个方面,即残疾与隐喻、残疾与性别、残疾与种族等专题研究,如《描述认知残疾儿童的文学》(Shirley A. Wagoner,1984);

《怜悯与恐惧:文学与大众艺术中的残疾人形》(Leslie A. Fiedler, 1982);《同情与恐惧:文学中的残疾人的神话与想象》(Deborah Kent,1984);《肺结核和残疾人身份在 19 世纪文学:无效的生活》(David M.Turner,2020);《残疾的身体在早期现代西班牙语文学:妓女、老年妇女和圣人》(Enrique Fernandez,2020);《十九世纪文学:残疾人的生活、残疾与社会》(David M.Turner,2020)。这些研究对我国的残疾人文学研究有一定启发,但亦有水土不服、理论先行之处,特别是其中表现出的强烈文化政治倾向,可能不符合中国的国情与文化语境。

反观我国目前对残疾人文学的研究,主要集中在三个方面:一是残疾人书写的隐喻研究,如"五四"作品中残疾人形象与国家民族命运的隐喻关系;二是残疾人典型形象的个案研究,如《庄子》中的残疾人形象研究、《爸爸爸》中的"丙崽"研究等。三是残疾人参与文学创作活动的社会功能研究等。如新时期作家史铁生、张海迪等作家研究。成果有《中国现代文学中的"疾病情结"——以鲁迅、巴金、曹禺的创作为例》(车红梅,2005);《疾病的隐喻与中国现代文学》(姜彩燕,2007);《论新时期文学中的疯癫形象》(宫爱玲,2010);《基于"异体"的典型人物形象——简论中国当代文学中的残疾书写》(薛皓洁,2018);《论史铁生作品的残疾书写主题》(陈庆艳,2015)等。

上述研究对于解读残疾人形象、挖掘其文学功用与社会意义具有重要的价值。但是,多数研究基本集中于对残疾人个体形象或某一时期残疾人群体形象的研究,碎片化、割裂化、平面化特征明显。具体表现为:主流文学研究中,残疾主题、残疾人物形象、残疾及其隐喻等文学现象往往混杂在一般文学史视野中,遮蔽在作家作品的个体分析中,残疾人文学处于文学史的"他者"地位、遮蔽状态、"被同情人"视角,以残疾为元素的文学现象、文学作品、文学作家往往被一笔带过,甚至忽略不计,对残疾人文学蕴含的生命意识和人性诉求缺乏价值认同和独特审美体验，对其在新时代的文学建构鲜有系统深入梳理与挖掘。

事实上，我国百年残疾人文学作品众多，佳作迭出，质量也并不输于同期外国文学。其中不仅包含健全人对残疾人的书写，如《尘埃落定》、《爸爸爸》、《推拿》等，众多残疾作家也加入了创作的行列，如张海迪、史铁生、朱彦夫、贺绪林、史光柱、余秀华等，尤其是随着现代科技的发展，大量残疾作家通过网络等平台发表的作品更是数不胜数。但除少数进入主流文学，出现在文学史的个别章节中外，大量残疾人文学作家的作品、研究资料仅散见于中国残疾人网、中国残疾人创作研究网、中国残疾人联合会官方网站、个人博客等。

根据温潘亚《百年中国文学史写作范式研究》一书的统计，中国文学史写作工作，自林传甲于1904年出版《中国文学史》以来，累积至今，已逾2000余种。但检视如此多的文学史，其中竟没有一部单独为残疾人文学而书写。现行的文学史无论是在有意识层面还是无意识层面，都将残疾人文学边缘化甚至无视了。其根本原因，抛却对残疾人文学价值认识不够之外，还在于我们对大量残疾人文学的文本阅读得太少；对以残疾人作家为主体的独特文化形态还不够熟悉，甚至存在天然拒斥；对残疾人作家表达情感的方式，乃至审美观念与文本的书写方式都有着天然的距离感；对中外残疾人文学理论的最新发展成果还没有掌握，对理论应用于文学场景的准备还不充分。因此，全面地、系统地勾画百年残疾人文学史的面貌，将它置于一个独立的、自成体系的研究序列，既成为我们的研究视角，又成为我们观照一切残疾人文学的价值理念。具体而言，就是用新视角去打捞和钩沉被中国文学史忽略、遗忘乃至湮没的许多优秀作家作品；以新的理念去重新解读和诠释大量文本生成的意义，包括那些没有被发掘的有意味的形式，即是撰写《百年中国残疾人文学史》的主体架构和价值观的关键所在。

确定了研究对象之后，就要回答文学标准的界定问题。到底哪些作家作品、文学现象可以进入文学史？什么样的作家作品属于残疾人文学？这既涉及入史标准，又属于研究方法。因为不同的研究方法影响和决定着文学标准的选择。我们宽泛地认为，只要文本的旨意是指向残疾人文学这一独特的文学形态，就都属于残疾人文学论域的范畴。它既包括残疾人作家创作出来的作品，也包括百年来中国文学中一切具备残疾人文学审美属性的作家作品。中国残疾人作家文学创作为百年残疾人文学的基本面貌和进一步发展奠定了良好的基础，而文学史上一批重要作家的残疾人文学写作则为百年残疾人文学提供了更多更新的审美视角，他们共同为中国残疾人文学做出了不可磨灭的贡献。

具体而言，在坚持文学性的基本标准上，百年残疾人文学史应该重点关注如下几类作家作品、文学现象和文学文化思潮。

一类是表现出一定文学审美的残疾人文学写作。残缺不是美，但残疾人文学的写作一定要超越躯体的残疾和病态，引向文学艺术审美和更高精神境界。鲁迅笔下的“狂人”是疯癫的，神经质的，但《狂人日记》的文学格调是一流的，精神高蹈的，“救救孩子”发出的是振聋发聩的时代呐喊。无论基于何种残缺的人生或者躯体，描写何种残疾的人群和悲凉命运，文学的审美的标准是入选残疾人文学史的首要标准，也是保证文学史纯正度和价值性的关键所在。

一类是折射出一定社会病理的残疾人文学写作。残疾人文学是迥异于生态文学、知识分子写作、战争文学、乡土文学、少数民族文学、台港澳文学、女性文学等诸般文学形态的文学表达和文学书写。它具有文学的普遍性规律，又独具残疾人呈现的病理性特征。小说《芙蓉镇》中，饱受屈辱的“芙蓉仙子”胡玉音和“右派”秦书田相互扶持，两人结为“黑鬼夫妻”，这是一种异态爱情，但在芙蓉镇这个病态的大环境里，他们属于稀缺的常态。而“运动分子”王秋赦看似脑袋灵光，紧跟形势，却最终丧失了人的符号，发了疯，每天在街上游荡，凄凉而令人恐惧地喊着“运动了”，成为一个可悲可叹的时代尾音。从社会病理分析的角度，我们既可以将芙蓉镇整体看作一个病态病理，又可以将文学人物看作个体的病例加以解剖。小说残疾人因素的引入和凸显，不仅具有了文学的审美性，还折射出了丰富的社会病理特征，不仅达到了历史悲剧的高度，而且达到了社会伦理悲剧的深度。因此，这样的作品完全应该纳入百年残疾人文学的观照视野。

一类是能够产生身份认同的残疾人文学写作。

残疾是一个动态标准，是人的多样性的一个维度。而人本身是审美的维度。审美现代性追求的是统一性和工具性，伴随着后现代文化的兴起，审美的多元主义、去中心化已经与公正、平等概念相关联。

在西方文化语境中，残疾人运动与少数族裔、女权运动等成为政治文化的一部分，当然，中国的文化语境尚没有走到那个阶段，也不一定要照搬西方的残障文化诉求与形式。但是，通过残疾人文学叙事与残疾人文化的彰显，向更多元的隐喻及其有限阐释敞开，以重申人的多样性及平等尊严，应该符合社会文明进步潮流。苏珊·桑塔格在《疾病的隐喻》中告诫我们，“要居住在由阴森恐怖的隐喻构成道道风景的疾病王国而不受隐喻之偏见，几乎是不可能的”[①]。正如一些学者所指出的，在现代化的单线衍化坐标里面，社会不能“自然地”发展出“融合”的、尊重多样性的制度与观念，那么，残疾人就与所有其他人一样，要相互显现、共同在场，叙事不已、“众声喧哗”，超越狭隘的障别或利益群体的限制，破除造成偏见或歧视的结构成因。[②]

回到残疾人文学史的叙述现场，进入文学史的作家作品应该

① [美]苏珊·桑塔格：《反对阐释》，程巍译，上海译文出版社2003年版，第9—14页。

② 丁鹏：《对老、病、残隐喻的后现代批判——基于残障社会模式的反思》，《残障权利研究》2017第2期。

带有鲜明的文化认同和身份认同特征，这种认同是真正的身份认同，而非附加的标签式认同；是作家作品真正回到人的多样性，包括残疾人群体内部的异质性与多样性，而非社会大众眼中的“身残志坚”的人、中国的“保尔·柯察金”。如对张海迪的写作，放在百年文学视野中，需要考察的不仅仅是她被贴上的励志标签，还要重新审视《轮椅上的梦》这样的作品具体而微的心理动因、文化动因及特定时代背景下的身份认同形成过程。再比如史铁生，作为一个残疾人作家，事实上他对残疾身份的接受经历了艰难的过程，在写出《我与地坛》这样与生活、心灵和解的作品之前，他曾渴望过进入当时主流作家的行列，能够被“正常”的文坛所接纳。这种文学现象背后的身份认同焦虑也值得探究。

我们强调文学史中突出残疾人作家作品的身份认同，并非将其与社会大众简单切割，甚至刻意形成文化对立，而是让我们超越现有感知对象与视野的束缚，重新审视百年来残疾人文学的创作发展，重新感受一种异于日常审美文化的震惊与陌生、尊严与良善。审美本身是一个解放的过程，残疾人文学激发身份认同的过程，无论是对于残疾人群还是所谓的健全人群，最终目的是为了寻回人格的完整与和谐。

最后要坚持历史文化的判断标准。

丁帆认为，百年中国文学史入史标准应该坚持如下原则：“在以人为本的价值观取得一致的前提下，人性的、审美的、历史的三种因素是关键。这就是说，考量每一部作品能否入史或者说是否具备经典品质，要看其是否关注了深切独特的人性状貌，是否有语言形式、趣味、风格的独到之处，是否从富有意味的角度以个性化的方式表达了一种历史、现实和未来相交织的中国经验。”①

对于残疾人文学史写作而言，人性的历史的标准尤为重要。

① 丁帆：《关于百年文学史入史标准的思考》，《文艺研究》2011年第8期。

作为人的生命存在的一种形态，残疾意味着人的残缺，健全被定义为正常，但这很可能是一种迷思。“正常”是一个文化和历史的概念，对于不同的个体而言，身体的“常态”也不同。面对残疾人文学复杂的政治、文化、社会诸复杂内涵，我们既要用宏观的历史文化视野和人文理性的价值观去概括其总体特征，同时也要以微观细致的文学研究的方法去进行工具性的梳理。缺乏历史的视野，必然陷入碎片化的堆积；缺少文本的文化解读，必然落入文化政治的二元对抗陷阱。

当然，我国的残疾人文学研究，既需要在百年文学发展脉络中历史地理解，也需要从国际间的差异与相似来比较考察。“我们必须努力拓展中国文学史写作的思维空间，引进多种参照系统，从纵横两个方面进行。垂直方向是指加强中国古代、近代、现代、当代文学之间的融会贯通，追本溯源。水平方向是指以中国文学为轴心，与世界各地区、各民族共时态的文学比较，在世界文学发展的大潮中，在宏阔的文化背景上认识和把握中国文学，从而确定中国文学在历史长河中的位置与特质。”① 国外残疾人理论的最新成果，对残疾人文学研究而言，是契机，亦是危机。一方面，理论的恰当应用有利于挖掘原本处于边缘的文学意念、特征和现象，让残疾本身的意涵、残疾与文学的联系、残疾的呈现和解读等方面得以在主流文学研究以外获得讨论。另一方面，庞杂的残疾人理论产生于特定的外国文化语境，盲目引入国内，解读中国残疾人文学现象，势必会出现水土不服、误植误用问题。百年中国残疾人文学研究还是要坚持中国的审美文化标准，坚持正确的历史发展观，构建起具有中国美学风格的文学史学。

限于篇幅，简单谈一下百年残疾人文学的历史分期。

文学史分期大体上有按照考察对象发展的编年体划分，实行

① 温潘亚：《百年中国文学史写作范式研究》(上)，人民出版社 2019 年版，第 49 页。

按年谱罗列的方式；有按照重大历史节点、时代背景划分，如“五四”文学、民国文学、“十七年”文学、新时期文学等；还有按照作家作品的研究专题划分。但不管何种方式，文学史不仅要描述历时层面发生的文学生产实践，而且还要再现纷繁复杂的文学事件、文学现象的相互作用及事件成立之动因。

残疾人文学史同样要通过“文学的历史”来呈现文学史的规律，探究残疾人文学参与百年中国文学文化发展的作用与局限等一系列复杂的议题。

比如，从时间的层面看，我们认为，百年残疾人文学发轫于“五四”文学时期，其发生发展与中国新文学同源同向。是“人的发现”进而开启“人的文学”的发展主潮。《狂人日记》被视作现代白话小说的开篇之作，其又何尝不可以被看作百年残疾人文学的第一声春雷。

因此，百年中国残疾人文学史不必另起炉灶标新立异，完全可以根据现有的被大家普遍接受的百年中国文学史分期，在主流叙事的背景下，发掘和凸显具有残疾人文学风格、残疾人文学精神的作家作品、思潮流变，在常态与异态的并存与比较之中，构建出属于残疾人文学的话语体系。

三、意义研判：构建百年中国残疾人文学研究话语体系

百年中国残疾人文学发展史是中国残疾人事业的重要组成部分，也是中国文化建设不可或缺的重要内容之一，因而在中国当代文学研究中具有较为独特的社会价值、文学价值和学术价值。构建起一部具有宏观视野、历史跨度和独特话语体系的百年中国残障文学史具有现实必要性和文学史学意义。

一是落实马克思主义“人的全面发展”理念、文学想象中国的表现方式。

我国有八千五百万残疾人，约占全国人口总数的6.21%。波及2.6亿家庭。这是一个数目庞大、特征突出、特别需要帮助的社会群体。[①]

在《1844年经济学哲学手稿》中，马克思以共产主义理论为基础，阐述了人的全面发展思想。马克思认为，人的发展是“人以一种全面的方式，也就是说，作为一个完整的人，占有自己的全面的本质”[②]。习近平总书记指出：“人，本质上就是文化的人，而不是‘物化’的人；是能动的、全面的人，而不是僵化的、‘单向度’的人。”[③] 坚持以人民为中心的发展思想，这是对马克思主义“人的全面发展”理论的继承和发展。党的十九大报告明确提出，“不断保障和改善民生，促进社会公平正义，在更高水平上实现幼有所育、学有所教、劳有所得、病有所医、老有所养、住有所居、弱有所扶，让发展成果更多更公平惠及全体人民，不断促进人的全面发展，朝着实现全体人民共同富裕不断迈进”。

文学可以造梦。文学可以激发生命的潜能，引领向上的力量。对残疾人群的帮扶与关爱，既包括物质层面上的救助，也包括精神文化层面上的扶助。在实现中国梦的征程上，中国残疾人文学的建设与发展不仅是文学问题，更是社会发展问题，如何以百年中国残疾人文学研究为契机，推动残疾人群文学和文化的健康发展进而推动全社会对残疾人士的了解与接纳，推动“同等、参加、共享”的社会环境日趋形成，不仅是当代残疾人文学研究所面临的重要课题，也是“发展残疾人事业”、“促进人的全面发展”的题中之义。

二是践行社会主义核心价值观的生动体现。

富强、民主、文明、和谐、自由、平等、公正、法治、爱国、敬业、诚信、友善，社会主义核心价值观是社会主义核心价值体系的内核，

---

① 《平等、参与、共享：新中国残疾人权益保障70年》白皮书，2019年。

② 《马克思恩格斯全集》第42卷，人民出版社2006年版，第123页。

③ 习近平：《之江新语》，浙江人民出版社2013年版，第150页。

体现社会主义核心价值体系的根本性质和基本特征，反映社会主义核心价值体系的丰富内涵和实践要求，是社会主义核心价值体系的高度凝练和集中表达。中国残疾人群文学创作的实绩，既是中国文学创作的重要组成部分，亦是中国残疾人群体精神层面的一面旗帜，彰显了残疾人群体的生命力、想象力、创造力，代表着残疾人通过艺术创作所诠释的灵性追求，体现了残疾人自强不息的精神。老吾老以及人之老，幼吾幼以及人之幼。发掘和研究残疾人文学体现出的人格尊重、关注生存、消除歧视、人文关怀等元素，探讨新时代残疾人文学可能的发展方向和价值追求，正是践行社会主义核心价值观的生动体现。

三是填补百年中国残疾人文学研究史空白的积极探索。长期以来，中国残疾人文学的理论体系、审美风格、作家群体因无法纳入主流文学史话语而成为边缘的存在，成为残缺的“多余的人”，沦为被遗忘的角落。面对这一长期被视作理所当然的现象和境遇，突破某一个时段某个作家作品的单一研究，把百年中国残疾人文学作为一个整体，引入残疾人理论视角，从百年跨度全面梳理这一独特文学现象，运用历史的文学的审美的方式方法，不断拓宽当代残疾人文学研究视野，有望弥补残疾人文学史研究空白。

四是为政府制定和实施有效的残疾人文化发展策略提供重要的参考和依据。

残疾人文学的系统研究与应用，打开了除社会学、政治学、人口学、经济学、法学之外的新的观察视角，有助于推动我们进一步思考残疾人的现在与未来，全面掌握百年中国残疾人文学发展流变原始资料，为政府在特殊教育、基本公共服务、社会融入、残疾人文学数据库建设、残疾人文化政策等领域制定和实施有效的残疾人文化发展策略提供重要的参考和依据。

五是推动中国残疾人文学创作从自发到自觉转变，不断提升残疾人文学精神和审美的高度。

作为人类发展过程中的创伤性体验，残疾人文学以其“独特的生命存在”，展现了对命运的抗争、生命的讴歌和对未来的期望。与国外优秀的残疾人文学、灾难文学相比，我们的残疾人文学创作还远远没有形成规模和气候，当代残疾人文学创作还局限于自发的悲剧性展示阶段，我们的文学作品的思想穿透力和审美想象力还远没满足人们的阅读期待。

2020 年以来，新冠疫情的全球爆发，给人来带来生存困境的思索、生命存在价值的追问，《鼠疫》、《霍乱时期的爱情》这样的疾病类文学重回人类视野。优秀的文学可为当下疫情的抗争及疫后的心灵重建提供文学体验、深刻参照和正向引导。优秀的残疾人文学同样可以反映出民族精神的强健与否、国家社会文明程度的发达与否、作家与时代的心灵表达深刻与否。我们希望，在历史性的百年文学观照中，在共时性的中外文学比较中，中国新时代的残疾人文学创作从“心”出发，不断对标文学审美的新高度，不断向真善美的人的文学冲刺，为时代和人民创作出震撼人心、载于史册的优秀残疾人文学。

“弱小民族的文学”译介中的民族主义观念

——以周作人对显克微支的翻译为中心

蒲　瑶

（南京大学中国新文学研究中心）

内容摘要：周作人对“弱小民族的文学”的译介较为连贯和持久，而显克微支作品是其中的重要组成部分。通过中英文本的校读，可以发现周作人对显克微支“笑中有泪”之笔法采用严肃化的翻译方式，这一翻译策略与其所倡导的“直译”相悖，背后隐藏着世界主义意识。同时，《域外小说集》对显克微支小说的选取以篇幅长短为筛选标准，这一标准与周作人对显克微支作品的判断相合，是把“弱小民族的文学”的民族性放在更大的视阈中进行价值评估的结果。从周作人对“弱小民族”的提法变迁的角度切入，探究周作人翻译《域外小说集》时期的民族主义思想，可以发现他的译介行为以“意义”作为出发点，在此之后进入“趣味”的领域，并不拘泥于某种特定的意义模式，由此直接导向了其《域外小说集》之后的译介选择。

关键词：周作人　显克微支　翻译　弱小民族　民族主义

周氏兄弟作为译介“弱小民族的文学”的先导，其翻译行为具有开创性。相比于鲁迅，周作人对“弱小民族的文学”之译介的自发性较弱，其翻译行为背后的动机及其演变存在可供讨论的空间。周作人思想中的趣味导向、“教训之无用”以及对文学独立性和审美性的重视，似与译介“弱小民族的文学”这一具有较强政治性和功用性的行为存在一定偏差，因此其翻译行为背后的民族主义观念值得探究。但是现有研究尚未对周作人译介行为和动机的复杂性进行全面观照。

关于周作人的翻译策略，大多数研究者往往认为周氏兄弟倡导直译，《域外小说集》的翻译首开直译之风。本文尽量排除已成为文学史定论的“直译”翻译策略的干扰，从具体的翻译文本出发，探讨周作人之“直译”在具体操作层面的情况。对翻译策略问题的探讨最后回到对周作人观念的研究中去，考察周作人与其“直译”口号相左的翻译行为背后的原因。对于周作人翻译“弱小民族的文学”的选篇问题，现有研究主要从小说的内容及政治历史背景的角度进行探讨。本文从周作人对显克微支作品选取的具体情况入手，采取量化统计的方式，探究短篇小说这一体裁之选取的限度，将文体与内容、艺术风格和精神导向相联系，探究周作人选篇背后的文学文化观念。现有研究在论及周作人翻译“弱小民族的文学”的动机之时，主要的例证是周氏兄弟事后对其翻译动机的追认及他人的评价。这些证据及基于此所做出的判断存在两个误区：第一，当事人和非当事人的事后再指认与事实本身有一定距离；第二，远离翻译文本的阐释没有让翻译自身说话。本文从周作人各个时期对“弱小民族的文学”的提法进行统计，由此把握“事后追认”中真实的限度。同时，从翻译文本和翻译实践出发，评估周作人对其翻译理念实施的限度，使研究及物。

在周作人译介的“弱小民族的作家”中，他对显克微支的关注和翻译是较为持续和连贯的。《灯台守》是显克微支被译为中文的第一部作品，该译作出自周作人之手，在此之前，波兰的作品很少被晚清译者关注。《域外小说集》第一册和第二册都收录了显克微支的作品，《域外小说集》之后，周作人也继续对显克微支的作品进行翻译，如《酋长》、《波尼克拉的琴师》、《二草原》和《愿你有福了》等。

周作人对显克微支的译介既合于时代要求又合于其个人喜好。首先，波兰是比较典型的“弱小民族”、“被损害民族”，在波兰作家中，显克微支兼具民族性与世界性：他致力于波兰独立运动，在国内首先是革命家,其次才是小说家,而作为小说家,其创作使得"不见知于异域"的波兰文学"声名满天下",是波兰的骄傲;同时,他的作品数量多、艺术成就高,曾获诺贝尔文学奖,享有世界声誉。除此之外,周作人承认"波兰小说家中我最喜显克微支"①,对其作品不乏高度赞扬。

本文对显克微支短篇小说的不同语言版本进行对读和校勘,从中发掘周作人具体的翻译行为及其翻译策略。除此之外,对显克微支小说的篇幅进行统计,考量周作人译介显克微支作品时的选篇标准;对周作人在不同语境中有关"弱小民族"的提法进行检索和量化统计,探究其背后的观念变迁。最后,本文重视显克微支短篇小说文学文本的翻译与译者自述之间的互证,在对翻译策略进行挖掘的同时,关注译者在散文等其他作品中对其翻译策略、翻译取向、文学观念的表达,在二者之间建立互证关系。

一、从"笑中有泪"到"只有泪"

显克微支作品中有大量通过隐喻和转喻等方式达成的诙谐幽默,这些诙谐幽默出现之处,多为悲凉感伤的情景或对人事的揶揄讽刺,此周作人之所谓显克微支"用幽默的笔法写阴惨的事迹"②。但是,从大量的翻译实例中可以发现,由于周作人的省译和意译,原有的这些表达变为严肃的平铺直叙。举例来说,《乐人扬珂》的英文本中有:"And the mother would say, 'I'll play for thee, never fear!' And in fact she made music for him, sometimes with the poker."③周作人译为:"母则应之:'汝毋惧,吾亦将为汝

---

① 知堂(周作人):《关于自己》,《宇宙风》1937年第55期。
② 知堂(周作人):《关于鲁迅之二》,《宇宙风》1936年第30期。
③ Henryk Sienkiewicz, *Yanko the Musician and Other Stories*, Jeremiah Curtin translated, Boston: Little Brown & Co., 1893, p.17.

奏也！'乃操杖挞之。"[①] 在英文本中，有一个双关，"play for thee"表示"为你奏乐"，当"made music for him"加上"with the poker"，表示"用拨火棍为他奏乐"，即"棍打他"。相比之下，曹靖华从俄语译为白话的译本则更好地保留了原意："他母亲就告他说：'你等一等，我的勺子马上就来奏到头上了！'实在的，她不断的拿起很大的勺子到他头上打。"[②] 不仅把英文中的诙谐幽默传达出来了，而且加入了中文中"奏"与"揍"的谐音，更显精妙。

周作人的翻译讲求直译，直译是"五四"时期周氏兄弟翻译的一大特色，他们亦是此译法的先导。纵观周作人的译作，可以发现他的直译兼采双语之长，例如《黄蔷薇》中将"handfuls of meat"[③]译作"肉腊数握"[④]，再如将"they will kick me out at the door"[⑤]译作"人必踶我们出门外矣"[⑥]。但是在翻译显克微支的作品时，没有通过直译将原本的诙谐幽默传达出来，这并不是因为周作人没有读出诙谐幽默和"笑中有泪"，他对此是确知并给予高度赞赏的，他说："显克微支作短篇，种类不一，叙事言情，无不佳妙，写民间疾苦诸篇尤胜。事多惨苦，而文特奇诡，能出以轻妙诙谐之笔，弥足增其悲痛，视戈戈耳笑中之泪殆有过之，《炭画》即其代表矣。"[⑦]

周作人倡导"直译"，同时欣赏显克微支"笑中带泪"的笔法，却并不在自己的翻译中对此进行忠实呈现。这是因为用诙谐幽默的

---

① 周作人译述：《域外小说集》，群益书社1929年版，第227页。

② [波兰]显克微支：《乐人扬珂》，曹靖华译，《莽原》1926年第1卷第19期。

③ Maurus Jókai, *The Yellow Rose*, Beatrice Danford translated, London: Jarrold & sons, 1893, p.53.

④ [波兰]育珂摩耳(Jókai Mór)：《黄蔷薇》，周作人译，商务印书馆1927年版，第31页。

⑤ Maurus Jókai, *The Yellow Rose*, Beatrice Danford translated, London: Jarrold & sons, 1893, p.78.

⑥ [波兰]育珂摩耳(Jókai Mór)：《黄蔷薇》，周作人译，商务印书馆1927年版，第35页。

⑦ 岂明(周作人)：《关于〈炭画〉》，《语丝》1926年第83期。

笔法来写严肃悲惨的人间，尤其是其中有寄托、有教训，这对于当时中国人已有的阅读经验来说是"有间"的，难以理解和接受。周作人在《哀弦篇》中对此问题有所论及：

复次有显克威支 H. Sienkiewiez（1845— ），亦以小品名世，最佳者有《炭画》（*Szice-weglem*）《天使》（*Yamgol*）诸篇，顾世徒赏其《何往》（*Quovadis*）一书（记罗马宜禄王事，故景教国人喜讽诵之，特在吾人终有间也）。然氏之为重，初不在此。读其《灯塔守者》一篇，文情哀怨，斯真波阑之文章耳。①

"喜讽诵"是对显克微支及景教国文学所下的判断，"在吾人终有间"是对翻译文学的目标读者群的预设，"文情哀怨"是自己的趣味和艺术偏好，三者共同导致了周作人最终的翻译策略：采用更为严肃的方式来译诙谐幽默的笔法。实际上，这种判断是正确的，因为即使到了 1922 年，《小说月报》开创"被损害民族的文学号"（1921 年 10 月 10 日第 12 卷第 10 号）的后一年，在第 13 卷第 11 号的"通信"栏中依然刊载有一封读者来信，表示了对译介"弱小民族文学"的质疑，信中说："大家多介绍小民族的文学，似和我国民众的心理背驰，因为什么波澜、芬兰、捷克、新犹太的名字，他们都不常听的，所以这些作品也都不愿看。"② 所译介的文学来自偏僻小国，已与中国读者"有间"，因此在翻译策略上的确应采取更为保守、归化的方式。

为了让中国读者的阅读"无间"，周作人的翻译对原文进行了改动，以便更好地传达"哀"——这是更能打动中国读者的内容。正如《哀弦篇》中所言："不知言有殊绝，而情无异同，即在异物，彼鸿雁之哀鸣，猿狖之悲啸，哀乐之感，且通于人，而况人类乎？"③

① 独应（周作人）：《哀弦篇》，《河南》1908 年第 9 期。
② "通信"，《小说月报》1922 年第 13 卷第 11 号。
③ 独应（周作人）：《哀弦篇》，《河南》1908 年第 9 期。

“哀”情能跨越民族的区隔，成为“人类”的共同话语。周作人对“哀”之传达的重视甚至超越了对文学艺术之真味的保存，为了更安全、更无歧义地传达这种“哀”，严肃的翻译方式是周作人的选择。对“哀情”传达失效的恐慌和焦虑并非只隐藏于这一翻译策略之下，从后来周作人关于《乐人扬珂》不同译本在中国之接受的论述中，也能看到一些显性的呈现，如他在 1917 年提及显克微支“笑中有泪”的写法之时，批判时人：“浅人不察，至以滑稽小说目《乐人扬珂》，斯失之矣。”[1]

“哀音”与亡国相关，《礼记·乐记》言：“凡音者，生人心者也。情动于中，故形于声，声成文谓之音。是故治世之音安以乐，其正和；乱世之音怨以怒，其正乖；亡国之音哀以思，其民困。声音之道，与正通矣。”[2] “哀情”是晚清的趣味，经典的例证是拜伦的诗 *The Isles of Greece*，1905 年马君武发表了全译本，1907 年，苏曼殊以“五言”古体重译此诗，1914 年胡适因“颇嫌君武失之讹，而曼殊失之晦”[3]重译其诗，此诗题直译应为“希腊岛”，却被译作“哀希腊”，其中之“哀情”趣味可见一斑。在晚清的语境中，“哀情”同时向着民族性和世界性打开——它既是“亡国之音”，又是与其他民族共情共勉的情感纽带。拜伦的 *The Isles of Greece* 最初译为汉语，出自梁启超之手，但“仅译一三两章”[4]，出现在其小说《新中国未来记》之中。在小说中，对此诗有这样的评价：“这诗虽属亡国之音，却是雄壮愤激，叫人读来精神百倍。……句句都像是对着现在中国人说一般。”[5] 借由“亡国之音”，不同民族之间的共情与共勉得以达成。

---

① 周作人：《显克微支》(1917)，钟书河编订《周作人散文全集》第 1 卷，广西师范大学出版社 2009 年版，第 505 页。

② 阮元校刻：《十三经注疏·礼记正义》，中华书局影印本 1980 年版，第 1438 页。

③ 胡适：《尝试集》，亚东图书馆 1920 年版，第 135—136 页。

④ 同上注，第 135 页。

⑤ 梁启超：《新中国未来记》，《新小说》1902 年第 3 号。

由此可见对"哀"之传达的重视与周作人的世界主义意识相关。1925年,周作人在《元旦试笔》中言及"五四时代我正梦想着世界主义,讲过许多迂远的话"①。由此可见,世界主义意识存在于周作人的"五四时代",甚至在以《域外小说集》为代表的"前五四时代"。这与周作人之"人的文学"是一脉相承的,他在《人的文学》一文中说译介外国著作的目的在于:"扩大读者的精神,眼里看见了世界的人类,养成人的道德,实现人的生活。"② 世界与人类的共同体一直存在于周作人的心中,是他所密切关怀的对象。

在对周作人"五四"之前以及"五四"早期的翻译的研究中,比较大的一个误区就在于:只基于其译介"弱小民族的文学"的翻译实践,而将周作人这一时期的观念定性为"民族主义",从而遮蔽了他这一时期着眼于"哀"的世界主义意识。最广为引证的就是鲁迅在《我怎么做起小说来》一文中对《域外小说集》成书由来的叙述:

但也不是自己想创作,注重的倒是在绍介,在翻译,而尤其注重于短篇,特别是被压迫的民族中的作者的作品。因为那时正盛行着排满论,有些青年,都引那叫喊和反抗的作者为同调的。所以"小说作法"之类,我一部都没有看过,看短篇小说却不少,小半是自己也爱看,大半则因了搜寻绍介的材料。也看文学史和批评,这是因为想知道作者的为人和思想,以便决定应否绍介给中国。和学问之类,是绝不相干的。

因为所求的作品是叫喊和反抗,势必至于倾向了东欧,因此所看的俄国,波兰以及巴尔干诸小国作家的东西就特别多。也曾热心的搜求印度,埃及的作品,但是得不到。记得当时最爱看的作者,是俄国的果戈里(N. Gogol)和波兰的显克微支(H.

① 开明(周作人):《元旦试笔》,《语丝》1925年第9期。

② 周作人:《人的文学》,《新青年》1918年5卷6号。

Sienkiewitz)。日本的,是夏目漱石和森鸥外。[①]

译介“被压迫的民族中的作者的作品”,作品中又充满“叫喊和反抗”,这一说法为周氏兄弟《域外小说集》时期的翻译观定了性。除此之外,与之类似,周作人自己也曾忆及:

我本是学海军的,对文学本很少接近的机会,后来,因为热心于民族革命的问题而去听章太炎先生讲学,那时候章先生正鼓吹排满,他讲学也是为此。后来又因留心民族革命文学,便得到和弱小民族的文学接近的机缘。各种作品,如芬兰、波兰、犹太、印度等国的,有些是描写国内的腐败的情形,有些是描写亡国的惨痛的,当时读起来很受到许多影响,因而也很高兴读。[②]

这一时期,周作人的民族主义意识确在外界的影响下觉醒,与此同时,其世界主义意识以较为微妙的样态存在于他的翻译文本中,这是同样值得注意的。

二、“收录至审慎”的短篇小说

《域外小说集》在对显克微支的短篇小说进行选译之时,相较于内容,更关注所选篇目是否为短篇。这种基于形式的筛选标准恰合于周作人对显克微支长短篇作品的判断。显克微支的长篇历史传奇与短篇小说分别有不同的面向,周作人在对其进行审视、判断和论述之时,也是在把“弱小民族的文学”的民族性放在更大的视阈中进行澄清和价值评估。

有关周作人在《域外小说集》中翻译的显克微支作品的底本,他说:“一九〇八年在东京找到了寇丁译的两本显克微支短篇集,

---

① 鲁迅:《我怎么做起小说来?》,鲁迅等《创作的经验》,天马书店 1933 年版,第 2—3 页。

② 周作人讲校,邓恭三记录:《中国新文学的源流》,人文书店 1934 年版,第 21 页。

选译了几篇，把《炭画》也译出了。”[①] 周作人所谓的“寇丁译的两本显克微支短篇集”分别是 Little Brown and Company1893 年出版的 *Yanko the Musician and Other Stories* 以及 1894 年出版的 *Lillian Morris and Other Stories*。对比显克微支的两本短篇小说集英译本中的篇目以及《域外小说集》的选篇可知：作为选篇标准，“是否为短篇小说”要比“内容是什么”显得更为重要。《域外小说集》所选篇目皆为短篇小说，同时，即使是短篇小说，也有一定的篇幅限制——都是所在的短篇小说集中体量较小的篇目。在 *Yanko the Musician and Other Stories* 和 *Lillian Morris and Other Stories* 两部短篇小说集中，选译的几乎都是最短的篇目，在内容上实际并没有加以严格的区分和筛选。

显克微支的《炭画》未能入选《域外小说集》也很能说明问题。首先，《炭画》是显克微支的代表作，如果要译介显克微支，这是一部绕不开的作品；其次，《炭画》的内容是“记一农妇欲救其夫于军役，至自卖其身”，是写“民间疾苦”的经典之作，非常符合鲁迅所谓“叫喊和反抗”与揭露国内黑暗现状的主题；最后也是最重要的一点，据周作人自己说，《炭画》“在己酉春天也已译成”[②]，也就是说在 1909 年春天已经译完，但是并没有收入《域外小说集》中，原因周作人自己也不清楚，只是猜测“大概因为分期登载不很方便吧”[③]。《炭画》具有以上三点让人难以忽视的入选要素，却因其中篇小说的篇幅而被淘汰，由此可见，“短篇”对于《域外小说集》之选篇的重要程度。

《域外小说集》选篇看重篇幅的短小，这与周氏兄弟以及“五四”新文学对短篇小说这一文体的倡导是分不开的，同时也与《域

① 岂明（周作人）：《关于〈炭画〉》，《语丝》1926 年第 83 期。

② 周作人：《八八 炭画与黄蔷薇》，《知堂回想录》，三育图书有限公司 1980 年版，第 237 页。

③ 同上注。

外小说集》编辑、出版、发行的现实原因相关。目前已有学者对这一选篇标准背后的现实因素进行细致论述。事实上，对于显克微支而言，译介其短篇小说并不是忍痛割爱的权宜之计——为了达成鲁迅所谓的“贪图用力少，绍介多”[①]，同时又苦于出版《域外小说集》的资金“几乎全无”[②]而做出的抉择。这一选篇标准恰与周作人对显克微支作品的评价相合。

周作人对显克微支的认识中一直有一个重要的论断：显克微支的长篇历史小说将其短篇小说埋没了，因此他一直有一种想要“重命名”显克微支的冲动。这种“重命名”包含了两点：第一，显克微支首先是小说家，其次才是革命家；第二，显克微支的创作成就首先在于短篇小说，其次才在于长篇历史小说。

《小说月报丛刊第四十二种 波兰文学一脔（上）》收波兰诃勒温斯奇的《近代波兰文学概观》一文，周作人将其从英文本译出，其中提及显克微支的三部长篇历史小说的经典之作：《火与剑》《洪水》和《伏洛提约夫斯奇君》，诃勒温斯奇认为它们“并不是书，乃是大的功业”，因为“民族正在想望激刺，喘着想得更完足的呼吸，于是他们得到了记忆与狂热的幻景的一阵旋风了”[③]。从此论断中可见，显克微支长篇历史小说的价值并不在于其艺术价值，或者说，重点并不在于艺术本身，而在于其对当时历史背景下民族心理的满足与建构。这恰如沈雁冰对于“弱小民族的作家”的态度：“无论他的作品能否对于世界文学界尽多少贡献，我们都应该景仰他，

① 鲁迅：《〈近代世界短篇小说集〉小引》，《近代世界短篇小说集》1，柔石译，朝花社1929年版，第Ⅱ页。

② 周作人译述：《域外小说集》，群益书社1929年版，第1页。

③ [波兰]诃勒温斯奇(Jan de Holewinski)：《近代波兰文学概观》，周作人译，原为《波兰文学史略》第五章，原题“自一八六三年革命至现时的波兰文学”。小说月报社编：《小说月报丛刊第四十二种 波兰文学一脔（上）》，商务印书馆1924年版，第7—8页。

了解他。"[1] 这种"景仰"、"了解"的对象，就是诃勒温斯奇之所谓"功业"——对民族文学之创造和民族身份之建构所做出的贡献。

长篇历史传奇面向的是民族记忆，其中往往"寄托教训"[2]，以传奇的方式构造一个民族的幻梦；而短篇小说则更注重叙事技巧，其结构和展开也带有极强的艺术性成分，它与艺术靠得更近，因此它又是面向世界的。周作人对显克微支的短篇小说赞誉有加，这种判断也受到勃兰兑斯"深称美其短篇而不满于历史小说"[3]的影响。但是从周作人的自述中可见，他对于显克微支长短篇小说有一套连贯的、自知的判断，当周作人对显克微支的小说进行评判之时，也是在把"弱小民族的文学"的民族性放在更大的视阈中进行澄清和价值的评估，他本质上并不欣赏具有较强民族性的长篇历史传奇，而更倾向于短篇小说。

对短篇的译介恰合于周作人对于显克微支长短篇价值的判断，这使得《域外小说集》在"译介短篇"的体裁要求之下译介的又都是周作人所认为的小说的精华。据此，《域外小说集》序言中所谓"收录至审慎"的内涵便显得更加明晰。一方面，不以形式框定内容，在文体上推重短篇，又客观理性地判断短篇的价值。另一方面，不以内容的社会意义遮蔽艺术价值，这在周作人对显克微支的"重命名"和对显克微支作品价值的重估中便可见一二。

三、从"哀乐"到"空想的诗的作品"

现有研究在理解"弱小民族的文学"与"叫喊和反抗"之时，往往会结合周氏兄弟后来对此时期翻译动机的再指认，而将民族主

---

① 沈雁冰：《波兰近代文学泰斗显克微支》，小说月报社编《小说月报丛刊第四十二种波兰文学一脔（下）》，商务印书馆 1924 年版，第 19 页。

② 仲密（周作人）：《自己的园地 十七〈你往何处去〉》，《晨报副刊》1922 年 9 月 2 日。

③ 岂明（周作人）：《关于〈炭画〉》，《语丝》1926 年第 83 期。

义情绪看作贯穿于内容选取、翻译策略和选篇标准的一种观念导向，但事实并非如此。本文第一部分提出周作人对“笑中有泪”之笔法采用严肃化的处理方式，厘清了其翻译策略背后的动力因素：出于对“哀情”的准确传达之目的，而此目的背后是其世界主义意识；本文第二部分指出《域外小说集》的选篇更关注所选篇目是否是并且严格是短篇，这一选篇标准与周作人对显克微支作品的判断相合，周作人对显克微支长篇历史传奇与短篇小说的评判背后是对“弱小民族的文学”之民族性的澄清和价值评估。本部分将从周作人有关“弱小民族”的提法变迁切入，探究周作人翻译《域外小说集》时期的思想和动机，从而更深入和更全面地探讨周作人翻译“弱小民族的文学”背后的观念。

《域外小说集》之后，周作人依然致力于译介“弱小民族的文学”，其 1918 年 1 月至 1920 年 3 月的译作收入《点滴》，后改订为《空大鼓》，其中收录了一篇显克微支作品——《酋长》的白话译本；《现代小说译丛》继乎其后，都是译介“弱小民族的文学”的实绩，《现代小说译丛》冠名“第一集”，似有后续的译介计划，但由于兄弟失和，计划中断。从《域外小说集》到《现代小说译丛 第一集》，皆在周作人兼及周氏兄弟译介“弱小民族的文学”的脉络之上。

基于本文在第一部分和第二部分的论述，可以发现《域外小说集》所选译显克微支作品的内容与所谓“弱小民族”的“叫喊和反抗”并不贴合，但这种错位并非显性，而是隐藏在译本之下甚至是副文本中的。但到了《现代小说译丛 第一集》，其中所收的显克微支的三篇作品《波尼克拉的琴师》、《二草原》和《愿你有福了》，则明显与所谓“弱小民族”的“叫喊与反抗”偏离。周作人在《愿你有福了》的译记中说：“我们从这一篇可以看见他在理想的写实派以外，又是一个纯粹的抒情诗人。”① 同时又在《二草原》的译记中说：

① [波兰]显克微支：《愿你有福了》，周作人译，《新青年》1921 年 8 卷 6 号。

"这一篇……与《你祝福了》同属一类,是空想的诗的作品。……这种新作的古事,犹如旧酒囊里的新酒,有一种特别的风味。"①

同样是在翻译"弱小民族的文学"的这条线索上,周作人为何会在《域外小说集》之后翻译显克微支的"纯粹的抒情"和"空想的诗的作品"?寻求此问题的答案,应将其放在周作人译介"弱小民族的文学"之初衷与整体观念中来考量。

周作人在不同文章中反复提及"弱小民族"及与之类似的语汇,如"小国"、"古怪国度"等,以此来指称自己最初发生兴趣并翻译的一批文学作品的属国。"弱小民族"这个概念放在近现代中国救亡图存以及启蒙的背景之下,从初始便具有很强的意识形态色彩。但对于周作人而言,这一概念则有所不同,他的提法不断变更,对"弱小民族"的正式提及要到1928年,而此时距《小说月报》开创"被损害民族的文学号"已过去7年;"被压迫"、"被损害"、"被侮辱"等语词的出现则更晚;1949年之后,周作人对"弱小民族"的意识形态指认越来越明确,在此之前的"偏僻"、"古怪"、"大陆文学"等提法销声匿迹,反而与"被侮辱与损害的"、"争独立与自由"、"帝国主义大国"等紧密结合。

结合时间和文章的语境,可以发现周作人对"弱小民族"的提法有两个特点:第一,在"弱小民族"这个词被概念化之后,对其进行借用式的提及。如在《〈我是猫〉》中回忆自己的东京生活,说自己注意"所谓弱小民族的文学"②,同样是回忆东京生活,《东京的书店》中明确提及"弱小民族盖是后起的名称"③,再如,他在《裴多菲的小说》中说:"虽然弱小民族的文学成了一个名词,不妨继续使用。"④

---

① [波兰]显克微支:《二草原》,周作人译,《小说月报》1921年12卷9号。

② 周作人:《〈我是猫〉》,《苦竹杂记》,上海良友复兴图书印刷公司1941年,第251页。

③ 知堂(周作人):《怀东京之二》,《宇宙风》1936年第26期。

④ 周作人:《裴多菲的小说》(1956),《周作人散文全集》第12卷,广西师范大学出版社2009年版,第560页。

译介弱小民族文学的“风气大兴”是在《小说月报》开创“被损害民族的文学号”之后，在此之后“弱小民族的文学”一词已被概念化。周作人对其进行借用式的提及，在某种程度上展露出其客观审视的态度。第二，“五四”时期之后，尤其是1949年之后，周作人在一系列回忆自己和鲁迅的文章中反复提及“弱小民族的文学”，这是对自己和鲁迅重新指认和经典化的过程，其中不乏意识形态上的装点和美化，如说自己“除了写些评论之外，尤着力于翻译外国‘弱小民族’的作品”①，言鲁迅“进一步去找别的求自由的国家的作品”②等。

要充分理解周作人的话语流变及其背后的翻译意图，应当深入周作人翻译理念背后的思维方式。在译介“弱小民族的文学”之时，周作人更强调译介行为所涉及的作者、译者和读者三者之间的关系。周作人在提及自己的翻译动机之时，常常出于有意或无意，强调作者、译者和读者之间的对应和互动。将作者的“传奇之世”③与译者的“传奇时代”④进行对应，由此为翻译工作找到一种切近的动力；提出一种“纯粹从他的趣味上出发”的翻译工作，这种工作出自“深切了解作者的思想，单是自己读了觉得可惜，必须把它写出来多给人看才为满意”⑤，强调译者的“趣味”与“作者的思想”之间的互动；最后，又将译介“弱小民族的文学”之最终目的归结为读者与作者之间基于民族身份的共情，因为“奴隶能了解奴隶

---

① 周作人：《八八 炭画与黄蔷薇》，《知堂回想录》，三育图书有限公司1980年版，第237页。

② 周作人：《鲁迅的国学与西学》(1956)，《周作人散文全集》第12卷，广西师范大学出版社2009年版，第540页。

③ 周作人：《〈黄蔷薇〉序》，[波兰]育珂摩耳(Jókai Mór)：《黄蔷薇》，周作人译，商务印书馆1927年版，第2页。

④ 周作人：《〈现代小说译丛　第一集〉序言》，《现代小说译丛　第一集》，周作人译，商务印书馆1923年版，第1—2页。

⑤ 周作人：《谈翻译》，《苦口甘口》，上海太平书局1944年版，第38页。

的心情"[①]。

由此,译者实际上并没有全盘控制其所呈现给受众的这些异域作品的内容,译者在这个传播过程中所扮演的角色是不及物的,翻译与接受更多的是主体之间的互动,为文本留下很多有待受众填补的空白,而不是塞满了"教训",这与周作人后来在1924年提出的"教训之无用"一脉相承。由此反观"叫喊和反抗的作品"和"弱小民族的文学",它们似乎只是一个出发点、一种命名和一个框架,并不严格限定翻译所选取的内容以及后续的翻译方向。更具体地说,"民族主义"只是周作人译介"弱小民族文学"的出发点,他在日本留学期间"很受了本国的革命思想的冲激……那种同情于'被侮辱与损害'的人与民族的心情,却已经沁进精神里去"[②],他觉得"阅读弱小民族的文学还是很有意思,很有意义"[③],当他由于受到革命思想、民族主义精神以及时代氛围的感召从而唤起他"对于弱小奇怪的民族文学的兴味"[④]之后,他其实已经从纯然的"意义"中解脱出来,到达个人趣味的领域之中,在此进行领悟、鉴赏和译介。

同样是在翻译"弱小民族的文学"这条线索上,周作人之所以会在《域外小说集》之后翻译显克微支的"纯粹的抒情"和"空想的诗的作品",这正是因为周作人对显克微支的译介并没有被民族主义意识操控。一方面,从周作人对"弱小民族的文学"的提法变更中可见,周作人对"弱小民族的文学"这一概念的态度本身就有所保留,只不过在不断的重新指认中呈现出意识形态化的倾向;另一方面,根据周作人对自己翻译动机的指认,可知民族主义意识对周

① 岂明(周作人):《夜读抄》,《北新》1928年2卷9号。

② 周作人:《〈现代小说译丛　第一集〉序言》,周作人译:《现代小说译丛　第一集》,商务印书馆1923年版,第1—2页。

③ 岂明(周作人):《夜读抄》,《北新》1928年2卷9号。

④ 同上注。

作人来说更像是出发点，他借由此对“弱小民族的文学”产生兴味，之后从所谓的“意义”中解脱出来。他的个人文学趣味以及对显克微支这一作家本身的兴趣使他在后续的引介过程中多元化地译介显克微支不同主题和风格的作品，并不拘泥于某种特定的意义模式。

四、结语

周作人对显克微支“笑中有泪”之笔法采用严肃化的翻译方式，并不是因为他没有看清和看重此艺术手法，而是出于对“哀情”的准确传达之目的，而此目的背后是周作人的世界主义意识。世界主义在周作人的思想中是一以贯之的，但往往会被更为显性和外在的民族主义意识所遮蔽，本文通过具体的翻译文本分析，对其进行去蔽。

《域外小说集》在对显克微支的短篇小说进行选篇之时，相较内容而言，更关注的是所选篇目是否是并且严格是短篇。显克微支长篇历史传奇对应的是民族文学的创造以及基于此的民族身份的建构，短篇小说则更具艺术性和纯文学特色。周作人对显克微支短篇小说的欣赏是把“弱小民族的文学”的民族性放在更大的视阈中进行澄清和价值评估之后的结果，而其结果正与《域外小说集》选取短篇小说的体裁标准相合，并非拘于现实因素而对显克微支的文学精华作了裁剪。由此可知，《域外小说集》的确“收录至审慎”——既不以形式框定内容，也不以内容的社会意义遮蔽艺术价值。

同样是在翻译“弱小民族的文学”的这条线索上，周作人在《域外小说集》之后翻译显克微支的“纯粹的抒情”和“空想的诗的作品”，收入《现代小说译丛 第一集》之中。本文从周作人对“弱小民族”的提法变迁的角度切入，探究周作人翻译《域外小说集》时期的民族主义思想，发现周作人对“弱小民族的文学”这一概念的态度有所保留，在译介的过程中更强调译介行为所涉及的作者、译者和读者之间的关系，“民族主义”只是周作人译介“弱小民族文学”的出发点，在此之后，他的译介行为从纯然的“意义”中解脱出来，到达个人“趣味”的领域中，并不拘泥于某种特定的意义模式。

国民政府军委会政治部第三厅职能地位之考察

范　鑫

（西南大学文学院）

内容摘要：抗战时期，国民政府军委会政治部第三厅主要负责抗战宣传动员，作为以中国共产党党员和左翼文艺工作者为主的军事宣传机关，对抗战文艺和新文化运动发展也产生了重要影响。梳理国民政府对其职责界定的官方文件及其工作报告等原始资料，参考其重要人物相关文章，对比其与当时国民政府相关部门职责的差异，分析国共双方当时人的见闻感受，可以为研究第三厅的职能地位提供一个较为完整的参照。同时可以看出，作为新文化运动发展以来第一个被国共双方和社会各界共同认可的官方文艺领导机构，第三厅在组织领导文艺抗战和推动新文化发展中发挥了重要作用。

关键词：政治部　第三厅　职能地位

第三厅作为国民政府军事委员会负责抗战宣传的重要机构，在抗日宣传动员中发挥了重要作用。倪伟指出：由于第三厅直属军委会政治部，是“抗战前期国民政府所依赖的主要的文化活动机构”，“第三厅成立后的主要工作就是开展各种形式的宣传活动，激发民众和士兵的抗日救国热情”。[①] 台湾学者金达凯指出：“第三厅工作范围甚为广泛，诸如军中思想教育，军事报刊之出版发行，戏剧之演出，音乐、歌曲之演唱，电影之制作放映，以及各种艺术形

① 倪伟：《民族想象与国家统制——1928—1948 年南京政府的文艺政策及文学运动》，上海教育出版社 2003 年版，第 243 页。

式和群众性的宣传活动，都由它主管。”① 那么，第三厅究竟处于什么地位？承担了什么具体职责？发挥了怎样的作用？

目前，关于第三厅在抗战中的地位、职能和作用，学术界罕见专门研究。李扬在《从第三厅、文公会看国统区抗战文艺》② 中认为，第三厅是“作为专门负责抗战文化宣传的政府机构”，“第三厅几乎自诞生之日起就奠定了在国统区抗战文艺中的核心与领导作用”。事实上，第三厅在国统区抗战文艺中居于“核心与领导作用”这一定位，以及究竟如何发挥和体现，还值得深入考证和探讨。同时，李扬也指出，“第三厅并不是国家政权中唯一负责文化宣传工作的部门，国民党中央宣传部，行政院教育部同军事委员会政治部一样，掌有领导和控制国统区抗日文化运动的权力”。第三厅“只是一个组织、领导实际抗战文化宣传的工作部门，而非管理部门或政策部门”。关于第三厅的这些表述，虽然总体上符合历史事实，但过于笼统且没有具体材料佐证。对第三厅的职能地位及与其他机构关联差别的定位定性，笔者认为应当从以下几个方面进行综合考察。

一、国民政府档案资料之分析

第三厅隶属国民政府军事委员会政治部，其工作职能定位必然依据国民政府的最高指示和相关文件划定。1938 年 3 月 29 日至 4 月 1 日，国民党召开临时全国代表大会，通过了“关于确定文化建设原则纲领的提案”，提出了发扬固有文化、文化为民族国家、

① 金达凯：《郭沫若总论——三十至八十年代中共文化活动的缩影》，台湾商务印书馆 1988 年版，第 231 页。

② 李扬：《从第三厅、文公会看国统区抗战文艺》，中国社会科学出版社 2016 年版。

抵御侵略文化等文化工作重点。这些国民政府抗战时期文化工作的指导原则，自然也是第三厅工作的基本指引。

在《军事委员会政治部服务规程》[①]（1938 年 4 月 12 日颁行）第十八条“第三厅职掌”中，明确了第三厅 12 个方面的具体工作职责：“一、关于宣传纲领计划之编拟事项。二、关于各种宣传刊物之征集、审查、编译、出版等事项。三、关于所属机关宣传工作之计划指导事项。四、关于对民众与军队宣传材料之编拟事项。五、关于对国际各种宣传材料之编拟事项。六、关于对敌军及俘虏与敌国内部各种宣传材料之编拟事项。七、关于电影宣传之摄制及放映审查指导事项。八、关于歌剧、话剧、杂技等戏剧宣传之编拟及审查指导事项。九、关于图画、歌曲、音乐等宣传之绘制及撰写审查指导事项。十、关于剧团、流动剧队、制片厂、放映队、歌咏队、演奏队、漫画宣传队之组织及训练指导事项。十一、关于战地宣传及广播事项。十二、其他有关宣传事项。”这是迄今为止能够找到关于第三厅职责任务的最早官方文件，也是国民政府对第三厅职责的最明确最完整的具体规定。

1938 年 6 月 6 日，郭沫若在“关于各师旅政训处设立随军抗敌剧团办法的签呈”[②]中明确指出，第三厅的主要工作为“本厅职司宣传”。这一表述也指明了第三厅的核心职能在于抗战宣传动员。此外，根据第二历史档案馆馆藏档案资料[③]，对第三厅相关工作报告梳理，可以概括出其具体工作职责大致包括：“本厅宣传业务原分为：一、一般宣传，二、艺术宣传，三、对敌宣传，四，印刷发行。”具体的工作可以归纳为“统一推进全国各种抗战宣传，指导各级政治部及其他宣传机关之宣传工作”，宣扬抗战建国纲领，组织

① 《军事委员会政治部服务规程》，《政治通讯》1938 年第 2 期。

② 《中华民国史档案资料汇编 · 第五辑第二编 · 文化》，凤凰出版社 1998 年版，第 87—88 页。

③ 《政治部三厅的一份工作汇报》，《郭沫若学刊》1987 年第 2 期。

发动各类民众团体，组织各类纪念活动，参加各类慰劳征募工作，暴露敌人暴行，收集敌情研究资料，组织各类宣传人员培训活动，组织各类宣传团体深入前线、乡村，编印讲演录、文件集、传单、标语、小册、专册和丛书等各类宣传资料，拟制宣传计划、大纲和方案、文件，推展精神总动员运动，编辑抗战剧本和修改剧本，组织戏剧活动和推动戏剧运动，组织电影宣传工作和组织开展音乐、美术等宣传活动等。

通过梳理军委会政治部的官方文件和第三厅工作报告及档案资料可以看出：

第一，第三厅的核心职能是“抗战宣传”。郭沫若报告中的“本厅职司宣传”即抗战宣传动员，主要指宣扬抗战建国纲领，对民众和军队进行战争宣传动员，“对敌军及俘虏与敌国”进行反战宣传，还包括向国际宣传中国抗战。

第二，第三厅的地位是抗战宣传的“统制”机关，负责“统一推进全国各种抗战宣传”，指导各级政治部及其他宣传机关之宣传工作，制定“宣传纲领计划”，统一编拟各种宣传资料，对各类宣传活动进行指导和审查，组织和指导各类抗战宣传团体，开展宣传人员培训工作。

第三，第三厅开展抗战宣传的主要形式是“文学艺术”，负责“编印讲演录、文件集、传单、标语、小册、专册和丛书等各类宣传资料”，承担宣传“刊物之征集、审查、编译、出版”，采取的主要艺术形式有“歌剧、话剧、杂技”和“图画、歌曲、音乐”等，以及组织开展电影和广播宣传。领导的艺术团体有“剧团、流动剧队、制片厂、放映队、歌咏队、演奏队、漫画宣传队”等。

二、周恩来“专论”之参照

1938 年 2 月 27 日，周恩来在致郭沫若的书信中指出“政治工作纲领批定始能就职”,“惟需将政治工作纲领起草好呈蒋批定后,始能就职”。[1] 这说明“政治工作纲领”是中国共产党认可的第三厅工作职能任务和开展具体工作的根本遵循。《军事委员会政治部工作实施纲要》[2]在“丁、宣传”中对抗战宣传工作进行了专门明确,提出“发行各种不同对象之宣传刊物”,“运用各种宣传技术及组织,以扩大宣传效能”等具体任务。同时,周恩来在信中还指出,“告以正在起草宣传纲领”[3],明确指出第三厅工作的核心职责是抗战宣传。因此,从中国共产党当时的立场可以看出,“宣传纲领”是第三厅工作思路方法的具体体现。从研究的角度,也可以从其中考察第三厅的职能作用。但遗憾的是很难找到“宣传纲领”的原始资料。

目前,大陆和台湾的大多数学者认为第三厅为中国共产党起主导作用的抗战文艺宣传机构。因此,1938 年 4 月 8 日《新华日报》刊载的周恩来的“专论”《怎么样进行二期抗战宣传周工作》,也被视为第三厅工作的行动纲领。阳翰笙在《第三厅——国统区抗日民族统一战线的一个战斗堡垒》[4]中指出:周恩来的“专论”“对于我们开展抗日宣传工作十分重要”,“专论”是周恩来对于抗战宣传工作的具体指示,“不仅扩大宣传周,而且整个第三厅的工作,我们都是遵照这些指示去作的”。因此,多数学者认为,可以将“专论”看成第三厅的工作指南。对“专论”的具体内容进行梳理分析,应当成为考察第三厅职能地位的一个重要方面。

“专论”围绕如何使抗战宣传更加“深入”,分别从“文字宣传”、“口头宣讲”、“艺术宣传”等方面进行了阐述。周恩来指出“第一,

① 《周恩来书信选集》,中央文献出版社 1988 年版,第 142—143 页。

② 四川省政府秘书处编译室:《军事委员会政治部工作实施纲要》,《四川省政府公报》1938 年第 115 期。

③ 《周恩来书信选集》,中央文献出版社 1988 年版,第 142—143 页。

④ 阳翰笙:《第三厅——国统区抗日民族统一战线的一个战斗堡垒》,《新文学史料》1980 年第 4 期。

在文字宣传上，要力求具体通俗和生动”。要做到“具体”，就“要多宣传敌人残暴与我军作战的具体事实”，“要多叙述伤残战士的英勇与难民难童的惨状”。要做到“通俗”，就“要注意各阶层民众觉醒和了解程度的不同，情绪的差异”，“要特别注意采用易于使他们了解的文字”。要做到“生动”，就“要改变屡行不变的出特刊，请题词的老办法，要改变文字宣传的格式”，“要尽可能的使用文字与照相配合”，“要多用易于使人记忆的语句”。“第二，在口头宣讲上要力求普遍通俗和扼要”。“普遍”，就要更加广泛动员各类学校和团体，组成若干宣传队，深入“每条街道每个工厂学校每个村庄”。“通俗”，就要注意本地人和外地人的语言差异，讲“他们可以懂的话，提出他们可以接受和可以做到的办法”。“扼要”就是要依照“宣传大纲”，细化“宣传题目和演讲大纲”，每次演讲主题要少，“时间要短，内容要精彩，说话要干脆而鼓动”。“第三，在艺术宣传上，要更加普遍深刻和激越感人”。“普遍”，要让各类文艺团体尽可能不计报酬的到各类“公共场所和交通要点”。“深刻”，就是“要使人听了看了永不能忘”。“激越感人”，就是使人“感动得当场落泪，兴奋得矢志报仇”。周恩来还围绕宣传工作的“扩大”提出了主张。他指出，“首先扩大到前线”，并从“开展广播宣传、印制宣传刊物、组织前线慰劳、进行募捐救护、救济儿童工作”等六个方面进行了阐述。其次，宣传教育要深入敌后，要编印书籍和宣传品。再次，要覆盖大城市和乡村，组织各类团体参与抗战宣传。

从时间上看，周恩来的 4 月 8 日“专论”，早于 4 月 12 日军委会政治部对第三厅的职责规定。周恩来发表“专论”时，第三厅刚刚成立一周，正在组织开展成立后的第一个宣传活动即抗战扩大宣传周。从内容上看，周的“专论”内容，虽然淡化了政策理论，着力具体方法手段，但是其主要观点与其后第三厅工作报告档案资料内容高度一致。因此，有的学者将“专论”作为第三厅工作的具体指南的观点有一定的道理。从这个角度看，分析“专论”原文对研究第三厅的职能作用可以提供比照。

第一，第三厅的核心职能是“抗战宣传”。从周恩来给郭沫若的信件分析，周恩来要求首先确定“政治工作纲领”，郭沫若才能着手第三厅具体筹备工作，说明第三厅的职能作用属于军队政治工作范畴。周恩来要求在“政治工作纲领”确定后再拟定“宣传纲领”，也印证了第三厅的核心职能在于“抗战宣传”。

第二，第三厅的抗战宣传的主要手段为文学艺术。周恩来要求抗战宣传在“深入”和“扩大”上着力。把抗战宣传区分为“文字宣传”、“口头宣讲”、“艺术宣传”，明确了“具体、通俗、生动、普遍、生动”等具体要求。提出内容上要以歌颂和暴露为主，多叙述“敌人残暴与我军作战的具体事实”，语言上要采用“各阶层民众”“了解的文字”，“要多用易于使人记忆的语句”，情感上“要更加普遍深刻和激越感人”。这些观点，为推动抗战文艺大众化通俗化发展奠定了基础。

第三，第三厅在抗战宣传中发挥了组织作用。周恩来认为，抗战宣传要从“开展广播宣传、印制宣传刊物、组织前线慰劳、进行募捐救护、救济儿童工作”等六个方面进行“扩大”。要“扩大到前线”和深入敌后，编印抗战书籍和宣传刊物；要覆盖大城市和乡村，组织各类团体参与抗战宣传。开展这些工作的核心在于加强文艺工作者的组织领导。由此可见，组织领导文艺工作者进行抗战宣传动员是第三厅的一项重要任务。

三、其他机构组织之区别

抗战时期，国民党当局负责宣传动员工作的除了政治部第三厅，还有中央宣传部、社会部、行政院教育部等部门。它们的工作既有相互交叉，也有各自的侧重。对比它们之间的差别，也可以为研究第三厅的职能地位提供参照。

一方面，国民党中央宣传部是负责“处理关于本党宣传”事宜的专门机构，其重点是开展国民党政策理论宣传。据国民党《修正中央宣传部组织条例》[①]规定，其“编译科”是承担宣传工作的重点。其中，“普通股”主要是“草拟宣传计划，编撰宣传纲要，宣传资料、标语、口号，等一切宣传品。”“特种股”主要是“草拟工商军警妇女青年及侨胞宣传方案，并依各项宣传纲要，分拟各特种宣传品”。“艺术股”主要是“草拟艺术宣传方案，指导其实施，并编制审查各种图书电影戏剧歌曲等艺术宣传品”。

对比发现，第三厅与中宣部的职责区分在于：中宣部是国民党的宣传机关，虽然从具体工作范围看，中宣部也负责拟定宣传纲要计划，编撰各种宣传资料，开展全域社会和海外宣传，并且开展艺术宣传，“编制审查各种图书电影戏剧歌曲等艺术宣传品”，但是其负责宣传的重点是国民党的政策主张。第三厅属于军事机关，侧重于抗战宣传动员。也就是说，国民党中宣部的重点在于党化政治任务宣传，而第三厅的核心在于全民族的抗战建国宣传动员。

另一方面，国民政府行政院教育部也担负有宣传教育的职责。据当时的行政院《教育部组织大纲》[②]规定，教育部设立“文化局”。其工作职责主要是“关于图书馆博物馆等建筑事项，关于文艺美术音乐及通俗礼仪各事项，关于图书仪器及其他教育用品审查核定事项”等三方面。此外，《教育部组织法》之“社会教育司”[③]工作职责，“（一）关于民众教育及识字运动事项，（二）关于补习教育事项，（三）关于低能及残废者之教育事项，（四）关于美术教育事项，（五）关于公共体育事项，（六）关于图书及保存文献事项，（七）关于其他社会教育事项”。其中，也明确了图书编译和教育图书等审查工作

① 《法规：修正中央宣传部组织条例（附图表）》，《浙江党务》1928 年第 24 期。

② 《法规：教育部组织大纲》，《政府公报（北平）》1938 年第 4 期。

③ 《教育部组织法（节录）》，《北京成人教育史志资料选辑》第 1 辑，何祥生、陈光藻等编，1993 年版，第 6—7 页。

“其组织另定之”。

通过比较可以看出，第三厅与教育部的职责差异在于：教育部隶属行政院，为政府行政机构，而第三厅下属军委会政治部，为军事机关。教育部由“社会教育司”承担普及教育、图书文献保存和审查等工作，其文艺工作职责十分有限。而第三厅的主要职能作用在于抗战精神的宣传动员，可以动用一切社会资源和方式进行抗战宣传动员，其中当然包含了文艺团体和文艺形式。

四、国共双方当事人之见证

“第三厅是抗战初期国共第二度合作这一特殊历史条件下的产物”①，集中了国统区许多代表人物，为抗战宣传动员发挥了重要作用。阳翰笙、胡绍轩、石凌鹤、翁植耘、张肩重、钱远铎、何勇仁等当事人均在回忆录中，对第三厅的主要工作和作用影响进行了记述。

阳翰笙在《第三厅——国统区抗日民族统一战线的一个战斗堡垒》②中指出：第三厅“集中了当时国统区文化界的许多代表人物”，“发挥了宣传群众、组织群众的作用”，“团结了一整批进步知识分子”，“为新中国准备了一批文艺骨干”。翁植耘认为，第三厅“团结了一大批爱国、进步的文化界人士，掀起了抗日救亡宣传的高潮”③。王琦认为：第三厅是“一个从事文化宣传的机构”④。李明善在《“政治部第三厅”旧闻补正》⑤中指出“三厅公开招员并采

① 阳翰笙：《第三厅的建立和主要活动》，中共重庆市委党史工作委员会，《南方局领导下的重庆抗战文艺运动》，重庆出版社1989年版，第65页。

② 阳翰笙：《第三厅——国统区抗日民族统一战线的一个战斗堡垒》，《新文学史料》1980年第4期。

③ 翁植耘：《郭沫若在第三厅文工会及其创作活动》，《抗战时期西南的文化事业》，成都出版社1990年版，第58—77页。

④ 王琦：《抗战美术的洪流》，《王琦美术文集》，《艺海风云上》2007年版，第13—33页。

⑤ 中国人民政治协商会议青岛市委员会史料委员会，《秦皇岛文史资料选辑》第7辑，1994年版，141—148页。

取考试择优录取的办法”,“考试题目是《论宣传之作用》”。由此可见,第三厅的核心任务在于宣传动员。这些当事人的回忆,均对第三厅的文艺抗战宣传给予了充分肯定,其观点也得到了多数研究者的认同。

过去的研究中,学者多采信以中国共产党和左翼文艺工作者的回忆和评价,而对国民党方面的当事人或见证者的资料重视不够。何勇仁在《汗血周刊》(第九卷第二十五期,1938 年 6 月 27 日)发表的《政治部第三厅》一文,就记述了当时他对第三厅的印象。他讲到:“国防文化的沉闷空气,使每个文艺工作者的眉头都皱起来,虽然在烽火中,各地的剧运是那样热闹,刊物出了许多,但为了没有领导机关统制,那些刊物和剧运多发生了消化不良的病态,而文艺工作者的流亡的生活更加无法维持。”从何勇仁的记述可以看出,在抗战初期,国民党当局和民间都没有领导文艺抗战的统一机构,导致了文艺工作者的“抗战无路”和颠沛流离。有的学者认为“文协”是全国文艺工作者抗战的领导机构,但是也有学者认为,“文协”的领导作用仅仅在于民间,而官方的抗战文艺领导机构是第三厅。其实,关于“文协”的民间领导作用,学界也持不同观点。有的学者认为,“文协”的主要作用局限于刊载抗战作品,而对文艺抗战活动组织领导不够。对此,何勇仁也在文中特别指出:“我看不见有生气的经常活动的文艺团体(文协会不开会时是看不见的)。”关于第三厅的影响,何勇仁特别讲道,“自从军委会创立了政治部第三厅才开始了一个宏新的局面,不仅国防文化运动得以统筹进展,而且发掘了五四文化工作的饭碗地盘,故月来作家、剧人、画师、歌者,赴武汉者纷纷,真如过江之鲫,尤以左翼作家面上有欣然之色!”

何勇仁早年留学国外专攻哲学,抗战时期先后担任国民革命军第十五军司令部秘书长、第三战区长官部文化指导处少将总干事、军委会编练总监部文化训练班主任,著有专著《国防文化论》。

何勇仁与郁达夫为旧识，当时正是在郁达夫的陪同下，他参观了刚组建的第三厅，并与郭沫若会面。由于何勇仁当时的身份和经历，这篇发表于 1940 年 6 月 27 日的文章具有较强的可靠性。从何勇仁的《政治部第三厅》和阳翰笙等人的回忆可以看出：

第一，第三厅是官方的抗战文艺领导机构。抗战初期国统区文化没有“统制机关”，但是“自从军委会创立了政治部第三厅才开始了一个宏新的局面”，“国防文化运动得以统筹进展”。因此，一定意义上讲，第三厅就是抗战初期国民政府组织文化抗战的专门领导机构。

第二，第三厅组织形成了文艺工作抗日统一战线。阳翰笙指出，第三厅“团结了一整批进步知识分子”，“为新中国准备了一批文艺骨干”。何勇仁也讲到：第三厅成立后，“作家、剧人、画师、歌者，赴武汉者纷纷，真如过江之鲫，尤以左翼作家面上有欣然之色！”这些都可以证实，第三厅团结了各民主党派、民众组织和艺术团体，团结了思想界、文化界、学术界的著名人士、社会贤达，组成了坚强有力的抗战文艺宣传动员阵容，是文艺抗战的具体组织领导部门。

第三，第三厅开掘和拓展了新文化运动领域。何勇仁讲道，第三厅“发掘了五四文化工作的饭碗地盘”。这一表述指出了，在民族战争的特殊环境中，新文化运动的内涵和功能得到了拓展。抗战的残酷现实要求文艺快速反应出战争的真实面貌，促使作家直接参与和服务抗战。可以看出，第三厅的组建和工作不仅缓解了文艺与政治的紧张关系，而且对文艺的功利性做出了新的阐释和实践。

同时，由于民族抗战形势紧迫，除了官方对抗战宣传的重视，广大文艺工作者和各类文艺团体也普遍感到必须组织起来，以集体的力量开展抗战文艺运动。在这种背景下，组织成的全国文艺界抗敌协会是当时最有影响力的文艺组织之一。“文协”在发刊词中也明确指出，“文协”的根本目标是组织和领导全国文艺作家进行抗战文艺运动。事实上，虽然“文协”得到了文艺工作者的广泛认同和积极参与（包括国共双方力量的参与支持），在文艺理论、文学创作等方面做出了重要贡献，但“文协”毕竟是一个自发性组织。而第三厅是国民政府组织成立的专门负责抗战宣传的领导机构。正如何勇仁所讲，第三厅在统筹抗战文化运动、组织聚集爱国文艺工作者、拓展新文化运动领域等方面做了大量工作，发挥了重要作用。也就是说，抗战时期第三厅的地位和作用明显高于“文协”。因此，周扬所说的“全国文艺界抗敌协会是全国文艺运动的最高领导机关”①，显然也值得商榷。

结　语

通过以上考察分析可以看出，第三厅是抗战初期负责领导全国抗战宣传的专责机构，是组织领导广大文艺工作者进行文艺抗战的统制部门。第三厅抗战宣传动员的主要方式是组织开展文学艺术活动，发挥了文艺抗战的领导作用。同时，纵观新文化运动发展，自“五四”以来，为适应民族抗战现实需要而组建的第三厅，成为第一个被国共双方认可及其他社会团体接纳的官方文艺领导机构。这一具有统战性质的文艺抗战宣传统制机构，为原本分散流离的文艺工作者提供了一个有组织、经费保障的文艺抗战宣传平台，展现出巨大的文艺界力量的整合和组织领导能力，为广大文艺工作者提供了参加抗战救国的机会和渠道，搭建了文艺抗战思想主张和组织形式实践的重要舞台。第三厅领导下的抗战文艺活动是国家意志和大众文艺的结合。它的组织成立，缓解了文艺与政

① 《新的现实与文学上的新任务》，《周扬文集》第1卷，人民文学出版社1984年版，第255页。

治的紧张关系，淡化了以国共双方为主要代表的不同文艺团体的思想观念冲突，组织领导文艺工作者在题材内容、艺术形式、语言风格、创作模式、文艺传播等领域进行了开拓和创新，在文艺抗战宣传动员工作中发挥了重要领导作用。更值得肯定的是，由于第三厅的组织作用，在发挥抗战宣传重要作用的同时，还对文化资源进行了调配，形成了适应抗战需求的文化发展格局，深刻影响了新文化运动的发展走向。

社会启蒙视阈下四十年代的青年漂泊者叙事①

徐　璐

（南京大学中国新文学研究中心）

内容摘要：二十世纪四十年代的文学叙事涌现出一批青年漂泊者形象，依据身份特征可分为知识青年和底层青年两种类型。不同于“五四”新文学中抽象空疏的知识青年漂泊叙事，四十年代的青年漂泊者形象与剧变的社会现实互动愈深。其中，底层青年的漂泊命运深托出现代民族—国家的地方治理顽疾，即地主劣绅与国民政府基层政权组织的铰合造成的底层生存困境；知识青年的漂泊困局则披露了现代性知识话语在下沉碰触到复杂社会现实时的紧促失效。因此，青年漂泊流离现象并不是单向度的国民性批判和个体启蒙就可以解决的，其牵涉的繁复问题亟须社会启蒙视野予以批判观照，一系列青年漂泊者形象的建构召唤着合理的现代政治秩序能够真正为个体价值、能力的实现提供稳定有效的保障。

关键词：社会启蒙　漂泊者　底层青年　知识青年

经历了大革命失败、绵延不断的内忧外患及伴随其间的知识界论争，有关青年的文学想象在种种对立紧张的关系结构中不断分裂、变形，“五四”新文化运动所建构起的作为思想革新、文明再造、社会革命原动力的青年神话岌岌可危。如研究者所指出的，“青年文学之所以成为20世纪中国文学史的重要主题，离不开其

---

① 作者简介：徐璐，南京大学中国新文学研究中心博士研究生。本文系南京大学博士研究生创新研究项目“再塑工人——三十年代左翼文艺运动中的情感政治”(CXYJ21－14)阶段性成果、国家社科基金重点项目“中国新文学学术史研究”(20AZW015)中期成果。

与社会的互动，即文学持续地与‘少年中国’的政治隐喻、趋新激进的社会运动形成镜像、互塑和变异”[①]。特别是进入四十年代，战事和政局的剧烈变动迫使作家离开中心城市，迁徙、下沉到广袤的地方基层，客观上走出了以自我为中心的狭小空间，“这是一个‘普遍性’的现代知识不断‘下沉’的过程，同时也是一个‘地方性’知识反过来重构现代知识和‘改造’现代知识分子的过程”[②]。因此，文学叙事与社会现实的互动更趋繁杂，不同于此前“五四”新文学构建的反传统、“向现代出走”的新人形象流于抽象空疏，更多为具体的社会、家庭问题席卷而挣扎、下沉的漂泊者受到瞩目，四十年代文学的青年想象也因此更为丰富驳杂写实。当我们将一批青年漂泊者叙事共同置于这一时期的宗法社会—现代国家、城镇—乡村、民族战争—阶级革命、中心—地方等多重文化、社会、政治、地域关系中加以审视，就会发现不同区域、不同身份的青年同样深受地方政治格局、文化传统积习的影响，其漂泊的内外动因、轨迹共同碰触到转型期的民族国家—宗法社会—家庭的复杂结构张力，他们的漂泊经验也可能内化为促动社会变革的有效动力及因素。这不仅为我们重新辨识现代时期的青年漂泊现象提供了崭新的维度，也为再次深入反思革命政策话语/现代国家建设理论面对地方社会、传统礼俗秩序的局限性及寻求自我调整转化的可能性提供了极佳的窗口。

一、两类形象：底层青年—知识青年的“漂泊”困境及内在联结

四十年代的青年漂泊者形象并非凝固性、同质化的存在，依据

① 金理：《历史中诞生——1980年代以来中国单带小说中的青年构形》，复旦大学出版社2013年版，第48页。

② 何吉贤：《地方路径与“20世纪中国革命和文学”研究中的可能性》，《粤港澳大湾区文学评论》2021年第1期。

主人公的身份特征可分为知识青年、底层青年两大群体。已有研究者对现代叙事文学的漂泊母题进行了形态划分并指出:相对于身体漂泊的界定侧重外部空间位移给个体带来的生活动荡,精神漂泊更侧重于人物精神层面的无所皈依。[①] 以往研究多关注知识青年的漂泊现象及这一群体在传统与现代之间转型变动中的精神挣扎,但是青年漂泊现象本身复杂多元,四十年代文学的青年漂泊者形象在此之外也凸显了乡土社会、地方问题造成的底层青年生存困境和其中蕴蓄的反抗力量,值得注意的是,身份的区隔也并不能割裂这一时期底层青年和知识青年之间的内在深层联结。

赵树理的小说《福贵》一直在改造二流子运动或"翻身"叙事的框架下被解读,但从成长小说的视角加以审视,作家实际塑造了一个典型的底层青年漂泊者形象,并以回溯性的叙述视角讲述了福贵从12岁到42岁的故事,可分三个阶段:第一阶段是福贵12—23岁的故事。"十二三岁就学得锄苗,十六七岁做手头活就能抵住一个大人,只是担挑上还差一点"[②],叙述者勾勒出一个精干聪明的少年形象。第二阶段,为了娶妻连带母亲出丧,福贵向本村地主王老万借了三十块钱,但小两口起早贪黑纺织、劳作也无法还债,"第四年便滚到九十多块钱了。十月里算账,连工钱带自己四亩地余下的粮食一同抵给老万还不够"。福贵无奈将自己的四亩地抵给地主,无所事事被人教唆染上了赌瘾,干起了偷鸡猫狗的勾当。后因饥饿偷盗外村的胡萝卜被扣住,王老万以大家长的身份出面,通过说和的方式"解救"福贵,同时将福贵的四亩地、三间房定为死契,福贵自此彻底失去土地,成为乡间的游民。第三阶段,失地的福贵上城作吹鼓手被王老万发现,拟以有伤风化为名将其活埋,青

① 曹艳红:《中国现代叙事文学漂泊母题的两大形态》,《求索》2012年第4期。

② 赵树理:《福贵》,《中国新文学大系1937—1949·第五集·短篇小说卷三》,上海文艺出版社1990年版,第166页。

年为避祸离乡漂泊了七八年，直到八路军开辟抗日根据地改造二流子，在劳动生产中得以“翻身”。王家庄革命解放后，返乡的福贵向组织提出希望和地主说理算账，重新获得尊严。我们通过爬梳人物的成长历程可以发现，构成小说叙事动力的主要线索是：底层青年福贵为何漂泊、如何归来。

小说设置了两场丧事具体阐释了导致底层青年漂泊的原因：第一次是为了母亲出殡，福贵背上高利贷，并最终因此失地，成为漂泊于乡间的游民。地主乡绅王老万经营的药铺及丧葬一条龙服务，在盈利的同时包揽了王家庄的生老病死等个体性仪式活动，地主阶级擅于借助仪式的力量对自身的象征资本进行增殖和转化。第二次是失去土地的福贵为养家糊口，在城里士绅的丧葬仪式作吹鼓手，被受邀出席的王老万发现，拟以触犯乡间门第规矩为由将其活埋。综上，地主、劣绅王老万无疑是造成底层青年漂泊无依的具体人物。杜赞奇的研究指出，近代以来，中国的乡村政治体制未能实现机构与人员的正规化，而是走向了经纪人代理制，王老万无疑属于营利型经纪人；与此同时，他也是宗法制下的“老家长”即族长，兼具文化权威身份。[①]“如果权力不但掌控着政治，而且还垄断了道德；如果权力不但拥有着真理，而且还手握着真相，这时候，文明与愚昧、真理与谬误其实就是同一个东西，它们就是硬币的两面，它们就是彼此可以转化的修辞和借口”[②]，王老万熟悉并善于利用宗法秩序、文化特权进行长老统治，因此名正言顺地巧取豪夺，其权力已经延伸到乡村之外——第二场丧事的设置揭示了城居的士绅和乡间地主王老万保持着密切的联系，也就造成了失去土地的福贵进城谋生，依然受到操纵的情形。类似王老万的地主、劣绅形象在四十年代的青年漂泊者叙事中并不鲜见，比

---

① [美]杜赞奇：《文化、权力与国家：1900－1942年的华北农村》，江苏人民出版社2003年版。

② 张光芒：《文学思潮对于社会启蒙的促动和纠偏》，待刊。

如路翎四十年代的小说《王炳全底道路》导致主人公被抽壮丁、妻离子亡的乡绅张绍庭；小说《蜗牛在荆棘上》致使青年黄述泰被抽壮丁和妻子秀姑分离的是镇长和乡绅们；《饥饿的郭素娥》中青年女性郭素娥在逃荒途中被父亲抛弃，孤身漂泊沦为鸦片鬼刘寿春的妻子，当她与工人张振山相爱希望可以结束流离的生活，却被丈夫典卖，遭遇绅粮、保长和流氓的奸污折磨，最终惨死；魏金枝的《蜒蚰》，绰号"蜒蚰"的青年被抽壮丁，原因是乡丁觊觎他的妻子。沙汀的小说《还乡记》，青年农民冯大生也因保长构陷，被迫充军离乡。

虽然上述国统区作家的底层青年漂泊叙事可能不如同时期解放区作家深度参与剧烈变动的革命现实，导致其叙事基调稍显颓败悲怆，但在某种程度上更能衬托出四十年代地主劣绅控摄下凶险、死寂、暴力循环的乡土日常。民国的建立改变了传统入仕路线和社会精英结构，南京国民政府自成立就积极以各种形式组织民众建设现代民族国家，尤其倾向于吸纳地主乡绅充实地方治理体系中的官僚队伍，但是随着同时期真正的乡土精英（如叶绍钧创作的小说《倪焕之》中的蒋冰如）向城市流动的规模和速度持续加快——这为劣绅进入地方基层治理体系提供了便利。实际上，基层治理体系更为需要的是接受过新式教育的知识青年。自"五四"时期，知识青年群体就被视为肩负着"青春之民族"和"青春之国家"重任，成为各党派政治动员形塑、分化争取的对象。四十年代出现了大批知识青年的漂泊叙事。首先，这些青年漂泊者形象继承了"五四"新文学的新青年"衣钵"，如路翎在国统区创作的《财主底儿女们》中蒋纯祖、王桂英等漂泊者形象，不同于被动漂泊离乡、艰难谋生试图破除生存困境的底层青年，知识青年们对漂泊生活的向往，哪怕是在"孤独地在战争旁边流浪"，因为"战争底热情和激动使她快乐，首先就因为平常的生活已经脱离。她认为她从此可以得到那种浪漫的生活了——由于热烈的想象……在幻想底游戏里，王桂英体会到自己底心灵底无限的温柔”。[①] 这种对于漂泊、流浪生活的浪漫主义想象，与“五四”时期离家出走、追求个性自由解放的知识青年似乎无甚区别，青年们承受更多的是精神层面的挣扎和矛盾。其次，作家们开始结合现实，深挖并批判了导致知识青年痛苦漂泊的外部社会问题，如南京国民政府治下森严的思想管控。沙汀的小说《困兽记》，主人公章桐从前线回到故乡，发现昔日演剧团的朋友怀抱爱国热情，但他们试图开展的救亡活动面对国民政府基层政权的重重阻挠，“真太不象话了！办张墙报，他同你打麻烦，你想演戏，好，请把手续办清楚来！这样看来只有囤积居奇通行无阻，永远不会遭到干涉！”[②] 无奈之下，知识青年只有继续漂泊，寻找新的出路。李广田的小说《引力》，女教师梦华历尽艰险和儿子从沦陷区逃脱，跋涉至成都寻找丈夫孟坚，却发现他因创办的刊物在学生中引发反响，遭国民党特务胁迫，只得留下书信秘密出走，“在你的想象中，你一定以为这边一切都是光明的，但光明之中也正有黑暗，这里的黑暗也许还正多于光明”[③]。

再次，四十年代的漂泊者叙事也对知识青年这一日益空洞的能指性符号展开反思。“在一场像抗日战争那样巨大的变动里……在知识分子队伍里，仍然不缺乏徘徊者和摸索者，甚至还不缺乏愁眉苦脸的观望者和垂头丧气的悲观者。在惊涛骇浪的考验中，从知识分子身上的确呈现出他们充分的复杂性。”[④]陈翔鹤的小说《一个绅士的长成》颇为典型，主人公宋阿舜作为接受现代教育的知识青年，难以忍受封建家庭的冷酷复杂，中学毕业后几经漂泊，谋得武汉广播无线电台的工作。武汉沦陷后他与同事琼华仓

---

① 路翎:《路翎文集·财主底儿女们》(第1部)，安徽文艺出版社1995年版，第51页。
② 沙汀:《困兽记》，《沙汀文集》第3卷，上海文艺出版社1987年版，第326页。
③ 李广田:《引力》，晨光出版公司1947年版，第201页。
④ 王西彦:《关于〈古屋〉的写作》，艾以等编《王西彦研究资料》，知识产权出版社2009年版，第263页。

促结婚，辗转返回大后方的故乡，与县长红人钟会计一拍即合，联合引入现代性的资本主义市场经济手段，通过运营“合记米庄”“合计糟房”等资本性组织买入卖出，哄抬物价，大发国难财。知识青年身上携带的漂泊经验实际作为现代性经验的一种，对于尚未开化的西南边陲小城来说已经构成冲击式的堕落性因子。而知识青年在和地方政治势力的勾结中，逐渐蜕变、进入劣绅这一食利阶层，无疑加速了乡土伦理价值的瓦解。

从知识青年宋阿舜到宋七老爷的堕落，不仅展现了资本经济对智识阶级和现代知识教育逻辑的嘲弄，具有反思批判启蒙意识形态文化霸权的向度，而且通过知识青年返乡几年先后成为本地“财委会”常委主席和县民众教育馆馆长的升迁历程，挖掘出县城这一中介性空间所扭结的内外区域因应，深描出盘结交织在城—乡之间的复杂权力结构关系，小农经济的破产、转型和资本的原始积累、博弈最终衬托出底层乡土生活的凶险、残酷及其蕴蓄的反抗力量。一方面，城居的士绅宋阿舜的父亲依靠乡下的土地租赁维持奢靡生活——宋二老爷如同《福贵》中乡间地主王老万上城吊唁的“城里的大士绅”——虽然不在乡间作恶，但导致地租赋税高利贷层层下沉、摊派到农民身上，间接造成福贵等农民的失地，游民的大量出现；另一方面，宋阿舜和钟会计、张县长等人政商勾结，沆瀣一气，垄断市场，操纵物价。他们联结成的资本组织在乡间以低价大量收购粮食，垄断城乡的水碾、榨房，进行资本原始积累，剥削劳动者敛取剩余价值。短短一年时间，“××城的米价及粮价也一天不断一天的出乎正规之外的向上飞涨着”[①]，饥饿的农民走投无路只好在米市上抢粮，这和福贵偷盗胡萝卜的细节如出一辙。四十年代，因战事政权内迁而开始激烈转型的内地基层社会，宋阿舜

---

① 陈翔鹤：《一个绅士的长成》，《中国新文学大系 1937—1949·第三集·短篇小说卷一》，上海文艺出版社 1990 年版，第 499 页。

这种返乡的知识青年、地方精英与国家基层政权组织的高度铰合无疑扩大了士绅的权力范围，造成了现代民族国家地方治理的困境。在城绅—乡民的社会结构链条上，知识青年宋阿舜的漂泊经验和底层青年福贵、王炳全的漂泊命运等紧密地联结在一起，而除却阶级矛盾这一线索之外，底层青年和知识青年还共同牵涉到宗族/家庭伦理—思想启蒙的内在张力、小农经济的破产和资本主义市场经济的冲击等多条线索，扯带出更为隐秘深邃的意识状况、时代语境。

二、青年何以陷入漂泊“困局”：知识逻辑的失效与个体启蒙的限度

纵观底层青年福贵、王炳全等人的漂泊“困局”，显然不能仅仅归咎于土豪劣绅及其衬托出的现代民族—国家地方治理顽疾。小说《福贵》，叙述者通过青年返乡者视角检视土改后的乡村舆论情景，乡邻族人对改邪归正的青年依然抱有成见，“我回来半个月了，很想找个人谈谈话，可是大家都怕沾上我这忘八气——只要我跟哪里一站，别的人就都躲开了”[①]。他们虽然在工作组的引导下斗争了经济意义上的地主王老万，但依然认可作为文化权威的王老万征用传统公理秩序对福贵施以惩戒。甚至于福贵自己，虽然主动向工作组提出要以诉苦算账的方式获得尊严，但在控诉地主时依然使用“老家长”的权威性称谓。可见，青年虽然萌生了打破由地主王老万主导的不平等权力关系的意识，但自身并未全然摆脱对宗法伦理的迷信。贺桂梅的研究指出，赵树理笔下的民众凭个体经验自发地内化了革命的必要性，不甚明白的只是开展革命的

① 赵树理：《福贵》，《中国新文学大系 1937—1949 · 第五集 · 短篇小说卷三》，上海文艺出版社 1990 年版，第 174 页。

具体方式，因此这些民众被视为自发自觉、彰显乡土现代性的主体形象。[①] 但《福贵》所依托的乡村革命现实揭示出，包括福贵在内的民众实际未能获得阶级主体性，导致王家庄群众的形象也未能脱离“五四”文学农民的愚昧懵懂。虽然作家解释小说拟开掘的反封建向度针对的是基层干部，“我们有些基层干部，尚有些残存的封建观念，对一些过去极端贫穷、做过一些被地主阶级认为是下等事的人（如送过死孩子，当过吹鼓手、抬过轿等）不但不尊重，而且有点怕玷污了自己的身份，所以写这一篇，以打通其思想”[②]。但是，福贵的控诉/声音将批判的范畴扩大到“大家”，“看见大家也不知道是怕我偷他们，也不知道是怕沾上我这个忘八气”。[③] 叙述者和创作逻辑之间的罅隙，揭示了导致勤劳本分的青年滑向社会边缘的不仅是土豪劣绅，还有普通民众组成的“无主名无意识杀人团”，他们是宗法制控摄下乡土伦理结构的基础，福贵因饥饿偷盗胡萝卜被示众时，“晚上王家户下来了二十多个人，把福贵绑在门外的槐树上，老万发命令：‘打！’水蘸麻绳打了福贵满身红龙”，[④] 得知福贵进城干起了吹鼓手的营生，也是这些族人、乡邻“都起了火，有的喊‘打死’，有的喊‘活埋’”[⑤]。麻木狭隘、自私愚昧等国民性病症促使他们客观上成为王老万的“帮凶”“帮闲”，造成了青年福贵的身心漂泊与堕落。但辩证地看，他们（包括福贵在内）也同样承受着精神奴役的创伤，王老万按照一己之私对乡土伦理话语权的垄断，使得“理”的名实分裂，成为可以随意被赋予意义的空洞所指，而乡邻、族人对“名”的深信不疑，持续巩固着王老万的文化

① 贺桂梅：《赵树理文学与乡土中国现代性》，北岳文艺出版社 2016 年版。

② 赵树理：《回忆历史，认识自己》，《赵树理文集·4》，人民文学出版社 2005 年版，第 344 页。

③ 赵树理：《福贵》，《中国新文学大系 1937—1949·第五集·短篇小说卷三》，上海文艺出版社 1990 年版，第 174 页。

④ 同上注，第 172 页。

⑤ 同上注，第 173 页。

权威。不止福贵，路翎笔下遭受地主阶级欺凌戕害的农村青年同样背负着精神奴役创伤，《王炳全的道路》的主人公历经漂泊、艰难还乡后，对曾经构陷自己的镇长谄媚恭顺；《蜗牛在荆棘上》中的黄述泰因“抽丁的阴谋”被迫离乡，艰难返乡后听信谗言，当众毒打妻子秀姑泄愤，难以反抗强者却向更弱者施暴；《罗大斗的一生》的主人公从堕落为乡场上的游民无赖，面对欺辱自己的地痞无赖，出卖自我“像一头忠心的狗”，却向真心关爱自己的周家大妹施虐。上述青年漂泊者形象的塑造显然继承了“五四”以来的国民性批判思路，在突出个体启蒙重要性的同时，也衬托出造成青年漂泊命运的关键还在于社会启蒙困境，比如福贵等人遭遇的是即使主体觉醒也无路可走的“鬼打墙”。

如果说解放区的底层青年漂泊者对自由平等、人性解放等启蒙话语知之甚少，难以实现主体的觉醒，其外部原因在于空间和媒介的限制——“五四”新文化运动虽然对几千年来作为正统意识形态的儒家学派破旧立新，声浪滔滔，但地缘辽阔的中国尚有巨大的留白空间，如柯文的研究所指出的，横向可以分解为区域、省、州、县与城市空间，纵向可分解为不同的社会阶层——导致智识阶级在沿海中心城市依托现代知识生产和媒介传播发动的思想启蒙运动，其理念主张难以下沉落地到西北乡村的底层社会和普通青年。那么，值得追问的是，接受新式教育，得到启蒙思想和现代知识话语滋养的知识青年为何同样难以挣脱漂泊挣扎的境遇？

前文谈到，《一个绅士的长成》的主人公宋阿舜作为接受现代教育的知识青年，因无法忍受封建家庭的冷酷复杂，在平等自由等现代性知识话语的引导下离家出走。新文化运动将封建家庭和个体解释为压抑与被压抑的关系，战争的爆发促使宋阿舜返乡，但他一方面拒斥由父权主导的传统礼俗秩序，另一方面，当他苦心经营成为宋七老爷后又不愿离开封建家庭——这一矛盾分裂的行为恰恰说明他对新文化运动所描绘的个体独立、自由恋爱建立的小家庭状态的疑虑,“于是正同于往常一般无二的,那种似酸,似麻,似痛,似苦,想报复,想发泄的种种莫名其妙的复杂情绪,即复又将他紧紧的擨捕着”[①]。知识青年难以依靠现代性知识生产的启蒙话语破除精神困境,窘迫于小家庭难以长久寄生在封建大家庭,日益突出的经济问题和实用主义理性控摄了主体,逐渐消磨了青年思想的自觉。虽然身处大家庭、小家庭嵌套构成的“同心圆”空间,结束了身体漂泊,但阿舜依然是那个精神上无所依傍的孤独个体,最终受惑于权力、欲望,暴露了知识青年软弱和消极的一面。

对于现代知识青年而言,离家出走似乎成为一种时髦和风潮。《财主底儿女们》中蒋纯祖的离家漂泊经历,各种现代性的知识话语也起到了重要的引导和支撑作用,“于是,从这几本著作,世界是改变了,世界是热烈的,焕发着光明;蒋纯祖觉得,现在他被拯救了,有了纯洁的时间”[②]。不同于宋阿舜自外于抗战主流、追逐个体利益的伧俗,蒋纯祖这样的知识青年实际希望通过在书本中习得的现代性知识、观念深入社会结构的肌理,实现变革。然而也正是在与现实洪流的碰撞交互中,愈加暴露出知识话语在逻辑、内涵上的紧促与“不合时宜”,也成为导致蒋纯祖不曾间断的漂泊、下沉的重要因素。艰难抵达重庆后,蒋纯祖参加了左翼演剧队,但青年认识世界的经验性方式显然与充斥着革命教条的组织生活格格不入,终于在演剧队内部愈演愈烈的倾轧争斗中,被扣上革命机会主义者和“偶然的同路人”帽子。个人搏斗的失意,迫使蒋纯祖下沉到更为边缘混杂的石桥场。作为西南边陲底层社会的微观缩影,停滞在历史漩涡中的乡场上盘桓着未经涤荡的封建主义幽灵和地方性的哥老会帮派势力,缠绕着的经由复杂历史时空制造并遗留

① 陈翔鹤:《一个绅士的长成》,《中国新文学大系 1937—1949·第三集·短篇小说卷一》,上海文艺出版社 1990 年版,第 500 页。

② 路翎:《路翎文集·财主底儿女们》(第 1 部),安徽文艺出版社 1995 年版,第 475 页。

的社会问题，殴斗、奸淫、赌博、人口买卖、凶杀等构成了残酷的日常，也衬托出愚昧昏聩的民众。作为石桥小学的校长，面对办学经费的困窘，蒋纯祖召开集会拟向富户子弟征收学费，却遭遇乡绅富户无赖式的抵制和破坏，然而这只是悲剧的开场，高潮发生在聪明美丽的女学生李秀珍将被母亲卖给乡场上的少爷，蒋纯祖无力拯救学生且遭到污蔑——自由平等、个性解放的人性话语显然难以应付盘踞一方的哥老会复杂势力，蒋纯祖所能做的只能是以话语在尚未污染的学生中间酝酿精神风暴，要他们永远铭记李秀珍的"消逝"。而实际上，蒋纯祖早已发现现代性知识/话语在遭遇复杂社会、现实问题时的乏力、失效，"最可笑的，是对革命，对自己的轻信；还有可笑的，是我们都从书本里得到一切"，"我一看到那些革命，那些艺术，那些文化的时候，我简直要发抖……当然，自己底弱点是完全暴露了！但我底生存是和他们全然不相干的！"[①]蒋纯祖这一形象的逝去曾被解读为"个人英雄主义"在现代中国的失败，同时也象征着螺旋式下沉到地方、基层社会的一代知识青年，渴望运用现代知识经验介入僵化秩序、唤醒变革动力，但是生长在现代城市空间的蒋纯祖显然无法真正认识、理解四川底层乡村石桥场这一累积了复杂社会问题/张力的半封闭场域，他的话语、知识逻辑在遭遇地方性经验和乡土伦理价值规范之时，二者之间的冲突清晰可见，后者难以通过嵌入固定的观念生成新的秩序。如同"狂人"无法以一己之力抵抗整个社会的危机，知识青年蒋纯祖在相当程度上不断更新着自我启蒙，借助知识、话语不断从内部调动、转换出活力、方法突破困局，但最终和底层青年罗大斗等形象一样消逝在茫茫的乡场上。

---

① 路翎：《路翎文集・财主底儿女们》(第2部)，安徽文艺出版社1995年版，第355页。

三、革命政治秩序的吸纳与保障：青年漂泊者命运的终结？

无论是底层青年如福贵日夜劳作、破除生存困境，还是知识青年如蒋纯祖在南京、武汉、重庆、石桥场的一场场个人“搏斗”，都无法彻底冲决“无物之阵”，改变漂泊的命运，反而可能沾染了“家庭细胞中的溃疡，社会生活空气里的病菌”，[①]加剧了自我的分裂和“青年”状态的消退。如前文所论，青年漂泊者形象凸显出的复杂问题并不是单一维度的国民性批判和个体启蒙就能一劳永逸解决的，他们共同指向了对既往社会制度、系统的整体性批判。在此基础之上，文学想象并召唤着公正合理的现代政治秩序对个体的权力、价值进行维护与保障。

张旭东曾将三十年代的底层青年漂泊者形象祥子解读为“个人主义的末路鬼”，二十年代的底层青年漂泊者阿Q则被定义为“无家可归鬼”。不同的是阿Q因其愚昧落后的形象更多承载了国民性批判的思想启蒙意义，祥子的形象则“带有一种令人恐怖的超前性和普遍性”，指向对启蒙理性支配下个体高度自我规训所造成理性滥用的反思。在四十年代的青年漂泊者叙事中，路翎塑造的罗大斗形象最贴近于阿Q，赵树理笔下的福贵更像是阿Q和祥子的形象杂糅，在青年时代“以其末路奔跑的特有姿态揭示出近代中国人无论多么勤勉和制作，却因为一种固有的执念，仍然集体性地走在一条死路和绝路上”[②]。当福贵体认到自身劳动价值的无效性，被这一残酷现实经验击溃成为阿Q，漂泊游离于乡间，甚至被迫背井离乡，“不得其门地试图找回自己的身份认同和道德归

---

① 夏明钊：《论阿金的形象系统——鲁迅笔下的别一类妇女形象》，《绥化师专学报》1986年第3期。

② 张旭东：《作为现代寓言和政治哲学的〈骆驼祥子〉》，《中国现代文学研究丛刊》2019年第7期。

属”。福柯指出，“重要的不是话语讲述的年代，而是讲述话语的年代”[①]，诞生于四十年代的青年漂泊者形象和二十年代的阿Q和三十年代的祥子分享着共同的生之困境。一些研究者将祥子、福贵等青年漂泊者的困境解读为个人主义的悲剧，张旭东则指出利维坦式的近代国家主权形式对个体价值、权利的保障性意义——并非文化、传统的革新可以相比——这一构想正是为克服乡土共同体抑或传统礼俗秩序注重血缘亲缘、品性德行等务虚的一面，个体权力的部分让渡虽易遭诟病，但带来的保障难以撼动，因为“没有一个共同权力使大家慑服的时候，人们便处在所谓的战争状态下，这种战争是每一个人对每一个人的战争……最糟糕的是人们不断处于暴力死亡的恐惧和危险中，人们生活孤独、贫困、卑污、残忍而短寿”[②]。由此，我们返回福贵这一文学形象，他之所以能够结束漂泊者的命运即源自无产阶级的法权政治秩序的初步建构——马克思以阶级论为基础，批判性地继承了霍布斯所提出的现代法权秩序——这为保障个体价值、权利的实现提供了稳定有序的外部环境。

三十年代中叶，抵达陕北的中国共产党逐渐形成了解放民众的思路，通过在革命根据地开展推行减租减息、土地革命、劳动互助等举措，打击以地主劣绅为代表的宗法势力，投射到青年漂泊者叙事中：福贵在土地革命中结束了漂泊，被吸纳进入革命秩序进行改造，后者不仅为其提供了生产资料和生产工具，而且也肯定他在劳动中体现出的价值与尊严，这种底层漂泊青年的转变/归来叙事最终召唤的是新社会—新国家的宏大想象。

在革命政治秩序的保障下，底层青年福贵的漂泊命运虽然得

① [法]米歇尔·福柯：《知识考古学》，谢强等译，生活·读书·新知三联书店 1998 年版，第 58 页。

② [英]霍布斯：《利维坦》，黎思复、黎廷弼译，商务印书馆 1985 年版，第 94—95 页。

以画上句号，但革命实践持续深入基层的过程中暴露出种种新旧交替之际的复杂矛盾，意味着这一初建的政治秩序并不能完全确保福贵等底层青年的漂泊危机不再出现。赵树理同时期的小说《小二黑结婚》，农村青年小二黑和小芹追求自由恋爱面临多重矛盾，最为棘手的是投机分子金旺、兴旺弟兄，一家人在新旧交替之际先后把持了村政、武委会、妇救会，革命基层组织被传统共同体形成的血缘亲缘等自然逻辑关系蚀空、替换。“村长是外来的，对村里情形不十分了解，从此金旺兴旺比以前更厉害了，只要瞒住村长一个人，村里人不论哪个都得由他两个调遣……大家对他两个虽是恨之入骨，可是谁也不敢拿说半句话”[①]。反对封建礼教、追求自由婚恋的青年不仅被“革命”边缘化甚至险些被害（金旺兄弟两次捉拿小二黑），这种以革命之名的新兴势力较之王老万、张绍庭式的地主劣绅，更为隐蔽险恶。从这个角度出发，文学叙事在为革命政治秩序合法性赋形的同时，偏离了意识形态话语的引导，勾画出革命遭遇地方秩序被“架空”的复杂情形。

另一方面，如果说身体性的漂泊尚可解决，那么看似在革命大家庭中结束了“漂泊”的知识青年在下沉、碰触到乡土基层生活时，其行为习惯和思维方式、情感经验都面临着挑战，新旧转型之间的矛盾冲突实际可能导致精神层面的漂泊无依感再产生。延安曾经吸引了大量身心漂泊已久的知识青年，根据胡乔木的回忆，仅抗战时期陕甘宁边区就吸纳了40000多知识分子和青年学生，他们“像一个小齿轮在一个巨大的机械里和其他无数的齿轮一样快活地规律地旋转着”，但在“五四”个人主义话语影响下成长的青年向集体不断贴近并敞开自身的过程中，在“齿轮”的自我旋转及配合“巨大的机械”的历史运转过程中，知识青年的实然与革命新人的应然之

① 赵树理：《小二黑结婚》，《赵树理全集·1·小说·故事》，北岳文艺出版社2019年版，第152页。

间存在着相当的距离，因此也产生了新的精神困惑。韦君宜的小说《三个朋友》，主人公下乡后住在劳动英雄刘金宽家，困扰知识青年的是他和农民之间的种种隔膜。首先是生活习惯上的差别，因为刘老太太对刷牙习惯的“诧异”，“我”渐渐不好意思坚持刷牙。其次，认识方式和价值观念上的殊异，造成了情感上的疏离。“我”对琐碎的农村日常感到寂寞，自然亲近下乡而来的知识分子干部罗平和刘家庄的乡绅黄宗谷。罗平的出现暗示着主人公从前熟悉的都市现代生活的“诱惑”，因此他在后者到来的夜晚梦到武汉时期淡蓝色墙壁的影院、爵士乐歌舞……这些意象联合构成了一个不肯忘却的“小我”，象征着困扰着知识青年的漂泊无依感出现。

直到“我”和房东刘金宽上山翻地，所见皆是田园牧歌式的自然原野，刘金宽的三言两语却揭示了另一番劳动生产的“风景”：“今年地里壤气实在好。你看那篇麦地，齐格蓬蓬满山绿，保险请你老吴吃好面啦！”[①] 在他的引导下，“我”体验到自身与土地、作物、农民之间的亲密关联，反思也悄然产生：“我在这个红太阳绿麦田的世界里不也很快乐吗？这也是我的世界，为什么总留恋那个淡蓝色墙壁的世界呢？为什么我不能拿刘金宽当我的知心朋友呢？”[②] 由此，叙述主体观看农民青年的视角、位置也发生了变化，“我从后面看着他，他站在铺满阳光的山坡上，土地在他的桨子底下一片片开花，高大的背影衬在碧青的空间，格外显明。好像一根大粗柱子，在青天和大地中间撑着。这一比，比得我好小”[③]，这一透视画法所烘托出的农民青年高大形象与红太阳、绿麦田的意象共同延展出革命日常的画卷，敦促知识青年消弭自外于此的精神漂泊感，融入其中。

① 韦君宜：《三个朋友》，王巨才主编，《延安文艺档案・延安文学・第35册・延安文学作品・短篇小说》，太白文艺出版社2015年版，第684页。

② 同上注。

③ 同上注。

类似《三个朋友》这样知识青年通过下乡劳动完成思想转变的叙事是解放区文艺的重要主题，但并不是每一个知识青年都能在其中结束精神的漂泊，解决主体在新旧转换之间的矛盾冲突。毕竟，青年不断敞开自身、剥离旧我以迎接的基层现实、革命政治是复杂深邃的。同样是韦君宜的小说，《群众》刻画了三个几经漂泊来到解放区，又下沉到了山坳的知识青年。组织派遣她们下乡的任务是开展群众工作，她们却在和群众的互动中惹出了风波。知识青年脑海中对革命和群众自有一幅宏阔描绘，“就仿佛亲眼看见那黑压压的大海似的一片人头，冒着热气。还有火点子似的千千万万红缨枪在黑压压的人海上乱闪。尽奔马似的追逐这壮丽的画图”[①]，这种浪漫主义的想象和《财主底儿女们》中蒋纯祖临终所见的幻景颇为相似，不仅造成了三个知识女性对现实中需要帮扶关怀的群众视而不见，也引发了她们和房东小媳妇的“同住”矛盾——面对忍受丈夫威压的房东小媳妇的几番“同住”恳求，知识女性居高临下、无法体恤，并且未能有效调动男女平权、妇女解放的话语帮助“姐妹”，放弃了启蒙者的担当。但辩证地来看，知识青年和房东矛盾的最终激化除了前者的个人主义问题，基层政工面对二者矛盾时的“和稀泥”，房东夫妇身上携带的保守排外思想也加深了知识青年和群众之间的隔膜与芥蒂，实际上暴露了革命秩序中可能导致青年信仰失落的隐患。

余　论

福柯指出，“身体是权力的对象和目标，是被操纵、被塑造、被规训的”[②]。四十年代末，随着革命政治秩序的不断建构，青年们

① 韦君宜：《群众》，载《女人集》，四川人民出版社1980年版，第303页。

② [法]米歇尔·福柯：《规训与惩罚：监狱的诞生》，三联书店2003年版，第154页。

或许结束了身体漂泊的命运，但表面的理性井然和内在的盲目迷惘并不矛盾，尤其是对于知识青年群体而言。这就意味着，合理的、渐臻完善的秩序、制度或许可以保障更多的底层青年“福贵”免于漂泊，但难以彻底照亮知识青年蒋纯祖幽微深邃的精神漂泊境况。然而，后者这种看似脆弱、小布尔乔亚式的精神漂泊在某种程度上代表了对启蒙理性和激进主义浪潮的疑虑与反思。

论大后方话剧中的女性形象塑造[①]

何雪凝

（遵义师范学院人文与传媒学院）

内容摘要：抗战时期大后方剧作中出现了多样的女性形象，本文选取九部代表性话剧，归纳并分析大后方话剧的三种主要女性形象类型：传统型女性，现代型女性和过渡型女性。尽管这些女性形象未能完全摆脱人物符号化、工具化的缺点，但这些多样的类型在一定程度上真实反映了二十世纪三四十年代中国女性的生存状态与思想情感，更新了人们对中国新文学中女性形象的整体审视，深化了对大后方话剧及其成就的认识。

关键词：大后方话剧　女性形象　类型

抗战时期，不管在作品质量上、数量上还是在演出规模上，中国话剧都获得了空前的繁荣与发展。二十世纪二十年代，由于话剧刚引入中国，在民族化方面仍处在探索之中。这一时期，改编剧、模仿剧比较多，易卜生的问题剧、果戈理的讽刺戏剧、奥尼尔的表现主义剧作等都受到了追捧，中国传统戏曲则受到作家们的猛烈抨击。作家有意识地借鉴西方的人物性格、母题、戏剧冲突等，因而人物形象比较单薄，性格苍白，语言生硬且欧化严重。到抗战时期，随着民族精神的发扬，传统戏剧形式也受到了重视，话剧在本土化方面做出了巨大努力，取得了令人满意的成果。对比二十

---

① 本文系教育部人文社会科学重点研究基地遵义师范学院中国共产党革命精神与文化资源研究中心 2021 年基地项目（项目编号：21KRIZYPY03）阶段成果。

年代与四十年代同一作家的成熟作品，或者是同一题材的作品，能够发现作品在本土化方面进步显著。如以曹禺剧作为例，同样是写封建大家庭中的女性，《北京人》里的曾思懿比《雷雨》中的繁漪更加本土化，不管是语言、性格还是处事方式，曾思懿都是一个土生土长的传统家长的形象。

作为抗战时期话剧的主力，大后方剧坛云集了许多优秀剧作家，出现了大批优秀且有较大影响的剧作。与“五四”时期的话剧相比，抗战时期大后方话剧创作呈现出十分明显的阶段性特征，即从抗战之初的“亢奋热烈”，到相持阶段的“凝重反思”，再到解放时期的“喜剧性嘲讽”[①]。大后方话剧艺术感染力更强，戏剧冲突更加自然，人物语言更加形象生动，人物形象更加立体丰满，人物性格的发展变化更加细腻，抗战话剧的艺术成就达到了前所未有的高度。相应的，大后方话剧中的女性形象，也呈现出多彩的面貌，揭示了新的美学特质。本文从大后方剧作中主要选取了九部代表性话剧（《蜕变》、《北京人》、《屈原》、《虎符》、《天国春秋》、《芳草天涯》、《雾重庆》、《野玫瑰》、《升官图》），以分析大后方话剧中的女性形象类型。之所以选择这九部剧作，不仅是因为这些作品突出的艺术成就，同时还因为这几部话剧囊括了不同题材、不同样式、不同作家阵营、涵盖了大后方话剧的不同发展阶段，具有广泛代表性。

大后方话剧中的女性形象主要呈现为三种类型：传统型女性、现代型女性和过渡型女性。传统型女性又具体分成三类，包括贤妻良母型、巾帼英雄型、恶妇毒母型；而现代型女性则分成奉献独立型和自我中心型。传统型女性更多展现了服从于男性权威下的女性形象，她们安于男性的主宰与统治；而现代型女性，多指具有独立意识和反抗精神的女性，她们更多地关注女性个体欲望诉求

---

① 吴景明、韩晓芹：《中国现代文学史》，东北师范大学出版社2005年版，第281页。

的满足，期待在男性社会中获取一席话语权。而过渡型女性则是社会转型时期的女性，她们的自我意识有所觉醒，然而潜意识里仍然受困于传统礼教规范，其精神处于纠结痛苦之中。

一、传统型女性形象

大后方话剧中，传统型女性形象的回归是一个重要的现象，它背后表征了时代要求、作家定位与读者期许之间的关联与互动。《北京人》里幽丽哀静、慷慨温厚的愫方身上集中体现了中国女性的传统美德，与愫方相互补充的是《虎符》中深明大义、贤良淑德的魏太妃。在大后方剧作中，这类贤妻良母型女性是剧作家们着力讴歌和赞美的典型。《天国春秋》中的傅善详，《家》中的梅表姐和瑞珏，《寄生草》中的许培英，《芳草天涯》中热情善良的孟太太，《法西斯细菌》中温婉贤淑的静子，《清宫怨》中全心辅佐光绪皇帝的珍妃等，这些女性身上集中了传统美德中坚忍负重、刻苦耐劳和富于牺牲等精神品质。

与抗战前呼唤女性个性解放明显不同，抗战时期大后方作家开始重新关注贤妻良母型女性，有意识地赞美宣扬女性的传统美德，号召女性为男性奉献付出，支持并服从男性，对他们理解并包容，为男性照看好家庭。作家将女性的传统美德看作再造民族灵魂、重塑民族之力的希望。对于贤妻良母型女性的刻画体现了传统的回归。但不可忽视的是，长期以来男性社会对女性的规训与束缚，导致女性的主体意识受到压抑，贤妻良母型的传统女性认同并且恪守种种礼教的规约，丧失了独立性，阻碍了自我意识的发展。

在抗战的特殊时期，刚强坚毅的英雄女性也成为新的时代典范，巾帼英雄型女性展示了传统女性另一向度的优秀品质：坚韧刚强。动乱的时局不仅要求女性具有宽容忍让奉献等品质，也需要更多的女性走出家门，以坚韧顽强和勇敢的品质与男性一起肩负起抗战救亡的重担。历来的文学作品中有很多广为传颂的女英雄，如代父从军的木兰，登坛挂帅的樊梨花，五十岁仍挂先锋印的穆桂英……这些女性与男性一样肩负起拯救乾坤的历史使命，为中国现代剧作家提供了丰富的创作素材。

在大后方剧作中，剧作家塑造了大量女英雄的形象，寄寓了剧作家的社会理想，反映了时代要求：《蜕变》中将一切"奉献给抗战事业"的丁医生，《虎符》中有卓识远见、坚强意志的如姬，《屈原》中不畏强权的婵娟，《孔雀胆》中刚毅坚定、为支持丈夫的事业而殉情自杀的阿盖公主，《棠棣之花》中为了支持聂政而英勇牺牲的聂嫈与春姑，等等。这类女性热情果敢而又坚强敏锐，富有远见，她们与男性一样肩负起重拯乾坤的历史使命。作家在塑造这一类女性人物形象的过程中，有意忽略其女性特质，着力刻画她们的正义感与责任感，她们无一不展现令人敬仰的英雄气概。每当国家处于危难之时，巾帼英雄型女性都被重视并寄予厚望，与男性一起承担风险，共同解除危机，显示出时代风潮对于坚强刚毅的女性的心理期许与认可。

恶妇毒母型女性历来作为贤妻良母的对立面而存在，剧作家对于她们恶劣品质的批判和鞭挞，实则反映了作家对于传统善良女性的肯定与褒扬。《北京人》中曾思懿是一个色厉内荏的可怜又可恨的恶妇毒母，《清宫怨》中刚愎自用、自私狠毒的慈禧太后，《三块钱国币》里刻薄的外省阔太太，《清宫外史》中搬弄是非、诬陷他人的李姐儿……剧作家对这些恶妇毒母型女性予以彻底否定，通过鞭挞这些"恶人"形象，宣传符合时代要求的善良的女性，从而达到教化民众的目的。当然，在长期的价值判断和审美选择中，恶妇毒母型女性被符号化了，同时也被妖魔化了，大多剧作仅将之塑造为扁平的恶女人。

二、现代型女性形象

现代型女性敢于挣脱传统文化对女性的束缚，最突出的特征是独立的个体精神。在压抑的社会环境中，她们因为努力追求个人的幸福和欲望的满足，多被认为离经叛道或品行不端，常常被主流社会排斥在外；然而在生死存亡的关头，一些女性会以民族大义为重，最终受到男性社会的认可。奉献独立型女性与自我中心型女性凸显了现代女性的不同精神特质。前者依然不脱为国族奉献的特质，受到作家的首肯；后者则因为时代风气与社会要求的变化，受到作家的贬抑。剧作家希望通过话语的规训，号召现代女性炼石补天，重整被摧毁的秩序，体现了传统文化与时代环境对于文学创作的影响。

《野玫瑰》中的特工夏艳华是一个复杂的形象，她巧妙利用女性魅力达到目的，孤独地进行着革命事业。以夏艳华为代表的女性在大后方剧作中也屡见不鲜：《祖国在呼唤》中的露莎，《葛嫩娘》中的葛嫩娘，《梁红玉》中的梁红玉，《桃花扇》中的李香君……这些女性面对生死抉择，毅然选择了民族大义。抗战后方的戏剧，大都将爱国作为评价这类女性的原则，坚守爱国底线的奉献独立型女性，为了民族国家最终放弃个人情感和个人欲望，生活作风即使是"不守妇德"也会被剧作家宽容。

自我中心型女性身上具有强大的非理性激情，这也是现代型女性基本的精神特质。在大后方的剧作中，自我中心型现代女性只关注自我欲望（物质与情感）的满足，她们为达目的不择手段，"服饰华都，化妆生香，游戏场中的健卒，交际场中的明星，政治舞台上的附属物"[①]便是她们的最好写照。《屈原》中"美艳而矫健"

① 石耀：《新妇女的胜利》，《女性潮汐》，汪丹编，天津人民出版社1998年版，第248页。

的南后，对阻碍自己目标实现和欲望达成的人毫不留情，体现了现代型女性的非理性的激情。《升官图》中薄情寡义、“妖艳异常”的知县太太与南后互为衬托。《天国春秋》中的洪宣娇被嫉妒和仇恨蒙蔽了理智，以疯狂的报复手段残害情敌和意中人。自我中心型现代女性在大后方剧作中并不少见，这类女性追求物质享受，贪图安逸与舒适，缺失国家民族观念和道德感。在民族危亡面前，这种只考虑自我欲望满足的女性是剧作家重点批判的对象。

“五四”运动以后，中国社会受到西方文化的冲击，敢于争取自我幸福的女性受到重视，作家对于现代型女性的讴歌迎合了时代解放的需求。三四十年代延续并拓展了“五四”以来对现代型女性形象的刻画，不过表现重点发生了变化。二十年代，追求个人解放是时代风潮，剧作家多给予现代型女性以赞美；而三四十年代由于国家救亡成为时代主题，剧作家宣扬深明大义、为国家民族牺牲个人欲望幸福的奉献独立型女性，对于自我中心型的现代女性，剧作家歌颂的热情消减，代之以讽刺规劝与批评，力图把这一类女性重新拉回传统美德的轨道。

三、过渡型女性形象

《芳草天涯》中的石咏芬是过渡型女性形象的典型代表，她虽接受过新文化的洗礼，然而她潜意识中传统文化的影响仍根深蒂固，将自己局限在家庭的小圈子之中。《雾重庆》中的林卷妤也曾有高尚的追求与梦想，在“七七小饭馆”中挂上“吃饭不忘救国，饮酒常思杀敌”的对联，她不甘心过平庸的生活，有着明确的行动意图。但在雾重庆的社会浊流中，随着丈夫的腐化堕落，她也丧失了生活的目标与信念，销蚀着生命的激情。在很多剧作中都能找到这类女性人物形象，夏衍的《愁城记》，沈浮的《小人物狂想曲》，洪深的《女人女人》，陈白尘的《结婚进行曲》、《大地回春》等剧作，都充分展示了过渡型女性因为社会习惯力量和自身的弱点，脱离公共社会生活，受困于家庭，处在挣扎纠结迷茫的精神状态。

处于新旧社会过渡阶段的女性，虽然受过一定的新式教育，也曾为自由而与旧家庭抗争，然而结婚以后在日常琐事的困扰之下，变得庸俗狭隘，丧失了独立意识。社会的发展使她们有了展示自我主体价值的可能性，然而强大的社会现实又使这种可能性遭到无情剥夺，进亦忧退亦忧是社会转型时期女性真实的生存状态。

过渡型人物在“五四”时期得到了作家的重点关注，作家鼓励女性勇于追求个人的爱情和婚姻自由，摆脱传统礼教的桎梏，实现妇女的解放。胡适《终身大事》中田亚梅对着父母态度决然地宣称婚姻“是孩儿终身大事。孩儿应该自己决断”时，象征这时代女性大胆地在社会体系中寻找个人的位置。然而，妇女解放从一开始就存在极大局限，包括胡适、田汉等在内的很多人，都把男女平权理解为仅在家庭、教育、婚姻等方面，而忽视了妇女解放的首要基础是社会政治与经济制度的变革。到了三十年代中期，《日出》中陈白露的出现，则显示了这一类曾受到良好教育的女性在追求个性解放道路上的自我否定，成为“将毅然和传统战斗，而又不敢毅然和传统战斗”[①]的女性。在抗战时期，作家对于这类女性“怒其不争哀其不幸”，批判她们的狭隘，呼唤她们提升自我，并对过渡型女性提出了新的要求，希望她们能够挣脱家庭的束缚，拓宽眼界和胸襟，投身至广阔的社会生活尤其是全民族的抗战活动当中。

① 《中国新文学大系·小说二集·导言》，《鲁迅全集》第 6 卷，人民文学出版社 1981 年版，第 244—245 页。

四、民族话语中的女性符号

抗战时期大后方剧作中出现了多样的女性形象，有温婉贤淑的贤妻良母，有坚毅果决的巾帼英雄，有恐怖的恶妇毒母，有为国为民奉献的独立型女性，有以自我为中心的自私女性，也有痛苦纠结的过渡型女性。她们各异的性格特征，是大后方话剧中的女性形象在本土化方面有了长足进步的证明，在大后方话剧人物群像中留下了光彩照人的一笔。

然而不应忽略的是，在看似繁复多元的女性人物形象后面也存在着符号化的倾向。正如肖沃尔特所说，男性作者笔下的女性形象很多时候构成了两个极端：要么是天真、美丽、可爱、无知、无私的天使，要么是复杂、丑陋、刁钻、自私、蛮横的恶魔[①]，这种趋于两极化的创作倾向，在大后方话剧创作中同样存在。虽然大后方剧本众多，但是从繁多的女性人物形象中概括出几类特定的形象并非难事。在众多女性形象中，贤妻良母型和巾帼英雄型受到作家的认可和激赏，而恶妇毒母型和自我中心型则受到强烈谴责。贤妻良母型女性以包容、温驯和牺牲服务于家庭；巾帼英雄型女性则果敢刚强睿智，领导并带动其他人共同拯救社会，她们的行为处事、思想感情、性格特征等方面要么符合男权社会对女性的期许，要么与男性几乎没有任何差别。自我中心型女性被作为反面典型，身上聚集了几乎所有恶劣品质，很多剧作的女性人物一出场便定性，成为符号化的扁平人物，性格在整部剧作中缺少发展与变化的过程，人物没有多面的内涵，同质化的程度较高。剧作家在塑造女性形象时，常常对人物进行道德评判，善良和邪恶的女性属于两

① [美]伊莱恩·肖沃尔特：《荒原中的女权主义批评》，《最新西方文论选》，漓江出版社1991年版，第276页。

个截然不同的阵营,因此作品不免有公式化、脸谱化倾向。而这种高度抽象的概括化的女性形象,也在一定程度上损伤了人物的真实性和感染力。

大后方话剧女性之所以呈现符号化特征,战时情势对形象塑造的影响是其关键。张庚1938年在延安鲁艺的一次报告中提出,话剧要走民族化路线,这是因为"从前的观众对于戏剧所要求的是娱乐的意义,无论这娱乐是消遣的,抑或是艺术趣味的欣赏的;而在今天戏剧主要任务不是娱乐而是向广大落后的群众施行抗战的教育"[①]。这一判断背后其实是战时思维在主导话剧创作,解放区的话剧判断必然影响大后方的话剧创作,陈白尘在为学生周特生的著作作序时,无不感慨地追忆在三十年代至四十年代间,自己和前辈及同辈诸导演,虽有所争吵,但合作得还是很好,甚至成为生死之交,"这是因为:从大局说,我们在同一阵营里,以艺术为武器和敌人作斗争,勇于求同存异,获得统一"[②]。抗战的情势推动了剧作家的创作趋向,民族主义成为文艺创作的最高价值形态。另一方面,"七七"事变后,毛泽东、宋庆龄、邓颖超等分别撰文动员妇女,号召妇女广泛参与到民族解放战争中,妇女以前所未有的姿态进入了民族国家话语体系。在这样的大背景下,话剧需要塑造具有高度概括性的符号形象,使之成为抗战宣传的表征。富有刚强坚韧意志的巾帼英雄与具备牺牲精神的贤妻良母进入了民族国家话语体系,自然在大后方话剧中备受推崇。自我中心型女性由于在民族大义与个人爱欲的冲突中选择了后者,过渡型女性则因为受困于家庭社会而狭隘不前,两者都因其个人话语的张扬而脱离了民族国家话语,最终受到批判。

① 张庚:《话剧民族化与旧剧现代化:对鲁迅艺术学院同学的报告》,《理论与现实(重庆)》,1939年第3期。

② 陈白尘:《编剧与导演》,《导演的理论与实践》,周特生编,中国戏剧出版社1999年版,第3页。

当然，不管是服膺于传统礼教束缚的传统型女性，还是独立叛逆的现代型女性，或是处于挣扎状态中的过渡型女性，尽管未能完全摆脱人物符号化、工具化的缺点，但是这些多样的女性形象类型，一定程度上真实反映了二十世纪三四十年代中国女性的生存状态与思想情感，更新人们对中国新文学中女性形象的整体审视，深化对大后方话剧及其成就的认识。

论“精准扶贫”背景下乡村书写的现实精神

汪韵霏　李　静

（南京师范大学文学院）

内容摘要：以《战国红》、《人间正是艳阳天》、《天大地大》等为代表的扶贫叙事凭借朴实动人的“在地性”重新唤起乡村书写的现实精神，校准过往乡村叙事的“时差”。“精准扶贫”背景下的乡村书写从泥土深处挖掘出富有地域色彩的诗情画意，以史诗般的气魄记录了物质和精神并重的伟大扶贫壮举。作品着眼“现代城乡文化共同体”的建设，关注青年人在此过程中的成长，丰富了当代乡村书写，参与到当代历史的建构中，为当代文学用审美的形式反映正在发生的新时代树立了典范。

关键词：精准扶贫　乡村书写　“在地”叙事　现实精神

引　言

2013年11月3日习近平总书记在湘西十八洞村考察时首次提出“精准扶贫”：扶贫要实事求是，因地制宜。要精准扶贫，切忌喊口号，也不要定好高骛远的目标。[①] 与此同时，文学界出现一批旨在关注和表现“精准扶贫”这一新生事物的文学创作，其中包含了长篇小说、中短篇小说、日记体散文、非虚构等多种文学形态，以直面现实的文学精神为当代文学尤其是乡村书写注入新鲜活力。

---

① 《习近平的“扶贫观”：因地制宜“真扶贫，扶真贫”》，人民网，http://cpc.people.com.cn/xuexi/n1/2017/1103/c385474-29626301.html。

本文将从《人间正是艳阳天》《战国红》《天大地大》等几部具有代表性的扶贫创作入手，分析其在文学性方面的示范意义和史诗价值，解读"精准扶贫"背景下乡村书写对过往创作困境的突破，提出有关乡村未来的美好期待。

一、重被发现的乡村

作为"五四"时期现代乡土小说的鼻祖，鲁迅将乡村社会视作反思传统文化的场域，进而发现了封建礼教的吃人本质。对乡村的发现拓宽了新文学的创作领域，使新文学同社会生活土壤联系得更加密切。到了解放区文学，1940 年毛泽东《在延安文艺座谈会上的讲话》提出文艺要为工农兵服务，乡村题材因最能体现其宗旨而再次被文艺工作者发现，出现了以赵树理为代表的一批围绕农村社会存在问题进行创作的作家。这一创作思路深刻影响了当代 1950—1970 年代乡土小说家的创作。由于这一时期的文艺创作停留于"图解政策"，很少顾及"地方色彩"和"风俗画面"的描写，乡土创作呈现出较大的艺术缺憾。伴随着社会转型，二十世纪八十年代中国乡土小说重新崛起，但随着城市化进程的推进，乡土小说内容上的相对静止传递出作家主体的价值困惑与失范，乡土小说创作一度陷入瓶颈。"精准扶贫"小说的出现实际提供了重新整合、发掘乡土经验的契机。这一背景下对乡村多角度、多形态的讲述让乡村又一次走进公众文化视野的中心。一批知识分子惊讶地发现真实的乡村既无寻根文学中的巫术魅影，也并非都是乡土文学旧题材中的田园情调。贺享雍《天大地大》中乔燕作为驻村第一书记第一次进入贺家湾，"越往村子里面走"便发现："这和她昨天晚上想象的'绿水逶迤去，青山相向开'有些不一样。"[①] 如果说扶

① 贺享雍：《天大地大》，四川文艺出版社 2019 年版，第 1 页。

贫攻坚需要在资源匮乏、生产原始、人口流失等重重困境中找到一条适合乡村未来可持续发展的道路，那么精准扶贫背景下的乡村书写同样需要在现实讲述的“他者化”阴影、乡土书写的双重时差和过往乡村文化精神开掘的浅表化中突围出来。

（一）恢复现实讲述的“在地性”

回避正面遭遇历史与现实，进而导致故事讲述的意义失重，实为新时期以来当代文学发展的潜在隐患。世纪之交文化思潮的巨大变革和叙事经验的耗尽这一隐患逐渐暴露，上升为当代文学现实主义创作的困境。

一方面，赵树理所扬起的“新文学的方向”，从《三里湾》到柳青《创业史》、浩然的《艳阳天》这一并不漫长的现实主义农村题材创作谱系虽然是半个世纪以来社会主义文学孜孜以求的一个方向，却因历史本身的不断变化被拿起又放下，放下又拿起。另一方面，新时期文学在重构中存在着可供利用的哲学与思想来源匮乏的问题，如丁帆所言：“中国知识分子的‘现代性’原本就是借用西方话语的想象来试图干预社会”，因为“自我‘他者化’的文化境界，他们只能以寓言化或回归式写作来化解‘现代性’内部的不同面向间的紧张性，这必然导致简单的时空寓言或虚拟的乡村故事的诞生”。[①] 试图从虚拟的故事中寻求疗救现实的药方无异于缘木求鱼。要摆脱这种“自我‘他者化’的文化境界”就需要恢复文学现实讲述的“在地性”，唤醒直面现实的文学精神。

扶贫文学正是在“精准扶贫”这个时代召唤的引导下当代文学的一次重新出发。它不仅接续了沉寂已久的半个多世纪以来社会主义文学孜孜以求的“赵树理方向”、“柳青道路”，携带了“社会主义新农村建设”的时代印记，坚持了文学要表达当代现实的肯定理念，而且开辟了陈晓明所说的激进现实主义和批判现实主义之外

---

① 丁帆：《中国乡土小说史》，北京大学出版社 2007 年版，第 341 页。

的“第三条道路”：积极的现实主义。从《海边春秋》的岚岛到《天大地大》的贺家湾，从《战国红》的柳城到《人间正是艳阳天》的十八洞村，扶贫文学着眼于过去被遗忘的角落，放弃文化猎奇心理，直视土地与人的现实情状，以贴地的“内视角”真实书写了政策背景下乡村的变革与重生，表现出当代文学的现实承担和底层关怀，走向了对社会进步和人类发展等宏大命题的思考。同时，放弃“俯视”姿态，从书斋走向广阔大地的作家们亦凭借对当下现实的深度展现，“将文学重新带回公共视野之中，一定程度上改善了文学的边缘化处境”，“为当下的文学困境提供了一种解决思路”。①

（二）校准乡村叙事“时差”

受新时期以来现代化进程影响，遭受城市文明冲击的乡土现实呈现出碎片化和不确定性的特征，这些都为作家认识和把握现实带来了极大的难度。而二十世纪出生的“50后”“60后”作家相关经验的失效使乡村的历史叙事出现了断裂，“80年代至今的乡村叙事分量较轻，且极为松散，难以与现实对位”②。乡村书写因而出现了“向前”和“向后”的双重“时差”。

一是“向前”的“时差”，主要表现为寻根派、先锋派和一批新历史主义小说家将乡村视作不同于城镇的“异域”空间，将“向内转”的乡村叙事视作与“宏大叙事”相对抗的民间叙事立场。乡村作为农业文明的产物，在这里代表了一个“老中国”的形象。一如“五四”乡土叙事中写实让位于作家启蒙的主观诉求，新时期对乡村文明的书写服从于新的民族国家想象的建构，乡村的部分特质被渲染和重塑，进而成为“天然”的“新时期中国”的对立物：乡村仿佛一个多面棱镜，奇幻诡谲又诗情画意，蒙昧荒凉又淳朴自在，作家从

---

① 李音：《从“实证性”到“文学性”：呼唤一种新的乡村诗学》，《文艺报》2020年7月31日。

② 李静：《城市化进程与乡村叙事的文化互动》，中国社会科学出版社2015年版，第156页。

形形色色的光彩中各取所需，剩下的面向则被虚化和悬置。

“精准扶贫”恰恰在过往经验已然耗尽的尴尬节点为乡村书写提供了新的视点。或受扶贫干部和农民双向成长救赎的故事启发，或为乡村巨大变化所触动，过往断裂的书写被接续，象征的讲述被赋予实体：滕贞甫的《战国红》以“战国红”串联起革命历史的初心和乡村曲折向前的未来；彭学明亲临湘西十八洞，逐户走访，写下真挚动人的非虚构作品《人间正是艳阳天》；扶贫工作人员陈毅达被一个海边村庄所震撼，创作出《海边春秋》呈现一个时代的纵深与壮阔；李明春扎根基层，以《山盟》记录了几代人接力扶贫的壮举；贺享雍数十年坚守乡土，落笔当下，《天大地大》记录扶贫工作中的奉献与伟大，为洋洋十卷本《乡村志》作结。

二是“向后”的时差，即对乡村的书写超越了乡村发展现状，表现出过分乐观的倾向。这一类多见于影视创作中，如现实中“九死一生”的乡村创业在影视作品的表现中却是有做必成：《湖光山色》中的南水美景旅游公司，《刘老根》中生意火爆的龙泉山庄，《乡村爱情变奏曲》中成功建立的象牙山专业合作社。这样的表现形式虽然表达了创作者的美好心愿，提供了积极的未来想象，但作品停留在对日常生活矛盾的讲述层面，未能上升到对经济体制和社会制度的反思，难以展开深度叙事。造成这一问题的原因固然有作为大众传媒艺术，影视创作受到政治文化语境约束限制较多，但亦折射出创作者实际乡村经验的匮乏。在这一层面上，对扶贫文学的重视并非对颂歌的期盼，相反正是这些深入基层的书写暴露了日常讲述中甚少触及的乡村问题：《战国红》中的麻将之风，《山盟》中的基层官民矛盾，《天大地大》中的乡村空壳，这些问题的暴露和对解决之道的探索具体昭示了“精准扶贫”何以为壮举，“扶贫攻坚”其方向何在。

“时差”的本质是个人意识与现实乡村的错位。二十世纪九十年代以来的乡土小说侧重抒发知识分子的“乡村理知”，甚至剔除了带着政治母题写作的赵树理、柳青那样“亲历”的情感。赵园指出:“知识者的‘土地’愈趋精神化、形而上,农民的土地关系却愈益功利、实际。”① 与此同时,影视作品中的乡村与农民生活又多是顺风顺水、欣欣向荣。这样的双重时差导致创作者笔下的乡土最终成为一个实景与梦想都无法容身的世界,更遑论展现中国社会转型期的乡村文化特质。受“精准扶贫”、“实事求是”精神的影响,扶贫文学表现出自觉校准“时差”的意识,祛除了“时差”加之在乡村之上的他者化阴影,以平视的姿态观察乡村现状,同时弥补了过往对农民和农民生活描写的不足。

(三)开掘乡村文化精神

蔡家园在《乡村题材创作的突围》一文中提出乡村题材创作工作长期存在着三大问题:一是上文论及的乡村社会观照视野的狭窄化,二是乡村人物形象塑造的概念化,三是乡村文化精神开掘的浅表化。新时期以来作家对乡村精神的体认大致沿着两个方向:一是以高晓声为代表的书写农村的苦难和愚昧,试图延续的是鲁迅以来的“批判国民性”的主题;二是用传统伦理对抗现代文明,在原始生命力的想象中批判都市的黑暗面,如阎连科、莫言等笔下超越了权力和人类中心的乡村。而无论是前者“问题化”的批判眼光还是后者“寓言”式的书写,核心都是将乡村的复杂现实进行提纯。如果说被列举的几位作家在艺术上尚取得了令人瞩目的成就,后来的作家在他们“影响的焦虑”下对乡村文化精神的挖掘则表现出某种程度的雷同和浅薄。恰如蔡家园所说:社会经济的迅速发展让当代乡村日益凸显出“流动性”的特质,“未经创造性转化的旧有思想资源显然如隔靴搔痒,难以穿透今天的乡村现实并生成新的乡村文化精神”②。

---

① 赵园:《乡村文学:模式及其变易》,《萌芽》1989 年第 9 期。

② 蔡家园:《乡村题材创作的突围》,《长江丛刊》2020 年第 31 期。

“精准扶贫”背景下的乡村书写试图把握的正是市场经济下乡村的转化过程，其间潜藏着乡村文化精神同现代经济社会秩序的碰撞和对话。在这个意义上，书写乡村也是建构乡村、把握当代中国脉动的思想路径。《战国红》中柳城甜蒜畅销离不开杏儿动人的广告语，从泥土里生长出的“诗心”为经济体制下的商品披上浪漫主义的外衣。柳城双璧在“商标注册权”等多个问题上与刘秀斗智斗勇不落下风体现的正是乡村价值观在现代商业面前的强大生命力。《人间正是艳阳天》中施金通说服村民支持道路硬化也不是通过物质利益引诱，“我们苗族人是最讲感情，最懂感恩，也是最懂道理的”①，“我们苗族人”背后指涉的是十八洞世世代代共通的精神积淀，唤醒这样的积淀不会是现代化的阻碍，而将是永远的精神财富。

这些精神最终外化于乡村人的生命形态，因此开掘乡村文化精神尤其要关注“人”在扶贫题材小说创作中的主体性地位。这里的“人”包括作为扶贫前台主角的驻村干部和生于斯长于斯的村民。总之，对乡村内在的生命景观和崇高力量的开掘应该是乡村书写者不懈的追求。

二、“在地”的叙事

周作人曾在《地方与文艺》中指出“须得跳到地面上来，把土气息、泥滋味透过了他的脉搏，表现在文字上，这才是真实的思想与文艺”②。并提出乡土小说应在两处着力：一是体现地域特点，展现不同地区的文化差异性，二是要发掘民风民俗中具有“个性的土之力”，强调一种“忠于地”的创作姿态。“精准扶贫”背景下乡村书

① 彭学明：《人间正是艳阳天》，广东人民出版社 2018 年版，第 98 页。
② 周作人：《地方与文艺》，《谈龙集》，河北教育出版社 2001 年版，第 10 页。

写所践行、召唤的正是这样一种“在地”的叙事:通过亲临扶贫一线,作家获得一种内部视点,真实记录扶贫对象现实生活,既书写其间人情味浓,也不回避种种复杂的矛盾,揭示出扶贫工作和乡土社会的复杂性。对乡村物产、文化的开掘则让作品呈现出斑斓多姿的地域性特色。部分优秀的作家还在这一基础上关注到生长于泥间田野的诗情,这种“在地”的诗性折射出社会主义新农村的又一面向,扩展了乡村人物形象序列,张扬了乡土文化个性,赋予了作品纯粹优美的格调。

（一）以内部视点观照农村现实

扶贫文学的创作者得以在一批作家乡土经验耗尽后依旧保有旺盛的创作力,源于他们丰富的农村生活、工作和调研经验:《海边春秋》的作者陈毅达曾作为二十世纪八十年代中期第一批扶贫工作队员包村一年;《山盟》的作者李明春长期扎根基层,向下沉潜;《迎风山上的告别》的作者章泥两次参加由省脱贫攻坚领导小组统筹组建的四川省脱贫攻坚验收考核抽查组;《战国红》的作者滕贞甫曾两次赴湘西调研精准扶贫工作;《人间正是艳阳天》的作者彭学明在习近平总书记去湘西视察后的五年内分别两次前往十八洞感受精准扶贫带给湘西的巨大变化;《天大地大》的作者贺享雍更是少有的从青少年到成人都生活在乡村的作家。这些经历让作家同乡土的一切建立起了深厚的情意,在书写乡村的时候具备了一种“内部视点”。

《天大地大》在书写扶贫工作进展的同时展现了贫困户的生存状况,揭露出底层农民的挣扎和苦痛。乔燕一开始面对“老无所养”的罗老太婆想到的是子女不孝,想把刘勇叫回来照顾母亲,但在罗老太婆的哭诉中她才意识到刘勇外出打工实属无奈之举,即便如此维持一家六口生活仍显不易。与之形成对照的是在“易地搬迁”一事中,叶青容因丈夫的坟墓在屋后不愿搬迁,她的儿子贺兴发没有外出打工，守着薄田陪伴老母四十多岁没有娶亲。经济落后让农村养老变成了一个两难问题，完全倚赖政府援助毕竟不是长远之计。乔燕的探索证明了唯有激发乡村产业活力，吸引年轻人回乡就业才能最大限度摆脱这样的亲情困境。小说不少情节中还暗藏了相当的现实批判色彩。故事一开始，年轻干部乔燕的走马上任是因为原股长张青畏惧扶贫考核变严临阵退缩；故事中间熊委员在获悉贺波的创业获得高层重视的时候，明明毫无作为甚至有使绊嫌疑却开始对着贺端阳邀功。之后因为暴雨贺波的养鸡场遭遇毁灭性打击，此时他却为了面子要求贺波弄虚作假、瞒天过海；故事最后乔燕本已在拍摄婚纱照的路上，却被“录入贫困户信息”一事所耽误，而这一明显带有形式主义特征的工作手续之繁琐，牵涉部门之广都远超她想象。这些情节都提示了精准扶贫工作中可能存在的官僚主义作风，这某种程度上甚至成为一线扶贫工作者更为微妙复杂的一大阻力。

彰显民间立场、取材生活的还有《山盟》。《山盟》不仅树立了石承帮助冬哥和凯子脱贫这一精准扶贫的典型事例，而且伴随这一事件的推进呈现出当下乡村社会的种种现象：乡村空壳化、基层官民矛盾问题、教育不公问题等，包含着丰富的社会信息量。

在唤起文学的现实及物性，反映“精准扶贫”这样的时代声音方面非虚构具有无可比拟的优势，它比之传统文体更具及时性和现场感，比之传统新闻报道又更为深情动人。非虚构“致力于去展现一种更高层面上的真实，或者说存在”①，倡导“吾土吾民”的写作情怀。《人间正是艳阳天》是彭学明继《娘》之后又一部讲述湘西的长篇纪实作品，小说从村口第一家石拔专大姐讲起，每一节围绕一个家庭，层层铺开，在不到 20 万字的篇幅里塑造了施成富、施全

① 张柠、徐姗姗：《当代“非虚构”叙事作品的文学意义》，《中国现代文学研究丛刊》2011 年第 2 期。

有、孔铭英、龙先兰、施金通、石顺莲等十数个鲜活的人物形象，人物分散而叙事不至凌乱，背景相似经历却不雷同。小说采用了“人事双线”的结构手法，“挨家挨户”式的探访背后是迅猛展开的扶贫事业：从小家庭的农家乐到集体产业化的稻香鱼到曲折推进的道路硬化再到几任扶贫干部合力推进的矿泉水厂兴办，最后是和扶贫相伴而生的村民道德建设，小说有条不紊层层推进，记录了老一辈人的坚韧奉献和新一代后生的成长，也书写了扶贫事业的伟大成就。尤为可贵的是，作家没有简单地罗列数据，而是用大量的还带着湘西方言痕迹的直接引语传递出十八洞人民最质朴的心声。这不仅是作家人文关怀的体现，更是对习近平总书记提出“精准扶贫”初心的回应：“让几千万农村贫困人口生活好起来，是我心中的牵挂。”①

（二）斑斓多姿的地域文化

扶贫对象的复杂多样使扶贫文学在具体讲述中避免了雷同和重复。因地制宜发展地方产业、振兴农村经济是“精准扶贫”的重要环节，扶贫文学借此开掘出绿水青山中过去未尝为人所知的金山银山：湘西十八洞汁甜味美的富硒猕猴桃、技艺精湛的苗绣、天然山谷间的矿泉水；柳城酸甜开胃的糖蒜、独一无二的香瓜、营养丰富的四色谷；岚岛得天独厚的旅游资源等，绘就了独特绚烂的乡村景观。而其间种种曲折：海奇兴办养猪产业遭受猪瘟黯然离开；贺波生态养鸡产业遭遇暴雨失败；十八洞的矿泉水厂历经了三代扶贫干部的努力方才建起；村民不愿搬迁岚岛开发受阻……提示了扶贫不能照搬套路，要细心考察，以心血浇灌土地，更要有持之以恒的决心和前仆后继的努力，才能实现资源变资产，品质变品牌。

---

① 《精准扶贫是打赢脱贫攻坚战的制胜法宝》，人民网，http://cpc.people.com.cn/n1/2021/1103/c64387-32272002.html。

“地方色彩”和“风俗画描写”是“小说性”的重要构成元素。对地方特色的开掘使柳城等之于扶贫文学具备了锁井镇之于革命历史小说的意义：作家既刻画出了乡村的独特气质，又在乡村的变革发展中挖掘总结出了扶贫攻坚的一般性问题。《战国红》从一个具有民间色彩的神秘残酷的喇嘛咒切入“河水断，井哭天，壮丁鬼打墙，女眷行不远”，之后却并未沉浸在猎奇的叙述中，有意宕开一笔，只在关键时候让这个诅咒若有若无地浮现出来，将叙事的重点放在揭示柳城的社会构成和文化构成上。古井的传说、少女牧鹅的景观、鹅冠山的抗日遗址、以诗为广告的甜蒜这些细节处的风情同柳城人的气质和人与人的关系一起构成了小说“清峻朴实”、“清丽洁净”的格调。① 语言上，作家不避讳辽西的方言词汇却有意略过那些粗俗的部分，留下“猫冬”、“走道儿”、“嘚瑟”等极具表现力的说法，妙趣横生。

此外作家精心选取了辽西特有的一种玛瑙材料——战国红作为贯穿小说的核心意象。“光华内敛，华而不张，温润有度，历久弥坚”②，战国红昭示了某种精神和品格，是作者对精神溯源或文化寻根的一次实践：在陈放那里，它连接的是党的革命历史初心；在海奇那里，是未完成的爱情和理想；在李青那里，是柳城和市场经济体制下商业社会的斗智斗勇。战国红最后一次出现，是在陈放下葬的墓穴被人们从砾石冈上挖出来，隐喻着党的初心是“在地的”，几代人扶贫攻坚的理想终于落地，小说也由此被推向高潮。这一丝血色的沉重饱含着作家的敬意和思考，提示出扶贫攻坚伟大事业背后的牺牲，也令结局免于套路和浅薄。

---

① 陈晓明：《新农村的在地性——读滕贞甫的〈战国红〉》，《当代作家评论》2019 年第 4 期。

② 周景雷、肖珍珍：《新时代现实主义文学的新表达、新范式》，《当代作家评论》2019 年第 4 期。

（三）属于土地的诗性

《战国红》中杏儿“农村诗人”的形象并非作家一厢情愿的凭空虚构，陈晓明指出：“农村的诗性在今天是非常活跃的，也是非常真实的，所以杏儿这个形象有时代生活的依据，是作者对今天社会主义新农村的一种恰如其分的把握。”余秀华等都提供了现实的例证。陈晓明将杏儿和《白鹿原》中的白灵进行对比，指出相较于白灵“精灵化”的特征，杏儿身上体现出的某种“在地性”：杏儿在当地的土壤里是根深叶茂的，所以杏儿有那种属于土地的诗性。《杏儿心语》的写作、出版是贯穿小说的一条暗线，从泥土中生长出的诗心穿插在故事间的《杏儿心语》为小说注入诗意，增添了小说的文化底蕴，更内涵了扶贫文学“以文学扶贫”的设想。

杏儿的诗在语言修辞上呈现出和作品“清峻朴实”相一致的“朴实俊秀”的特征。如杏儿为糖蒜做的广告：“把你浸泡在思念里/七天七夜/当我敞开心扉/你已是红透。”[①] “七天七夜”既写糖蒜制作的精细又触动人的情思，等待糖蒜制作的过程仿若等待心上人一般紧张、焦灼，红透的糖蒜像姑娘的羞涩的脸庞，溢出的酸甜口感也暗合了恋爱的滋味。杏儿的想象赋予了糖蒜制作过程唯美的诗意。又如海奇临别前杏儿写的无题诗：“你等一树花开/用满腔心血/苦菜刚刚生出蓓蕾/一场倒春寒/鬼旋风凭空而降/天地混沌如夜/在一个啄木鸟啄出的树洞/有只沉溺梦想的松鼠/在注视你/用星星一般的眼睛/不为秋天的故事/只为你伤心的背影/不为雨季的彩虹/只为那抹永远的洁白。”[②] 前部分叙事，写海奇浇筑心血的扶贫愿景被恶劣的天气破坏，中间是奇妙的幻想，“树洞”、“松鼠”这些田间物象跳跃拼接赋予了诗歌自然野趣，含蓄暗示了少女的心绪，结尾真挚抒情，读来哀而不伤、青涩动人。

① 滕贞甫：《战国红》，春风文艺出版社 2019 年版，第 56 页。
② 同上注，第 131—132 页。

土地的诗情弥补了一般主旋律作品文学性的匮乏，赋予作品强烈的抒情意味。《人间正是艳阳天》中，在紫霞湖的云蒸霞蔚中作家感叹：“当我看到富硒猕猴桃与霞光一同生长、光芒万丈时，那猕猴桃将会是怎样的一种春风得意……清风一过，湖光就会摇醒，山色就会摇亮，白云就会摇落，水鸟就会摇飞。”① 当年沈从文笔下和现代文明格格不入的山水风情，如今在彭学明笔下融洽自得，“精准扶贫”的实施让作家对自然风土有了更深刻的思考：“山是湘西的筋骨”，但“山也是湘西的枷锁，有了山，多少人祖祖辈辈没有走出过这座大山”。书中大量的影像插图并非作为文字记录的从属，而是全书的一个有机组成部分。这些影像唤起了有关湘西的文化记忆，秀丽的风景、淳朴的乡情同落后的经济状况之间形成巨大张力，“精准扶贫”的辛酸苦辣因而更加触动人心。

三、新时代乡土文化精神

在“精准扶贫”的过程中，扶贫干部从激发贫困户内生动力、倡导文明新乡风等方面着手，用“精神扶贫”引领“精准扶贫”，实现物质富有和精神富足的联动推进。扶贫文学作为“新时代现实主义文学”，担负了阐释新时代乡土文化精神，“用现实主义精神和浪漫主义情怀观照现实生活，用光明驱散黑暗，用美善战胜丑恶，让人们看到美好、看到希望、看到梦想就在前方”②的伟大使命。

（一）精准扶志

《人间正是艳阳天》中提道：改变十八洞贫穷落后的面貌，需要完成“三通”“五改”和公共基础设施建设。而在农网改造过程中，扶贫工作队发现最先要做的不是基础设施建设的改造，而是思想

① 彭学明：《人间正是艳阳天》，广东人民出版社 2018 年版，第 158 页。
② 习近平：《在文艺工作座谈会上的讲话》，人民出版社 2015 年版，第 17 页。

建设改造。部分村民存在“等、靠、要”的消极思想，不仅拖慢了乡村建设进程，又极易脱贫后再次返贫。十八洞县委书记罗明明确指示：“调动一切因素，开动宣传机器，统一思想，凝聚人心，把农村思想建设作为农村基础设施建设的指路牌。”①

针对农村存在的不同问题，扶贫文学记录了形式多样的思想教育手段。以十八洞为例，先是成立十八洞民间艺术团，编演懒汉饿死、劳模勤劳致富等节目，寓教于乐，把村风、民风变得更为明澈、澄净。再是开展道德评比，在每家门口挂上星级牌，严厉打击了施六金这类不配合公益事业的行为。但评星并不是最终目的，挂二星的施六金不仅没有被放弃，罗明还亲自去看望他，跟他一起分析原因，对他的生活给予帮助，做到“精准扶志”。得益于扶贫干部的循循善诱，即使在建设初期的确牺牲了部分利益：占用田地、惊动“龙气”、迁坟甚至毁坟，发展计划也能在大方向上有条不紊地推进。

传统农业文明中安土重迁、故园难离的思想是乡村开发的另一阻碍。《海边春秋》中海妹、晓阳等五个蓝港村核心青年群体文化程度高但处事偏激，带领蓝港村民为了留住自己的生命家园抵制整体搬迁。刘书雷一方面遵照中央的批示，坚持以民生意识为导向同兰波国际集团交涉，一方面对这批青年晓之以理，动之以情，最终引导他们随时代主流成长，返乡创业，化阻力为助力，解决了乡村振兴中人才流失和治理人才匮乏的重大难题。

此外，教育是精神扶贫的重要一环，扶贫小说均表现出对年轻一代教育的重视。《山盟》中石承为了山仔的教育问题四处奔走，顶着上级的权力压制为山仔联系好转学事宜；《天大地大》中乔燕为了贺峰能返校读书联系了自己读书时的老师，不放弃任何一个可以求学的机会，鼓励贺峰不要因为“旁听生”的身份自卑；《迎风

① 彭学明：《人间正是艳阳天》，广东人民出版社 2018 年版，第 136 页。

山上的告别》中陈又木在小武书记等人有针对性的工作和持续的努力之下上了特殊学校，后经过特殊教育唤醒并激发了他们自己都未曾意识到的艺术才情。

扶贫先扶志，致富先治心，扶志的过程也是培育新时代乡土精神的过程。思想教育没有定法，因此需要扶贫干部针对具体情况，探寻问题根源，大胆开拓创新。例如同样是治赌，十八洞通过排演话剧教育村民；《山盟》中石承则帮凯子在景区找到一个卖矿泉水的摊位，“不指望他发财，只要他发奋”；《战国红》中李东却兵行奇招“以赌克赌”。灵活多样的思路让扶贫干部形象更为鲜明生动，也为现实中其他扶贫者提供了借鉴。

（二）文化认同和建构

2013 年年末，中央城镇化工作会议上的一句“让城市融入大自然，让居民望得见山、看得见水、记得住乡愁”，让“乡愁”成为人们普遍讨论的话题。《战国红》中“保卫名字”一章，柳城人民因商标意识匮乏让刘秀抢先注册了商标，但柳城双璧同刘秀斗智斗勇不落下风正展现出乡村文化的强大生命力。刘秀在柳城实地考察的时候被柳城的自然风物所打动，柳城香瓜和四色谷的发现让刘秀觉得：“村落就像玉石翡翠老坑，值得善待。”刘秀在柳城感受到了久违的乡情，“家之所在，情之所系”这个在北大和商业世界的摸爬滚打中学会了“适者生存”的商人感慨道：“每次回到那座崭新的城镇，我都有一种茫然不知所归的感觉，老家的路标没了，乡愁无处安放。”[①] 杏儿用自然的诗性和淳朴的人情触碰了他内心的柔软，他答应和村干部再行协商，最终柳城负责生产，秀秀公司负责销售达成双赢局面，暗示了城乡合作才是长久发展之计。

《城市化进程与乡村叙事的文化互动》一书针对城乡文化遭遇的困境，提出了“现代城乡文化共同体”这一概念，即是指“有别于

① 滕贞甫：《战国红》，春风文艺出版社 2019 年版，第 118 页。

传统农业社会以地域和血缘关系为纽带的城乡文化高度同质化的一种新型文化共同体，这是一种具备现代精神，包容多元和差异性，同时又以共同的文化观念、文化记忆、文化符码、文化形象为精神纽带和情感基础的文化共同体”①。

建立“现代城乡文化共同体”需要从三个层面着手。一是在观念上确立现代思维和现代观念。《战国红》中李青、杏儿邀请刘秀来柳城讲课，教授“如何更好适应市场经济环境”相关内容就是城市引领乡村、点亮发展前路的城乡良性互动。二是传统文化不能缺位和断裂。乡村生活的田园风情和诗意可以抚慰、调节紧张的城市生活；乡村中相对淳朴的人际关系也可启发现代社会人与人之间日趋冷漠的交往。三是器物、符码、形象作为物质载体。它们是文化记忆、文化情感和民族审美的凝聚和物质载体，可以为城市保存乡土文化记忆，从而为建构新的城乡文化共同体提供资源。《人间正是艳阳天》中提及的苗绣是湘西苗族最为古老的一种民间风物，色彩艳丽，图案丰富，“世上最美的万物，人间最美的万事，生活最好的景象，就这样被十八洞的苗女们绣成了永恒，人世间最美的景象和祝福，都留在了十八洞的苗绣里”②。在市场化的大潮中，乡村的一些生活理念正是城市的急速发展中所欠缺和失落的，乡村对城市的反向建构有利于后者重新回到良性发展的轨道上。

（三）青年成长与乡土未来

青年人，是新时代真正的新人，是乡土文化未来的继承者、创造者和发扬者。扶贫文学意义尤为深刻的是对青年人的关注，某种意义上，扶贫文学也是青年人的成长小说。这一成长是双向的，既是青年干部在困难中汲取经验，找寻乡村发展之路的成长，也是

---

① 李静：《城市化进程与乡村叙事的文化互动》，中国社会科学出版社 2015 年版，第 75 页。

② 彭学明：《人间正是艳阳天》，广东人民出版社 2018 年版，第 171 页。

年轻一代村民逐渐承担起建设乡村重任的成长。年轻人的成长史同时构成了乡村的成长史和大国扶贫事业的成长史,扶贫文学因此具备了朝向未来的视野。

《海边春秋》中的刘书雷,《天大地大》中的乔燕,《人间正是艳阳天》中的徐克勤、龚海华,《战国红》中的彭非、李东,《山盟》中的石承等年轻干部作为"新鲜血液",横向看和作为新鲜概念的"精准扶贫"巧妙相遇:作品通过"外来视角"到"内部视角"的融合过程一点点揭示了乡村现实和扶贫工作的复杂状况。年轻的身份对乡土的传统构成冲击,不断突破常规,剑走偏锋的思路使小说免于套路,充满活力和激情。纵向看,《山盟》中有一块岩壁:"大岩壁上刻着当年红军留下的标语,共产党是给穷人找饭吃的政党,斗大的红字,阳光下熠熠生辉,经百年来岁月磨砺,历久弥新。"这些作品不约而同少将主人公投身扶贫事业的原因指向了革命历史的初心:"战国红"的象征意味,乔燕母亲和爷爷的扶贫经历等,彰显了革命理想的薪火相传。

《十三五规划纲要(草案)》提出,要培育"新乡贤文化",2018年"中央1号文件"又强调"要培育富有地方特色和时代精神的新乡贤文化,积极引导发挥新乡贤在乡村振兴,特别是乡村治理中的积极作用"。扶贫文学中的新乡贤主要有三类:一类是"浪子回头",如《人间正是艳阳天》中的龙先兰;一类是"标新立异"不被其他村民理解,如《天大地大》中发展生态养殖业的贺波;一类是才能德行较为突出且受到大量村民肯定的如《战国红》中的"柳城双璧"。扶贫工作者格外注意对他们的发掘、引导和培育:龙秀林对龙先兰的帮扶;乔燕对贺波生态养殖业的支持;陈放支持杏儿竞选村支书;刘书雷引导海妹等人随时代主流成长。

乡土的未来终究要依靠生于斯长于斯的人民。较传统乡贤,"新乡贤"摆脱了礼教传统,重才能德行却不封建固执,在和驻村干部的交流碰撞中,由青涩走向成熟。此外,一批女性走向了乡村教化管理的前台，打破了乡贤的性别传统，显现了新时代风貌。青年，将是乡村永续发展的主力军、推动者、建设者和领导者。“把青年的个人价值追求放置于新时代社会共同理想和共同价值中”①，这是扶贫文学传递出的一个文学新取向。

结 语

扶贫文学之所以在当代乡村书写和时代演进中具有不可或缺的地位，正在于它在政治学、社会学诸种视角之外以文学方式记录并彰显了时代精神。扶贫文学是在“人民性”的价值导向下进行的“主题创作”，接续的是自 1949 年以来中国当代文学“表达宏大时代命题”的传统。从非虚构的真挚动人到长篇小说的诗性传统，再到当代史诗的恢弘大气，一众“在地”讲述的作家让乡村得以穿透寓言的迷障和乌托邦式的想象，以真实的面貌浮现在历史台前。这些故事同时也记录着扶贫人的酸甜苦辣，它们不仅仅是一份减贫报告，也是扶贫工作者对自我的重新审视。“扶贫文学”这一称谓最终指向的绝非某种题材小说，它应当是乡土文学新的视角和生机所在。作为大国扶贫的记录，它从平凡琐碎的乡土人情中走出，以作家骨髓里的深情和直面现实的底气向时代传递出了乡土的期待、中国的祝福。

① 陈冬梅：《时代之声与青年成长——评长篇小说〈海边春秋〉》，《中国文艺评论》2019 年第 10 期。

“跳格子的西西弗”

——西西小说的存在哲学意蕴综论

李　钧

（曲阜师范大学文学院）

内容摘要：四卷本《西西研究资料》收录的研究成果多探讨西西的技艺创新及递嬗进阶，远未从整体上揭示西西小说意蕴题旨的一致性与深刻性，因而并未降低西西解读的难度，也未有效揭示西西的文学史价值及其超越文学的形而上意义。本文认为，西西解读的难度首先缘于其作品中多层面的存在哲学意蕴；其次是其转益多师的知识分子写作技艺实验，西西以存在哲学为人生观与文学观，其创作历程是走出唯物论存在哲学、走向有神论存在哲学和人道主义存在哲学的过程；西西的自为存在及其作品的题旨意蕴早已超出了文本价值，使其俨然一位布道的使徒、“跳格子的西西弗”，对个体探讨存在意义具有照亮和启蒙的方法论价值。

关键词：西西　唯物论存在哲学　有神论存在哲学　人道主义存在哲学　“跳格子的西西弗”

西西[①]的《哀悼乳房》1992 年获台湾“《中国时报·开卷》十大好书”和“《联合报·读书人》最佳书奖”；《我城》1999 年入选《亚洲周刊》“20 世纪中文小说一百强”书单，列第 51 位；《飞毡》2005 年获马来西亚“花踪”世界华文文学奖；诗集《不是文字》2018 年获美国“纽曼华语文学奖”诗歌奖，2019 年获瑞典“蝉文学奖”。西西作

① 多种著述误称西西生于 1938 年，实际上西西“1937 年 10 月生于上海浦东”。何福仁：《候鸟：记忆一些西西》，《香港文学》2015 年 8 月总第 368 期；王家琪等主编：《西西研究资料》第一册，中华书局（香港）有限公司 2018 年版，第 268 页。

品不仅受到李欧梵、艾晓明、郑树森、卢玮銮、王德威、凌逾等学人的好评，也得到痖弦、莫言、余华、王安忆等作家的推崇，认为可与张爱玲、白先勇比美[①]；西西评论除了入选各种中国当代文学史著作，中华书局（香港）有限公司还推出了四卷本《西西研究资料》[②]。以上指标显示，西西已是中国当代文学史上的经典作家。

西西作为一位先锋作家，拒绝自我复制与自我阐释："我不理读者，我自己写，你懂就懂，不懂就算了。如果要说什么话，作品里都说了，你去自己看。"[③] 而四卷本《西西研究资料》收录的研究成果，除何福仁长期跟踪西西创作并做出体贴知己的阐述，中山大学艾晓明教授给予西西的评价最高[④]，凌逾专著《跨媒介叙事——论西西小说新生态》[⑤]对西西技艺的研究最为系统。凌逾不仅称西西"是新旧世纪之交中国最有创意的重量级实力派大师"，而且从跨媒介角度将其创作分为三期："第一个时期，二十世纪六七十年代，'西西体'取法于电影和绘画。""第二个时期，八、九十年代，'西西体'得灵感于音乐、体育和性别意识，创造出蝉联曲式体和女性主义文体。""第三个时期，新旧世纪交替，'西西体'得益于手工制作、建筑和哲学，创造出建筑体和编织体。"[⑥] 视角新颖且自圆其说，简约地标画出西西技艺创新的进阶，对于整体把握西西作品的审美创造性具有导引价值。但总体看来，既有研究成果多探讨西西的技艺创新与递嬗，远未从整体上揭示西西小说意蕴题旨的一

① 林以亮：《像西西这样的一位小说家》，《更上一层楼》，九歌出版社 1987 年版，第 145—182 页。痖弦也认为西西"小说的多样性和现代性超过张爱玲"，《痖弦回忆录》，辛上邪整理，江苏人民出版社 2019 年版，第 267 页。

② 王家琪等主编：《西西研究资料》（共四册），中华书局（香港）有限公司 2018 年版。

③ 姜妍：《西西：像她这样的一个女子》，《新出版日报》2011 年 8 月 1 日。

④ 艾晓明 2001 年时认为在世中国作家最有资格得诺贝尔文学奖的是西西。艾晓明：《我喜欢西西》，《南方周末》2001 年 7 月 26 日。

⑤ 凌逾：《跨媒介叙事——论西西小说新生态》，人民出版社 2009 年版。

⑥ 凌逾：《为什么要读西西？——在西西作品展上的演讲》，《城市文艺》（香港）2012 年第 8 期。

致性与深刻性,因而并未降低西西解读的难度,也未能有效揭示西西的文学史价值及其超越文学的形而上意义。本文认为:西西解读的难度首先缘于其作品中多层面的存在哲学[①]意蕴;其次是其转益多师的知识分子写作技艺实验,西西以存在哲学为人生观与文学观,其创作历程是走出唯物论存在哲学、走向有神论存在哲学和人道主义存在哲学的过程;西西的自为存在及其作品的丰厚意蕴早已超出了文本价值,使其俨然一位布道的使徒、"跳格子的西西弗",对个体探讨存在意义具有照亮和启蒙的方法论价值。

一、早期小说中的唯物论存在哲学气质:"为死而存在"与"人间不值得"

西西通晓多国语言[②],阅读过大量西方文学与哲学著作,其早期创作即表现出鲜明的知识分子写作特征;而社会动荡与家世变迁使得西西早早体悟到了人生如寄荒诞无常,推动她趋近存在哲学:1950 年由上海移居香港后,"全家九口就只靠父亲一个人的收入,在内地的积蓄、母亲从内地带来的一些金镯钻戒,很快就变卖殆尽";经济拮据到付不出孩子的学费,"每月一号,班主任按例逐一点名学生收取(学费)。而父亲的公司每月二号发薪,所以要到三号才能缴交,每次走到老师面前,红着脸说三号才能缴交,当然尴尬难堪"。及至 1967 年父亲逝世后,全家一度借住在亲友弃置

① 雅斯贝尔斯主张采用"存在哲学"概念而不宜宣称"存在主义","在 1937 年给让·华尔的一封信中,卡尔·雅斯贝尔斯写道:'存在主义是存在哲学的死亡'"。因为"存在哲学""没有指出任何明确的方向",具有未完成性和不确定性;而一旦命名为"主义"就成了教条和原理,形成了一套严密的术语体系以及确定性。但"存在主义"现在已约定俗成,故二者可通用。但是学者须了解"存在哲学"是一个具有多义性和"后现代主义"精神气质的名词。参看《引言 存在主义不是一种学说》,[法]雅克·科莱特:《存在主义》,李焰明译,商务印书馆 2004 年版,第 1、2 页。

② 《创世纪》显示西西通晓希伯来文、法文、英文等语种;《哀悼乳房》自述到医院体检时带了四本《包法利夫人》,一本法文原版,一本英译本,两个中文译本。

的照相店。后来“西西没有升读大学,因为考虑到昂贵的学费,马上出社会做事,又不知做甚么好,最后选择进入教育学院,一年学习,两年实习,实习时已经有薪水,可以帮补家用”[①]。那时的西西不仅物质生活艰难,而且染患了精神苦闷的时代病,“当时的知识分子追寻颇极端的存在主义。西西说她认识的朋友在海边走着走着,走到海中心去再也没有回来。这件事情使她不断思索,平时看上去好端端的他们为何会结束生命?”[②] 于是西西尝试用小说表达生命感受并以现代主义技艺挑战僵化的文学观念:“(《东城故事》《象是笨蛋》《草图》)三个中篇,都写于台港的‘存在主义时期’。那时候,不少大好青年,面色苍白、双目迷惘、沉默寡言,穿些素黑的衣衫,不是倚壁站立,就是孤独蜷缩隅角,一派生命没有远景的样子。有些朋友聚在一起,谈及人生并无意义;有些朋友真的自杀了。存在主义是什么,我其实半知半解,有一阵竟也随着别人颓丧起来,不过粗读些沙特、加缪[③]的小说,并不了解其积极的另一面,不懂得推大石上山的道理。”[④] 由此可知,西西最初接受的主要是萨特的唯物论存在哲学,尚未在有神论存在哲学中得到心灵抚慰,还未理解加缪的人道主义存在哲学真谛。

存在哲学在1950至1960年代大行其道,除了因为它是探讨个体存在价值的哲学,还缘于两位主将加缪与萨特先后获得诺贝尔文学奖,亦得力于另一核心成员波伏娃犀利的女性主义思想。人类在现代化过程中摆脱了经院哲学和宗教神学,但无法回答“人生的意义”“人为何而存在”等元命题;康德、黑格尔学说与马克思主义仍然是整体论哲学,无法解决“个体存在及其意义”问题。于

---

① 何福仁:《候鸟:记忆一些西西》,《香港文学》2015年8月总第368期;《西西研究资料》第一册,中华书局(香港)有限公司2018年版,第292、289、300页。

② 何翘楚:《专访西西:我只是想带新造的猿猴出来》,《上海壹周》2011年8月1日;《西西研究资料》第四册,中华书局(香港)有限公司2018年版,第139页。

③ 港台地区多有将萨特、加缪译为“沙特、加缪”者。

④ 西西:《象是笨蛋》,洪范书店有限公司1991年版,“后记”第243—244页。

是存在哲学应运而生。萨特认为，个体在"被抛入"的生命过程中，在自由的眩晕、无限否定的荒谬和"时间性与有限性"中体验"为死而存在"的绝望、恐惧、厌恶和虚无，陷于"人间不值得"的意义荒原，唯有通过选择与行动自主赋予人生以意义，从而由"自在"到"自为"。加缪则认为个体在面对荒谬时主要有三种反应：一是看不到生活意义和生存理由而自杀。这往往是萨特式唯物论存在哲学的最后结局。二是在生活之外（如宗教、神灵、来世或真理）寻求意义。这是大多数哲学家的态度，但因无法解答个体存在本体论问题而最终显露其荒谬性。这是有神论存在哲学的难题。三是在生活之中创造意义，如西西弗那样"认识到世界的荒谬性，面对着生活的有限性和无目的性而又藐视荒谬，以积极的、创造性的态度对待生活，从中创造价值"，或如唐璜、艺术家和征服者那样承认"目的是没有的，过程就是一切"，明知利己主义与利他主义的终极结果并无差别，仍然选择利他主义以创造意义，冒着死亡危险争取生存价值，因之成为"不信上帝的圣徒"①。这是加缪以《西西弗神话》、《反抗者》等建构的人道主义存在哲学，是他对存在哲学做出的杰出贡献。

西西1966年2月创作的"脚本影像体小说"②《东城故事》③讲述马利亚自为存在的人生故事，表现出鲜明的唯物论存在哲学气

---

① 赵敦华：《现代西方哲学新编》，北京大学出版社2001年版，第138页。

② 凌逾：《向现代电影越界的新小说——以西西〈东城故事〉的文体创意为例》，《华南师范大学学报（社会科学版）》2006年第3期。

③ "这是西西第一本书……此书是蔡浩泉所编《星期小说文库》之一，是一九六〇年代文学水平甚高的'四毫子小说'，书中有'蔡头'以笔名R.S.的插画九幅，相当漂亮。《东城故事》是四万字的中篇，书分八章，都用第一人称'我'写成。不过，此'我'有时是马利亚，有时是东尼，有时是阿伦，有时是马克，有时是作者西西，甚至有时是狗儿贝贝。不同的'我'，用了不同的视角看事件，表达不同的意识与心境，构成了复杂的层面，展示了同一件事的多方看法。最特别的是每到某一阶段，西西即插入了电影术语：转位、淡出、推镜头、溶、背景音乐……很明显，写作时她已有了作为电影剧本的打算。一九六〇年代，把电影溶入小说的写法是种创新手法。"许定铭：《西西第一本书》，《大公报》2011年9月25日。

质。马利亚出身豪门，生活优渥，曾为达成母亲心愿而读名校、弹钢琴、开豪车、作名媛，但她深受加缪和卡夫卡影响，不愿为金钱、虚荣、爱情和亲情所累，向往无忧无虑、自由简单的生活；母亲去世后，马利亚没有跟随大哥去巴黎，而是带着小狗贝贝和一点积蓄离家出走，住进海滩上的一间车房，简衣素食，睡卧草席。周围人起初对她还算友好，但三年之后，村妇将无所事事、随处游荡的马利亚视为疯子，孩子们也开始向她投掷石块，让她感受到“他人即地狱”。少年东尼、阿伦、马克追求马利亚，马克更因为求之不得而走向自残，这让马利亚觉得人与人之间存在着一堵墙，因而更加忧郁。她将小狗贝贝送给海边钓鱼的姑娘西西，然后蹈海自杀，被救起之后患上失忆症，被大哥带回别墅，恢复了原来的奢侈生活。小说通过 1960 年代青年口中泛滥的加缪和卡夫卡名言，质疑爱情、婚姻、工作、事业等主流价值，也对城市化进程和人性异化发出了虚无疑问。

《象是笨蛋》(1969)的主人公阿象刚刚 21 岁，喜欢贝克特的荒诞剧、卡尔维诺的小说、莫迪里阿尼的绘画，早早悟透了人生与世界的悖论：“生命并没有意义。但我们活着，不得不为自己杜撰一些理由”，“我觉得生命既不可爱，也不见得不可爱，一朵花，就算只开一个短短的早晨，也没有什么不好”，遂决定平凡度日，不对生命做宏大规划，“学习不要难过，你看一棵树就从来不哭”。阿象的人生观与父母影响不无关系，他的双亲是萨特与波伏娃式的伴侣：“他们其实并没有结婚。他们说，现在哪里还有人结婚的，他们说，我们相爱，就在一起，爱。我们不再相爱，就快快乐乐地，分开。他们真的那样做。我的母亲后来到了什么地方去我并不知道。”①阿象的父亲是个周游世界的船员，所以阿象幼时就被送入全托幼儿园，上小学以后住寄宿学校，成年后就住在父亲留给他的一套房

① 西西:《象是笨蛋》，洪范书店有限公司 1991 年版，第 112、113、81、93 页。

子，他与女友黄蝴蝶的爱情也像他父母亲那样淡然。阿象不喜欢汽车和工业而喜欢自然与生灵，就在“防止虐畜会”收容流浪动物。流浪动物若无人认养即被“人道毁灭”，阿象觉得它们可怜就带回家来，7条狗、17只猫以及鹦鹉等鸟类让他的家仿佛一座微型动物园……这样的阿象也许是常人眼中的笨蛋，但他认真活在当下，实为“荒诞的英雄”：“荒谬的人实际上就是绝不拔一毛以利永恒的人，虽则他并不否认永恒的存在。他对回忆并不陌生。但他更喜欢自己的勇气和推论。前者教他义无反顾地生活并且满足于他现在所拥有的东西；后者则教他知道他的界限。他知道自己的反抗没有未来，知道自己的意识是要消亡的，他带着这样的意识在生命的时间长河中进行冒险行动。这是他的领地所在，是他的不受任何自己判断之外的判断影响的行动所在。”① 这样的阿象绝不相信那些为了未来而牺牲今日乃至生命的华丽谎言。

一个开红色马莎拉蒂的女孩想请阿象对她实施“人道毁灭”，因为她有太多解不开的问题，比如：既然“世界荒谬”，那么“人活着干什么”，“你靠什么支持自己活下去呢”，“生命并没有意义，我为什么要到世界上来呢”，此类问题让她不快乐。阿象劝她：“多看看这个世界。而且，何必那么急呢，时间多着哪。”“为什么要快呢。再快的汽车也比不上时间。而且，快并不等于快乐。”希望让她转变观念，爱上这个世界。然而那个女孩颇为执拗，恳求阿象助她开煤气自杀。阿象就满足了女孩的愿望并因之被捕。由于阿象的做法不合常理，医生也证明他精神正常，所以他被判刑坐牢。但阿象心地单纯，即使入监也无忧无虑，因为“我觉得我做了一件很有意义的事，因为我帮助了一个人，我们不是常常说，助人为快乐之本吗？我的确帮助了一个人。”② 女友黄蝴蝶理解阿象，等他出狱。

① ［法］加缪：《西西弗神话》，杜小真译，商务印书馆2018年版，第65页。
② 西西：《象是笨蛋》，洪范书店有限公司1991年版，第116、117、140页。

由此可知阿象并非笨蛋，反而比那个女孩通透，因为正如加缪所说："自杀，就是承认，就是承认被生活超越或是承认并不理解生活。……自杀只不过是承认生活着并不'值得'。"她不懂得"最纯真的欢乐就是在这个大地上感受"并"追求自我穷尽"，何况尼采也认为："天上地下最重要的就是长久地**忍受**，并且是在同一个方向：长此以往，这个大地上某些值得经历的东西就会出现，比如道德、艺术、音乐、舞蹈、理性、精神，等等，这是某些进行改变的东西，某些精妙的、疯狂的或是富有神灵的东西。"[①] 而阿象拥有尼采式的"积极的虚无主义"。

宏观来看，西西最初就把写作码定为"问题小说"，要以其追问个体存在价值。就此而言，尽管西西对《像我这样的一个女子》(1982)的叙事技艺不甚满意[②]，但这绝对是一篇观念先锋思想深邃的佳作。西西曾述及此作的缘起："那时，我父亲过世了(1967年)。替他化妆的人是我们家远房亲戚。她是一个很有名的入殓师，不收徒弟，只收自己的亲人，她要选那些甚么都不怕的女孩子。我觉得这个人很奇怪，就写了这个小说。"[③] 这就是说，西西用了15年时间酝酿《像我这样的一个女子》。这篇小说表面上在问"像我这样的一个女子是否应该恋爱?"实际在问"世上有否超越生死的爱情?"聂华苓认为，《像我这样的一个女子》的主旨"是爱情和死亡：人生两个很大的主题。写与生俱来的对死亡的恐惧，甚至爱情也不能克服。爱情与死亡之对照，阴阳两面对照，写得非常激烈。

---

① [法]加缪：《西西弗神话》，杜小真译，商务印书馆2018年版，第9、60、67、60—61页。

② 西西说，如果对自己满意的作品抚右耳，不喜欢的抚左耳，不好不坏的抚鼻子，那么"过往写的，大都是左耳之作，现在看来包括《像我这样的一个女子》、《感冒》、《哨鹿》……(抚右耳的有)《苹果》、《假日》、《春望》、《我城》、《胡子有脸》、《镇咒》。"何福仁：《脸儿怎么说——和西西谈〈图特碑记〉及其他》，载西西《胡子有脸》，广西师范大学出版社2016年版，第292页。

③ 邢人俨：《西西 浮城说梦》，《南方人物周刊》2012年第21期(2012年6月29日)；《西西研究资料》第四册，中华书局(香港)有限公司2018年版，第167页。

对人性、对心理的刻画，内心的独白，容易写得枯燥。她不，小说里充满反讽，增加了戏剧性，增加了浓度和强烈感”①。在那时的西西心中，人与人之间无法真正沟通，爱情小说多是骗人的，即使世上存在爱情也非常短暂，“真的得到爱情，可能很恐怖，或者遇到死亡就会放弃”，因而人不应当为爱而疯狂，“我和一个妹妹都没有结婚”。② 由此可知，《像我这样的一个女子》不是“为赋新辞强说愁”之作，适可证明西西对于存在哲学的信奉是言行一致的。

存在主义文学反英雄、反线性时间、反工业文明，通过书写主观意志和深层心理来表现异化人性；在艺术形式上则拒斥传统、标新立异，以期达到“以自我摧残对抗荒谬、以文学艺术救赎虚妄”的目标；但不可否认的是，存在主义文学很容易让人滑向尼采批评的“消极的虚无主义”。尤其是唯物论存在哲学，一方面使人谛视人性深渊，洞彻人生的荒诞与无意义，从而对个体存在的认识达到了前所未有的深刻度，意识到“世界上最强有力的人就是那最孤立的人”；但另一方面，凝视深渊既久，人性也会被吸入黑洞，因而唯物论存在哲学容易使人成为原子式的孤立无援的人。当此之际，多数人难以通过自主选择和“绝望的反抗”而成为自为的存在个体，于是有些人经由对唯物论的否定之否定而走向有神论存在哲学。

二、有神论存在哲学的精神抚慰：倾听“冥河流水沉默的声音”及“爱与慈悲”的拯救

萨特说：“上帝不存在是一件很尴尬的事。因为随着上帝的消失，一切能在理性天堂内找到价值的可能性都消失了……因此人

---

① 引自潘亚暾：《很“现代”有深度的西西》，《香港作家剪影》，海峡文艺出版社 1989 年版，第 144 页。

② 邢人俨：《西西 浮城说梦》，《南方人物周刊》2012 年第 21 期（2012 年 6 月 29 日）；《西西研究资料》第四册，中华书局（香港）有限公司 2018 年版，第 167、168 页。

就变得孤苦伶仃了,因为他不论在自己的内心里或者在自身以外,都找不到可以依赖的东西。他会随时发现他是找不到借口的。”“存在主义的核心思想是什么呢?是自由承担责任的绝对性质,通过自由承担责任。”[①] 那么面对萨特称为“苦恼”(anguish)的惶惑感、无依靠感和巨大的责任感,现代人如何找到活着的勇气与存在的意义呢?毫无疑问,从重建个人信仰的角度去追寻宗教或“文化宗教精神”[②]即为一种选择,人们因之走向了有神论存在哲学。

宗教信仰在西西生命中从未消失。西西母亲1930年代初就读于教会学校玛利诺修院学校,甚至一度立志做修女[③],这给西西留下深刻印象;西西自传体小说《候鸟》中写道,她初中时的笔友小薇突然离家做了修女;以母亲为原型的《白发阿娥及其他》中,照料阿娥的护士崇信基督教,阿娥最终也受洗入教;《照相馆》《解体》等小说通过书写老年人的疾病、寂寞、疼痛和临终生活,思考有关人生、世界和宗教问题,在平静的语调中潜藏着对时代的宽容、与人生的和解;《创世纪》《失乐园》等作品则直接取材自新旧约全书,可谓重述神话的佳作。

在《照相馆》(2000)中,阿娥一直居无定所,及至老迈仍然连首付款都拿不出,自然无法购置自己的住房;由于所租楼房面临清拆,阿娥一家只好再度搬迁,临时借住在大儿子朋友(去加拿大探亲)的廉租屋兼照相馆里;几年之后,长子结婚迁出,大女教书,小儿子上学,她平时一人清洁店铺,寂寞之时便检视橱窗里的老照片,联想、回忆起自己的婚姻、育儿、生活片段,不禁产生浮生若梦、人生如寄之感,这种脆弱的时候往往是人们最容易皈依宗教之时。

---

① [法]萨特:《存在主义是一种人道主义》,周煦良译,上海译文出版社1988年版,第12、23页。

② 孔范今主编:《二十世纪中国文学史》,山东文艺出版社1997年版,第857页。

③ 何福仁:《候鸟:记忆一些西西》,《香港文学》第368期(2015年8月);《西西研究资料》第一册,中华书局(香港)有限公司2018年版,第294页。

小说最后写道，儿子的朋友决定移民加拿大，将返港退还廉租屋，阿娥一家又要搬家了……对于如阿娥这样的底层平民来说，香港真是一块无依之地，但人们不得不面对世如轮转的生活并接受宿命：“没有任何一种命运是对人的惩罚，只要竭尽全力去穷尽它就应该是幸福的。”[①] 既然一切都是上天最好的安排，那么最大的心灵救赎即是安之若命。

稍做知人论世的研究即可发现《解体》(2000)主人公“画家”的原型是西西好友蔡浩泉，也就能明白此作何以如此充满深情。《解体》如同临终告解，通过画家回光返照之际的“第七感”叙事回望一生，深感艺术创造、爱与慈悲赋予人生以温暖和意义。小说第一部分由“本体”介绍“我”因长期酗酒而身患胆管癌，病变已扩散到肝肺脏器，肉体疼痛“真如掉进了人间炼狱”。第二部分由“能体”述说癌细胞知识、“我”的职业：“我”前半生为报纸插图、给影院画海报，但自从有了电脑，“我”的工作渐被取代，竟致失业；“我”结过两次婚，有两个儿子，但最后执手送别的是另一位红颜知己。第三部分是“感应”说：“我”感应到前来探望的友人的各种“波段”，高兴地与他们“干杯”并乐观探讨人生问题，“我们到底到世界上来为了甚么？比起蚂蚁和蜜蜂，我们的生命岂不是有趣得多？我们有达文西那样的画、莫扎特那样的音乐、阿尔罕布拉那样的建筑，这些美好的事物都是对无奈的人生补偿，何况我们还有爱与慈悲”。小说倒数第二段，“我”的话语断断续续，如同人在最后时刻之意识涣散；倒数第一段无标点，标识出“我”已听到“冥河流水沉默的声音”、“黑洞吸纳旋转的回声”。《解体》总体上以宗教精神给人安慰，主人公因为懂得“我从大自然来，我仍回大自然去”[②]而无所畏

① 杜小真：《含着微笑的悲歌》，[法]加缪《西西弗神话》，杜小真译，商务印书馆 2018 年版，第 vi 页。

② 西西：《解体》，《白发阿娥及其他》，洪范书店有限公司 2006 年版，第 116、129、118 页。

惧，何况有“爱与慈悲”作为终极依靠，让人得到宽慰与救赎。

西西创作过一组“重述神话”的宗教题材作品。她在翻看了希伯来文、法文、英文乃至粤语普及版本的圣经之后创作了《创世纪》(2001)，重述上帝创世七日说：起初，“神是无始无终，自有永有的。除了神是本有外，创造天地时，宇宙中亦有若干物质，即深渊和水。(有水，不就有了氢和氧?)此外，另有黑暗，这些不是神创造的，而是本有的”。神之所以创世，是为游戏。第一日，要有光(光源，而非光体)。第二日，开天，分水，上造穹苍，诸天又分七层或八层，然后分出上水、下水、空气——“后来耶和华惩罚世人，就打开天窗，让天上的水下降四十昼夜，淹没大地，只有挪亚和他的方舟乘客得以幸存。”第三日，辟地，诸山升上，诸谷沉下，分出海陆边界，同时命地“发生”青草、菜蔬、树木等植物。第四日，造日、月“二光体”。第五日，造大鱼、飞鸟。第六日造野兽、牲畜和爬虫，并依自己的样貌造“独人”以管理牲畜。小说最后点题：“神是艺术家，而且创造起来，式样不同，多才多艺……神创造人时，不但赋予人以神的形象和样式，还注入了神的创造精神。”[①] 可知《创世纪》绝非宣传虚妄迷信，反而是有神论存在哲学的最佳宣言，它假借“返魅”寓言告诉人们：如果在游戏中创造天地万物是神的确证，那么创造、游戏与艺术就是人的存在意义。

《失乐园》(2001)重述亚当夏娃的神话，对哲学、科学与智慧三者关系做了形上寓言。上帝在巴比伦创建伊甸园，造“独人”管理诸物，见他孤单，便取其肋骨造女人与之为伴。上帝禁止“独人”和女人触碰生命树和知识树上的果子，因为前者会让人不死不朽，后者则令人区分善恶。已吃过生命树和知识树果子的四脚蛇拉哈百见人徒有神的形貌而没有智慧，就心生怜悯，诱导女人吃了知识树

① 西西：《创世纪》，《白发阿娥及其他》，洪范书店有限公司2006年版，第144、152、159页。

上的果子，女人有了智慧并“知道独占知识就是恶，分享才是善”，于是劝男人品尝知识树上的果子。上帝发现之后，将他们逐出乐园并惩罚拉哈百终生用肚皮走路、失去语言、被人打头。小说最后写道：“在集体无意识中，女人向蛇致敬：学习蛇的妩媚，模仿蛇的款摆、蛇的游走，并且常常披上蛇衣。蛇没有忏悔，它认为自己没有做错。它引导人类对一切好奇，对一切怀疑，对一切求证。怀疑，是哲学的精神；求证，是科学的精神。怀疑加上求证，就是智慧(nokma)的开端。”① 好一个“蛇没有忏悔，它认为自己没有做错”，但假如一边是智慧与清醒的痛苦而另一边是乐园与混沌的幸福，让人重新选择的话，人会做何决定？这真是拷问人类的永恒元命题。

有神论存在哲学很容易转化为悲悯同情。这也是《哀悼乳房》(1992)成为布道书的缘由。西西1989年确诊乳腺癌并接受手术，在经过三年艰难康复后竟然创作了《哀悼乳房》，此书的大陆版简介称：“一个并不比任何人勇敢的女子，乳癌下重建信心，好好活下来。这是一部以文学手法缜密撰写的关于乳癌，以及医疗自救的奇书。叙事者以病人的身份，打破禁忌，剖析自己染患乳癌的现实，描写治疗的过程，病后的种种反省，朋友的关怀支援。身罩癌症魔魅，人生体会如真似幻，面对它，化解它，更舍不得离开这个世界。其中感叹，这许多年来人类的进展神速，我们如今的生命力，却明显相对地在萎缩呢。所谓‘哀悼’，其实含有往者不谏，来者可追，而期望重生的意思。”这部依然具有浓郁的知识分子写作意味的小说呈现出卡尔维诺式的求知欲——“现代小说是一种百科全书，一种求知方法，尤其是世界上各种事体、人物和事物之间的一种关系网。”② 但更引人瞩目的则是作品传达出的悲悯情怀：疾

① 西西：《失乐园》，《白发阿姨及其他》，洪范书店有限公司2006年版，第166、167页。
② 王家琪等主编：《西西研究资料》第三册，中华书局(香港)有限公司2018年版，第331页。

病、灾难与死亡皆是生命组成部分，即使这苦难如同凌迟一般，人也要坦然接受；要懂得道成肉身，“过去的道德规范教诲我们：肉体是不道德的、羞耻的，重视肉体就等于精神堕落，结果矫枉过正，大多数人连自己的肉体也羞于面对；看其他人的肉体呢，就带上了有色眼镜”。这导致“中国人从来就是一个讳疾忌医的民族，总把疾病，尤其是这种病，隐瞒起来，当成一种禁忌，到头来，有病的不单是肉体，还是灵魂”①。没有人愿意身受疾病，但是当其降临也不要自怨自艾，因为“世间仍不乏温爱，来自各种救赎的圣杯，比如画、书，比如朋友”；而对“绝症”和灾难，应如加里亚尼长老对埃比娜夫人所说的那样：“重要的并不是治愈，而是与疾病一起生活。”或如加缪所言：“关键是要坚持。……他要知道在毫无希望的条件下生活是否可能。”② 因而可说，《哀悼乳房》传达出一种猝然临之而不惊、向死而生的平和心态，早已超越了女性主义思想和文学审美本身，正如有学者所说，西西“正用自己的身子布道”，她使“受难曲变成福音书”。③

有神论存在哲学给西西以精神慰藉和创作灵感，使她在很大程度上摆脱了虚无与荒诞大如毒蛇的纠缠，甚至开启了“后启蒙”或“后宗教”精神旅程。但西西明白，这种“在生活之外寻求意义”的方式尽管给人抚慰，但并非个体存在意义的本体自足确证，仍然无法走向生命之真；若想真正破除乃至超越荒谬，还须有赖“穷尽现在”的人道主义存在哲学。其实，当《哀悼乳房》说出“生命是值得赞美的；活着，就有了可能”④时，西西已经趋近了加缪的人道主义存在哲学。

---

① 西西：《哀悼乳房》，广西师范大学出版社2010年版，第136页、“序”第3页。

② [法]加缪：《西西弗神话》，杜小真译，商务印书馆2018年版，第50—51页。

③ 庄裕安：《受难曲变成福音书——西西的〈哀悼乳房〉》，《西西研究资料》第三册，中华书局(香港)有限公司2018年版，第157页。

④ 西西：《哀悼乳房》，广西师范大学出版社2010年版，封底。

三、人道主义存在哲学的生活准则：“穷尽现在”并“义无反顾地生活”

如果说萨特区分了唯物论存在哲学与有神论存在哲学，那么加缪创立了人道主义存在哲学：“加缪决不同意把希望寄托于将来，不希求什么永恒与舒适，不惧怕飞跃产生的危险。穷尽现在——不欲其所无，穷尽其所有，重要的不是生活得最好，而是生活得最多，这就是荒谬的人的生活准则。完全没有必要消除荒谬，关键是要活着，是要带着这种破裂去生活。人有精神，但还有至关重要的身体，精神依靠身体去穷尽现在的一切。正如法国人格主义代表人物莫尼埃拉说，还没有人曾像加缪那样歌颂身体的伟大：身体，爱抚，创造，行动，人类的高贵于是在这毫无意义的世界里重新获得其地位。”“加缪不相信来世……没有什么明天，没有什么来世，要义无反顾地生活。这就是人的深刻自由的理由，这点是和萨特的自由观不同的。”① 加缪人道主义存在哲学的核心观念和生活准则使日常生活、利他主义、游戏与艺术创造具有了形而上意义。而中年以后的西西显然更加认同人道主义存在哲学。

1970 年代中后期，香港经济进入飞速发展的黄金时代，社会也步入激烈内卷的异化时代，教育行业亦变得急功近利。西西自陈：“教书的工作是很辛苦，成绩好的是 A 班，第八班就是 H 班，如果教 A 班当然好，我教的是三年级 H 班。H 班成绩不好，顽皮，根本不听你说，教了等于不教，越教越闷。我觉得不应该教书了，又管不好，很失败。”1979 年香港教育界大裁员，刚过不惑之年的西西觉得与其恶性竞争不如主动“退休”，一来靠每月 1300 元退休金

① 杜小真：《含着微笑的悲歌》，［法］加缪《西西弗神话》，杜小真译，商务印书馆 2018 年版，第 vi、vii 页。

可以简单过活，二来有时间照顾生病的母亲，三来能够自由创作。但“我没想过通货膨胀，1000块钱很快变得很少，一直教书的同事薪水是一万多、两万多，我还是1300块，根本不够开销，很惨哪”[①]。于是她有时担任代课教师，但代课时间若超过一年，那一年就要停发退休金。她也曾与朋友创办《素叶》杂志和出版机构，但因为非营利而倒闭……现实如此窘迫，让人如何安抚灵魂以度此残酷人生？西西走向了“游戏”：“游戏是人的基本性情。有哲学家说，人有创造的能力和需要，人也有游戏的能力和需要。动物只知游戏，人的很多活动也都是游戏，就看你玩得积极还是消极，玩得积极可以创造出很多东西。游戏的最高境界是严肃。”[②] 正如加缪认为“唐璜的笑，他桀骜不驯的言行，他的游戏态度以及对戏剧的酷爱，这些都是明亮和快乐的事情”[③]。就此而言，《我城》《浮城志异》《飞毡》既是西西技艺创新的游戏之作，也是她表达人道主义存在哲学的哲思小说。

《我城》(1974)摆脱了故事主导模式，强调“诗”“思”与问题导向，通过一个爱提问题的、“胡子有脸”[④]式的少年阿果，探讨如何通过“选择”和“自为”达至诗意栖居的人生。阿果向母亲秀秀、姨妈悠悠、姑姑、看门人阿北等长者学习，与阿发、麦快乐、阿游、阿傻等同代人交往，并以散点透视的方式将“我城”的变化呈现给读者，予人平安喜乐、四季花开的心灵抚慰。阿果操持的顽童语体是“一种顺其自然的语调，一种相信凡事否极泰来的语调，一种几乎是信

---

① 邢人俨：《西西 浮城说梦》，《南方人物周刊》2012年第21期(2012年6月29日)；《西西研究资料》第四册，中华书局(香港)有限公司2018年版，第166、167页。

② 张薇：《西西：游戏者》，《明报周刊》第2131期(2009年9月12日)；《西西研究资料》第四册，中华书局(香港)有限公司2018年版，第120页。

③ [法]加缪：《西西弗神话》，杜小真译，商务印书馆2018年版，第68页。

④ 《胡子有脸》是意大利作家、安徒生文学奖得主贾尼·罗大里《电话里讲的童话》中的一篇，塑造了一个总是提出别人无法回答的问题的孩子。西西借“胡子有脸”阐释了“头生子”与“腹生子”的不同：大多数人是腹生子，唯智慧女神雅典娜由天神宙斯颅中出生，故而是“头生子”，其天职即提问。

天由命却又不乏好奇的语调"[①];即使父亲去世也只有"母亲的眼睛已经红得像番茄,且肿成南瓜模样",阿果与阿发并未痛不欲生——但这并非无情,而是懂得尘归尘土归土。姨妈悠悠恬淡自然,了无机心,常带阿发逛书店、古董店、鲜花店和玩具店,捕捉日常的诗情画意,以一颗感恩的心领受命运的赐赠;她专注于现时的快乐,从不为明天担忧,因为"明天是沉重的负荷"。在看门人阿北看来,职业无分贵贱,做门与做皇帝无异,好坏只看其是否利他是否造福于人,"好皇帝与坏皇帝结果不外都死了,可是,好皇帝使无数人过愉快的生活,坏皇帝却使千千万万的人痛苦"[②]。而母亲记得战争、流亡、饥荒以及香港的苦难历史,希望年轻一代加倍呵护这座安定和平的城市。在长辈影响下,阿果与朋友皆厚德惜福,假日出游时在庙里求了一签——"天佑我城"。可以说,从《我城》开始,"西西从六十年代的'存在主义'的沉重转向一个'比较快乐、活泼'来看'存在'的创作路向,而'童话写实主义'显然赋予这种转变一个极有利的形式"[③]。西西从此专注于日常叙事与生活美学,专注于描写平凡知足、"反英雄"的小人物,作品内含"一个有机的整体,一个基本的态度、立场,即普通人、小百姓的角度,贯穿各篇之间……而不是才子佳人,达官显贵——如果有达官显贵,那也只是对比"[④],这标志着西西不仅完成了从唯物论存在哲学到有神论存在哲学、人道主义存在哲学的心灵摆渡,也形塑了独立乐观的香港精神,让读者明了"香港小说不应只有《穷巷》的悲苦、《酒徒》的空虚,还应该有《我城》的乐观、积极。更何况,《我城》并不是肤浅地

---

① 黄子平:《"百科"香港 "童话"香港》,《西西研究资料》第三册,中华书局(香港)有限公司2018年版,第266页。

② 西西:《我城》,洪范书店有限公司1999年版,第4、192、89页。

③ 黄子平:《聆听话题的声音——读西西、何福仁的对话集》,《西西研究资料》第三册,中华书局(香港)有限公司2018年版,第247页。

④ 何福仁、关梦南:《文学沙龙——看西西的小说》,《西西研究资料》第三册,中华书局(香港)有限公司2018年版,第234—235页。

去粉饰、赞美这块乐土,‘我们的城’是个‘又美丽又丑陋的城’”[①]——“《我城》并不是浮浅地去粉饰、赞美这块乐土”这一点特别值得重视,因为西西绝不幼稚盲目,故而对那些将《我城》称为“童趣之作”的误读甚为不满:一方面,“用孩子的声音去写小说,只因为他们是社会中的弱势群体”,另一方面,“这么多年来,从不曾有人问起过,小说较前的段落有一群人示威的场面,他们到底在争取什么?阿发的老师两夫妇后来怎么样?最后他们在草地上,有泡沫飘扬是什么意思?根本就没有留意过。……其实那些人是在争取合法自杀的权利,正如后来人们说的‘安乐死’,但我写的这些人是要自己选给自己进行安乐死。阿发的老师是知识分子,他们的思想很受存在主义影响,认为这世界上有太多人了,地球的资源不敷应用,生命没有意义,一心想要结束自己的生命。小说结尾草地上的肥皂泡,其实是安乐死的手术,那群人采用化学手段自行了断”[②]。由此可知,尽管存在哲学在1970年代的港台地区不再盛行,但西西并未放弃存在哲学,她只是换了一个方向,走向了更加清醒也更具理智的人道主义存在哲学。

西西称“游戏的最高境界是严肃”,而读者只须将《我城》与《肥土镇灰阑记》对读就不难发现西西“童话现实主义”的微言大义:她让一个六百年前的旧剧重演,只不过剧情由“两个母亲,一个孩子”变成了“两个国家,一个受害人”;叙事焦点不再是包拯与两个母亲,而是那个孩童,由他倒叙案情始末,“各位观众,请你们倾听,我有话说。六百年了,难道你们还不让我长大吗?”他要选择的权利,他要自己决定前途,而不想再让两个“母亲”拉扯争夺,也不再相信包待制的机智判断。这个巨大的隐喻令人猛省:谁说童话无关宏

① 蔡益怀:《想像香港的方法》,中国社会科学出版社2005年版,第256页。

② 何翘楚:《专访西西:我只是想带新造的猿猴出来》,《上海壹周》2011年8月1日;《西西研究资料》第四册,中华书局(香港)有限公司2018年版,第139、138页。

旨？谁说童话不能创造“以事喻情”“以理御情”的“童话现实主义”？谁说《我城》不像《动物庄园》、《一九八四》那样令人浮想联翩?！由此更确证西西所言：“在认真的游戏里，在真实与虚构之间，我认为讲故事的人，自有一种人世的庄严。”①

郑重其事的游戏，就是对荒谬的反抗。加缪1951年在《反抗者》中提出了著名的“反抗理论”并将反抗分为“形而上的反抗”和“历史上的反抗”两种：所谓“形而上的反抗”是普罗米修斯或西西弗式的个体反抗，反抗的不是具体的剥削和压迫，而是反抗命运、反抗异化世界、反抗违反人的价值尊严的生存处境。所谓“历史上的反抗”则是群体性的暴力革命如斯巴达克思起义、法国大革命和法西斯主义，它们皆以自由之名施行暴力革命，最终走向专制恐怖、践踏人性和尊严。加缪因而认为“形而上的反抗”高于“历史上的反抗”。西西《浮城志异》(1986)以图文并茂的拼贴方式宣扬无头骑士式的勇气和意志：“即使是一座浮城，人们在这里，凭着意志和信心，努力建设适合居住的家园。于是，短短数十年，经过人们开拓发展，辛勤奋斗，浮城终于变成一座生机勃勃、欣欣向荣的富庶城市。……浮城的存在，实在是一项奇迹。”西西一方面为“浮城”以意志和信心“立根”的崛起奇迹而骄傲，另一方面则表达了对恶性内卷竞争的担忧，警惕异化人生和物累黑洞，提醒人们勿忘人的尊严与幸福，表达了沉郁的人道主义存在哲学精神：“浮城的居民，大多数是戴帽男子——小资产阶级的象征。他们渴求安定繁荣的社会、温暖宁静的家园，于是他们每天营营役役，把自己操劳到如同蚂蚁、蜜蜂的程度，工作的确可以使人忘记许多忧伤。浮城居民辛劳的成果，是建设了丰衣饱食、富足繁华的现代化社会，但这社会不免充满巨大的物质诱惑，导致人们更加拼命工作，陷入物

① 王家琪等主编：《西西研究资料》第三册，中华书局(香港)有限公司2018年版，第332页。

累深邃的黑洞。”①

西西还以游戏之作举重若轻地表达对于历史的省察。《飞毡》(1996)以隐喻手法讲述香港百年历史，挖掘出被忽视的知识、风物和史实，具有知识考古和新历史主义意味：肥土镇在巨龙国版图中小得像一块蹭鞋毡，居民曾焦虑不安，到处寻找能够带他们腾飞的“魔毡”，但最终发现魔毡就在肥土镇。艾晓明独具慧眼，认为《飞毡》虚构香港百年史，融合知识小品、童话寓言、风俗史、地方志和杂录等，洋溢着轻盈的哲学，是一部趣味社会学小说，也是一部“童话小说”②。梁文道则高度评价《飞毡》“如何轻盈地处理历史”的艺术：“所谓‘童话’，它最深刻的智慧不是单纯的幼稚式的天真，而是一种已经超越了世故的、已经知道了人世间种种的矛盾、种种的问题、种种最细致的心理计较，但是超出这一层之后，有了超乎其上的一种平视，一种达观来看待这世界，然后，游戏其间，是这样的一种态度。那是一种非常超越的智慧，非常豁达的一种心胸。”③此言可谓智者深论。而更值得注意的是《飞毡》的新历史主义思想及其背后的人道主义存在哲学观念：“布罗代尔分历史为地理、社会、个别三种时间，政治即为个别时间，政治事件如革命、条约等等，不过是‘闪光的尘埃’，看似炫目，却转瞬即逝，对整个历史的发展，影响甚微。朝代的兴衰变化，一般百姓还不是如常生活？元曲云：‘兴，百姓苦；亡，百姓苦。’布氏提出历史的主人，与其说是王侯将相，一如传统之见，不如说是平民。”④ 读者也可由西西《我城》、《镇咒》、《飞毡》、《美丽大厦》、《浮城志异》、《肥土镇灰阑记》系列作

① 西西：《浮城志异》，《手卷》，广西师范大学出版社 2016 年版，第 9—11、20—22 页。

② 艾晓明：《香港作家西西的童话小说》，《文学评论》1997 年第 3 期。

③ 王家琪等主编：《西西研究资料》第四册，中华书局（香港）有限公司 2018 年版，第 58、63 页。

④ 何福仁：《小百姓的故事——读〈飞毡〉》，《西西研究资料》第三册，中华书局（香港）有限公司 2018 年版，第 257—258 页。

品发现，“肥土镇”对于西西就像马尔克斯的“马孔多”、福克纳的“约克纳帕塔法”一样，这“邮票大的故乡”已成为作家的精神家园、灵旗血地和不断增殖的母题；借由“肥土镇”到“飞毡”系列，西西不仅完成了童话现实主义的游艺之旅，而且写出了新一代香港人对自我身份的确证、精神的成长与自立。

西西以小说为香港寻根，也以自叙传为自己寻根。回忆体小说《候鸟》(1981)是西西所有作品中最优美最深情的佳作，原计划六十万字，但1981年在《快报》连载到30万字时由于种种原因而停载；台湾洪范书店出版时精减至18万字，西西的成长事迹、全家人的生聚迁徙也只记录到1960年代初。但《候鸟》的诗化格调与回忆体式让人联想起《呼兰河传》、《城南旧事》、《正红旗下》，读者也可借由此作发现西西趋近存在哲学的内在原因——那么多偶然，那么多苦难，惘惘地被抛入动荡不安的大时代，一切都身不由己，以致她在少年时代即感叹人生悲苦而快乐易逝。

《候鸟》“后记”颇有深意地提到香港官方历史开的一个玩笑：1989年《香港年鉴》称她为“台湾的西西……”[①]既然官方历史能开小人物的玩笑，平民百姓为何不能与主流历史做个游戏?！于是新历史主义出现了。西西《哨鹿》(1980)戏问：假如历史存在另外一种选择(或平行空间)会发生什么？“《哨鹿》虽是长篇小说，其实是看图讲故事，是看了郎世宁等人的木兰图而想象的故事。”[②]《哨鹿》以乾隆皇帝兴师动众赴承德避暑山庄、入木兰围场习武绥远为中心线索，用鲜明的对比手法写出了朝廷的奢侈无度和平民的穷困潦倒；最终“箭无虚发的乾隆这回却因换了闪光的扳指耀眼，第二箭才中鹿，他不免心头遗憾，却不知他已经造成了更大的憾事：第一箭实际上是杀了哨鹿人，第二箭中的才是鹿。而这一憾事又

---

① 西西：《候鸟》，洪范书店有限公司1991年版，“后记”第294页。

② 西西：《哨鹿》，洪范书店有限公司1999年版，序言。

隐藏了另一更大的憾事,哨鹿人以毒针射进中箭倒地的鹿身,以便乾隆获鹿后饮血时中毒身亡的计谋也因此告吹了”[①]。《哨鹿》固然是新历史小说,又何尝不是人道主义存在哲学叙事:人被偶然抛入时间长河,但可以通过选择由自在达至自为;自为不一定有意义也不一定成功,但只要去努力争取,小人物也有改变历史的可能。《钦天监》(2021)书写明末清初传教士来华后引起的天文学与中国古代观星术之间的碰撞冲突,追问:为什么康乾盛世仍然固守“家天下”而没有世界观念?为什么清初“明君”焚毁郑和出洋的全部资料且全面施行海禁?为何有清一代科技文化进入停滞状态?为何西方世界却在那时开启了真正的现代化进程?可以说《钦天监》如同黄仁宇《万历十五年》一般小题大做,发出了大哉究问。

最后要述及的是,西西除了小说,其“行为艺术”与散文创作给人的启示意义同样大于文本价值,具有人道主义存在哲学的形而上意义。比如西西乳癌手术后右臂失去功能,曾用两种游戏进行康复训练:一种游戏是手工缝制熊与猿猴布偶,并因之创作了《缝熊志》、《猿猴志》[②]:《缝熊志》中的“熊”衣以中国古代冠服,皆是有典故的列朝人物或文学作品中的“故事熊”;《猿猴志》则按猿猴种属进行缝制,具有生态意识和科普价值。第二种游戏是拼制玩具木屋并因之创作了《我的乔治亚》[③],揭橥乔治亚三世统治的英国成为“日不落帝国”的秘密。存在哲学先驱尼采认为,反抗虚无的最佳方式是游戏与艺术,因为“艺术起源于人类想要掩盖人生苦难的需要。……有两种逃脱现实的方法:做梦和陶醉。……艺术而非道德是人的形而上学活动,世界的存在只能作为一种审美现象

① 柳苏:《像西西这样的香港女作家》,《读书》1988年第8期。

② 西西:《缝熊志》,江苏文艺出版社2011年版;《猿猴志》,广西师范大学出版社2012年版。

③ 西西:《我的乔治亚》,译林出版社2020年版。

才能被合理化”[1]。《缝熊志》、《猿猴志》、《我的乔治亚》这三部跨文体作品将游戏与艺术结合起来，图文并茂，知识考古，有智有趣，玩物养志，悯而不伤，既是知识分子写作典范，也让人想起中国远古的“击壤歌”，更体现出人道主义存在哲学“苦中作乐”的品质。另外，西西在“写作(《钦天监》)其间，她忽然觉得左眼视野模糊，原来患上黄斑裂孔。手术后调理，必须大半天垂头俯伏，辛苦了四五个月，既不能读，也不能写。但她又战胜了，重新执笔。去年(2019)年底终于把小说《钦天监》写完。”[2] 因而可以说，与乳腺癌共处、与疾病抗争的西西，堪称加缪赞美的与命运开玩笑的“荒诞的英雄”、决绝的“形而上的反抗”者。

西西早年曾这样介绍笔名的由来：“‘西’就是一个穿着裙子的女孩玩一格跳到另一格的游戏。我读书时常在校园里玩跳飞机造房子游戏。后来当了教师，也常和我的学生一起在校园玩跳飞机造房子，于是我就叫西西。”[3] 并且否认自己的笔名与“西西弗”有关联，以免被解读为加缪的拥趸。但综观西西生平与创作，她已俨然存在哲学的布道者，一位西西弗式的使徒，只不过她没有“推石上山的西西弗”式的沉重，而选择做一个“跳格子的西西弗”。加缪说：“应该认为，西西弗是幸福的。”[4] 那么也应该认为，西西的读者是幸福的，因为西西的自为存在及其作品的丰厚题旨对于个体探讨存在意义具有照亮和启蒙的方法论价值，每个读者都能借此悟得“我该如何存在”的答案！

---

① ［英］安东尼·肯尼：《牛津西方哲学史·四·现代世界中的哲学》，梁展译，吉林出版集团2016年版，第294、296页。

② 孙凌宇：《西西“我城”的启示》，《南方人物周刊》2020年12月27日。

③ 潘亚暾：《很“现代”有深度的西西》，《香港作家剪影》，海峡文艺出版社1989年版，第145页。

④ ［法］加缪：《西西弗神话》，杜小真译，商务印书馆2018年版，第123页。

论小说《活着的士兵》南京大屠杀书写的三重维度①

张谦芬

（南京晓庄学院文学院）

内容摘要：日本作家石川达三战时小说《活着的士兵》在一定程度上揭露了南京大屠杀的历史真相，在反击日本右翼势力对南京大屠杀的否定中是重要的史料。然而，南京大屠杀的文学书写也在参与着历史记忆的建构。对于《活着的士兵》应回到文学话语中进行剖析，从文本字面上的辨析进到思想表达的里层，综合文学作品在表现历史真实的限度、价值立场的深度和情感取向的温度三方面，对其国族立场与人类意识的矛盾做出深入的解析，以评价其在反法西斯文学中的价值。

关键词：《活着的士兵》　南京大屠杀　文学书写

为了反击日本右翼势力对南京大屠杀的否定，关于南京大屠杀的早期记录成为重要的证据。在历史学研究中已整理出丰富的战时档案资料，1937 年 12 月 13 日南京沦陷后，与日本侵略者烧杀抢掠暴行几乎同步的是对暴行的记录。其中包括中国人自己的亲历记录、中外新闻媒体的报道、西方驻宁侨民的公文、日记，还有身处南京的日本人的记录。而来自侵略方日本自己的文献则更具有说服力，其中日本作家石川达三的《活着的士兵》（亦译作《未死的兵》）作为纪实小说对侵略战争的记录尤受重视。小说在关于南

① 本文系江苏省社科项目“多维时空下的南京大屠杀文学书写研究”（项目编号：19ZWA002）的阶段性成果，受江苏省“333”工程（项目编号：BRA2019018）、南京大屠杀史与国际和平研究院（批准号：19YJY021）资助。

京大屠杀的举证和叙述中，以其重要的史料价值不断地被提及。

然而，石川达三作为日本"笔部队"作家的身份，以及后续《武汉作战》、《敌国之妻》等创作、《时光流逝》的自辩，显然让人对其"反法西斯作家"的身份存疑。一些评论者也对《活着的士兵》提出异评，[①]对石川达三的"真话与谎话""无论在中国还是日本，对石川达三及其作品的评价一直比较混乱"。[②] 小说《活着的士兵》具有怎样的反战价值，尚存在争议。目前，关于南京大屠杀的历史存在已不容置疑，众多无可辩驳的资料已远远超过《活着的士兵》的记载。关于南京大屠杀的记忆建构是影响中日交流、世界和平的重要内容。因此，对于小说《活着的士兵》应回到文学的话语中进行剖析，从对苦难创伤的辩白深入对战争本身的文学表达。对于中日战争，文学书写的价值不仅体现在文句的字面史料意义上，而且通过叙事立场、情感态度可以透露关于战争、关于中日民族的更多信息，这对我们记忆创伤、反思历史具有更大的意义。考量书写重大历史事件的文学作品时，须从文本字面的辨析进到思想表达的里层，综合文学作品在表现历史真实的限度、价值立场的深度和情感态度的温度三方面，做出深入的解析。

一、历史真实的限度

石川达三的小说《活着的士兵》对南京大屠杀的书写基于作者战时目之所及、足之所踏的实地访谈考察。作者 1937 年 12 月以日本《中央公论》特派记者的身份，于 1938 年 1 月从日本经上海到达沦陷初期的南京，亲眼看见、亲身感受了暴行肆虐后的南京

---

① 吕元明：《异评〈活着的士兵〉》，《日本文学论释——兼及中日比较文学》，东北师范大学出版社 1992 年版，第 273 页。

② 王向远：《"笔部队"和侵华战争：对日本侵华文学的研究与批判》，昆仑出版社 2015 年版，第 171 页。

情形。

石川达三的日本记者身份使他有可能突破一定的限度,以更全面的视角来观察日本士兵的真实心理和南京沦陷的现实状况。侵略者来临前中国大部分知识分子撤离至后方,而留在战区的人们,包括中国受害者和第三国旁观者,由于战争中的严控,不具有侵占者日本人的行动自由。多种史料都表明,受害者和第三方人士在战争中的活动范围被严格限制了,因此很难具有全面反映战时南京的可能性。无论是《陷京三月》(蒋公榖)、《程瑞芳日记》还是《魏特琳日记》《拉贝日记》,对战争的记录都有一定的视野局限。不仅中国幸存者在战争中忙于逃生,只能躲藏于安全区等某一角隅,而且留居南京的二十多名西方人士行动也被限制。蒋公榖日记中记录 1938 年 1 月 10 日去国际救济委员会访德侨史排林(爱德华·施佩林)的情景。史说:"敌在京率兽食人的行为,不欲消息外传,故封锁南京,比铁桶还要厉害,我们外侨的东西给他们抢光,行动也受限制,同你们差不多,亦等于俘虏。"[①] "所有欧洲人都被禁止离开城里,要有一名日本宪兵的陪同才准许在城里走动。"[②]除幸存者的日记口述、第三方的记录,关于南京沦陷、南京大屠杀,中国方面存在着记忆危机。面对日本右翼势力的否认,日本方面的记录成为重要的证据。小说《活着的士兵》又因受到日本禁止,成为中国方面颇为看重的文学证言。

确实,由于石川达三自然主义的书写也一定程度地展示了日军在中国烧杀抢掠的真相,小说写到日军抢占民房、强征各种物资、"征用生肉"(找花姑娘)、掠夺财产、焚烧房屋、大肆枪杀无辜民众等等。如写日军离开无锡时,纵火焚烧借宿后的民房,"彻底把这城市烧毁,就算牢牢靠靠地占领了这一城市","从这条街到那条

---

① 蒋公榖:《陷京三月记》,南京出版社 2017 年版,第 25 页。

② 张生编《退休中校布林克曼致斯特拉赫维茨的信函》,《南京大屠杀史料集》(第 6 册),江苏人民出版社、凤凰出版社 2005 年版,第 444 页。

街，到处都在燃烧”，写出了侵略者的心理。如小说写到日军滥杀无辜“随着部队逼近南京，百姓中的抗日思想更明显。因此，士兵们加深了对老百姓的怀疑”，“事实上，许多中国人因为极其微小的嫌疑，或者根本没搞清楚是什么原因就杀害了。在战斗人员与非战斗人员难以区别的情况下，这种惨事多得不可胜数”。小说写到日军任意杀死俘虏，说追击战中处理俘虏是件棘手的事，“最简单的办法是把他们杀掉”，小说写到随处可见的中国人的尸体。由于作品对战争一定程度的真实纪录，1938 年 3 月在日本发表不久即被禁止，8 月石川达三被起诉，后被追究刑事责任。石川达三成为日本侵华过程中推行国策文学第一起“笔祸事件”的主角。也因被日本当局所禁，小说在中国得到较广泛的译介。1938 年国内即出版了夏衍、白木、张十方的三种中译本，并受到欧阳山、冯雪峰、林焕平等隆重推介。常任侠在 1938 年 10 月 4 日的日记中谈到阅读这篇小说：“读天虚君著《两个俘虏》，甚佳，写战地情形与石川达三著《未死的兵》正可作一对照。彼野蛮而我文明。文学中非人性的与人性的著作，正显现旧社会之必崩溃，新社会之必成功也。”[①]从日本到中国传输之及时可见一斑。林焕平的《1938 年的日本文学界》一文，在批评日本战争文学作家的整体堕落后，进一步赞同了欧阳山对小说的评价，称“这是一部卓越的作品”[②]。在战争真相湮没或歪曲的时候，石川达三的小说是对南京大屠杀重要的史料支持。小说中对侵略战争的进程、战况以及日本士兵的心理描写都较为真实，与《东史郎日记》等资料相互印证，成为日军南京大屠杀暴行的一个佐证。

而且，石川达三战争书写从普通士兵出发，从战争对人性的扭曲控诉战争的罪恶，确实“是一个比较忠于现实的较进步的作

① 常任侠：《战云纪事》，海天出版社 1999 年版，第 141 页。

② 林焕平：《论一九三八年的日本文学界》，《文艺阵地》第二卷第十二期。

家"[①],具有一定的人道主义关怀。《活着的士兵》从一个个真实的人写起。正如东史郎所说:"虽然是日本军人,但并非个个都是军神,同样是人,是存在着正直与邪恶、美丽与丑陋的矛盾的人。"[②]《活着的士兵》以一个军队基层单位为对象,写出了几个血肉鲜活的日本士兵的形象。小说写到笠原伍长是农民家的老二,"安于现状,从不动摇","对他来讲,杀人是家常便饭",战争让他更加凶残;仓田少尉"出征前他在故乡的小镇上当小学教师",他把手下的士兵亲切地看作自己的学生,他有着每天记日记的习惯,常常感叹"那时的和平生活多么令人向往啊";近藤一等兵"毕业于医科大学",他希望以医学研究珍惜生命,第一次"亲手杀掉一个活生生的女人"让他发狂;随军和尚片山玄澄在和平时候相信宗教是超越国界的,但到战场上左手"挂着佛珠","右手握着工兵用的铁锹"砍人不眨眼;平尾一等兵"原来在一个城市的报社当校对",高大的身材下是罗曼蒂克纤细的情感,粗野的战场让他崩溃。正如作者所说:"我在去南京战场时,就已下决心尽可能地避开与军官和部队首脑的会面。按我之前的计划,我住到下士官与士兵当中,与他们朝夕相处。倾听他们之间的闲谈和信口说出的话,详细了解他们的日常生活。军官向外界总是说谎话,言不由衷,装饰门楣、我想看到战争的真实面目,便深入士兵当中去。"[③] 作家凭着直觉写到普通士兵在战争中的处境和心绪,以形象的语言传达了爱好和平的情愫。

小说写普通人,写下层兵士,还写了战争对人、人性的改变,写在战争中正常人变得焦躁,无知者更加凶残。作品以一些细部真实的描写表达了厌战的情绪,给人留下深刻的印象。因此

---

① 林焕平:《论一九三八年的日本文学界》,《文艺阵地》第二卷第十二期。

② [日]东史郎:《序》,《东史郎日记》,江苏教育出版社1999年版,第3页。

③ [日]石川达三:《译者序》,《活着的士兵》,中国广播电视出版社2008年版,第5页。

有一些评论者盛赞石川达三的这篇小说，称其“是日本‘战争文学’中罕见的，甚至可以说是绝无仅有的具有高度真实性的作品”[①]，进而称赞“石川达三先生不但是一位优秀的作家，而且还是一名勇敢的反法西斯斗士”，认为他的创作是“以笔代刀”的“伸张正义”。[②] 事实上，石川达三对历史真实的揭示是有一定的限度的。

如果不拘泥于一鳞一爪战争记录的论证，放眼整篇小说来看，小说《活着的士兵》在叙事上呈现明显前重后轻的断裂：侵占南京前，小说写得有层次、有重心，主要写士兵们危险的境地，写他们焦躁的情绪以及心态的变化；而写到日军占领南京后就思路散乱、吞吞吐吐。有研究者以“正面回避，前后互文”为石川达三辩护为什么“对于日军在南京陷落后的屠杀、纵火、强奸等暴行”“未明显叙写”。[③] 不同于此的解释是，作者是写日军士兵为出发点，写他们在中国攻城略地的艰难和取得胜利的喜悦。所以整个小说以占领南京为界，前半部分写行军打仗的困苦和士兵们的焦躁思乡，后半部分除了期盼归国的微弱情绪外，就是掠夺者的日常了。小说写“向南京进军！向南京进军！”“攻克首都，战争就结束了，凯旋回国指日可待了”，“感伤的情绪消失得无影无踪”。如果以侵占南京后的骄横作为对照，小说对占领南京前日军士兵境况的同情，实际上体现了作者狭隘的民族情感和对侵略行为的完全认同。石川达三人道主义的体恤和关怀都是针对日本士兵的，是感叹他们在外打仗之不易，并非“神兵”。正如作家说小说的本意是要破除日本国内当时的宣传，“什么日本的战争是圣战啦，日本的军队是神兵啦，

① 王向远：《中国题材日本文学史》，上海古籍出版社2007年版，第151页。

② 钟庆安、欧希林：《译者的话》，收入石川达三《活着的士兵》，昆仑出版社1987年版，第5页。

③ 胡春毅：《历史语境下的细部——〈活着的士兵〉的互文式书写》，《名作欣赏》2020年第9期。

占领区是一片和平景象啦。但是,战争绝不是请客吃饭,而是痛烈的、悲惨的、无法无天的"[1]。

攻陷南京后,"活着的士兵"在南京的活动石川达三有过详细的观察。在《日本记者镜头中的侵华战争》一著中选录了石川达三当时拍摄的一些照片,有"战火后成为一片废墟"的南京,有"日本竹下部队在南京城下枪杀战俘"的情形,有砍杀中国人的场景,有中国战俘反捆双手的尸堆,有填满尸体的防洪沟,等等,还有石川达三在南京市区为一群烧杀抢掠的日本军人拍照的照片。[2] 但是,石川达三并没有写这些。小说没有把笔触放在灾后南京,这不是作家的重点;小说概括地写到"岸上的建筑物已被烧毁殆尽","难民区的生活中国人生活物资极为缺乏"等。小说不再富有情节性的叙事,主要写士兵们在酒馆、慰安所里的放荡,并作了嫁接写到上海的情形。后半部分笔墨较多的慰安所,小说还特别强调是刚运来的日本女人。最令人费解的是关于近藤找"艺妓"而伤人受处分的情节。整个叙述诡异而卡顿,叙述中特别说明服务者为日本女人,既想解释滥杀非战斗人员的畸形心理,又充满对女性的情色意味。除了表现近藤在战争后遗症的焦躁中走火击伤"艺妓",似没有更新的内容,多见的不是对南京的书写,作者喋喋不休的仍是日本式的颓废情绪。这种轻忽的情绪宣泄是典型的一种"日本式情绪",放弃思想,诉诸情绪,流于无理想、无解决的自然主义书写。

倒是小说结尾写近藤受罚,队伍开拔时落单,本想趁机离开军队回研究所重拾医学,但近藤被释后急忙追赶部队。"他只想和部队一起前进","离开了部队,什么力量,什么价值也不存在",眼前"太阳旗在晨风中飘扬",于是赶上部队"奔向新的战场"。作家从

① 转引自王向远:《"笔部队"和侵华战争:对日本侵华文学的研究与批判》,昆仑出版社 2015 年版,第 175 页。

② 胡汉辉:《日本记者镜头中的侵华战争》,厦门大学出版社 2017 年版。

对本民族士兵的关注，写他们在战争上遭遇的困难和困惑，客观上也涉及了对中国受害的记录，但不能错误地认为石川达三具有反对日本侵略战争的思想。小说结尾对于近藤的描写，也是石川达三的自况，虽有一些小知识分子的良知，但他的出发点根本没有跳出日本本位的立场，更没有真正的反战。小说叙事内容上的前后不协调反映作家对历史真实的限定视角，而在表达日本士兵的情绪上是前后一致的。

二、价值立场的深度

关于主观上是否反战，石川达三的表述很清楚：没有。小说《活着的士兵》发表被禁，出乎石川达三的意料；在接受审查时，他曾明确表述了他的创作目的："问：你的创作意图真的是像刚才所陈述的那样吗？答：确实如此，我的创作意图主要是想让一般大众认识到真实的战争，进而重建国民与军队之间的信赖关系。/问：被告你其实是宣扬反战思想吧。答：我绝对没有过那样的想法。/"[①]作家后来的《武汉作战》、《风中芦苇》、《时日流逝》等作品，显示审讯中的回答并非胁迫之语。

石川达三的人道主义立场与他的民族情感相连，他集中关注的是日本士兵。与面目模糊的中国人物形象相比，小说中日本士兵有名有姓者十多人，面目清晰、性格各异。小说细致描摹了人物情绪、心理变化的历程。如仓田少尉作为小知识分子所具有的焦躁不安，在艰苦的行军打仗中常感叹"人的生命竟然这样脆弱，不费吹灰之力便可把它消灭"，"感到自己迷了路，思想极为混乱"，出现"总算活下来了"的想法，以至"觉得还不如早一点死去算了"。

① 转引自［日］尾西康充《日本战时出版审查与战地文学中的南京大屠杀》，《日本侵华史研究》2016年第1卷。

作者带着同情写日军在中国所感受到的异乡陌生感，写“天气寒冷、阴雨绵绵”的“忧郁和痛苦”，写占领南京前的焦躁和思乡。这些对侵略者的体恤之笔呈上了同为日本人的同理心，丝毫没有认识到战争的非正义性和侵略性。

石川达三揭露战争异化人性的过程中，也没有把批判的笔指向军国主义的侵略，而是在细部真实的具体情境中显示人性畸变的无可奈何。作家在解释《活着的士兵》这个题目的含义时说是指，“与死神擦肩而过，幸存下来的士兵，这是其一；其二是指更具人性的真实的士兵”[①]。准确地说，作家是想要展示战争给日兵带来的焦灼、痛苦和变异，而并不反思日兵所参与的战争的性质。小说写仓田因为亲眼看见北岛大尉的死，破除了本能的恐惧，精神上接受了无道德感的残虐，转而和残暴的笠原为伍；小说写平尾一等兵亲眼看见福山为借火点烟丢了性命，深受触动，敏感的神经错乱，转而变成“一种破罐子破摔的斗争心”痛苦的裂变，粗暴地杀死了哭悼亡母的姑娘。文中此时的写景“天空一片白烟，几乎把所有的星星都遮住了”，很有象征意味。在一定情境的渲染下小说把士兵的变坏全部归因为环境，他写道：“在战场上，所有的战斗员不知不觉都变成同样的性格，想的都是同样的事，提出同样的要求。”“平尾一等兵和近藤一等兵如果在战场上呆长了，他们的性格同样会变成笠原那样。”这往前一步似与反战思想相通了，但石川达三作为战时日本“最有良知”的作家就此止步。

因为没有对侵略的反省，作者常常把日兵的暴行放在艰苦的战斗之后。如小说中写到士兵们目睹团部旗手阵亡，经过疲惫不堪的战斗后占领无锡，“他们个个像帝王一样，像暴君一样，趾高气扬，为所欲为”，“没有战死的士兵最需要女人了。他们大摇大摆地

① 转引自[日]尾西康充《日本战时出版审查与战地文学中的南京大屠杀》，《日本侵华史研究》2016年第1卷。

在街上转悠，到处寻找女人。这种脱离常轨的行为在华北前线是被严格禁止的，可是到了这儿，已很难束缚他们的行动了”。这里显然是把士兵们的残暴行为与战争的压抑作为前后因果，是很大程度的自我解脱。小说轻佻地写“士兵们个个左手小指上带着银戒指回来了”，都是“死去老婆的纪念品”。作者叙述的重心是在叹息战争对“未死的士兵”的异化，而事实上对中国女性的侮辱、虐杀、抢劫都轻轻带过了。

若是普通的心理分析小说，石川达三写出了环境对人性的改变作用。但是，小说写侵略者在战争中同伴受伤转而人性扭曲，这样写日军士兵的兽性大发，有为之寻找借口之嫌。将一切的罪恶推给战争的环境，让侵略者也给人以可理解之感，石川达三不写日本当局“神化”的士兵，实为真实的士兵而辩解。作品中多次写到日军人员遭到袭击，于是理所当然反击更严酷的报复。写中国人的暗杀带给日军的愤怒：“既然这么坏，杀了也不可惜。所有的中国人都该杀，对他们客气，我们就得倒霉！”对于这种非理性、失去人性的暴行，作家只是轻描淡写地感叹战争“具有一种不可思议的力量”①。这一段不同译者的翻译大体意思相同，还有一个译本表述为“战场，似乎是一个具有强大魔力的磁场”②。作者指出战场环境的蛊惑力，减轻了对侵略者恶行的谴责，写战争环境下生死不保的恐惧，转移了问题的实质。

小说还站在本民族立场上高度赞扬侵略者的攻城悲壮忠勇，写日军旗手中弹后还说“太抱歉”，肚子打穿了还要求继续参战；随军和尚特别敢于杀人，不但不以为罪过，反而觉得痛快，向中国人“一个一个地劈去，手脖子上的佛珠震得‘格朗格朗’响”。这里显示出对于血腥暴力未能掩饰的宣扬，是军国主义渗透在日本文化

① ［日］石川达三：《活着的士兵——南京大屠杀 1938》，金中译，文化艺术出版社 1994 年版，第 32 页。文中引用原文未加注释的都出自这一版本。

② ［日］石川达三：《活着的士兵》，唐卉译，中国广播电视出版社 2008 年版，第 40 页。

中习焉不察的毒素。作品写到攻打紫金山时，日军从上到下团结作战、武攻智取，字里行间充满对侵略战争的赞誉。文中先写面对未卜的南京之战，日军将阵亡者的骨灰挂在战友的胸前，仿佛“已经阵亡的士兵和活着的士兵共同携手，一步步向南京逼近”，这渲染了某种悲壮的意味。小说写进攻南京城时，极赞从团长到士兵有勇有谋，腹部受伤的士兵恳求留下再战，最后用火攻找到生路，对前文中凶残的笠原、军僧都赞扬了他们冷静、骁勇、善战和强大的战斗力(破坏力)。小说前部分有恶行的人物在进攻南京的过程中成了正面形象。南京城门被打开后，“坦克开进城，无数敌军的尸体被压得稀巴烂”。言辞之间掩抑不住侵略者野心实现后的傲慢，这里对战争非但没有揭露，还有着一种嗜血的暴虐。这是身为日本人的石川达三当时所不能也不愿警觉的。日本《每日新闻》特派员铃木二郎在战后回忆与忏悔时说道：“不能不承认，每当看见眼前大批倒下的日军战死者，便会腾起一种一心想对敌报复的复仇心，就会闪出嗜虐心理。”[①] 也许正是从这个意义上，鹿地亘说：“《未死的士兵》不能说是一部非常优秀的小说”，“不能不说这是一部问题的作品”，问题在于，从小说中“看到的只是不能解脱的兽类的凶眼罢了”。[②]

小说中不仅有一些为侵略行径的辩护，而且对侵略战争明言进行维护。小说中明确表示：“战争，从国家的角度来说，没有任何批判的余地。可是战争却给他带来难以忍受的痛苦。”又借西泽团长“作为这场大屠杀的指挥者”谈宗教与战争，写他虽有道德上的苦闷，“希望有一种宗教存在，这宗教具有超越国家的力量”，但坚持“战争是国家的事，不能追求个人精神上的满足”。小说还用温情的语句多处显示士兵们对于长官的遵从、讨好、服从，临死的士

---

① [日]小俣行男：《日本随军记者见闻录》，周晓萌译，世界知识出版社 1985 年版，第 58 页。

② [日]鹿地亘：《序》，石川达三，《未死的兵》，夏衍译，南方出版社 1938 年版，第 3 页。

兵还高喊“天皇陛下万岁”。在日军看来，不是要不要打仗，不是区分正义战争和非正义战争，而是说，“打了败仗，真够惨的，……不能随随便便发动战争，一旦开战，就得打胜仗”。小说中甚至说道：“南京市损失的财富恐怕有几十亿吧！幸亏这场战争在中国打。”

石川达三并非反战的立场在小说中不仅通过议论直接表达出来，也体现在小说的暧昧修辞之中。《活着的士兵》中有多处中性的写景。如小说开头即写道：中国农民烧了被日军霸占的家宅后，被伍长粗暴地砍死，倒毙在堤岸上的野菊花上，滚下河沟，“满是泥垢的脚心朝向天空”。这里作者加了一段写景：“暮色中，村子里到处飘扬着太阳旗。浓烟滚滚，熊熊的火焰映红了天空。快开晚饭了。”战争和日常，残暴和宁静，极具冲突地撞击在一起。石川达三用文学的语言表达出战争中的怪异和对人间烟火的向往，其中的清逸、暧昧、抽象化，是日本人石川达喜欢的审美。作家缺乏对于本国国民性的自省，对于日本士兵的盲从没有警惕，对效忠天皇的武士道精神没有批评，更没有对军国主义侵略思想的反思，因此也就难以真正抵达反法西斯战争的深度。日本文学在战后很长一段时间里以战争为主题或背景，而内容尤以反对战败和书写日本人自己的创伤为主，石川达三也是这样的。这是张纯如研究南京大屠杀想要追寻的问题，也是我们今天重新考察《活着的士兵》的意义。

三、情感取向的温度

在中国评论界，对石川达三和火野苇平有着迥然不同的评价，似一个是人道主义的反战作家，一个是侵略战争的吹鼓手。其实，从日本本位书写战争的立场上他们是一致的，不管是主动迎合还是被动接受，在军国主义侵略思想的钳制下，他们都没有对战争的批判思考。明治维新以来，日本军国主义不断向外扩张。翻看《南京大屠杀史料集》外国媒体报道的目录就可以感受到，英美媒体报道的题目中屡屡出现的词汇是“轰炸”、“进攻”、“抗议”、“逃难”、“围困”、“屠戮”、“掠夺”、“恐怖”等，而日本媒体报道的题目中常出现的是“高歌”、“喜庆”、“笑迎”、“祝捷”、“沸腾”、“沉醉”。[①] 记者报道中渲染的气氛基本反映了日本上下对侵略战争的非正义性毫无认识。日本新闻界为了“讨好时局”甚至与军界赛跑，在侵华宣传上一度出现“新闻快速主义”，“好像在赌场上掷骰子”一样抢新闻。[②] 它们既缺乏对于战争的认识，也缺乏对霸权主义的反思，因而很难表达出超越国界的人道主义，也很难表达出对“人”、对“中国人”的真正尊重。

自甲午战争、日俄战争以来，许多日本文化人到中国来考察，形成了蔚为壮观的纪行文学。侵华战争全面爆发后至南京陷落，日本也专门派出不少记者、作家来写作日本本国需要的战况报道。这些记录不同程度地留有明治维新之后日本对中国轻慢的态度。其情感态度有相近之处。“他们都对中国的历史文化表示了浓厚兴趣和很高评价，却对现实的中国感到失望，对现实的中国人表示不屑与蔑视。”[③] 这种傲慢与偏见中的冷漠也不同程度地表现在石川达三的南京书写中。

小说《活着的士兵》表达出对中国过去文明的欣赏。作品写近藤和平尾闯入一所大公馆，两个日本侵略者惊叹于中国庭院的“古色古香”、“雕刻精细”，写到其中的“紫檀木”、“暖炉”，还有“腊梅”、“孟宗竹枝”、“淡墨的山水画”等。这些几乎是按照中国传统文化的基本想象进行的配置。作品重点写到了“日晷”，但写“磁针已完

---

① 张生编：《南京大屠杀史料集》(第 6 册)目录，江苏人民出版社、凤凰出版社 2005 年版。

② 《向南京进军！进军!!》，张生编《南京大屠杀史料集》(第 6 册)，江苏人民出版社、凤凰出版社 2005 年版，第 257 页。

③ 王向远：《中国题材日本文学史》，上海古籍出版社 2007 年版，第 82 页。

全生了锈，颤颤抖抖地指着南北”。在日本人眼中，“具有悠久历史的支那！它向往古代的文化，在古代的文化中呼吸”，认为中国人的生活从古以来毫无变化。一个“太可怕”的感叹表现了中国文化不可思议的荒诞感，这看似肯定之中透着居高临下的否定，是典型的殖民心态在文化上的体现。小说写中国居民“臂膀上缠着太阳旗的臂章，见到士兵们强作笑容地行举手礼，看样子怪可怜的。他们从祖辈以来就生活在战祸之中，对占领军不得不采取顺从的态度”，言下之意中国人从黄帝、周武王开始朝代更迭不断，老百姓我行我素对此并无抵触，以此似推演出日本侵占中国也是一种朝代更迭，实在是侵略者的无耻逻辑。

相对于对中国传统文化的含糊态度，小说对中国现代的状况充满不屑，甚至蔑视鄙夷。小说中对中国现代政治及领导人极尽讽刺，嘲笑蒋介石领导无方、“一筹莫展”，说“蒋介石的所谓‘新生活运动’，绝不可能改变人民的生活方式”；小说把唐生智最后的撤退写成“把机关枪架在卡车上，突破城门，向下关逃去”，既不符合历史事实，也在南京军事首领的狼狈逃窜中将侵略者的昭著野心合理化了。

有研究者看到日本作者赞叹中国的传统文化，就将这种褒扬视作友好。其实，日本作者的民族优越感不仅表现在对中国今不如昔的感叹，还表现在对中国民族劣等化的描写中。小说《活着的士兵》中绝少篇幅让中国人开口说话，中国人是殖民统治中沉默的羔羊。在鄙视的目光下，小说中的中国人一律又脏又蠢。小说开头写道一个农民放火焚烧了被日军团部侵占的自己的房子。这个农民该是带着满腔的愤怒，宁愿烧掉也不给日军驻扎。但小说写他呆若木鸡，“面孔呆板，木然”地“像一株枯树”；小说写中国“居民们穿着鼓鼓囊囊的黑色棉衣，像群乌鸦”，写中国的碉堡“像一丢柴禾在河岸边”，毫无战斗力；写找女人说“他们迈开大步在街中走来走去，像猎犬追兔子那样到处寻女人”；写从挹江门逃散的中国败兵“黑压压的”，约5万人在长江上被日军四面合围轻易歼灭。事实上，日军在攻打南京前后都是遭到顽强的反击的，中国人的又脏又蠢并非实际。有随军记者回忆日军在南京的疯狂大屠杀，称“那简直不能想像是打了胜仗的部队所为”。他随之解释道：“事实上，上海之战以来，从大场镇攻克战到南京攻克战的所有战斗，都受到了中国军队极其勇猛果敢的抵抗。‘那是什么中国军队。’我们曾经如此地蔑视他们。后来才知道真不该那样想。他们其实是极其凶猛的敌人。这变成了一种恐惧，这种恐惧支配着全军。于是，‘我们胜利了’——这样被释放出来了的紧张感，不需要再介意羞耻和舆论，变成一种残忍的杀戮行为而表现出来。”① 石川达三在对日本士兵有充分的体认，但只是按照自己错误的概念来写中国人。

小说不仅不做正面描写、随处以物化比喻写中国人的木讷蠢笨，而且对中国的死难者也是木然地景观化处理。《活着的士兵》中有一段写日本兵被中国碉堡中的士兵袭击丧命，笠原伍长对此“惊得目瞪口呆，心底燃起了不可名状的怒火”，“大声吆喝”“握着军刀”随口骂着“畜生”，指挥用发烟筒投入中国碉堡。“穿着青灰色制服的中国正规军士兵从烟雾中抱头窜出来。”日军机关枪“哒哒哒”，“震的大地打颤”，笠原“一匹”“两匹”“三匹”地数着中国士兵的尸体。字里行间日军恣肆杀人、高视阔步的傲慢展露无遗。在日方优越的民族心理下，《活着的士兵》对中国的死难者更是完全忽略。文本中多处写到尸累如山，强攻紫金山时日军甚至睡在中国士兵的尸体上以躺得更舒服一些；而日本人对于自己死去的同胞则抢回尸体、为之超度、举行火葬、保存骨灰。小说中写中国人的尸体“被饿狗啃得乱七八糟，屁股上的肉被啃掉一半，露出大腿骨”，“大街上还躺着不少尸体，暴晒了好几天，已经发黑”，“无人

① 今井正刚：《南京城内的大屠杀》，王卫星编《南京大屠杀史料集》（第10册），江苏人民出版社、凤凰出版社2005年版，第536页。

埋葬的尸体就似一堆垃圾，有的甚至像一块朽木”。甚至中国人自己对死亡也是漠然的，小说写“在薄薄的冰块上浮着几具中国兵的尸体。当地农民用长长的竹竿撑着渔网在捕鱼”，似乎什么都不能影响中国人苟且偷生地活着。

小说对中国人的态度还体现在关于强奸暴行及慰安妇的描写中。对于女性的侵犯及杀戮小说中多处写到，对中国女性淫意的暗示描写随处可见。《活着的士兵》中多处写到女性时，都提到赤身裸体，性暴行是不言而喻，如写南京“被洗劫一空的房子里，东西乱七八糟，就在裁缝的作业台底下，两个年轻的女人赤身裸体地死去”等。在暴行史料证据缺乏的年代，一般认为石川达三在《活着的士兵》中有某种揭露的价值。但细读文本有一种怪异的感觉，作者对暴行是节略而又放浪的写法。如写一个疑是间谍的女性，“女人在晦暗的屋子里瞪着他们”“伫立在木格窗子后面”，女人看似等着日军上门的样子。等日兵跨进房子后“她右手握着手枪，一扣扳机，咔嚓一声，枪没响”。这个女人没有任何举动就被扑倒在地。然后作品写四个士兵看到女人“鼓起来的胸部”，“狂暴的情欲发作”剥了她的衣服。小说没有字面上描写暴行，先写女人“全是泥垢，乌黑乌黑的”小腿及“脏的已变成灰色的内衣”，然后又以情色的目光写女人“雪白的肌肤”“丰满的乳房”。这种不合情理的写法还出现在描写杀害那个哭声太响的女孩的过程中。母亲死去，女孩当然伤心，但文中写士兵们常常“叼着烟去找花姑娘”，“哪儿也找不到姑娘了。大家早都弄光了。哈……”这个姑娘除非已糟蹋得生无可恋，否则十八九岁的姑娘不敢有任何声响。石川达三以疑似间谍、哭声太吵，暗示她们被侵犯、被杀害的合理性，而对她们所受的暴行没有直接的描写。与之不同，《魏特琳日记》写到受害的中国女性时写她们“惊恐的神情”“凄惨的叫声”。[①]

---

① [美]明妮·魏特琳：《魏特琳日记》，江苏人民出版社 2015 年版，第 150 页。

石川达三对性暴行这种节略又放浪的写法，既避重就轻地回避了暴行的无人道，也表露了日本作者对中国女性的轻慢、辱蔑。作家的本意也许不在于要记录历史的真实，而是表达战胜国的某种优越感。小说写慰安妇，说："每一间房子有一个女人等候着，都是中国姑娘，脸上涂脂抹粉，剪着短发。到了这种地步，她们竟然还有功夫打扮自己。"学者对战争的研究指出，女性在民族冲突中往往成为性暴行的侵犯对象，其中包含着复杂的民族主义政治。"对女性身体进行强暴之所以成为男性(同时是性侵犯和民族侵略的执行者)之间战争的武器，并不是一种简单的民族政治或性别政治，而是互相交错纠缠、并有一套严密的民族主义叙述支撑着的政治。"[①] 日军对中国领土的占领、对中国女性的侵犯具有同样的主权寓意，是对中国民族自尊心的极大伤害。正是在这个意义上，蒋介石最初对"日军毫无节制的暴力事件，包括集体强奸事件"，授意"中国官方新闻封杀"。西方新闻界对此也是比较谨慎的态度，"只报道了一些未经核实的强奸事件"[②]。对于南京暴行的书写，在战胜的侵略者与战败的主权国之间除了字面的表意，言辞之下的修辞、情感取向的温度有着不同的含义，都是更应该考虑的维度。其实，关于日本侵华的性暴行、慰安所，现在实证调查得到的历史资料比石川达三的描写残暴得多，我们承认作家对历史部分真实的大胆揭示，也要在历史的语境中警惕石川达三民族立场局限下的复杂意味，否则是对受害者的又一重伤害。

怎样记忆南京大屠杀，怎样书写南京大屠杀，不仅是中日两国需要直面的历史问题，而且是世界人民需要共同清理的战争遗产。尤其是"战后日本右翼几十年的翻案文章……客观上影响了中国

① 陈顺馨：《强暴、战争与民族主义》，《读书》1999年第3期。
② ［美］苏珊·布朗米勒：《违背我们的意愿》，江苏人民出版社2006年版，第57页。

研究者的问题设定——对日本右翼观点的回击，在既有的研究成果中占不小的比例……现在，是跳出右翼设定的话题，确立自己的学术问题意识和导向的时候了”[①]。史学研究者指出，随着南京大屠杀史研究的不断深入，许多问题仅靠历史学无法解释，在建构南京大屠杀历史记忆的过程中，文学书写是重要的一部分。文学记忆不仅传播广泛，而且含义多维。文学书写战争这样厚重而宏大的主题时，立场、情感往往透过字面也在参与表达。在研读南京大屠杀的文学书写时，“跨越民族、国境的相互理解，其困难自不待言。如果将施害者和受害者的立场颠倒，误解的程度将更加严重”[②]。石川达三《活着的士兵》对南京大屠杀一定程度的真实书写，值得肯定，但还须突破单纯史料价值层面，在世界反法西斯文学之林中检视其国族立场的局限所带来的问题。

---

① 张生：《如何进一步深化南京大屠杀史研究》，《抗日战争研究》2016 年第 2 期。

② ［日］铃木正夫：《〈麦子与士兵〉和〈活着的士兵〉在中国的反响》，牛用力、朱宪文译，《湖湘文化与世界文学丛刊》(第 3 辑)，湖南文艺出版社 2004 年版，第 589 页。

魂兮归来还是归去

——论《杀鬼》中“鬼王”形象的“生”与“死”

奚炜轩

（南京大学中国新文学研究中心）

内容摘要:《杀鬼》是台湾新生代作家甘耀明的代表作，其中鬼王的形象汲取了台湾客家民间信仰资源，通过对神格化的义民爷形象的征用与改写，书写台湾日据时代的创伤历史，并以鬼王象征中国意识。作者一方面书写亦敌亦友的人鬼关系，揭示鬼魅形象所折射出的台湾皇民化运动与殖民现代性问题，另一方面借鬼王的符号性死亡实践标题里的“杀鬼”内涵，其深层含义则隐喻中国意识与本土意识之间的交替与隐显。

关键词:甘耀明　《杀鬼》　鬼　台湾文学

作为千禧年后台湾文坛最为瞩目的作家之一，甘耀明以其诡奇的想象、谐谑的笔触构建出一幅幅魔幻而荒诞的台湾乡土图绘。其代表作《杀鬼》自面世以来便好评如潮，斩获多项大奖，也引起了学界的极大关注。小说将故事背景设置在二十世纪四十年代的台湾，围绕着天生神力、能通阴阳的汉番混血少年刘兴帕（下文或简称为“帕”）展开一段段乡土传奇。纵观台湾文学史，《杀鬼》在延续台湾客籍作家书写日据题材的传统同时，首次整体性地处理了二十世纪四十年代，既囊括殖民历史，也书写一度被列为禁忌的“二·二八”事件，并展现原住民文化以连结认同议题。[①]

---

① 刘亮雅:《重返1940年代台湾——甘耀明〈杀鬼〉中的历史传奇》,《台湾文学研究学报》2018年总第二十六期。

一般认为,鬼是"肉体存在的死亡者的灵魂再现的东西"①,是"相对于人在另一世界中的形象"②。志鬼志怪的传统也一直隐藏在中国小说的脉络中,鲁迅在《中国小说史略》中指出:"中国本信巫,秦汉以来,神仙之说盛行,汉末又大畅巫风,而鬼道愈炽;会小乘佛教亦入中土,渐见流传。凡此,皆张皇鬼神,称道灵异,故自晋讫隋,特多鬼神志怪之书。"③ 甘耀明的《杀鬼》亦承袭了中国小说"鬼神志怪"的传统,形塑了一座人鬼相杂的台湾乡村关牛窝与现代都市台北。小说名为"杀鬼",但真正的实体鬼魂(人的灵魂再现之物)屈指可数,其中最富有张力的莫过于呼应了小说标题的鬼王——这也是作者以笔为刀所弑杀的唯一鬼魂。目前,学界关于《杀鬼》中"鬼"的意象论述颇丰,但大多聚焦于鬼的多义性,④多涉及小说以人拟鬼的层面,而对实体鬼魂如鬼王的形象缺乏独立的、整体的研究。鬼王为何重返关牛窝?其次,鬼之所以为鬼,必以死亡为中介,那么小说为什么要去弑杀一只经历过死亡的鬼魂?而弑鬼行为又能否取得成功?本文将围绕《杀鬼》中的鬼王来讨论上述问题,以期揭示出鬼王形象所承载的文化、历史内涵。

一、魂兮归来:义民爷信仰的改写

在中国民间信仰体系内,鬼王与统治冥界的十殿阎王不同,通常仅为统率鬼卒的头目。《杀鬼》中的鬼王生前名为吴汤兴,为昔日乙未战争中的台湾义民领袖,在 1895 年与日军作战中中炮身亡。据连横《台湾通史》记载:"吴汤兴,粤族也,家于苗栗,为诸

---

① 徐华龙:《中国鬼文化》,上海文艺出版社 1991 年版,第 6 页。

② 同上注,第 23 页。

③ 《中国小说史略》,《鲁迅全集》(第 9 卷),人民文学出版社 2005 年版,第 45 页。

④ 朱琳:《想象的乡野,多义的鬼——论甘耀明〈杀鬼〉中的鬼》,《世界华文文学论坛》2012 年第 3 期。

生……乙未之役，台湾自主，各乡皆起兵自卫，汤兴集健儿，筹守御。及闻台北破，官军溃，奠旗纠旅，望北而誓曰：'是吾等效命之秋也。'"[①]作为生长于苗栗的客家人，甘耀明以苗栗客民吴汤兴为鬼王的历史原型或有其出于乡土情感的考量，而从神话原型角度出发，鬼王形象则可以纳入台湾的义民爷信仰体系。

所谓义民指遇到重大动乱时，地方上自发组织的自卫戡乱团体。在台湾历史上，"义民"称号并非为客家族群专享，但将义民尊称为"义民爷"，为其建庙立祀，予以神格化，使其成为族群集体崇敬的对象，并且是族群凝聚情感、力量的象征，这种现象却为台湾客家族群所特有。[②] 值得注意的是，与天后信仰或关帝信仰不同，"义民爷"并非指某一位单独的具体的神灵，而是指向一个因保卫乡梓而牺牲的群体，据此标准，为反割台斗争而牺牲的鬼王吴汤兴也应当归入义民爷的行列。

一直以来，义民爷信仰都是台湾客籍作家重要的写作资源，小说《亚细亚的孤儿》便曾叙述了"二战"期间日本殖民者对台湾义民庙的禁绝，过去热热闹闹的祭祀活动"烟消云散似地显得冷落凄凉"[③]。甘耀明在小说里亦描写了有关祭祀义民爷（鬼王）的行为："曾有无数次，帕跟踪刘金福来到这儿，看他跪拜行礼，祭品用最好的米酒、鸡髀、猪肝和鸭蛋，烧的金纸是拜天公用的大白寿金，当圣人在拜。"[④] 从战殁的亡魂到享受香火祭祀的"圣人"（神祇），义民爷从厉鬼到正神的转变反映了中国人的鬼魂崇拜习俗，希望通过安抚殇鬼来获得其灵力扶持而不使其作祟。另一方面，来自官方

① 连横：《台湾通史》，广西人民出版社 2005 年版，第 544—545 页。

② 范振乾：《义民爷信仰与台湾客家文化社会运动》，赖泽民、傅宝玉主编《义民信仰与客家社会》，南天书局 2006 年版，第 361 页。

③ 吴浊流：《亚细亚的孤儿》，常玉莹编选《吴浊流代表作》，华夏出版社 1999 年版，第 163 页。

④ 甘耀明：《杀鬼》，中国友谊出版公司 2010 年版，第 20 页。

的进封与赐额，“强调其‘褒忠’的义勇精神”①，也促进了义民爷的神格化。

然而，在接受过系统的殖民教育的刘兴帕眼中，鬼王丝毫不具有神的威仪、庄重，相反显得老迈、潦倒，“穿着褴褛的短衫夏襟，脚蹬草鞋，披着一头长发，肮脏极了，就像图画中描写的清国奴一样”，并且有着“一双瞎眼，眼窟黑幽”，②俨然一位落魄、瞎眼的清军老兵——生前率领义军抗日，死后化身“鬼王”统帅关牛窝鬼卒。在甘耀明笔下，当年乙未战争中的日军主帅北白川宫能久亲王的神庙早已取代了义军统领吴汤兴的神位：

“这是日本人的庙。”帕用正统的方法拜，拉响神铃告诉神明有人来了，再两躬拜，两拍手，喃喃祝祷：“能久亲王殿下，有个支那老鬼来找您了，愿您原谅他。”之后帕才对等得不耐烦的鬼王说：“别发怒。你出差世（生错时代）了，碰到的是北白川宫能久亲王的神主牌。他是神了，而你是过世快五十年的死人骨头了。”③

尽管同为鬼魂，一个被驱逐出台湾的神列，只能接受昔日部下刘金福的私祭；另一个却以殖民者的身份成为正神，公然享用台湾人的香火。鲁迅曾指出：“天神地祇人鬼，古者虽若有辨，而人鬼亦得为神祇。”④ 从人鬼到神祇，这份鬼与神之间的转化实际上映射出人间的政治角力——在台湾被日本侵占后，由中国官方推动确立的神祇不得不降格为冤魂，为侵略者的鬼魂让位。

小说以“台湾往事：1940—1947”为副标题，鬼王的返场使得乙未战争乃至早期日据历史也构成了《杀鬼》不断指涉的背景。鬼王所带来的文本叙事张力并不在于吴汤兴当年如何血染沙场，而在

① 郑志明：《台湾传统信仰的鬼神崇拜》，大元书局2005年版，第219页。
② 甘耀明：《杀鬼》，中国友谊出版公司2010年版，第21页。
③ 同上注，第89页。
④ 《中国小说史略》，《鲁迅全集》（第9卷），人民文学出版社2005年版，第24页。

于吴汤兴的记忆与意识并没有随死亡而消散，且“因为不能忘情人间的喜怒哀乐”而“不断回到（或未曾离开）人间”。[①] 事实上，鬼王所不能忘怀的正是日寇对家乡的侵占、凌虐。而一双瞎眼既暗示鬼王对世界变化的无知，更有死不瞑目之意：吴汤兴死前曾命令哨官刘金福将自己眼珠挖出，放在彰化城头上，希望有朝一日能目睹日本人撤出台湾。

但对几乎为殖民教育所同化的帕来说，鬼王的一对眼窟带给自己的却是“被人看衰、看悲、看不起的恐惧”[②]，这份恐惧背后所隐藏的也恰是创伤叙事的逻辑，或如卡如诗所论，“创伤并非来自于个人过去一件简单的暴力或原初事件，而是来自于事件无法被吸纳的性质——正在于其最初无法被知晓——后来阴魂不散地回返纠缠着幸存者的方式”[③]。流淌着义军血脉的帕无法理解鬼王这一双瞎眼所代表的历史创伤，只从眼窟中感受到某种恐惧，由此反映出在经历了半个世纪的殖民统治后，台湾的年轻一代已经渐渐忘却了祖辈的抗日义举，在“皇民化”运动中逐渐搁置原本的华族认同。在此意义上，坚称日本人为“寇贼”的鬼王也和心怀唐山梦、坚持消极抵抗的老部下刘金福一道，象征着岛上鬼格化/人格化的中国意识，一份对祖国的渴望/政治想象，一种基于民族与文化的身份认同。与之对立的则是鹿野中佐的形象：他向帕传播日本文化，训练其成为天皇的战士，俨然日本殖民意识的人格化表征。

在对义民爷信仰的挪用、改写中，甘耀明并没有放弃义民爷作为地方保护神的功能，只不过在《杀鬼》中将其转化为鬼王对日本殖民者的复仇/抵抗执念，并且呈现某种西西弗斯意义上的徒劳。

---

① 王德威：《历史与怪兽——历史·暴力·叙事》，麦田出版社 2004 年版，第 414 页。

② 甘耀明：《杀鬼》，中国友谊出版公司 2010 年版，第 21 页。

③ Cathy Caruth, *Unclaimed Experience, Trauma, Narrative, and History*, Johns Hopkins University Press, 1996, p. 4.

瞎眼的鬼王不知周遭的环境，于是拿着出征前妻子送给自己的信物发簪在关牛窝的土地上做好地标：

花了两年时间，鬼王把村子里戳满小孔，摸索地标，终究会有带鬼兵出庄的一天，攻杀北白川宫能久亲王……有一回，鬼王带领几个愿意出征的老鬼，像蚂蚁一样沿着记忆的道路前进，走到山谷时听到山猪在打滚，不留神便在石头上滑倒。鬼王俯下去摸，石头太滑了，先前的发簪记号全消失，被破坏的纪录是这几个月来的第七十一回，比章回小说还多。①

一场鬼王精心筹划的从关牛窝开启的反击竟因为山猪的干扰而半途夭折，遑论探索关牛窝边界的地标又被帕反复破坏，在甘耀明笑谑的笔下，鬼王的复仇/反抗显示出荒诞甚至滑稽的一面，以至于鬼王成为推着石头上山的西西弗斯的台湾镜像，更与中国鬼戏里惩恶扬善的复仇传说形成鲜明的对比，颇具反讽意味。诚然，死亡意味着吴汤兴在人间生命的结束，但并不意味着他生命意义的终结，化身为鬼王后，其复仇执念反映出台湾人坚韧的反抗意识和客家义民最朴素的保家卫国的伦理信念。然而，鬼王的复仇终究只是一种象征性的行动，徒劳无功且缺乏力量。作为鬼魂，鬼王不能对鬼中佐这类现实中的殖民者产生实质的干扰，甚至也无法同老对手北白川宫能久的鬼魂抗衡——后者早已入驻神庙，与其神鬼殊途。

二、亦敌亦友：鬼与人的纠葛

考察中国现代文学史，不难发现“鬼”除去信仰层面的意义外，往往还具有修辞学上的意义。在现代文学中，“鬼”常常作为国民性的同义语出现。现代作家通过对与“鬼”相关的民俗文化的再

① 甘耀明：《杀鬼》，中国友谊出版公司 2010 年版，第 86 页。

现，深入地披露与刻画了中国大众的世俗欲望和精神痛苦，进而表达对国民劣根性的隐喻批评，或书写有关新旧社会人鬼转变的政治寓言。[①] 在这样的语境中，“打鬼”也成为一种有关启蒙的修辞表达。例如早在1915年构想文学革命时，胡适便借“打鬼”之说来否定旧文学。至1921年，胡适更是以“整理国故”来服务“打鬼”事业，[②]希望通过“打鬼”来为中国的启蒙创造适宜的土壤，祛除民众思想里愚昧、迷信的成分。

与现代作家的启蒙修辞不同，甘耀明将“打鬼”的字面意义落实为帕对鬼王的殴打。事实上，被火车尖锐汽笛吵醒的鬼王之所以能重见天日，离不开帕的掘墓之行——帕将对祖父刘金福无法发泄的愤懑化作重拳倾泻于鬼王的坟茔之上。当鬼魂从附身的废铁炮中钻出后，帕又将自己的拳脚对准了鬼王，“鬼王被打成脑震荡，退到婴儿时期的记忆与爬行，该忘的都忘了，忘不了的是每天提起精神去打仗”[③]。而牢记复仇使命的鬼王依旧每晚从大炮中爬出，摸索周围的一草一木，筹备着自己的抗日大业，帕一边冷眼旁观，一边以“打鬼”为乐：

帕跳个三尺高，以背部重落地，压制鬼王，扯碎那只鬼手。鬼王没了双手，改用双脚钳住帕的腰。帕大声吼，不只把那双脚扯碎，连鬼王的肚子都撕裂成洞，肝肠挂了出来。帕胜了，但当他站起身时，全身冒出一泡透凉的冷涩……因为鬼王还没死，不认输，用嘴狠咬他的背……干扁的鬼王咬着帕的背成了影子，永远黏住不放。帕走回大石碑，一屁股坐下……等阳光出来晒死身后的鬼王。[④]

① 肖向明：《“幻魅的现代想象”——论中国现代作家笔下的“鬼”》，中山大学博士学位论文，2006年。

② 同上注。

③ 甘耀明：《杀鬼》，中国友谊出版公司2010年版，第21页。

④ 同上注，第22页。

在这场狂欢化的打斗中，鬼与人相互纠缠，尽管鬼王被帕打得毫无招架之力，但变成影子的鬼王同样是帕无法彻底打败的对手。作为义军余脉，天赋异禀的帕为何要执着地将铁拳挥向从前义军领袖的鬼魂？这一魔幻诡谲的情节对应着日本在台湾推行的皇民化政策，“日本的殖民政策随着教育、经济、文化的落实，在三〇年代进入了稳定的状态，台湾社会中属于抵抗的异质性部分在长期的殖民统治中已经逐渐消减……日本长时期推动的同化主义以及从日本内地传播至殖民地的文化思潮显现了明确的效果，尤其是在‘去汉化’部分的成果上”[①]。于是小说里也出现了帕挥刀斩毁恩主公神像的情节，暗示台湾人在殖民主义阴影的胁迫下与大陆、与中华文化渐行渐远。帕的“打鬼”行为自然也是日本殖民者“去汉化”的产物，可正如帕手下留情，没有让鬼王在烈日（日本太阳旗的象征）曝晒下魂飞魄散，日本人的皇民化运动并不能根除台湾人民的反抗意识以及岛上的中国文化。

值得注意的是，鬼王与帕也并非一味地对立，“人鬼关系亦敌亦友”。[②] 身为从前的本土神灵，纵然被迫降格为鬼，鬼王有时依然会收到帕的求助。在战争进程的催化下，日本当局越发重视台湾作为其“南下”战略的桥头堡与进攻中国的后方基地的作用，于1941年开展“皇民奉公运动”，据《皇民奉公运动规约》：“本运动为台湾全岛民之臣道实践运动，而称之为皇民奉公运动……以确立国防国家体制，期建设东亚新秩序为目标。”[③] 在这场台湾全民参与的“国防”建设运动里，刘金福依旧秉持着自己一贯的消极抵抗态度，坚决抗拒日本人的“奉公”，甚至不惜挥鞭自残，主动画地为

---

① 张锦忠、黄锦树主编：《重写台湾文学史》，麦田出版社2007年版，第243页。

② 刘亮雅：《重返1940年代台湾——甘耀明〈杀鬼〉中的历史传奇》，《台湾文学研究学报》2018年总第二十六期。

③ 中国第二历史档案馆编：《台湾“二·二八”事件档案史料（下）》，档案出版社1991年版，第657页。

牢,“用浆满了血的牛腋在周围划一圈线当‘血牢’”。[①] 即使日本人欲使火车撞向刘金福,他也不改其志——生为唐山人,死也要做唐山鬼。为了解救刘金福,汉番两族纷纷出人出力,但皆无功而退。帕不得不向鬼王求助,“唯一能解决问题的只有诡计最多的鬼王了”[②]。鬼王一面出谋划策命帕将血牢变为地牢,一面试图阻挡隆隆前进的火车:“鬼王用右手抽出自己的左手臂以为剑,当武器杀去,鸡蛋碰到石头,顿时被火车冲成一片死亡的黑烟。反正他会复活,又赚到一次经验。”[③] 鬼王阻拦火车的行动宛如螳臂当车的现代版寓言,而刘金福最终得救也多赖孙子刘兴帕的神力,鬼王则仿佛电子游戏里不断被消灭又不断复活的游戏角色,如此反复固然可以“赚到经验”,可失败的命运总也避免不了。

虽然台湾的铁路历史肇于清末刘铭传治台期间,但纵贯台湾的铁路线在日据时代完工(1908 年全线通车),火车也由此成为台湾现代性的标志物,并与日本殖民性相勾连。[④] 因此鬼王与火车的抗衡,亦可视作中国意识与殖民现代性之间的博弈,鬼王“鬼臂当车”的魔幻行为无疑暗示了中国意识或抵殖运动在日本带来的殖民现代性面前的脆弱与暧昧。同时,火车所带来的死亡黑烟也暗示了火车所承担的战争功能及杀戮意象。战时火车运送台籍士兵离开家乡奔赴前线;战后转为灵车,满载一厢又一厢亡魂。

是以《杀鬼》中人与鬼亦敌亦友的关系格局既折射出皇民化进程里的“去汉化”结果——义军子嗣主动为殖民者打鬼,也暗示了中国意识的坚韧与顽强,无论是取缔汉文,还是拆毁中国神像,鬼王所代表的中国意识与反日情绪始终如幽灵一般徘徊于台湾乡野

---

① 甘耀明:《杀鬼》,中国友谊出版公司 2010 年版,第 38 页。

② 同上注,第 39 页。

③ 同上注,第 42 页。

④ 刘亮雅:《重返 1940 年代台湾——甘耀明〈杀鬼〉中的历史传奇》,《台湾文学研究学报》2018 年总第二十六期。

之间，无法被殖民者完全清除。同时，作者也借鬼王与火车的冲突巧妙地暗示了殖民现代性所蕴藉的强大冲击力，鬼王不堪一击的灵力也构成了对中国意识在殖民现代性面前存在境况的另类隐喻。

三、杀鬼：鬼与人的嬗递

小说结尾鬼王恳求帕杀死自己无疑是《杀鬼》全篇最具历史寓言意味的部分。德里达曾发出"人们必须制服幽灵，必须使幽灵终结"[①]的呼声，鬼王的鬼魂形象或许并不能贸然地与德里达意义上的幽灵画上等号，后者是在九十年代初以魂在论替代传统的本体论来探讨马克思主义的式微问题。不过值得注意的是，幽灵固然关联着过去，其存在本身也暗含了未来不断重返之意。[②] 因此，"制服"幽灵/鬼魂的口号本身即是一种吊诡之言。对甘耀明而言，"弑杀"小说里真正的实体鬼魂（鬼王）也许是其实现"制服"或"终结"幽灵的理想方式。

在小说正式"杀鬼"前，鬼王已感受到永生的虚妄："多日不见，鬼王的记忆又从空白渐渐恢复，想起了江山易主，觉得人生到此已凄凉，何况又身灭成鬼。他无心恋战了……但故乡在何处？靠一支发簪探路，要刺探到何时？鬼王大叹人有记忆，是情绪上的退步，连死后都是折磨。"[③] 矢志复仇的鬼王意识到自己用发簪探路仿佛一场永远不会结束的工程，且随着台湾皇民化进程的推进，思乡、厌战、自怜的情绪开始笼罩着鬼王。在"二·二八"事

① [法]雅克·德里达：《马克思的幽灵：债务国家、哀悼活动和新国际》，何一译，中国人民大学出版社2016年版，第135页。

② 王德威：《历史与怪兽——历史·暴力·叙事》，麦田出版社2004年版，第429—430页。

③ 甘耀明：《杀鬼》，中国友谊出版公司2010年版，第101页。

件中，鬼王生前的老部下刘金福被误以为外省人而被本省青年打死，化为鬼兵向鬼王报到。面对刘金福的鬼魂，鬼王发出了“卸甲”的指令：

“旗哨哨官刘金福听令。”鬼王说话了，他长久以来的等待就属此刻最动人，那死去的老兵来报到了。

……

“莫强忍，卸甲。”鬼王挥手说。

“卸甲？那是什么意思？”

“死后万事皆空，不用打仗了，知道吧？”①

这是《杀鬼》中难得一见的悲情场景，以复仇为存在动力的鬼王发觉了自身反抗的荒诞与虚无——不停的反抗换来的却是无止境的失败。在这种西西弗斯式的反抗中，鬼王已然无法感受到加缪所说的幸福状态，更可悲的是，当鬼王一心想卸甲休战时，关牛窝外的世界却更乱了，“都自家人跟自家人相打了”②。来自刘金福鬼魂的控诉反映出“二·二八”事件后这位心念大陆、死也要做唐山鬼的义军老兵对国民党的失望——不仅因为国军接收台湾后种种腐败、荒诞的行径（如倒卖日军军资、强征壮丁参加内战），更因为国军为镇压抗议的台湾人而发动的大屠杀，“那些都是跟我一样的台湾人呀！”③ 对于刘金福而言，光复之初自己努力靠拢的母国已经和日本人一样处于压迫者的阵营中，以外省人的他者身份站在本省人的对立面。

借助刘金福献上的“鬼眼”，瞎眼的鬼王得以第一次睁眼看到死后的世界，一个新奇陌生且充满危险的异质世界，刺眼的路灯、硬邦邦的车站、熏人的火车煤烟，殖民现代性早已改变了鬼王游荡

① 甘耀明：《杀鬼》，中国友谊出版公司2010年版，第406页。
② 同上注。
③ 同上注，第398页。

了五十多年的关牛窝，甚至让鬼王产生了眼前的世界离地狱不远的错觉。同时，来自刘金福的记忆也通过眼珠传递给鬼王，使鬼王在无形中接受了刘金福从抗日爱国到反国统、反大陆的意识形态转变，陷入自我认同的惶惑之中。"二・二八"事件促成了刘金福具有排他性的台湾人意识的成形，也使鬼王在今昔对比间发现"真正的刘金福早死在五十年前的八卦山，活下来的不过是愤怒"[①]，从而对自己的存在意义产生进一步的怀疑，以至于主动寻求解脱："鬼王先从下肢拆掉，剥掉皮，撕掉肉，把骨头拆下后嚼碎，当风扬其灰……对于这种拆脏器式的自杀，他有好几次经验，苦恼的不是事后怎么塞回去，反而是有再生能力，他死不了，也活得不耐烦。"[②] 甘耀明试图通过鬼王充满奇幻色彩的自杀游戏来暗示经历过日据时代的"皇民化"洗脑与"二・二八"事件带来的族群对立。

1987年台湾解严后，台湾文坛在享受前所未有的自由同时，也借历史、文学场域操演着不同的政治立场、意识形态论争："'历史'被当成现实政治的一种可资利用的资源，使得90年代'统''独'论证的焦点益发集中到'历史'(特别是近百年来的历史)。这种论辩焦点投射于实际创作上，延续着80年代后期，取材于战后初期'二・二八'事件和50年代白色恐怖史的创作继续成为热点。"[③] 而到了千禧年后，借历史记忆的展演来确立台湾论述的做法更是有增无减。某种程度上，《杀鬼》承袭了李昂小说《看得见的鬼》(2004年)中以鬼魅为媒介操弄有关"台湾中心"的国族寓言的做法。如果说《看得见的鬼》以"女鬼＝台湾"为国族模型，[④]那么

① 甘耀明：《杀鬼》，中国友谊出版公司2010年版，第411页。

② 同上注，第412—413页。

③ 朱双一：《九十年代台湾文学思潮概要》，《福建论坛(人文社会科学版)》1999年第1期。

④ 李竹筠：《论李昂〈看得见的鬼〉——以"国族寓言"的借用及其对创作的干扰为视角》，《世界华文文学论坛》2016年第2期。

《杀鬼》则存在着"鬼王＝中国(意识)"的象征框架。当鬼王试图自我解体而不得时，它转而向隐喻台湾本土的帕[①]求助，喝下帕之热血的鬼王很快感受到肉身的腐蚀感："帕，带我下地狱去吧……我帮你铺好路，将来下地府，要革阎王的命，要革神的命，我陪你去。"[②] 就在鬼魂即将幻灭之前，鬼王与帕达成了真正的和解，鬼与人相约在地府继续未竟的"革命"，随后帕在石碑上刻下"鬼王"之名，"抓起大石碑，往鬼王冲去。那一刻鬼王把发簪插入自己的心脏深处，对鬼而言那是最迷人的记忆中心。'呔'的一声吼，分不清是谁吼的，大石碑往鬼王砸去。碑石化为碎屑，鬼王也是"[③]。

最终，人鬼合力，共同实践了小说标题的内涵。齐泽克在《意识形态的崇高客体》中指出死亡的两种形态："一种是自然死亡，它是他创生与腐烂的自然循环的一部分，是自然连续转换的一部分；一种是绝对死亡，它是循环自身的毁灭和根除……为新的生命形式的创造铺平了道路。"[④] 毫无疑问，鬼王所经历的正是自然死亡之外的符号性死亡，作者象征性地终结了鬼王的历史角色，并宣告了中国意识的崩坏/死亡，继承着前人"是唐山的归唐山，过海水了后无相交涉"的本土论调。[⑤]

鬼王的符号性之死建构在殖民创伤与"二・二八"事件的双重苦难上，"如果台湾性是建立在流离、不愉快的孤儿性上，又如果受害者的逻辑构成了唯一的行动手段，那么其政治活动将永远禁锢

---

① 帕之所以能够成为台湾主体的象征，一方面在于帕的混血特质是岛上多元种族格局的缩影，另一方面帕的身份认同迷乱也映照着甲午战争后台湾的政治、社会乱局。

② 甘耀明：《杀鬼》，中国友谊出版公司 2010 年版，第 414 页。

③ 同上注。

④ [斯]齐泽克：《意识形态的崇高客体》，季广茂译，中央编译出版社 2001 年版，第 185 页。

⑤ 李昂：《看得见的鬼》，联合文学出版社 2004 年版，第 69 页。

在反对霸权的范围之内，受迫害的经历成为政治正当性的唯一根据，这种‘弱势’的地位很容易就变成狭隘的本土主义”[①]。因而鬼王之死也换来了一种“新的生命形式”[②]。在甘耀明暧昧的表述中，帕不仅早以一纸助其逃离兵役的死亡证明弃置国族身份，后又以割断动脉的方式血祭鬼王，亦经历了生理死亡的体验，“帕感到自己浮了起来，越来越贴近那星空，肉体正成为某个星座”[③]，并如被火车鸣笛惊醒的鬼王一样在隐喻殖民现代性的汽笛声中化身为新的幽灵重返人间——某种程度上，帕是以石碑的破碎、鬼王的幻灭乃至自身为祭品，献祭于台湾/本土，完成由人至鬼的嬗变，小说至此也走上了以台湾/本土意识对抗甚至取代中国意识的“台湾中心”论述道路。

如果说吴汤兴的自然死亡承载了日本帝国主义侵略给台湾带来的显性伤害，而帕的身上既有殖民现代性与中国意识之间的博弈，也有汉人认同与原住民文化之间的纠缠。从台湾二十世纪上半叶混沌的国族身份，到最终定位于吴浊流《亚细亚的孤儿》开启的悲情传统，帕不仅主动终结面临崩溃的中国意识（鬼王），更选择了一条自我放逐以重新定位（国族身份）的道路，在灵魂上升的过程里成为鬼王新的镜像——一个在地的与现世格格不入的战后遗民/鬼魂。

结　语

总的来说，鬼王不仅是小说《杀鬼》里唯一也是最终被杀死的

① 荆子馨：《成为“日本人”：殖民地台湾与认同政治》，郑力轩译，麦田出版社 2006 年版，第 248 页。

② [斯]齐泽克：《意识形态的崇高客体》，季广茂译，中央编译出版社 2001 年版，第 185 页。

③ 甘耀明：《杀鬼》，中国友谊出版公司 2010 年版，第 414 页。

实体鬼魂,亦为作者调动各类书写资源展开诡奇想象的结晶,其形象勾连了乡土传奇与台湾历史之间的裂隙:鬼魂超越幽明的特点使鬼王天然背负了“历史”、“创伤”的向度,从而指向台湾近代以来的抵殖运动及抗日精神,并进一步演化为中国意识的象征。

小说以“打鬼”之名书写鬼与人的纠葛,日据时代一方面在军国主义认同的驱使下“打鬼”,“去汉化”的同时助力皇民化运动,另一方面也试图借鬼魂之力以对抗殖民主义带来的现代性。但鬼魂灵力的虚无使得这场与殖民现代性的抗争还是变成了后者单方面的征服。

与中国现代文学借鬼喻人、驱鬼启蒙的做法不同,甘耀明通过鬼的虚幻与暧昧,隐秘地追随李昂等人的书写轨迹,操演詹明信意义上的“国族寓言”,化鬼话为寓言,既替乡土“复魅”,为鬼王招魂,又主动“祛魅”,展演“鬼王”的象征死亡。面对台湾地区复杂的近现代历史,甘耀明以鬼王的“归来”与“归去”,象征了中国意识在动荡的历史中所遭遇的挑战与危机。

“返乡”作为一种方法：赖和对鲁迅“归乡叙事”的文本实践①

徐　榛

（扬州大学文学院）

内容摘要：“归乡叙事”是鲁迅小说创作的重要特征之一，“故乡”作为鲁迅观察封建中国的展演空间，“归乡”行为成为展开叙事的有效方法，在乡土中国的文化空间与叙述伦理框架下，知识分子在乡土空间的返乡经验正展现了传统中国与现代中国的对峙。赖和的《归家》套用了鲁迅归乡叙事模式，并可见其“转译”的过程，唤醒国民性与警惕殖民现代性的交织构成了台湾新文学书写典型的文学景观。通过对二者文学的互文研究，无论对中国新文学在台湾发展史的考察，还是对当下两岸文化融通的推进来说，都具有现实意义。

关键词：赖和　鲁迅　归乡叙事　文化困境　文学实践

赖和被称为“台湾的鲁迅”②已在学界得到普遍公认。台湾作家吴新荣在《赖和在台湾是革命传统》中指出：“赖和在台湾，正如鲁迅在中国（大陆），高尔基在苏联，任何权威都不能漠视其存在。赖和路线可说是台湾文学的革命传统，谈台湾文学，如无视此一历史上的事实便不足了解台湾文学。”③ 林瑞明也认为：“赖和在日据时期就赢得‘台湾的鲁迅’的称号，说明台湾人对赖和、鲁迅都是

---

① 基金项目：本文为国家社会科学基金重大项目“百年台湾文学中的中华民族叙事研究”（项目编号：19ZDA279）的阶段性成果。扬州市“绿扬金凤计划”资助项目（YZLYJFJH2021YXBS061）阶段性成果。

② 黄得时：《晚近台湾文学运动史》，《台湾文学》1942 年第 4 期。

③ 署名史民（吴新荣）：《文艺通讯》，《台湾文学》1948 年第 2 期。

有所理解的。"① 可见赖和在台湾文学史上占据重要位置,而与鲁迅的连接也指向了二者之间的文学关系。迄今为止,论及赖和与鲁迅的论述不少,多是从两岸新文学的发生切入,重在表现文化连带性的研究,但在"接受—实践"框架下,从具体文学作品详尽讨论二者的文学关联未得到重视。赖和未曾有过与鲁迅见面的经验,但从他的文学实践中能明显看到受鲁迅影响的痕迹。本文将结合史实,关注赖和受鲁迅影响的发生路径,发现从文化交流到文学实践的连接。特别是二十世纪初,当知识分子启蒙成为一种文化现象与趋势时,发现鲁迅笔下知识分子形象与文化经验对赖和文学实践的影响,尤其是鲁迅"归乡叙事"在赖和小说中的呈现与延伸,以此管窥赖和对鲁迅文学与精神连接的一个面向。

一、以刊物为阵地:文学精神相遇的可能

赖和(1894—1943),本名赖河,字懒云,台湾彰化人。赖和出生第二年台湾就被日本侵占,他从少年时期就能够感受到被殖民的苦难。赖和于1909年在台北医校学医,此后在彰化设立医院。他于1917年在中国厦门从医期间,大陆正酝酿并发生着"五四"新文化运动,他不可避免地耳濡目染。正值1919年"五四"新文化运动进入高潮之际,他毅然回台,以设立的医院为阵地,继续从医的同时,在医院购置了大量书籍,积极展开文化运动。

1921年,台湾文化协会以《台湾民报》为阵地,吸引台湾知识分子参与台湾新文化运动。赖和也参与进来,不仅致力于台湾新文学的编辑与出版,还不断推进新文化运动的展开。尤其是台湾新文学开展初期,以张我军为代表的新兴知识分子在新旧文学论战中积极批旧倡新,马上招致了传统保守派的论战,赖和坚决支持

① [日]中岛利郎编:《台湾新文学与鲁迅》,前卫出版社2000版,第91页。

张我军,倡导和推动台湾新文学的发展。张我军与赖和推动台湾新文学的着力点是不同的,张我军在要求打破传统文学语言桎梏和思想束缚的层面上功劳甚大,但真正将他提倡的"语文改革"赋予实践的正是赖和。

1925年,台湾文协机关报《台湾民报》转载了鲁迅的五篇作品与两篇译作。报刊对转载的鲁迅作品出处也有所标注,指明来源于《语丝》、小说集《呐喊》等。于是,对于赖和与台湾倡导新文学的文人来说,阅读的可能性在个体阅读行为之前就已经以某种方式形成,《台湾民报》正发挥着文化中转的作用。赖和从1921年作为《台湾民报》的理事,到1926年主持《台湾民报》文艺栏,可想而知,赖和对鲁迅作品的阅读是自然合理的。台湾新文学开创者之一的杨云萍曾回忆:"鲁迅的作品早已被转载在本省的杂志上,他的各种批评、感想之类,没有一篇不为当时的青年所爱读,现在我还记着我们那时的兴奋。"① 可见,台湾新文人对鲁迅有所熟悉,关注其作品并展开阅读。

其实,对赖和来说,对鲁迅及作品的接触不仅是通过《台湾民报》展开,赖和的五弟赖贤颖曾回忆说:"当时祖国方面的杂志如《语丝》《东方》《小说月报》等,我都买来看,看完就寄回家给赖和,赖和就摆在客厅,供文友们阅读。"② 赖和五弟于1922年后赴大陆学习,而此时赖和担任《台湾民报》汉文栏编辑和《新民报》学艺部客座编辑,从时间上来说,除了《台湾民报》,大陆寄书也成为赖和阅读鲁迅的重要路径。

鲁迅及其文学创作具有广泛的国际影响力,这从近年来学界提出的"东亚的鲁迅"这一概念就可见一斑,伊藤虎丸指出:"鲁迅的文学在世界文学中,恐怕比日本近代文学的哪个作家和哪部作

---

① 杨云萍:《纪念鲁迅》,《台湾文化》1946年第2期。
② 黄武忠:《台湾作家印象记》,众文图书股份有限公司1984年版,第56页。

品都更代表东方近代文学的普遍性。"① 鲁迅文学的普遍性与典型性成为近现代东亚的标识,在揭露与反思传统社会的层面上,鲁迅及文学形成了特定的文学现象。然而,对于日据时期的台湾来说,新文学的发生显得复杂,台湾文人接受新文化思潮的路径绝非单一,当时在大陆求学、留日的文人都不占少数,再加上日本文人在台湾的文化活动也相当频繁,从而形成台湾新文化运动发生的多重面向。但赖和文学世界的形成受中国文学影响甚大,王诗琅指出:"日据时期的台湾作家一般受到大陆和日本双方面的文学影响,但是赖和却是受到单方面影响较大的人。较之日本文学方面的影响,他可说是由中国文学培养长大的作家。"② 对于现代台湾文学的发生来说,中国新文化运动功不可没,而中国新文学先锋鲁迅对台湾文人的影响又足见重要。就接受新文化影响来说,杨云萍、杨守愚、黄得时、吴新荣等都提到鲁迅在文学创作与思想上对赖和的影响。

此外,从赖和有关鲁迅文学作品的藏书书目来看,包括了《呐喊》、《华盖集》、《华盖集续篇》、《野草》、《花边文学》五部文集,以及两篇小说《社戏》、《在酒楼上》。同时,他还收藏了一系列鲁迅翻译作品和相关性文章,其中不得不提的是小田狱夫著的《鲁迅传》,其中重点讨论了鲁迅所批判的"国民性",分析了鲁迅《呐喊》、《彷徨》中的人物形象,这对赖和的创作势必会产生一定影响,也间接地使赖和对鲁迅的文学思想及创作的全貌有所把握。综合来看,无论是从"五四"新文化运动对台湾文坛的影响进行观察,或是从台湾学者对赖和与鲁迅作品的分析结论来看,还是从赖和有关鲁迅文学创作文本收藏的情况出发,我们都有理由对两者的作品进行探

① [日]伊藤虎丸:《鲁迅与日本人》,李冬木译,河北教育出版社2000年版,第23页。

② 王锦江:《赖懒云论》,见李南衡编《赖和先生全集》,明潭出版社1979年版,第402—403页。

究,考察赖和接受鲁迅作品影响的痕迹。

从赖和生平经历与在新文学运动中的贡献来看,与鲁迅有着极其相像的一面。鲁迅留学日本,以"幻灯片"事件为导火索,认识到中国的民众不仅需要身体上的治愈,更需要精神上的启蒙。王德威对"幻灯片"事件作过分析:"鲁迅对中国(人)的身首异处——或意义的断裂——虽然充满焦虑,但他的作品却又暗示一种诡异的迷恋。诚如某些评者所见,鲁迅作品最精彩之处不在于他对中国命运的理性思考,而在于他与理性的'黑暗面'的遭遇;换言之,鲁迅在意的也不是前瞻或回顾社会与知识体系的一贯性,而在于见证这些系统的析离瓦解。"① 鲁迅在身首异处的中国人的身体上,看到了家国重建与文化重建的密切关联性,因而鲁迅对文艺的提倡是更为彻底的。赖和虽未如鲁迅经历"幻灯片"事件的冲击,但从他的小说中可以发现传统封建思想对人的束缚与反封建的诉求。

赖和与鲁迅对文艺的推崇呈现相似面貌,台湾文坛认为"他的一生鲜明地体现了'横眉冷对千夫指,俯首甘为孺子牛'的精神,把赖和誉为'台湾新文学之父'或'奶母'"②。将赖和与"五四"新文化运动时期文学大家鲁迅相媲美,可见台湾文坛对赖和的评价极高。

二、从读者到作者:弱小民族的文学呈现

赖和从 1925 年始近十年内留下了许多经典之作,包括小说、诗歌、散文、随笔等,他的第一篇作品是在 1925 年 8 月发表的白话散文《无题》,但他的创作以小说和新诗的成就最高。赖和从 1926

① 王德威:《历史与怪兽:历史,暴力,叙事》,麦田出版社 2011 年版,第 28 页。
② 白少帆、王玉彬、张恒春、武治纯主编:《现代台湾文学史》,辽宁大学出版社 1987 年版,第 102 页。

年开始陆续发表小说,生前发表小说16篇[①];赖和去世后,从他的遗稿中又陆续整理出5篇小说[②]。施淑在《赖和小说的思想性质》中将其小说分为四类:"其一是日据时代台湾人民的生存处境与妇女问题;其二是政治迫害、经济榨取和警察的横暴;其三是揭露残存的封建势力及传统士绅阶级的性格;最后是有关当代知识分子萌发中的启蒙思想及其彷徨挣扎。"[③] 从小说创作主题来看,包括两大观察视角:一是民族矛盾视角,从殖民与反殖民的立场进行创作。他的小说带有二三十年代弱小民族对帝国主义殖民统治的文学式反抗的痕迹;二是阶级矛盾视角,从传统与反传统的立场进行创作。这和中国"五四"新文学极为相似,暴露传统社会阶级之间不可调和的矛盾,从而要求推翻传统文化而致力于建设新式文化。这与当时台湾的社会现状紧密相关,面临日本的殖民统治与强制现代化进程,同时又兼具了传统中国社会体制与固有文化思维,于是形成与祖国相异的文化诉求风景。

赖和作为左翼作家,他在小说中呈现出的抵抗精神,也给当时的台湾文坛以及后进作家产生很大的影响。他的小说反映当时台湾社会存在的问题,还表达了强烈的反侵略反殖民意识。但以1931年日军发动"九一八"事变为界,赖和小说创作的前后情绪发生了转变。日军为了配合对中国战场的侵略,在台湾对所有抗日团体实行高压政策,台湾的左翼势力受到了巨大破坏。赖和亲身体会到台湾政治运动所处的被动局面,便写下了反映自己悲壮心情的诗歌《低气压的山顶》,全诗内容充满了颂扬的基调,但结合当

① 赖和生前发表的小说为:《斗热闹》、《一杆"秤仔"》、《不如意的过年》、《前进》、《蛇先生》、《雕古董》、《棋盘边》、《辱?》、《浪漫外纪》、《可怜她死了》、《归家》、《惹事》、《丰收》、《善讼人的故事》、《赴了春宴回来》和《一个同志的批信》。

② 赖和遗稿中发现的5篇小说为:《未来的希望》、《不幸之卖油炸桧的》、《富户人的历史》、《赴会》和《阿四》。

③ 施淑:《赖和小说的思想性质》,《赖和小说集》,洪范书店2005年版,第3页。

时台湾政治运动的全面失败,可见赖和在诗歌中包含强烈的反讽意识。全诗以反讽的口吻抨击台湾社会所面临的恐怖与黑暗的同时,也流露出赖和对此时台湾社会局面的无可奈何。这一首诗也成为赖和文学创作的分水岭。

如前文所述,鲁迅与赖和从医向文的转向,又分别是中国大陆文学革命与台湾地区新文化运动最直接的实践者。赖和与鲁迅没有直接见面的经验,但他在 1917 年奔赴厦门从医两年,又恰逢 1919 年"五四"运动的全面爆发,自然会受到"五四"新文化运动前后文化思潮的影响,深感民族自决的重要性,尤其是文学对民众启蒙的重要性,赖和对鲁迅及文学的认识就显得自然不过了。有学者指出赖和的《一个同志的批信》对鲁迅《牺牲谟》的"创造性转化的痕迹",可见赖和是在新文化运动总潮流的发展趋势下,结合台湾地区特有的社会性质和民情风貌进行文学接受与创作活动的。

台湾自 1895 年始被日本殖民统治长达半个世纪之久,这和中国大陆的社会面貌相异,但自新文化运动以来,除去台湾本土社会文化的独特性之外,民族自决和民众启蒙两个层面是共同面对的议题。在上文已经谈及赖和小说创作的主题分类,其中有关警察横暴题材的小说是台湾文学创作中有异于中国现代文学作品的,这和台湾特有的殖民社会生态有很大关联。与之相关的作品重在揭露警察对底层民众的压迫和掠夺,这类主题在鲁迅的《呐喊》与《彷徨》中比较少见。其他三大主题又可分为两类:一是反映日据时期封建社会下的众生相,包括传统士绅、底层民众和女性形象等;二是知识分子形象的书写。

张恒豪讨论赖和小说认为:"在赖和的小说中,最负盛名的是《一杆'秤仔'》(1926 年),最受评论者赞誉的是《惹事》(1932 年),而写于《惹事》同时,和《惹事》主题颇为相似的《归家》(1932 年),显然是受到了冷落,至今尚无一篇专述立论,在综论中提起此篇者也不见多。”[1] 就《惹事》来说，有学者提出：“赖和的《惹事》这篇小说的立意及架构受到《狂人日记》和《故乡》的启示非常明显”，“赖和既借鉴了《故乡》的归乡模式，又挪用了《狂人日记》中狂人对真理的炽热追求”。[2] 综合来看，其一，《归家》还未受到研究的重视；其二，《故乡》对赖和创作的影响，与《惹事》相比，《归家》更直观地呈现了对《故乡》的仿写。《惹事》和《归家》虽说主题相似，都是青年知识分子回乡之后的所思所感，但在人物形塑和主题表现上仍存在差别：前者青年知识分子参与到发生事件中，主要表现为对统治者的反抗形态；后者是返乡知识青年重新观察和融入久别的故乡，发现故乡现代化进程中暴露的问题，因而对殖民现代化产生怀疑与反思。总体来说，赖和的两篇回乡式小说中的知识分子表现为“直接反抗式”与“静默反思式”两种不同态度。

《归家》中知识青年对故乡的再体验更贴近鲁迅的《故乡》。小说呈现了接受过新式日式教育的知识青年回故乡后的所见所感，主人公“我”毕业回乡，长时间在外的留学生活使“我”与故乡变得生疏而感到不安，“我”开始回忆少时朋友，朋友们的反应与“我”所设想的情况并不一致。最后，“我”与路边做小生意的摊贩闲聊起来，在谈话中，让作为“闯入者”的“我”对所看到的城市“现代化”与作为“现场者”的摊贩所体验的城市“现代化”形成对话，从而引起“我”对殖民体制下城市“现代化”的反思，小说最后一句“巡查”而让摊贩作鸟兽散，更加表现了日据时期台湾城市现代化的虚假繁荣。《归家》中的青年知识分子形象明显带有自传性质的书写痕迹，通过返乡后观察故乡的变化，发现台湾现代化进程下乡村所面临的问题。从题材和故事情节来看，与鲁迅的《故乡》相似，赖和的

① 张恒豪：《苍茫深邃的“时代之眼”——比较赖和〈归家〉与鲁迅〈故乡〉》，《赖和及其同时代的作家：日据时期台湾文学国际学术会议》，1994 年，第 293 页。

② 参见张羽有关日据时期台湾医生作家的疾病叙事研究的论文，《文学评论》2012 年第 1 期。

《归家》表现青年知识分子回乡后对旧中国农村面貌的重新认识。再加上《故乡》于1925年被登载于《台湾民报》,赖和的《归家》创作于1932年,很有可能受到鲁迅创作的影响。"二十年代见之于台湾文坛的鲁迅作品中,《故乡》的阶段性意义及影响可能较其他几篇来得深远","《故乡》对乡土人物的悲悯,显然呼唤起人们集体潜意识里一种切身而亲近的感觉"。① 可见《故乡》在台湾文坛备受关注。结合两篇小说,笔者将从互文性写作的角度考察赖和的文学实践与鲁迅的关联性。

三、同题异构:"返乡"作为一种方法

返乡模式是鲁迅小说创作的重要特征之一,从中国文学史上第一篇白话小说《狂人日记》开始,就暗含了"知识分子返乡"的书写痕迹。陈建忠曾指出:"我们可以这样表述'归乡小说'的'叙事模式':一位远游的知识分子因某种原因归乡,原先对故乡乡土怀有乡愁式的眷恋,归乡后却发现乡土存在着令人无可逼视的野蛮、愚昧的性格,从而陷入一种深彻的孤独感受当中。"② 陈氏以鲁迅小说为模板,认为无论是《故乡》,还是其他"归乡式"小说《祝福》《在酒楼上》《孤独者》等都带有自传性质,书写鲁迅或"我"回到故乡的所见所感。"故乡"作为鲁迅观察封建中国的展演空间,"归乡"行为成为展开叙事的有效方法,在乡土中国的文化空间与叙述伦理框架下,知识分子在乡土空间的返乡经验正展现了传统中国与现代中国的对峙。

(一)回忆与现实:"我"的焦虑冲突

《故乡》开篇,返乡的"我"对故乡的印象就奠定了沉闷、黯然的

① 《鲁迅对当代台湾文学的影响》,《文学报》(第553期),1991年10月31日。

② 陈建忠:《日据时期台湾作家论——现代性、本土性、殖民性》,五南图书出版公司2004年版,第27页。

基调：

“阿！这不是我二十年来时时记得的故乡？

我所记得的故乡全不如此。我的故乡好得多了。但要我记起他的美丽，说出他的佳处来，却又没有影像，没有言辞了。仿佛也就如此。”①

“我”对故乡的认识出现了矛盾：一是印象中故乡的美丽与眼前故乡悲凉之间的矛盾；二是印象中故乡的美丽与“我”无法言说的故乡之间的矛盾。“我”再次看到故乡时产生的悲凉与黯然的心绪也就成了“我”对乡土经验进行再体验的情绪，即启蒙者将以孤独者的身份进入乡土文化语境中所发生的“文化认知断裂”的现实。“五四”运动的进步思潮并没有进入中国广阔的农村，旧中国乡村的落后与封建残余对底层民众的毒害也没有消失，鲁迅在小说中通过人物的今昔对比，深刻地揭露出启蒙者作为“闯入者”的文化符号，与旧文化语境的格格不入。传统中国农村的文化氛围无法提供给启蒙者进行国民性改造的可能，甚至是不能够接受新式文化语境的挑战，封建宗法的“愚民性质”被最大化地表现出来，也从侧面凸显了启蒙者在中国传统文化主导的文化语境下进行启蒙运动的困境与阻力。因此，鲁迅设计了“离乡”情节：一方面表现了知识分子以启蒙者身份进入传统文化语境，对乡土进行再体验过程中面临的启蒙困境；另一方面凸显了现代中国知识分子“文化孤独者”的命运。因此，“五四”新文化运动下的启蒙者，在传统文化中一直是孤独者的形象，这里所形成的文化身份的反差不仅在于揭露中国农村的破败与根深蒂固的封建宗法对底层民众的毒害，而且更指向于凸显中国知识分子作为启蒙者艰巨的文化使命。

赖和《归家》中“我”与鲁迅对归乡的憧憬不同，开始还不断担

① 《鲁迅全集》(第1卷)，人民文学出版社2005年版，第501页。

心自己与乡土会格格不入而怀有被遗弃的恐惧，但“我”在故乡看到不一般的景象：

“是达到学龄的儿童，都上公学校去，啊！教育竟这么普及了？记得我们的时候官厅任怎样奖励，百姓们还不愿意，大家都讲读日本书是无路用，为我们所当读，而且不能不学的，便只有汉文，不意十年来，百姓们的思想竟有了一大变换。”……

“那件妈祖阁，被拆得七零八落，‘啊！进步了！怎样故乡的人，几时这样勇敢起来？’”①

赖和笔下的“我”对故乡的认识也出现了两组矛盾：一是读日式学校的“我”怀有被遗弃的恐惧与日式教育在故乡的普及之间的矛盾；二是对传统文化的虔诚与对传统文化的破坏之间的矛盾。前者是知识分子主体层面的认知，知识分子与殖民教育/殖民现代性关系紧密，传统与殖民的双重话语成为对峙话语，深受殖民教育的知识分子显然会面临现实与心理矛盾。后者是民众层面的认知，台湾民众、传统与殖民现代化形成勾连。殖民统治将资本主义现代化引进了台湾社会，在打破传统台湾社会秩序的同时，也建立了殖民统治的新秩序，即表现为城市的现代化进程。不仅表现为对配合殖民统治的教育制度的设置，还体现在城市建设与社会阶级界定的层面。这让接受现代化教育后回乡的“我”丝毫没有产生对立冲突的违和感，尤其是对传统宗教文化的破坏，甚至让“我”惊叹于故乡民众的思想竟然如此进步。这就和鲁迅归乡时的感受截然相反，传统式中国农村与现代化的台湾城镇之间形成了鲜明的对比，同为启蒙者的“我”所面对的被启蒙对象、社会环境和文化语境完全不同。然而，貌似进步的现代化台湾城镇并非为启蒙者提供了开展启蒙运动的文化环境。

① 施淑编：《赖和小说集》，洪范书店有限公司 2005 年版，第 123—124 页。

"我打算这是破除迷信的第一着手,问起来才知道要重新改筑,完全出我料想之外。"

"永过实在是真好,没有现时这样警察……"

"进学校?讲来使人好笑!"卖麦芽羹的讲。

"六年学校台湾字一字不识,要写信就要去央求别人。"①

当"我"感叹于民众破除迷信时,发现只是民众希望整修重建宗教庙阁;当"我"感叹于教育普及时,发现对于民众来说,日文教育并不实用,但又已经不认识台湾字(失去了对本民族文字认知的权益,"文化同化"相关政策的施行,加剧了民族语言与文化的弱化);当"我"感叹于传统故乡转变成现代化城镇时,民众却怀念过去的台湾社会。因此,这里所表现的似乎更倾向于重建台湾传统文化的期望。然而,对传统台湾社会秩序的回忆,也就要求台湾知识分子对推行的现代化进程进行反思。由引文可以看出,日本殖民统治者在台湾推行的文化殖民,是对台湾文化的解构,以现代化为名,在台湾社会进行日本殖民文化建构,这也就是赖和对现代知识分子启蒙者所提出的现代性危机的意识。

从表面上看来,鲁迅《故乡》与赖和《归家》之间关联性并不强,但其实在主题表现上具有一贯性。鲁迅重新观察旧中国农村的落后破败,而封建社会的文化体制对底层民众的毒害极为深厚,中国知识分子面对着"传统文化语境"与"民众话语势力"的双重阻力,因此,中国知识分子所面临的是现代性文化思想与传统性文化语境相对立的文化启蒙困境。赖和所面对的故乡是传统与现代相结合的文化空间,传统在被现代化所取代的过程中,又出现了新的文化困境,即民众话语对现代化的反抗。台湾社会所呈现的现代化的本质是将台湾文化"本土化"解构和"殖民化"建构相结合,这也是赖和向知识分子提出对现代化危机的反思和民族自决性思考的

① 施淑编:《赖和小说集》,洪范书店有限公司2005年版,第124、126、128页。

要求。鲁迅和赖和这两篇小说的创作时隔十一年,都是通过"返乡"的形式完成对当下社会的观察和思考,如果说鲁迅旨在对中国现代化进程进行启蒙的话,那赖和旨在对台湾社会现代化危机进行反思。而形成这一现象的根源就在于中国和台湾地区截然不同的社会形态和文化政策,旧中国封建传统、深受毒害的落后民众等都有待新兴知识分子进行启蒙与改造。而日据时期的台湾社会所面临的文化危机更为复杂,不仅要实现反传统的任务,还需要抵制殖民统治者的文化殖民,因此,鲁迅和赖和在小说中表现的主题意识形成了延展,一方面都要求对传统文化进行改造,另一方面提出知识分子对现代化文化启蒙进行思考的要求。

(二)"经验自我"与"叙述自我":两种自我的言说

"故事是由一系列事件构成的","事件就是故事'从某一状态向另一状态的转化'"。[①] 一方面事件的展开强调一种过程和变化,而讨论事件的发展过程就要注意事件的基本构成模式;另一方面要关注事件的叙述主体,即关注叙述者与事件的关系和叙述者完成事件的行动模式。

首先从叙事者与事件的关系来看,叙述者就是讲故事的人,无论是鲁迅的《故乡》还是赖和的《归家》,都带有明显的自传性色彩,"我"直接参与到发生事件中。然而,第一人称叙事者所包含的"经验"的自我和"叙述"的自我在这两篇小说中发生了转化,即"经验"的自我与"叙述"的自我合二为一,一方面对故乡的过去进行"现场式"的回忆,一方面对故乡的现实进行"再体验式"的观察。"我"回乡后在回忆性世界与真实性世界差异中所产生的矛盾,最大化地说明了"经验"的和"叙述"的自我没有发生断裂式的分裂,而是互为参照的对象,从而表明"我"返乡后对故乡现实语境的判断与把握。

---

① 罗纲:《叙事学导论》,云南人民出版社 1995 年版,第 75 页。

其次从事件的基本构成模式来看，两篇小说都使用了“归乡模式”的书写视角。同时在时间和空间上将返乡后的感受和见闻进行了连接组合。学界对鲁迅《故乡》的叙事模式已有共识，以“归乡—在乡—离乡”的模式完成对故事事件的构成。“归乡”时对故乡现状的感叹与再体验、“在乡”时对幼时玩伴一声“老爷”的震惊而无奈于旧中国农村根深蒂固的封建残余对底层民众精神上的压迫、“离乡”时对仍旧无法摆脱封建等级制度控制下故乡的回望，以及对孩童是否会重蹈“我与闰土”覆辙的忧虑。新式知识分子所经历的“返乡—离乡”经验在文化意义上表现为“回归—疏离”的文化体验。在小说的最后鲁迅这样写道：

“老屋离我愈远了；故乡的山水也都渐渐远离了我，但我却并不感到怎样的留恋。我只觉得我四面有看不见的高墙，将我隔成孤身，使我非常气闷；

……

我躺着，听船底潺潺的水声，知道我在走我的路。”①

知识分子作为文化启蒙者，根本无法融入故乡的文化语境，看似返乡的知识分子却变得无“乡”可归，所谓形式上的“归乡”在本质上呈现“失乡”的文化现象。知识分子的启蒙意识被传统的封建伦理意识所孤立，知识分子的“孤独者”形象与启蒙所面临的文化困境被暴露出来，进而无奈下的“出走模式”成为知识分子面对启蒙困境的最后选择。

无独有偶，赖和在《归家》中亦采用“归乡模式”，作为接受日式教育的“我”返乡后，担心会因文化身份的格格不入而遭到社会的遗弃，但出乎意料的是故乡已变成现代化的城镇，即故乡的传统文化语境被解构，而由日本殖民统治者进行殖民现代化重构。“我”

① 《鲁迅全集》(第1卷)，人民文学出版社2005年版，第510页。

似乎适应于故乡的现代化文化语境，然而在看似实现城镇现代化的假象之下，知识分子正面临着殖民现代性的文化危机。从与摆摊人的对话中，“我”意识到传统文化认知、社会机器体制、文化教育等方面，正被日本殖民统治者的文化政策所同化，“我”面临着“失乡”的危机，赖和也经历着“回归—疏离”的文化体验。但不同的是，鲁迅是民族内部的新旧文化对抗，赖和是对异民族文化之同化政策的抵抗，从这个意义上来讲，赖和也是“失乡者”。赖和的返乡书写呈现了“归乡—在乡”，并没有表明“我”的离开，但结合小说前后内容，笔者认为，赖和也选择了“出走”。小说开头和结尾分别这样写道：

“一件商品，在工场里设使不合格，还可以改装再制，一旦搬到市场上，若是不能合用，不称顾客的意思，就只有永远被遗弃了。当我在学校毕业是怀抱着怕这被遗弃的心情，很不自安地回到故乡去。”

“‘学校不是单单学讲话、识字，也要涵养国民性……’

‘巡查！’不知由什么人发出这一声警告，他两人把担子挑起就走，谈话也自然终结。”①

赖和一开始就将“我”比作商品，担心自己被社会所遗弃，而故乡的表象又和接受日式教育的“我”显得非常和谐，被遗弃的恐惧感似乎已经不再存在，但是当作为“闯入者”的“我”从“在地者”故乡人的口中了解到故乡社会的实质性面貌时，就注定了“我”一定会被故乡所遗弃，成为“失乡者”。小说最后，现代化的故乡却失去了国民性，“我”和故乡之间面临着文化上的对抗性，这也进一步触发了殖民现代化语境中的民族自决性思考。开篇的恐惧成为现实，前后出现了强烈的反差，“我”所代表的知识分子的文化身份变

① 施淑编：《赖和小说集》，洪范书店有限公司2005年版，第121、128页。

得模糊,这就注定了“我”被遗弃的命运。小说最后一句“巡查”使得对话终结,笔者认为,“我”没有就此结束对故乡的现代化进程进行思考,赖和虽未明说,但是现在的故乡已然不属于“我”,也不会被“我”所认同,因此,“出走”必然成为“我”文化意义上的选择。因此,“我”的“离乡模式”只是被赖和隐形化处理。

虽说赖和与鲁迅在归乡之后所面临的文化书写语境呈现不同的特征,但是作为文化启蒙者来说,都表现了知识分子与故乡之间“回归—疏离”的文化面貌,知识分子被故乡所放逐,和故乡呈现文化对抗性的特征,正如汪晖所说:“他们与中国的关系可总结为‘在’而不‘属于’。”[①] 他们作为“失乡者”不得不选择“出走模式”。知识分子的启蒙意识与故乡的现实相对立,也表现出在当下的社会语境中,知识分子推行启蒙运动的文化困境。

(三) 故乡人的“前与后”:从“他者”发生的反思

在小说内容上,两篇小说带有自传性的色彩,“我”作为重要的叙述者值得注意。“我”返乡后,和故乡及故乡的人产生了冲突。鲁迅《故乡》中的“我”不仅对故乡的外在观感上出现了反差,当“我”闯进故乡的人情世故中时,“我”与故乡在内在本质上的隔阂也暴露无遗,鲁迅设计了“我”与“豆腐西施”的一段谈话:

“忘了?这真是贵人眼高……”

“那么,我对你说。迅哥儿,你阔了,搬动又笨重,你还要什么这些破烂木器,让我拿去罢。我们小户人家,用得着。”

“啊呀呀,你放了道台了,还说不阔?你现在有三房姨太太;出门便是八抬的大轿,还说不阔?吓,什么都瞒不过我。”

我知道无话可说了,便闭了口,默默的站着。[②]

---

① 汪晖:《反抗绝望——鲁迅及其〈呐喊〉〈彷徨〉研究》,久大文化公司 1990 年版,第 287 页。

② 《鲁迅全集》(第 1 卷),人民文学出版社 2005 年版,第 506 页。

豆腐西施对“我”社会身份的毫无根据的猜测与强制性定义,使“我”面临着无可辩言的境地,“我”成了故乡文化语境中的“弱者”,当“我”以“闯入者”的身份进入故乡的文化语境时,知识分子的文化身份与故乡产生了文化冲突,具体表现为知识分子与旧中国底层庶民社会的无法融合,进而形成了知识分子与底层民众之间的阶级分化。有趣的是,代表启蒙文化符号的“我”本应该对底层民众形成自上而下的文化启蒙,但在现实的对话中,知识分子处于劣势。因此,我们可以综述为两个面向:一是故乡传统的文化语境成就了知识分子识别“先进/落后”的文化价值观念,强化了阶级分化的程度;二是知识分子的启蒙意识在传统的文化语境中变得毫无可能性,“新/旧”文化之间的冲突与对抗性暴露无遗。有意思的是,赖和的《归家》中在表现接受日式教育的“我”回到完成了现代化改造的故乡时,也有类似的描写。

“有的在做苦力小贩,这些人在公学时代,曾有受过奖赏的,使我羡慕的人,有时在路上相逢,我怕他们内羞难过——在我的思想里,以为他们是不长进的,才去做那下贱的工作——每故意回避,不料他们反很亲密地招呼我,一些也无羞惭的款式,这真使我自愧我的心地狭小。还有几个人不知得着什么机会,竟挣到大大的财产,做起富户来,有的很上进,竟挤到绅士班里去,这些人在公学时代,原不是会读书的,使被看轻过的,但是他们能获到现在的社会地位的努力,使值得尊敬,所以在路中相逢,我曾去招呼他们过,很想寒暄一下,他们反冷淡地,似不屑轻费宝贵的时间,也似怕被污损了尊严,总是匆匆过去,这样被误解又使我自笑我的趋媚来。”①

鲁迅选择“我”与故乡人直接对话,而赖和直接从叙述者“我”返乡前后的个人体验展开叙事。当“我”进入经过现代化改造的故

① 施淑编:《赖和小说集》,洪范书店有限公司2005年版,第122—123页。

乡后，也对庶民社会进行了阶级性的试探，出现了两种结果：一是害怕同学难过而故意回避，但反而同学比较亲密；二是被“我”看轻的同学成为绅士，对我的寒暄却出奇得冷淡。值得注意的是，不管“我”遭受到怎样的态度，“我”所回避或不回避的对象的阶级身份却有很大的不同，而“我”的阶级身份也随之发生改变，带有明显的二元对立的阶级形态。知识分子的“我”参与到底层庶民社会时，表现了明显的“上/下”对立阶级的身份认同：一方面是“我”与底层民众之间身份分化的文化意识；另一方面是“我”与绅士阶级之间阶级分裂的社会意识。于是，赖和对殖民统治社会下新式知识分子进行重审和反思提出要求。

可见，鲁迅和赖和笔下的“我”在“返乡”的文化语境中都产生了与底层庶民社会的不协调，特别是在阶级文化身份认同上都表现出了“新/旧”、“上/下”不可调和的二元对立模式。知识分子都尝试与底层庶民社会进行对话，但底层庶民社会的文化语境拒绝了知识分子的“闯入”，当两者发生文化对抗性时，知识分子都被隔离出来。鲁迅“无话可说，便闭了口”的“缄默式”反抗与赖和“自愧、自笑”的“自嘲式”反思，都可以看出知识分子无论是在面对传统封建社会还是现代殖民社会时，都面临着极大的文化困境而表现出与底层庶民社会试图进行沟通，却尝试“沟”但又“无法通”的客观现实。

具体看来，鲁迅《故乡》和赖和《归家》都通过人物的对照关注到“我”返乡前后的巨变。对比主要表现为两种方式：一是两物的对比；二是一物两面的对比。[①] 一物两面的对比一般是表现关键人物的外部世界与内部世界的对比。笔者认为，一物两面的对比还包含关键人物前后变化的对比，包括外在和内在变化的对比。从这个角度来看，两部作品间又表现出关联性。

---

① 唐松波、黄健霖：《汉语修辞格大词典》，中国国际广播出版社1990年版，第252页。

鲁迅《故乡》除了对返乡后对故乡的直观感受之外,最能揭露旧中国农村真实文化面貌的就是与"闰土"的再次相遇。鲁迅对少年闰土和中年闰土进行对比,通过同一个体两个时期外在和内在的变化来表现主题。"我"首先回忆了少年闰土:

"紫色的圆脸,头戴一顶小毡帽,颈上套一个明晃晃的银项圈,……他见人很怕羞,只是不怕我,没有旁人的时候,便和我说话,于是不到半日,我们便熟识了。

……

阿!闰土的心里有无穷无尽的稀奇的事,都是我往常的朋友所不知道的。他们不知道一些事,闰土在海边时,他们都和我一样只看见院子里高墙上的四角的天空。"①

鲁迅描写了和闰土的一些有趣的事情,包括雪地捕鸟、海边捡贝壳、月夜捉偷瓜贼等。少年闰土表现以下特征:一是具备海边农村少年的基本外貌特点;二是具有农村少年活泼调皮的性格;三是闰土的生活经验与技巧相当丰富;四是闰土的少年时光是轻松、自由和有趣味性的。少年闰土的特征和"我"的少年生活形成了反差,鲁迅用闰土的"拥有雪地、海边、月夜的时空"和"我"的"高墙上的四角的天空"进行对比,凸显了农村少年与城镇少年之间"广阔/狭隘"二元对立的时空性差异。一方面对农村自由空间的向往、对农村少年丰富生活经验的感叹;另一方面也隐隐地表现了中国农村少年文化身份的可塑性。

然而,当"我"返乡之后再次见到闰土时,从外部到内部都发生了巨大的反差。再见闰土时,"我"还怀抱着对少年闰土的认知,但闰土的一声"老爷"将"我"拉回到了现实。这里和少年闰土形成对比:(1) 闰土的外貌发生了变化。由先前的紫色圆脸变成了灰黄,

---

① 《鲁迅全集》(第1卷),人民文学出版社2005年版,第503—504页。

还有很深的皱纹，将中国农村生活的艰苦和民众生活的压力表现出来；(2) 闰土的性格发生了变化。少年时与“我”的亲密无间到中年时的恭敬，压抑见到“我”时欢喜的心情而默不作声，看似“稳重”的闰土却是在坚持着属于自己的社会阶级定位，农村底层民众的愚昧暴露无遗；(3) 对“我”的态度发生了变化。少年时“没有旁人就和我说话”到“叫我老爷”，闰土所表现的不仅仅是对社会身份的界定，更大程度上是对文化身份的界定、是新文化与传统文化之间的断裂。此外，“我”返乡后与豆腐西施对话后，表现出的是“无话可说了，便闭了口”，而期待与闰土见面从而试图打破“我”对故乡“缄默式”的态度时，闰土却让“我”再次“说不出话”。“我”的两次“说不出话”就注定了“我”将以“失乡者”的身份被“放逐”的结局，故乡所代表的传统文化语境与“我”的文化身份形成了对抗性的断裂局面，传统文化将底层民众的文化身份格式化。因此，当“我”离乡时，一面对宏儿和水生的命运产生了担忧，一面对知识分子的使命和意义进行了反思。

总体来说，鲁迅不仅表现了闰土的前后变化，同时也呈现了少年和中年时期“我”的变化，将批判的矛头指向封建传统文化对底层庶民社会的桎梏、将反思的精神指向新式知识分子文化启蒙的使命、将关怀的心绪指向对孩子未来的担忧，这也是鲁迅对“救救孩子”呼喊的延续。

赖和《归家》同样以“我”回乡后所见所闻与过去的对比来表现小说的主旨，从这个层面上来看，赖和的叙述路径与鲁迅并无差别。一方面赖和在“我”返回故乡之后，在对故乡朋友的叙述对比中也仿写了鲁迅对闰土的对比书写，他在文中写道：“啊朋友！那些掷干乐(陀螺)放风筝捉蟋蟀拾田螺的游伴，现在都怎么样了?”[①] 赖和对少年时候的朋友进行了回忆，然而少年时的友爱与

① 《鲁迅全集》(第1卷)，人民文学出版社2005年版，第122页。

美好被阶级“上/下”的阶级对立所打破，少年时的和谐与长大后的冲突形成了不可调和的矛盾，与鲁迅笔下“我”与闰土前后变化的处境不尽相同。另一方面“我”返乡后通过两次对比完成了对故乡认知的两种不同结果的判断。“我”本身认知的前后对比，如前文所述，发现了故乡的现代化进程，“市街的现代化”、“妈祖庙被拆”、“孩子们入学受教育”等，这与“我”记忆中的故乡完全不同，“我”甚至惊叹于故乡人破除迷信的勇气、惊喜于教育在故乡普及的顺利。这是赖和通过“我”呈现出来的第一组对比，由“经验的自我”与“现实的自我”完成对比，至少可以看出“我”对故乡的现代化进程持肯定态度。

然而，现代化进程所表现出来的假象被“我”和故乡小摊贩的对话所打破，当“我”还在惊喜于故乡现代化进程下的变化时，出现了具有“违和感”的小摊贩。赖和用“只有卖芽羹和卖圆仔汤的，犹还是那十年前的人”①来形容他们，“变化/不变(现代/传统)”的对立被暴露出来，而“我”与小摊贩接下来的对话又引出了第二次对比，文中写道：

“‘现在的十几个钱，怎比得先前的一个钱，永过是真好！讲起就要伤心，我们已无生命，可再过着那样的日子了！’

‘永过实在是真好，没有现时这样的警察……’

‘现在的景况，一年艰苦过一年，单就疾病来讲，以前总没有什么流行病、传染病，我们受着风寒一帖药就好，现在有的病，什么不是食西药竟不会好……’

‘在家里几时用着日本话，只有等待巡查来对户口的时候，用它一半句。’

‘六年学校台湾字一字不识，要写信就着去央别人。’

① 施淑编：《赖和小说集》，洪范书店有限公司2005年版，第123页。

'学校不是单单学讲话、识字,也要涵养国民性……'"①

这一场面的叙述主体从"我"转向了"庶民",这一叙事视角转向的本质指向了台湾社会城镇化主体叙事的"观察者"与"体验者"的转向。小说最后将话语权移交给台湾殖民现代化的经验者,更加直观地揭示殖民台湾社会面临的核心问题,即民族性问题。两个小摊贩从经济、教育、社会秩序等方面揭露出了故乡在殖民现代化进程后出现的民族性危机,被揭露出的种种问题与"我"先前对故乡的认知出现了反差,在现代化虚假繁荣的背后,隐藏着更为严重的民族危机与文化危机。尤其是作为底层庶民的小摊贩都能意识到"涵养国民性"的重要性,而对于接受了日式教育的"我"来说,却沉浸于殖民统治同化政策下而不自知,所谓的新式知识分子的文化身份变得模糊不清,甚至成为殖民者的文化代言人,故乡面临着双重的文化危机,知识分子也面临着双重的文化启蒙使命,即反传统和反殖民并行的文化革新任务。赖和与鲁迅一样,都提出了对"国民性"进行观察与批判的问题,并对与当下社会文化语境相冲突的知识分子提出反思的要求:一方面要求知识分子对文化启蒙所面临的文化困境进行审视,一方面要求知识分子对本身的文化身份进行反思。这就彻底地否认了"我"对故乡表面繁荣的错觉,两次对比之间又形成了"是/非"的二元对立。

综合来看,赖和与鲁迅一样,一是通过"经验自我"与"现实自我"的对比;二是通过"我"与故乡人对话前后的对比,表现了与故乡文化语境的文化冲突和对新式知识分子文化身份,以及文化启蒙使命的反思,特别关注当下的社会文化语境对"国民性"涵养的问题。

---

① 施淑编:《赖和小说集》,洪范书店有限公司 2005 年版,第 126、128 页。

四、结论

鲁迅与赖和作为两岸新文学运动的主将,在近现代东亚弱小民族的文化语境下达成了共鸣。其实,鲁迅文学不仅在当时的台湾,在整个东亚都形成了影响,对东亚鲁迅的认识核心在于"反抗",对于中国大陆与当时的台湾来说,显然其反抗的对象是不同的。有学者指出:"中日韩三国鲁迅学界所构成的'东亚鲁迅',是以冷静、深刻、理性的'抗拒为奴'的抵抗为根基的。"[①] 东亚各地区所面临的民族危机迥异,但从弱小民族的视域出发,"反抗"的精神内涵指向"抗拒为奴"是准确的,同样适用于反封建与反殖民的话语框架下。

赖和小说对鲁迅的接受不只局限于"归乡小说",将知识分子返乡作为一种现象与方法,直指新文人的文化诉求。赖和《归家》与鲁迅《故乡》的书写模式极为相似,赖和直言:"台湾的新文学,虽不是创作,却是光明正大的输入品,决不是赃物。"[②] 这与鲁迅的"拿来主义"又不约而同。但应该注意到,"阅读"是积极地参与一篇作品或一个形象以便生产意义,或较普遍而言,是把书或形象从其潜在符号可见的综合状态"转译"一个文本,使之见证阐释的过程。[③] 显然,赖和的《归家》套用了鲁迅《故乡》的返乡叙事模式,但仍然可见其"转译"的过程。虽然他的小说侧重于表现"救亡"主题,但并没有忽略"启蒙"主题,赖和受到鲁迅的"改造国民性"的启蒙主义思想的影响,部分小说揭示台湾下层人民精神上病态和国

① 张梦阳:《跨文化对话中形成的"东亚鲁迅"》,《鲁迅研究月刊》2007年第1期。

② 林瑞明编:《赖和全集:第三卷》,前卫出版社2000年版,第6页。

③ [美]于连·沃尔夫莱:《批评关键词——文学与文化理论》,陈永国译,北京大学出版社2015年版,第277页。

民劣根性，旨在“把还在沉迷中的民众叫醒起来”①。此外，对殖民现代性的警醒与批判，丰富了知识分子“启蒙”的内涵，唤醒国民性与警惕殖民现代性的交织构成了台湾新文学书写典型的文学景观。

从社会现实出发，鲁迅与赖和分别从反封建与反殖民的视点出发，在社会主要矛盾迥异的情况下，在两岸现代文学发展中树立了反帝反封建的旗帜。虽然两岸政治意识出现分野，台湾当局企图从文化上割裂两岸融通的脉络，但是追根溯源，回到两岸新文学发展的起点，赖和与鲁迅的文学连接恰恰戳穿了当下台湾当局的文化谎言，打破了从文化脉络上割裂两岸文化融通的野心。通过赖和与鲁迅的文学关联研究，无论对中国新文学在台湾的发展史，还是对当下两岸文化融通的推进来说，都具有重要的现实意义。

① 林瑞明编：《赖和全集：第二卷》，前卫出版社2000年版，第255、261页。

小说作品的戏剧影视改编[①]

——在"白先勇戏剧影视作品研讨会"开幕式上的视频致辞

白先勇

各位专家、各位学者、各位青年学者、各位同学：

大家好！

我是白先勇。欢迎大家今天到南京大学来参加"白先勇戏剧影视作品研讨会"。今天我们欢聚一堂，在南京大学开会，非常非常难得。很可惜，因为疫情的关系我自己不能来参加，非常遗憾，在这里我向大家道歉！这次筹备这个会议，刘俊教授花了很大的功夫、很多的心血，我在这里特别要谢谢刘教授。

小说改编电视、电影、舞台剧，其实由来已久。即便是在今天，虽然电影、电视、舞台剧都非常发达了，可是有些著名的电视、电影或者舞台剧，常常还是改编自小说。我想，小说因为它的人物、故事，给了电视、电影或舞台剧一个非常坚固的、很扎实的根基，所以往往从小说改编出来的电视、电影、舞台剧有它非常值得研究、很深刻的一面。

我的作品在两岸三地都曾改编过戏剧影视。在中国大陆，相当早的时候，在 1988 年到 1989 年，谢晋导演把我的一篇小说《谪仙记》改编成了电影《最后的贵族》，那时候是潘虹跟濮存昕主演的。那个题材在当时相当得新鲜，引起了很大的反响。后来谢衍，

① 正标题为编者所加

也就是谢晋导演的公子，把《花桥荣记》这篇小说也改编成了电影。

舞台剧方面，也是在 1988 年，我的小说《游园惊梦》由上海青话（上海青年话剧团）胡伟民导演改编成舞台剧，那时候参加的单位有上海青话、上海戏剧学院，还有上海昆剧院，还有广州市话（广州市话剧团），几个单位合起来，在广州首演，演了十几场。后来回到上海，在上海长江剧院也演了十几场。我们当时把昆曲跟平剧（京戏）都融入到话剧里边，在当时这是相当新的一种形式，演出来也受到观众热烈的欢迎。后来，我的作品改编成舞台剧在中国大陆演出的还有好几出，像《金大班的最后一夜》，是刘晓庆主演的；还有《永远的尹雪艳》，那是在上海首演，它是用上海话（演出的），是个沪语的话剧，那是一个首创，是徐俊导演导的，在上海演出也受到观众相当热烈的欢迎；还有一出就是《花桥荣记》，那是在桂林，我的家乡那边演出的。所以我的作品有的改编成了电影，有的改编成了舞台剧。还有电视，像《玉卿嫂》，在中国大陆改编过，还有《金大班》。所以在中国大陆，我的作品有好几部改编成了各种形式。比如说《玉卿嫂》，还曾经改编成绍兴戏，越剧，也是徐俊导演导的，还把戏剧拍成了电影。《玉卿嫂》还曾经改编过舞剧，苏巧改编，香港舞剧团演的，还到大陆来巡演，在北京演过。所以我作品的改编有相当多的形式：舞剧、绍兴戏、电视、电影、舞台剧都改编过了。

在台湾也是。我的不少作品被改成电影，像《金大班的最后一夜》、《玉卿嫂》、《孤恋花》，还有《孽子》，这些都曾改编成电影；改编成电视剧的也有好几部，像《孽子》、《孤恋花》，还有最近的《一把青》，都统统改编成了电视剧，受到台湾观众相当热烈的欢迎。刚刚讲的《游园惊梦》舞台剧，其实 1982 年在台湾已经演出过。台湾的那个版本，是由卢燕、归亚蕾、胡锦、刘德凯，他们几个蛮重要的、那时候相当有名的演员演的，是黄以功导演导的。2014 年和 2020 年，我们把《孽子》，我的长篇小说，改编成舞台剧，在台湾演出过两次，观众反应都相当得热烈。

这么多的改编，我自己几乎都看过了，觉得很有意思。因为自己的小说改编成另外一个媒介，完全不同的感受。有的我觉得，哎，这是我的作品；有的我觉得，哎呀，好像就不太像我的作品了。很有意思。因为有时候一篇短篇小说，改编成电视剧要拍得很长，要加很多东西进去，所以跟原著也有了一些距离。不过导演们都非常努力地想把原著的精神抓住。很有意思的，《游园惊梦》用粤语，用广东话也演过一次，在香港。《谪仙记》，就是那个电影《最后的贵族》，也改成舞台剧，在香港也演出过。所以两岸三地都有不少根据我的小说改编的戏剧影视作品。

今天有那么多的学者专家汇聚一堂，来研究我的作品改成戏剧跟影视。我想，大家的智慧一定会磨出很多的火花。我对这次的研讨会非常期待。我在台北遥祝这个会议成功、顺利！

谢谢大家！

（吴麟桂　记录整理）

典型如何建构真实：白先勇、影视改编与空间叙事

丁亚平

（中国艺术研究院，中国高校影视学会）

一、白先勇先生的“超空间”

白先勇身份特别，他是一个文学作家，也是一个有着“高度的美学涵养与鉴赏力”的学者，甚至还被誉为是“整个文化复兴的引领者”。[①] 他的创作高峰期集中于二十世纪六七十年代，相继发表了《寂寞的十七岁》、《纽约客》、《台北人》三个系列共 34 篇短篇小说和长篇小说《孽子》。为什么二十几岁这么年轻的他创作伊始就迎来这样的创作高峰？我们都知道，白先勇十二岁前在中国大陆成长，后在台湾生活，发表小说则在美国留学时期。每一个地方，于他越是新的，就越是塑造着他的生活与思想。作为他者的美国经验使他有了他者的眼光，为一种进步主义和文化主义所主宰。思想、艺术的交融与碰撞，一次文化生态的交融互动，肇始于跨地的“超空间”的奋进和文学化生产进程，驱使他不断地回味、咀嚼并重述这个大历史下的人与故事。

在八十年代后，“悠游于美学、音乐、喜剧、文学诸领域”[②]的白

① 陈美霞：《跨界对话：白先勇研究的新进展》，《学术评论》2012 年第 6 期。

② 同上注。

先勇，积极参与了他的小说的跨媒介改编创作。1984 年，台湾新浪潮导演张毅首次将白先勇的短篇小说《玉卿嫂》改编为电影，同年，《金大班的最后一夜》被台湾导演白景瑞改编为电影，这两部电影上映后得到了广泛好评，获得了当年金马奖多项提名和奖项。转年，他的小说《孤恋花》被台湾导演林清介改编为电影。白先勇的长篇小说《孽子》于 1986 年首次被台湾导演虞戡平改编为电影，同年被推选为“洛杉矶第一届同性恋影展”的开幕影片。这意味着，相较于过去的历史阶段，现在的他更为进步、更加成熟。他的多篇作品接连被改编为影视剧、舞台剧等形式，白先勇也是作品被影视化改编次数最多且最有影响的华人作家之一，至今共有 11 部改编自小说的电影或电视剧。

白先勇作为台湾文学的代表作家，他的作品，何以“当代”，成为影视创作竞相改编的对象？也许，作为像许知远所说的“拓展时代的边界”的“逆潮流”的人，他的作品的影视化，恰恰缘于这种“超空间”激发的个人体验，并且借由中国化的典型场景与现代性互融表现，助推其成为影视改编实践过程的文化文明协商的热点和互动的复杂的中国经验书写的亮点。

二、“典型”的中国化：与典型场景“常量”结合

陈荒煤在二十世纪八十年代说过，“典型问题，是文艺规律中的一个关键问题”。他还谦虚地说这也许是他个人的偏见。回过头来再看这一认识，这非但不是偏见，倒正是高见。与陈荒煤做这样的论断的同一时期，台湾兴起了“新电影运动”，一批年轻的电影创作者更加注重以写实的手法反映现代社会中的问题；同时，在这一时期，随着一批乡土作家的文学被改编成电影并获得成功，台湾产生了影视改编文学的创作趋势。一些电影，在票房上获得的成功，“台湾观众在银幕上见到了熟悉的乡镇场景，听到了亲切的台

湾闽南语和'国语',感受到了台湾文学改编电影的魅力,促使了台湾电影改编文学的热潮"。而事实上,白先勇的文学作品的影视化改编,也在八十年代,走向了它的高光时刻。其中的典型问题,始终是影响白先勇作品影视改编创作的关键,"典型如何构建真实",涉及在对典型的"过渡"性质和不稳定性质的越来越清晰的意识中,而这是和"典型场景"结合的。

《台北人》中的台北,折射时代洪流中的台湾和大陆、香港的历史牵连,表现现代中国的社会变迁与情感记忆。《金大班的最后一夜》中的百乐门,从前那种日子,片中上海话,山东话,苏北话,等等,与抱着过去的记忆的人物同在,和在上海百乐门舞场里相识相爱的月如的故事,心灵中无言的痛楚有了淋漓尽致的展现。

白先勇本人在 1987 年受邀来到上海讲学,和著名导演谢晋确立了对《谪仙记》进行电影改编。"上影厂的导演谢晋来找我商谈改编我的小说写给林青霞拍成电影的事。当时他的《芙蓉镇》刚上演,震动全国。谢晋偏偏选中了《谪仙记》,这多少出我意料之外,这篇小说以美国及意大利为背景,外景不容易拍摄,谢晋不畏艰难,坚持要拍这个故事。"① 在电影《最后的贵族》(1989)筹备及拍摄过程中,白先勇参与了电影的各个创作环节,他对于电影剧本的创作以及典型场景设计等都产生较大的影响。

中国台湾和大陆、香港,美国,意大利,这是物理空间。在这样的物理空间之外,作为"典型场景"的还有影片故事与人物所置身其中的社会空间、心理空间。编剧白桦曾提道:"我和白先勇有过一夕谈,我窥见了他心灵的一隅,进一步也有可能看见李彤的心灵的一隅。这就是我所以最终还是改编了这个作品的缘故。"② 这显现出作为文学视听改编中的典型场景等典型创造的复杂性和深

---

① 白先勇:《谪仙记——写给林青霞》,《书摘》2015 第 2 期。

② 白桦:《世界上的水都是相通的》,《文汇报 笔会》1987 年 11 月 18 日。

刻性。

影片《金大班的最后一夜》相较小说，编导强化的空间叙事的营造：除大段落地增加了在上海的月如与兆丽生活的场景，还特地叙述，月如从屋外面回来，外面下雪了，相比于台北，毕竟下雪的上海地域特色突显了出来。月如说肚子饿了，提议要到国际二十四楼吃饭，去逛大世界，去美琪戏院看翡翠七彩电影《出水芙蓉》，这都是原小说中没有的。影片特地补充强化性地描写兆丽是苏北人，她的妈妈和哥哥极其粗暴地强灌她堕胎药，三个人都操着浓浓的苏北话。“金大班”的清醒、通透、老到，和岁月时间与阶级地域，比如上海的苏北人，台北的上海人，和这样的被影片强化了的身份有很大联系。这涉及“典型”理论的中国化过程，也展示了这种典型场景的多样性、问题性和复杂性。

夏衍曾这样说：“每一个典型环境、典型时代都有典型情景，你要抓住它。”说得太好了，但是我想，他说的这种典型情景、典型场景，作为空间形象，是复杂、多义的。

三、“典型”的现代性：“最小可辨差”与最低程度的含混性

白先勇小说的典型之进入影视，典型问题及其创造的吸引力注意力所呈现出的含混性，就得到解决，至少是一定程度的解决，也就是在影视可视化的过程中，典型形象创造得以实现“最小可辨差”，或最低程度的含混性的创作条件，进而有可能参与到对真实的建构。当然，这也与白先勇作品特定表现方式以至影像、图像预设有着内在的联系。

有学者将白先勇这种表现方式称为“图像写作”，“白先勇小说中的图像写作，实际上说的是顽强抵抗着被‘文字’‘意象’化的部分——它由于这种对行文的抵抗，而成为凝聚着更多‘言外之意’、‘画外之象’的顽强而坚硬的东西，同时，这又不同于传统文学的意

象表达，它更多地属于现代，属于摄像机的时代"[①]。2003年《孽子》被台湾导演曹瑞原改编为电视剧，曹瑞原导演共三次以电影、电视剧改编白先勇的小说，分别还有电影《孤恋花》(2005)、电视剧《一把青》(2015)，他认为"白先勇的文学作品影像感强烈，《孽子》中'那个白花花的午后，父亲把儿子赶离家门'令人感受到白先勇对影像的情感"[②]。

也有很多人关注到，小说《游园惊梦》中有一段著名的"蒙太奇"段落，钱夫人醉酒后在身处的现实时空中不停地涌现出回忆中的画面，一系列平行层面的话语和意象重复登场，曲词里的"姹紫嫣红"与"断井颓垣"重复交替。这一系列场面在小说的描述下造成了一种奇特的间离效果，钱夫人既身处其中同时作为叙述者描述这些场景。此刻小说展现的空间场景包含着多维度的时间意识，无比接近于电影镜头中常呈现的摄影机与主视点伴随一分离的效果，制造出时空的重叠。[③]

因此，白先勇小说"典型"在影视改编的过程中，从《玉卿嫂》到《金大班的最后一夜》，再到电视剧《孽子》、《一把青》，更多地被注入了"最小可辨差"的色彩，这从其作品影视可视化的现代移译、位移中可以得到进一步呈显。

白先勇小说，多年来有不同的媒介来改编它移译它，但是需要看到，他的作品改编，当然不将一个故事原封不动地转移到另一种媒介上。李欧梵曾指出，电影对小说文本的接受程度，会影响其改编结果，而形成忠实改编、无修饰改编，与松散改编等不同类型。[④]白先勇的小说被改编，大体属于松散改编。白先勇本是这样看的。

① 陈云昊：《论白先勇小说的图像写作》，《华文文学》2018年第2期。
② 陈美霞：《跨界对话：白先勇研究的新进展》，《学术评论》2012年第6期。
③ 参见许燕转：《论白先勇小说的"叠置时空"叙事》，《广西大学学报（哲学社会科学版）》2010年第5期。
④ 李欧梵：《文学改编电影》，香港三联书店2010年版，第34—35页。

白先勇在《小说与电影》一文中就论述过这两种媒介的差异和联系。首先他认为小说和电影间并没有严格的对照关系，是否忠实于原著并不是改编成功的必要条件，“小说与电影的关系可能比其它形式的转换更为密切”[①]。其次电影对小说的改编，更多取决于各自的媒介特征，“小说与电影相互影响的另一个实例是所谓意识流技巧的运用”[②]。对于两者的差异之处，他认为小说描述的是一种平面效果，而电影则以视听技术塑造了更立体的效果，更加适合表现典型情景、典型场景，并且特别适合描绘宏大的史诗场景，对于真实的空间细节表现优于小说的文字描述。小说长于描写人物内心活动，多头视角的叙述以及更加晦涩的形而上思想。白先勇对于小说和电影两种媒介的共通点做出了总结，“在文学类中，小说是最不纯粹的类别……时空与人物的处理也更自由广阔；是一种综合性的文学形式。而电影，除了文学，更糅合了音乐、绘画、科技等等，是一种综合艺术。它们二者的共同点是：都有故事、人物、情节，基本的态度都在反映社会、关切人的问题”[③]。白先勇对于电影改编小说的看法重点在于，于注重两种媒介的叙述特性和差异中寻求创作规律的公约数，并且实现艺术创作的目的。因此在白先勇小说的影视改编中，关键在于如何根据叙述性特征，以创作手法的形象性构建，在从物理空间到社会空间再到心理空间方面达至“过渡、短暂、偶然”[④]的现代性的最低程度的含混性，实现影像化的重构，以为观众提供独一无二的内容，全面描写人类心灵深处无言的思绪以至痛楚，展现人物所牵连的文化、历史及事件，挖掘出人物命运表征之下更深层次的意味，以有助于读加增加其对白先勇小说文字的敏感与现代性的理解，同时让更广大的观众

① 白先勇：《白先勇经典作品》，当代世界出版社 2007 年版，第 50—55 页。
② 同上注。
③ 同上注。
④ 汪民安：《现代性》，南京大学出版社 2020 年版，第 16—17 页。

获得直接、整体性的体验。

四、历史直觉化:对时代与文明演变的知觉经验实现令人信服的移译

我们看到,“典型”在白先勇作品影视改编的过程中,是伴随着特定的时代背景发生的。这里的核心问题不在于故事安排、情节发展,而更在凭着历史的直觉化的想象、文明和审美意识,使用了怎样的空间叙事,这些空间之间存在什么样的关系,典型在何种层面构建了怎样的心理的真实,文学、电影电视剧与人类文明,在互文性的空间叙事的意义上各自展现怎样的时代书写的贡献和意义。“从观众那里得到什么样的认知和社交反馈”[①],进而由转瞬即逝的包括身体感官的感性经验演化为对心理空间、文明意识深处的驻留、品尝与回味。

与《金大班的最后一夜》相比,《孤恋花》的改编更动较大。原小说侧重心灵、心理空间,而林清介的电影和曹瑞原执导的电视剧在社会时代表现上着墨较多,戏剧性十足,但是角色与上海与大陆与祖国的最深的“结”深深缠绕其中。影片《孤恋花》同样是表现的风月场,背景改为二十世纪四十年代战时和战后时期,讲述台湾醉凤楼里云芳、白玉、娟娟、雪儿(陆军司令)等人的故事。日本人、南洋、东北沦陷区、唐山……构成隐秘的情感地理。音乐家林三郎与白玉的心灵相通,对她心生好感。苏州来的云芳,白玉家没有钱,白玉哥哥只好去当兵,家里人指望她,她备感压力。物理空间,住得都格外局促。大陆被日本飞机炸,云芳到了台湾,又遇上了美国飞机炸。轰炸的场面格外惊悚。渲染十足。阿俊想娶云芳为姨太

① [美]亨利·詹金斯、赵斌、马璐瑶:《跨媒体,到底是跨什么?》,《北京电影学院学报》2017年第5期。

太，她拒绝了他。柯老雄喜欢上了娟娟。电视剧的主角转移为台湾作曲家林三郎及其流亡人生，主张文化乡愁的民族志的参与性观察，显化文化的厚度及其传递效应。

《孤恋花》中的人物经常和人说“从前家乡”。影片讲述，三郎在大陆几年，他和人说他是台湾人，谁知常常被说是日本人。他一想，算了，还是回到台湾，“醉卧枫乡”。电视剧第一集，剧中描述林太太早年由台湾随丈夫到东北做事，苏联人来的时候，丈夫病故，可她和孩子格外惨，她“带着孩子东奔西簸”，过得很不容易，最后才到了上海。“日本人，拿他们当中国人，撒手不管了。内地人，拿他们当日本人，人人喊骂。”林三郎听了，不由感叹：“这都是台湾人的悲哀。”这个细节和电影有差异，但身份认同、家园认同同样成为问题，它意味着人物的流离、身体感官的经验、难断的情缘与灵魂的漂泊，纯真的花样年华不再，却只留乱世儿女的满心满眼的沧桑与无奈。

典型创造能不能把握“真实”，和对主体的知觉经验实现令人信服的移转、移译有重大作用，关键是不能建造“云雾中的楼阁”，这样的东西没人会感动。夏衍曾在二十世纪三十年代指出：“能否把握‘真实’，这是艺术家能否成功的分歧。”后来，在《写电影剧本的几个问题》中，夏衍再次强调：“真实性是一切艺术的重要的原则。”同时，他还明确指出：典型环境的关键，是“政治气氛与时代脉搏”。

白先勇没有像夏衍置身过三十年代的外忧内患的时代环境，他的时代脉搏的触碰，传递的，是人本精神，他的作品的影视改编在人物塑造和人生观照等方面继续进行探索。这之中，从历史上直觉地寻找影视或剧情展现的形式，虽然是做的改编，但是我们还是看到“直觉”的作用，走心的作用。

《花桥荣记》(1998)中的荣蓉，在战时与丈夫天长匆促别离，从此，天各一方，失去音讯。来到台湾的荣蓉开了一个米粉店，店里的顾客中，许多是广西同乡，为着要吃点家乡味，才常年来荣记这里光顾，尤其是来包饭的，都是清一色的广西佬。“李半城”死前还惦记着能不能回到大陆看一看自己有地契的几栋老房子。秦癫子一直活在当年县长的幻象中。卢培明为了在大陆的未婚妻能来台湾与他相聚被骗去全部积蓄。桂戏，可以解解乡愁。音乐与唱词跨地跨时空。“望儿望得我眼穿，我的儿，汾河湾，去打雁，日落西山。”桂林的山、水、人之美常在心中。这种表现，是外在于理性认知的属于身体感官的层面的。

其中贯穿着“情感地理”的建构与解构。其中强调流动性，重视表现情感和感情在人与人、人与物之间的流动；重视个人性，不停留于肤浅的表层关系，深入精神生活的隐秘空间；主张文化乡愁的民族志的参与性观察。弱化隔绝观念，显化文化的厚度及其传递效应，倡导跨界关联。

这是作者白先勇先生的“哀江南”。是大陆一代人迁台的“沧桑与惘然”，是刘俊教授说的“与大陆千丝万缕的历史联系”(《〈台北人〉五十岁了》)，是流转颠沛的人们去国离家生命际遇的深情“宣叙”。

我想说，我是视白先勇先生作品的影视改编中的典型创造为有生命的动力学的，而且它之于中国影视与文化的发展，有其重要的当下意义。

在后现代的时代语境下，典型的曝光瞬间似乎比百分之一秒还短，这种情况下，再谈典型似乎是老生常谈，但其实并非如此。典型作为构建真实、形成任何有意义的定位与动力学的重要手段，不仅不是时代的弃儿，反而需要被重新重视和讨论。

它作为历史的一部分，而非外在者，和中国性、现代性和文明性相呼应，体现出独具魅力的艺术真实。

“白先勇时间”与中华文化复兴

黎湘萍

（中国社会科学院文学研究所）

2021年9月末，我在北京某院线观看了纪录片《牡丹还魂》，我原以为纪录片进入中国大陆的院线是比较困难的事情，因为大陆的观众似乎对戏剧、电影或连续剧更有兴趣，但《牡丹还魂》的现场证明了这是我的偏见。不仅观影的观众多，而且大半是年轻人。开场前，我听到身边的一对恋人低声聊天，女的对男的说：“看这部片子，对我来说特别有意义！”男的笑了：“我也是！”纪录片从开始到结束，整个播放期间鸦雀无声，到最后全场竟不约而同地鼓掌喝彩（有个朋友在别的影院观看后给我发微信，所描写的情景也是如此）。其情其景，宛如当年《青春版牡丹亭》从南到北，从两岸三地到欧美日各地高校上演时观众情不自禁地全场鼓掌一般。这些彼此互不相识的观众、读者们，用发自内心的感动向不在现场的白先勇先生及其团队致敬。我看到了白先勇先生播下的种子，已然在青年一代的心中生根、发芽、结果。暗想：自宋元明清至现代中国的戏剧史上，可曾有过如《青春版牡丹亭》般走进大江南北的大学校园、连续十五年上演三百场的盛况？

白先勇先生在《牡丹还魂》中强调，他只是一个举着旗帜的人，在他的身后汇聚着两岸三地最优秀的几代艺术家、专家学者，有远见卓识的教育家、企业家等，是他们经由《青春版牡丹亭》共同发起了一场当代的文艺复兴运动。诚然，但假如不是白先勇，有谁能在两岸三地具有这样的魅力、魄力和能力来摇旗呐喊且做成这件亘古罕见的盛事？假如不是白先勇，有谁能在两岸三地经由昆曲复兴而再度高举中华文艺复兴的旗帜，展现中华文化之性情、美善及其以美学来熏陶情感、以悲悯来化解戾气、以古典美学来滋养现代的理想？

正是在这场观影现场中，我明显感受到了"白先勇时间"的存在，它透过白先勇个人的生命经验与艺术实践，以艺术的方式，跨越不同的时空，渗透、扩展、播散到每一个观影者自己的时间之中，化为他们个人经验的一部分。

一、"白先勇时间"源于其文学的美学品质

"白先勇时间"来源于他的所有作品。白先勇的作品是中文世界独特而迷人的文学风景。从 1958 年的《金大奶奶》、1959 年的《玉卿嫂》开始，二十出头的白先勇就出手不凡，用简洁清澈的现代中文，精雕细刻了一系列充满历史沧桑感的人物世界。他与川端康成一样是最细腻深刻的表现东方人的生存处境和精神世界的世界级艺术家，他以冷静的风格呈现人物内心的激情和无名的痛楚，在战后文学中达到了将美学与哲学、伦理学融为一体的极致。

白先勇的作品是艺术，蕴涵着高品质的美学因素：

1. 语言之美：传情达意的高度技巧，描写的精致，叙述角度的巧妙选择和对话艺术的运用。他的小说语言，举凡叙述，皆简洁干净；而凡是人物对话，无不生动活泼。叙述、描写没有欧化的痕迹，完全通过各种叙事观点和口语的灵活运用来自然地表现人物的内外世界，这在"五四"以来的现当代作家中是罕见的。

2. 戏剧之美：个性鲜明的人物与戏剧性的情节，是白先勇小说很鲜明的特征之一。白先勇是现当代作家最敏感于生命的"无常"的，因此其作品往往善于捕捉从"有"到"无"的戏剧性兴衰变化，个

人如此，家国如此，世运也是如此，《台北人》十四篇作品，从《永远的尹雪艳》到《国葬》里的每个人，都无所遁逃于这种渐变或突变的命运。他的人物被置于无常的剧烈冲突之中，因而其颓唐乃至死亡，往往引发读者或观众的强烈共鸣。

3. 绘画之美：白先勇是短篇小说的高手，几乎每篇小说的每个场景，都富有绘画之美，画面感极强。这与他善于交替运用叙述（narrating）和展现（showing）的表现方式很有关系。一身雪白素净的尹雪艳，在五月花唱《孤恋花》的娟娟，或者从打车到窦公馆、在聚会上演唱《游园惊梦》失声到离开窦公馆的钱夫人，画面鲜明，每个人物之或隐或现，都有恰如其分的场面和气氛作烘托，构成一幅幅色彩丰富的人物群像和情境画面，令人观之难忘。

4. 音乐之美：不仅语言层面富有节奏，朗读起来朗朗上口，而且把音乐作为小说情节展开、突显人物命运的重要线索，这方面表现出白先勇对于音乐的敏感，例如几乎每篇小说都涉及音乐的场面，或径直以歌曲、戏曲为标题，如“一把青”、“孤恋花”、“游园惊梦”、“Danny Boy”、“Tea for Two”等，音乐是记忆展开的媒介，也打下鲜明的时间或时代标记。

这些美学因素，使得白先勇的小说成为话剧、舞剧、戏曲、电影、连续剧改编的重要来源，因为它们的人物性格和命运的戏剧性变化，乃至音声图像，已为其他艺术形式的改编提供了丰厚的原料。在文学领域，白先勇先生不仅是书写当代的“黍离”、“麦秀”和“哀江南”的抒情诗人，而且是打破成规和偏见的勇士，他诚实地表现人类的内外生活状态，挑战深藏于社会机理之中的偏见和不合理的秩序；在艺术领域，白先勇先生是完美主义者、跨界的先锋，八十年代开始把小说《游园惊梦》搬上舞台，是其文本跨界转换的开始，到青春版《牡丹亭》的策划、制作与文本改编、美学表现等多方面的介入而达到高峰。八十年代以来，白先勇成为影视界的“福将”，捧红了众多明星，只要进入他的小说改编的影视剧，老明星会大放异彩，年轻演员会一举成名。

显然，白先勇的小说创作在突破其文学文本形态进入影视领域之后，已经使“白先勇时间”成为一个跨越时空、打破疆域、意涵日益拓展、影响日益深远的存在。

二、“白先勇时间”的存在方式

“白先勇时间”存在于白先勇的一系列艺术实践之中，它从文学内部的时间逐步扩展为超越文学疆界的艺术的和社会的时间，其呈现方式即其艺术实践的三个阶段[①]：

第一个阶段是文学创作，包括小说和散文写作。从 1958 年发表第一篇小说《金大奶奶》到 2002 年和 2003 年发表纽约客系列的两篇短篇“Danny Boy”和“Tea For Two”，前后跨越四十四年，且这一创作过程仍未终止，《纽约客》系列还在等最后的篇章才能完整问世。这个纯粹的文学写作的阶段，是白先勇艺术实践的主体。白先勇以他自己非常独特的感受世界的方式，完成了他最重要的文学功业，或者说，完成了将自然生命向艺术生命转化的过程。从早期小说（《寂寞的十七岁》系列）到成熟期小说（《台北人》系列以及长篇小说《孽子》），以至晚期的小说（《纽约客》的最后几篇），白先勇都是非常前卫却又相当传统的“先锋派”。他之前卫，既表现于题材的开拓，又突出于形式的探索：家国由盛而衰，与个人青春不再，是他一再表现和凭吊的题材。他与传统的关系，最突出者竟然是形式上的，白先勇之“现代主义”的艺术形式——例如他使用得相当娴熟的意识流、象征手法和各种叙事观点的运用——恰是结合了中国传统小说的语言技巧的。人们可在他的小说感受到

① 本人曾撰小文《谪仙白先勇及其意义》，发表于台北《印刻文学生活杂志》2006 年第 2 卷第 7 期“白先勇专辑”，此处部分引用拙文。

《红楼梦》的文字节奏和颜色声调，正是这种特有的文字风格，赋予他作品的叙事写人状物写景以难以言传的亲切感(《台北人》尤其如此)，也可在那里看得出来卡夫卡式的心灵的囿限和无以言说的痛苦。白先勇描写的人生悲剧既是政治的，也是历史的，命运的。他不仅为战后小说注入了深厚的历史沧桑感，使得现代小说在社会批判的功能之外，更多了一层历史的厚度和人性的深度，也正是这一点，创造了白先勇多年来众多的读者群，他们在白先勇作品中，看到了人及其命运的迹线。

第二个阶段是与他的作品有关的舞台实践。1979 年，香港大学戏剧博士黄清霞率先把白先勇的《游园惊梦》和《谪仙记》改编成戏剧搬上舞台，促使白先勇后来亲自加入了改编其作品的历程。以 1982 年夏《游园惊梦》舞台剧在台北中山纪念馆公演十场为标志，文学版的《游园惊梦》进入剧场。1988 年《游》剧在广州上演，随后在上海演出，1999 年美国“新世纪”业余剧团版的《游》剧在美上演。从 1979 年到 1999 年二十年，昆曲的旋律与白先勇小说人物命运的盛衰浮沉，成为非常重要的艺术风景，小说的戏里戏外，和现实人生的戏里戏外一样，构成一部真切感人的人生戏剧，激发成千上万观众的共鸣。这个阶段，是白先勇走向第三阶段的过渡，是他在 2003 年开始策划青春版《牡丹亭》的演出的预备。

而第三阶段，即青春版《牡丹亭》的策划制作，白先勇虽然是在幕后，却是非常重要的主脑人物。正如率军打仗一样，文将军白先勇率领他的艺术军团，走进校园，以昆曲艺术特有的美，一一攻破年轻一代的心灵的城墙，不仅启动了一部古老的戏，而且重新唤醒了新生代对我们自身传统文化的自信心。对于美的向往和喜爱，非但不会演变成为政治性的民族主义浪潮，反而有可能给趋于干枯的传统重新注入温润的现代活力。

这三个阶段有一个越来越清晰的特征，那就是从侧重描写毁灭于时间的“美”的沉沦的悲剧，到试图用“美”来抵抗时间的侵蚀，以瞬间的美为永恒，从而重铸属于性情和灵魂的历史。前者是文字的，后者是舞台的；前者是悲悼的，后者是救赎的；前者是悲怆哀婉的，后者是庄重喜悦的；前者是过去的，后者是现在和未来的；前者是告别的仪式，后者是复兴的典礼。

从这三个阶段看，白先勇的艺术实践和文化活动，前后有两个面向：一个面向是通过作品来表现的，其主题，如欧阳子和他本人所言，是“时间”及其造成的各种悲剧；从《台北人》、《纽约客》到《孽子》，无不如此。因此，白先勇小说的“时间”有不同的层次：一是最根本的个人的时间；二是家族的时间；三是国族的时间；四是文化的时间。这四种时间，相互纠缠，互相影响。每一种时间，都有其悲剧的色彩。白先勇最了不起的地方，是细腻描绘了时间变化与个人、家族、国族和文化之命运变迁之间的关系。他观察到，所有的美的东西都毁灭于时间，在这个意义上，白先勇是千古的“伤心人”之一。这是白先勇文学世界向读者展现的最基本的情调。但白先勇的意义不仅仅在此，从他八十年代以后的文学或文化活动看，白先勇还扮演了文化使徒的角色。七十年代中期，白先勇就开始提出“文化复兴”的说法[①]，这当然与官方的说法有所不同，因为，白先勇的文化复兴说，乃基于对官方的文化、教育实践的批评。如果说，白先勇的文化复兴说在七十年代中期还只是一个理念，那么到八十年代以后至二十一世纪头十年，则是一种具体的实践活动。我把从《游园惊梦》的舞台剧到青春版《牡丹亭》的策划演出，看作白先勇文艺复兴实践的重要例证。所谓的文艺复兴，表面上看，似乎是昆曲的复兴，是明代汤显祖《牡丹亭》的重现舞台，是白先勇个人青春梦的再现，但实际上，从昆曲，到青春版《牡丹亭》，我们看到白先勇和他的团队所呈现的艺术世界之外，还有更多的启

① 1976年8月21日白先勇与胡菊人的对谈中，提到文化复兴首先应该改革课程的问题，见《与白先勇论小说艺术》（原载《香港明报月刊》和《联合报》，收入《第六只手指》，上海文汇出版社1999年版，第284页。）

示意义。这就是昆曲背后的中国传统艺术的价值;《牡丹亭》所呈现的世界的意义。这些都指向对中国传统文化、文化哲学、美学的重新认识。要强调的是,白先勇所理解的传统文化,并不是其中保守、僵化的部分,而是其充满了活力、开放精神、精致的部分。

简言之,白先勇的文学创作和文化实践,有两个相反的方向,文学中,他描绘了某种文化价值、美的必然的衰亡;而在文化实践中,他试图走出这种悲剧,力振中国文化和美学所曾有过的辉煌。在他对古典文化的重新诠释之中,暗示了现代创新的文化的可能方向。

白先勇在写他眼中的世界时,为读者提供了许多既熟悉又陌生的经验世界。这些经验,分析起来,不外两种:其一是外在的历史经验。这些经验具体落实于家国的巨变上,深刻影响白先勇对历史、现实、人生、人性、命运的感知。白先勇小说在表现这些历史经验时,不是从“宏大叙述”入手,而是从经历过这些历史沧桑的大、小人物的日常生活的改变入手。他采取了不同的视角或观点来切入历史。正是在这一点上,他的小说被夏志清比拟为“民国史”。然而,事实上,小说不等于历史,小说只是具有认识历史的功能,因为书写历史不是小说的目的,而是历史学的目的,小说的虚构性质,使之区别于历史,也使它的最终目标并不是以客观史料来讲述历史,而是表现在历史运动中的人的命运和人性,对此,白先勇有非常清楚的认识。他的“历史”小说的落脚点,往往不是大事件的回溯,而是大事件对于小人物命运的深刻影响。另外一种是内在的个人经验或身体经验。白先勇不止一次提到小时候因患肺病而被隔离疗养的故事,这对白先勇的个人生命而言,是非常重要的转折点之一(另外一个转折点是他的三姐罹患精神疾病和母亲的去世)。生命中不能承受之轻和重,酝酿于身体的变化,也来自身体有至深至亲关系的人的生命的变化。白先勇敏感于自己内心感情的变化,也敏感于别人的情感的变化,这一能力也许深受他非常独特的“身体”感觉的影响。因此，早期的小说，竟有大部分，是涉及身体的觉醒，可把早期写作看作“身体写作”的滥觞。到《孽子》以后，“同志书写”使白先勇成为这个领域的最深入大胆的探索者，与他早期的身体感觉有密切的关系，也是在这一点上，白先勇把最“另类”的个人经验做了富于现代伦理意义的表现，大大扩展了人性探索的领域。第三种所谓的“现代经验”，也许不可以称为“经验”，因为它是“超验”的，属于白先勇所领悟的宗教的层面。越到后来，白先勇的写作就越突显出这种宗教性的救赎性质。2002—2003 年问世的“Danny Boy”和“Tea for Two”，就具有救赎的性质，应该看作《孽子》的尾声。与此同时，2003 年开始，白先勇策划制作青春版《牡丹亭》，在我看来，也是另外一种更具有普遍性的救赎，只是他以“美”来作为现世的“宗教”，以“情”改造了政治和礼教。

三、“白先勇时间”的意义

1969 年 3 月号的《现代文学》以白先勇作封面人物，该期除了刊登白先勇的小说《思旧赋》(台北人之八)和《谪仙怨》(纽约客之二)，还同时刊出颜元叔《白先勇的语言》、于梨华《白先勇笔下的女人》，大概可以看作以白先勇作为杂志专号的滥觞。在此之前，魏子云、隐地、尉天骢、姚一苇等作家、评论家都曾就白先勇的作品做过评论。同年 12 月，夏志清在《现代文学》第 39 期上发表《白先勇论》(上)，如胡适撰述《白话文学史》之缺乏“下卷”一般，夏志清的《白先勇论》也没有“下”文。这对于勤奋著述的学者夏志清而言，可能是一种偶然，可能他等着白先勇的新作，或者寻找新的诠释方式。但这也未尝不可以看作一种不期然而获得的“象征”，仿佛在预示着，关于白先勇的评论，自 1969 年颜元叔、夏志清迄今，不论如何热闹，涉及的面有多宽，构建了多少从白先勇的文学作品得到启发的“论述”和“知识”，它们都可能还是“上”，白先勇论的“下”卷永远等着未来一代人来写。这是不易做定论的作家论，是没有终点的旅行。

围绕着白先勇所展开的评论、译述、研究以及作品改编（舞台剧、电影、连续剧），衍生出另外一种文学和文化现象。从魏子云、姚一苇、隐地，到颜元叔、夏志清，中经欧阳子、龙应台、袁良骏、王晋民、陆士清、刘俊、林幸谦，到晚近的江宝钗、曾秀萍，还有数不清的论文论著，汇为饶有趣味的“白先勇现象”，而“白先勇现象”背后的关键，正是“白先勇时间”：它通过文学、戏剧、影视等艺术形式对于人性的深刻表现，产生了社会性的影响力。已有的白先勇研究将被新的白先勇言说所深化，后来人再去论述他的作品的主题、题材、语言、形式时，必将克服日益加深的诠释和理解的困难，也正是这种“困难”，使得“白先勇时间”有了不断绵延拓展的意义。

现在重读白先勇的文学与影视作品，可以重新思考和反省它们所共同表征的两个相互关联的概念，即“白先勇时间”与“中华文化复兴”：

其一，“白先勇时间”不仅包括白先勇小说中的所描述的时间，譬如每个人物在时代巨变中的不同命运（在这个意义上，《台北人》、《纽约客》、《孽子》可谓家国兴衰与个人命运的“编年史”）；而且包括白先勇生命历程中观察、感受、体验与表现“时间”的方法和特质，这是从白先勇个人时间拓展延伸出去的具有历史意义和文化价值的时间，它包含着白先勇所领悟的文化精神和白先勇所创作的艺术世界（包括其文学创作及其被改编的戏剧影视作品），它上接汤显祖、曹雪芹所开创的新人文主义文艺传统和“五四”文艺复兴的精神，下开战后中华文化复兴的大业。因此，“白先勇时间”的容量大，持续性长，影响广泛而深远。今天，当我们大家聚合起来研讨白先勇的文学创作及其相关的影视剧创作时，我们就都处于这一特殊的“白先勇时间”之中。

其二，“文艺复兴”问题早在七十年代就已经见诸白先勇与胡菊人的讨论，而这一思路在白先勇这里，不仅仅是“概念”或“理念”的问题，更是一个具体的文化实践的问题。我们都知道西欧的文艺复兴起源于文艺，譬如意大利薄伽丘的《十日谈》、英国莎士比亚的戏剧等。所谓的“中华文艺复兴”，重点在文艺，而文艺的复兴，根基仍在人的问题。白先勇借助青春版《牡丹亭》，展现了从汤显祖到曹雪芹数百年的艺术传统，这一传统中所蕴含的美学与人文思想，在于他们以艺术的方式丰富了关于人、人性的理解，在于他们明确提出了“情”对于人的存在与社会再造的意义，对于延续了数千年的政治性的“礼教”、哲学上的儒学或“理学”和社会学上的“礼制”，“情”都具有根本性的意义，倡导有情的文化与政治，不是简单的“反”传统，而是把敬重个人的生命、情义作为艺术、政治、哲学、社会建设的核心。

从白先勇倡导的文艺复兴，不由得想到胡适所论及的中国文艺复兴。胡适曾说：“所谓‘中国文艺复兴’，有许多人以为是一个文学的运动而已；也有些人以为这不过是我国的语文简单化罢了。可是，它却有一个更广阔的含义。它包含着给予人们一个活文学，同时创造了新的人生观。它是对我国的传统的成见给予重新估价，也包含一种能够增进和发展各种科学的研究的学术。检讨中国的文化的遗产也是它的一个中心的工夫。”[①] 借由“活文学”创造“新的人生观”是胡适文艺复兴观的核心所在，其中包括了对于传统成见和文化遗产的重新评估与检讨。在这方面，白先勇是继承和发展了胡适的文艺复兴观的。

从胡适的“文艺复兴”概念，又不由得想到李长之的文艺复兴。李长之在《迎向中国的文艺复兴》“序”中说：“我的中心意思，乃是

① 胡适：《中国文艺复兴》(1935 年 1 月 4 日在香港大学演讲，刊于《联合书院学报》第 1 卷第 49 期，《胡适全集》第 12 卷，第 242 页)。

觉得未来的中国文化是一个真正的文艺复兴。五四并不够,它只是启蒙。那是太清浅,太低级的理智,太移植,太没有深度,太没有远景,而且和民族的根本精神太漠然了!我们所希望的不是如此,将来的事实也不会如此。在一个民族的政治上的压迫解除了以后,难道文化上还不能蓬勃、深入、自主、和从前的光荣相衔接吗?"[①] 白先勇的文艺复兴,正好回答了李长之的问题。

然而,无论是胡适还是李长之,都缺乏白先勇进行文学创作与艺术实践的才华和时空。换言之,文艺复兴在白先勇这里,不是一个空洞的概念,而是由他六十多年来的文学创作实绩和由他参与、众人参与、在不同的时空中无限延伸、扩展出去的艺术创作组成的,"白先勇时间"则是其中最核心的特征与存在。

从"白先勇时间"再看白先勇的创作,会有什么不一样呢?

首先,在白先勇的小说里,"时间"比空间更重要,因为"时间"是属于每个人的,而"空间"则不然,"空间"只是白先勇表达时间之哀伤的依托,所谓"黍离之思",所谓"昔我往矣,杨柳依依;今我来思,雨雪霏霏",是也。白先勇所有的小说,如果整合起来看的话,可以看作白先勇独具特色的"追忆逝水年华"系列。无论是"台北人"(民国史),还是"纽约客",无论是在桂林、上海、台北,还是流散于纽约、芝加哥(离散书写),所有人物曾经生活过的"空间"都不再属于人物自身,他们所拥有的,只有对于这些流动的空间的追忆。而时间的变化,对于人物本身才是刻骨铭心的,小到一个人的生老病苦死,大到国家的生死存亡,时间成为一把看不见的利刃,把每时每刻的欢乐和悲伤、幸福与痛苦,都雕刻在人的身体与记忆里。白先勇把他自童年以来观察、体会到的自己与他人的人生,用了生动的语文,编织成不会被时间侵蚀的文字雕像。因此,当他说"尹

① 李长之:《迎向中国的文艺复兴》,商务印书馆 1944 年八月重庆初版,1946 年九月上海初版,第 4 页,该序写于 1942 年 9 月 9 日。

雪艳总也不老”的时候，意味着“尹雪艳”成为在“时间”中的一个象征性坐标，一一映照出在时间中老去和消逝的人们，万物盛极而衰，繁花凋零，然而，唯有情、义仍能存在于时间长河之中，也唯有情义可以在时间中抗拒轮回，起死回生。

其次，解读白先勇的小说，无法用单向度的文学理论或方法，诸如现实主义、现代主义，或者浪漫主义，古典主义，乃至各种时髦的解构说、后殖民说之类，或者说，白先勇的世界对单一化的“理论”具有抗拒解释的作用。白先勇没有去刻意创造现实主义所强调的“典型”或“新人”，你在他的小说里找不到梁生宝之类的人物；但你会看到他的人物都会在时间的变化中改变命运的轨迹，旧式的金大奶奶(《金大奶奶》)如此，新式的李彤(《谪仙记》)、朱青(《一把青》)也是如此；赫赫战功的将军，忠心耿耿的仆从，青春勃发的飞行员，无家可归的青春鸟，都是如此。白先勇在时间的流变中写出了“无常”，又在“无常”的命运中写出了“人性”、“人情”之常态。正因如此，读者在他的小说世界中看到了别人的世界，也认出了在这个世界中的自己的模样。什么主义、理论都可以借用白先勇时间来自我解释，但白先勇时间本身不属于任何主义和理论。

第三，白先勇塑造的人，以重情义为特征，这样的“人”融合了传统的优异价值观和现代人的新伦理，是白先勇式的文艺复兴的基础和典范。因此，白先勇的中华文艺复兴，不仅是美的形式的复兴(如昆曲所包含的综合性的艺术之美)，而且是一种融合了古典价值观与现代伦理的人的再造。我们看青春版《牡丹亭》、《白罗衫》和《潘金莲》等新版昆剧，对古代戏剧人物的再现，都融入了现代的价值观；而根据白先勇的同名小说改编的连续剧《一把青》和《孽子》，也创造了崭新的伦理世界：前者展现的是宏大的战争与和平的画面，人物在战争(抗战、内战与冷战)中变化莫测的命运，在书写家国巨变，悲悼青春、死亡，书写现代性的悲剧方面，白先勇的作品汇入了世界文学中战后的一代，其书写美的灭绝，废墟上的希望，人的身体和精神的流离，罪的救赎，等等，既是华人的，更是世界性的（关于“一战”、“二战”后的作家作品，早在六十年代创办《现代文学》时，就得到一系列的译介，而白先勇对于经典的吸纳，则不限于这些作家，更包括了《红楼梦》这样的中国古典和一些十九世纪的经典作家）。后者所塑造的孽子们的“王国”，颠覆了人们习以为常的偏见，小说不仅完美体现了白先勇先生所追求的“希望把人类心灵中无言的痛楚转换成文字”的理想，也通过“孽子们”的命运和献祭，救赎了一般的读者大众。

关于白先勇的研究、评论如此众多和持久不衰，“白学”之说似也呼之欲出①。“白学”不仅研究漂流的文化乡愁、怀旧的文学、悲天悯人的生活态度、追求完美的审美趣味，或者“最后的贵族”与“边缘人”的悲情，白学也将是一个不断突破各种陈规旧套的文学场域。事实上，从二十世纪六十年代初开始至今的白先勇评论、研究，在中国台湾、中国大陆和海外，不断衍生关于青少年问题、女性问题、阶级问题（“最后的贵族”）、历史与社会意识、文化认同、国族认同、身份认同、同志议题、后殖民与离散、现代主义与现实主义、传统与现代、昆曲复兴和文化复兴等各种相关的文学内外的话题，成为浮现于媒体、大学课堂的重要讨论对象，是知识生产和理论创

① 二十世纪六十年代初开始有针对白先勇小说的评论。早期的评论侧重题材的意义和相关议题的讨论，例如魏子云《寂寞的十七岁——评介一篇触及少年问题的小说》发表于1962年11月14日《联合报》；隐地《读白先勇〈毕业〉》刊于《自由青年》1965年第34卷第4期；尉天骢《最后的贵族》发表于1968年2月《文学季刊》第6期。从姚一苇《论白先勇的〈游园惊梦〉》（发表于1968年11月的《文学季刊》）开始，到颜元叔《白先勇的语言》（刊于1969年3月《现代文学》第37期）和夏志清《白先勇小说论》（上）（刊于1969年12月《现代文学》第39期），细读白先勇、探讨构成其作品肌理的语言和主题渐成学院派评论的特色，而以欧阳子对《台北人》系列的主题分析（收入欧阳子《王谢堂前的燕子》，台北，尔雅1976年4月初版）集其大成。至今关于白先勇的研究专著至少已有七种，论文不计其数。建立“白学”似嫌“夸张”，但作为知识生产的资源之一，白先勇的作品及其文化艺术实践活动早已不可或缺，直接影响到两岸三地甚至海外华人文学的定位问题。

造的资源、文艺沙龙与社会运动的助力。

“白学”之所以有意义，最重要的，是源出于白先勇笔下那个虽然不是很庞大，却非常精致质感十足的小说世界，是由金大奶奶、玉卿嫂、尹雪艳、金大班、沈云芳、娟娟、钱夫人、朱青等女性人物和王雄、阿青、龙子、阿凤、杨师傅、傅老爷子等一干人物组成的艺术画廊；是 1960 年白先勇领着一班人马创办的《现代文学》杂志，这份杂志现已成为台湾文学史不可或缺的环节之一。当然，还有从小说文本衍生出来的舞台剧、电影、连续剧，以及白先勇作为制片人和策划者也颇能体现其美学理想和人生追求的传统艺术的呈现，即青春版《牡丹亭》的演出，后者看似借用传统的昆剧来表现四百年前汤显祖的青春梦想，然而白先勇及其创作团队对这个青春梦想的呈现方式，却引发新生代重估传统艺术和人文价值的浪潮，在这个意义上，昆剧青春版《牡丹亭》的舞台实践，既可看作“昆曲”的复兴，更应看作一种深具新意的文化现象，这是昆曲背后的传统人文价值（包括戏剧、音乐、文学、绘画、书法和哲学）的反省和更新，当代条件下可能的新的文艺复兴。

从文学创作到影视剧的改编到青春版《牡丹亭》在不同国家和地区的跨境跨时空旅行，“白先勇”这三个字，已从个人的专有名词，演变为一个包含着丰富的文艺与文化意义的普通名词，它可以用来描述具有世界意义的战后华文文学的特质，它可以用来阐释中华文艺复兴的内涵，它赋予了当代“人”更为深邃、多样、开放的诠释，它开启了古典与现代相互融合的人文与美学新境界。

总之，“白先勇时间”从 1937 年白先勇诞生之时开始，而真正的展开，始于他使用文字进行文学创作的二十世纪五十年代，它的生命力与恒久性和他六十多年来的从未终止的文学创作有密切关联，与其创作被改编为话剧、舞台剧、戏曲、影视剧有关，与三百多年前的文艺传统的融合和再造有关，与读者和观众们的时间之密切呼应有关，因此，“白先勇时间”或者即意味着中华的文艺复兴在二十一世纪的生根、开花、结果。

2021 年 11 月 19 日于北京

2021 年 12 月 31 日修改

白先勇创作的戏剧资源及其开发运用

朱寿桐

（澳门大学中文系、中国历史文化中心、南国人文研究中心、澳门文艺评论家协会）

已经有研究者注意到，白先勇的文学创作与戏剧的关系极为密切，但这样的研究多为白先勇近十数年来浸淫于戏剧事业，推动并主导青春版昆剧《牡丹亭》这一特别的文化事件所启发，而且相关的研究往往过甚其词，认定白先勇的文学创作具有“戏剧化”的倾向。在这方面，娄奕娟的论文具有代表性，也具有相当的分寸感，论者认为白先勇的《台北人》具有“戏剧化的因素”，[①]但其他论者较多地坐实白先勇小说创作的“戏剧化”倾向，似乎想论证白先勇小说“太像戏”，这就有些不合适。其实，作为作家的白先勇主要成就仍然体现在他的小说创作之中，而且他的小说就是典型的小说文体文本，只不过他的小说创作较多地运用了戏剧资源，而戏剧资源的开发利用强化了他小说的特性和魅力。

一、杰出文学家与戏剧资源

几乎所有著名的中国新文学家，其文学创作的巨大成功，都常常包含有戏剧资源的开发与运用的成分。因为他们在童年、少年

① 娄奕娟:《论白先勇小说中的“戏剧化”因素——试以〈台北人〉为例》,《华文文学》2003 年第 3 期。

时期所接受的文学养分和艺术养分，最有可能通过的是戏剧特别是民间戏剧的资源与渠道。戏剧滋养了他们的文学兴味，同时戏剧也成为一种文学记忆沁入他们作为作家的心脾，成为他们日后进行文学创作的重要素材，甚至成为他们进行文学构思的方法论基础。

鲁迅在小说《社戏》中说“我”几乎不看戏，“倒数上去的二十年中，只看过两回中国戏，前十年是绝不看”。但这并不影响他在创作和写作中频繁地、密集地使用戏剧文化资源。他不仅写出了中国现代几乎是唯一成熟的哲理诗剧剧本《过客》，他的最重要的小说人物阿Q动辄“手执钢鞭将你打”，《离婚》中的爱姑也崩溃在七大人唱戏式的“来……兮”堂号声中。《白蛇传》这类戏文中的“义妖”形象成为鲁迅写《论雷峰塔的倒掉》等战斗檄文的资源，《电影的教训》等杂文引征传统戏剧剧目《斩木诚》，以及《四郎探母》、《双阳公主追狄》等传统戏文更是驾轻就熟，如数家珍，对中国传统文化中的孝道、“忠义”的批判一般都借助于戏曲资源。

郭沫若是汉语新诗的缔造者，同时也是汉语新剧的开拓者。他在“五四”时代推出的代表作《女神》，其点题之作就是诗剧《女神之再生》，在此剧中甚至有舞台监督的角色出现。当然他的《棠棣之花》、《屈原》、《南冠草》等剧作也足以表明，他同时也是杰出的剧作家。茅盾同样是杰出的剧作家，他1940年代的戏剧创作成就并不下于他的小说成就。莫言将猫腔地方戏曲引入他的多部著名小说，并成为小说代表作中的代表性情节。贾平凹将秦腔当作重要的文学素材，还以秦腔为名创作了他的重要作品。这些戏剧因素不仅丰富了作家的创作题材，而且也夯实了作家的创作资源。

白先勇接触戏曲的年龄是9岁：“梅兰芳回国首次公演，那一年，我9岁。梅兰芳一向以演京戏为主，昆曲偶尔为之，那次的戏码却全是昆曲：《思凡》《刺虎》《断桥》《游园惊梦》。很多年后昆曲大师俞振飞亲口讲给我听，他说——梅兰芳在抗战期间一直没有唱戏,对自己的嗓子没有太大把握,皮黄戏调门高,他怕唱不上去,俞振飞建议他先唱昆曲,因为昆曲的调门比较低,于是才有俞梅珠联璧合在上海美琪大戏院的空前盛大演出。我随家人去看的恰巧就是《游园惊梦》。从此,我便与昆曲,尤其是《牡丹亭》结下了不解之缘。小时候并不懂戏,可是《游园》中《皂罗袍》那一段婉丽妩媚、一唱三叹的曲调,却深深地印在我的记忆中,以至许多年后,一听到这段音乐悠然扬起就不禁怦然心动。”[①] 后来,他与剧坛大德周信芳等过从甚多,与昆剧界的张继青等名师也交往甚多。不过他的文学资源则是在少年时代的戏剧濡染中形成的。

根据文艺创作心理学的原理,一个作家少年和青年时代的人生体验,是构成这个作家创作资源意义的最为有效的经验。英国小说家格雷安·葛林认为,作家在其人生“前 20 年”的经验具有这样的资源意义,爱尔兰作家乔伊斯则说是前 25 年。[②] 上述杰出作家在少年时代所受到的戏剧教育和戏剧资源的濡染,最可能形成他们的文学创作的原型题材,甚至成为他们的思想文化资源。白先勇的人生经验与戏剧艺术接受经验同样也是如此,在童年和青年时代的接受最有可能成为伴随其一生的文学文化资源。

这样的资源意义首先在于,青少年时代接受的戏剧资源可以经常性地被作家征用来作为自己喜欢表现的文学题材。白先勇借用《游园惊梦》的戏剧题材和戏剧情境表现官场贵夫人的落魄人生和相应的哀怨情感,在作品《一把青》中借助演艺题材比喻人世的沧桑和人生的剧变,之所以如此信手拈来,就是因为这样的戏剧情节,戏剧情境在作家胸臆中形成了感动的力量,甚至形成了冲动的机制。成年以后接受的文艺熏陶也可以成为文学创作的资源,但不会形成如此强烈的感动力量或诉诸文学表现的冲动机制。

---

① 参见白先勇接受高晓春采访,链接 https://zhuanlan.zhihu.com/p/63266028。

② 参见朱寿桐:《文学与人生十五讲》,北京大学出版社 2006 年版,第 142 页。

文学创作原理表明，在作家的生活体验中，只有直接经验能够有效地作用于文学创作，而间接经验，也即通过所读的书本所获得的经验，往往不能转化为文学创作所需要的灵感和悟性材料。但实际情形是，只要是在青少年时代获得的阅读体验、文艺接受的体验，即便是书本上的，或是戏文上的“间接经验”，仍然可以发酵为文学创作的资源，也就是梁笑梅所论证的第二资源。① 其实，英国作家所讨论的人生前 20 年还是前 25 年的经验可为文学创作的有效经验，这并不是问题的关键，关键是这样的有效经验中是否包含间接经验，是否包含着一段时间里阅读经验和艺术接受经验的结果。从鲁迅、白先勇等与戏剧资源的关系中可以分析出，阅读经验或艺术接受经验如果能够转化为文学创作的直接资源并相当于直接经验，则须在人生观价值观尚未完全形成的少年时代。

二、“人生如戏”的悲剧性体验与白先勇的小说创作

如果说杰出作家与戏剧资源的密切关系构成了一个重要的文学规律，那么，白先勇处在这个规律的自然链接之中。这位小说家没有创作过严格意义上的戏剧作品，但他对戏剧的爱好，对戏剧的濡染，对戏剧资源的偏爱和对戏剧题材表现的热忱，以及在非戏剧作品中写出戏剧的苦情与悲剧美，是他有别于其他小说家的创作特色。

白先勇的人生与写作，都体现出丰厚的戏剧资源。他所体验的生涯跌宕起伏，所观察的人生的波诡云谲，生动而深刻地诠释着人生如戏的哲性理趣。白先勇的大部分小说都表现出主人公就如《谪仙记》中的李彤那样在命运的波弄下人生境况或人生境遇的巨

① 梁笑梅：《〈小说星期刊〉与香港早期新诗的次元性传播》，《中国现代文学研究丛刊》2010 年第 3 期。

大落差，这样的巨大落差体现出的便是戏剧性的跌宕与诡异。巨大的人生变故是戏剧性人生体验的基本格局与框架，这样的人生体验往往与白先勇作品的艺术表现联系在一起，因而他的作品所体现的戏剧性比任何作家都更明显。人生如戏、人生如梦的戏剧体验固然在《游园惊梦》等戏剧风的作品之中体现得最为明显，而且这样的作品也常常是戏剧题材和戏剧情境加以表现。类似的还应该有《一把青》等。人生如戏、人生如梦的况味在作品中得到了充分的体现。

戏剧的突变化笔法体现于《谪仙记》、《一把青》这样的作品中，读者不难认知人们面对命运之神的神秘操控，无能为力，只有在过于强烈的特立独行中(实际上是戏剧性动作的调适中)通过实在性的“表演”掩饰自己的心灵背疼和灵魂创伤。用喜剧笔法反映悲剧的人生，其状态之惨烈乃为一般作品所难以企及。

他的人生阅历中充满着戏剧接受、戏剧体察、戏剧性省思的意味。出生于帝王将相之家，却暌违于才子佳人之道，于是，生命的豪华都只能寄寓于虚拟之间，人情的富丽又只能寄托于想象之中，人生如戏，人生如梦，人生似水月镜花，人生有声色犬马，这些生命体验和人生感悟都是戏剧性的展现，也都符合白先勇这个特殊的文学个体所有的生命感受。《孽子》集中体现了这样一种悲剧性的人生况味。在一个无法正常体验和享受人生的生活格局之间，敏感的台北少年体验和感受的就是荒诞的悲剧和无望的人生。这是一个极度不合法的特殊的世界，一个在所有意义上都不被承认、不受尊重的畸形地域，一个即便是在欧仁苏的《巴黎的秘密》和高尔基的《夜店》中都很难窥见的黑暗的人生舞台，这种无边的黑暗只有在舞台的高度人为的灯光处理下才可能得到酣畅的表现，这可能也正是《孽子》所具有的戏剧效应的一种展示。在这部小说中，所有的场景都凸显着被渲染的幽暗和被强调的绝望。“在我们的王国里，只有黑夜，没有白天。”这是小说一开始的宣告，也是一种舞台式场景灯光的虚拟与描述。

可以推断的是,《孽子》将这一群挣扎在黑暗人生中的男同性恋者处理成社会最底层的受虐狂,多少含有在最大限度上拉开与作者自身社会层次、文化层次乃至道德层次之间的距离,这实际上是在当时看来非常敏感的话题上让自己处在较为安全的状态的一种文学设计,其实,这恰恰说明,小说通过人物展示的抑郁焦虑、多重人格的情绪,近乎疯狂和自虐的感受,与作家自身的体验具有密切的关联。将精神层面自身体验的深切与无奈通过与自己在物质世界相距甚远的人物加以表现和表演,这正是一种戏剧性构思的特征性体现。戏剧家往往都会通过拉大一定人物与自身的距离来安全地寄托自己的情怀与情绪,这是戏剧性构思的重要特性。郭沫若创作《蔡文姬》之后,就直接表述说,"蔡文姬就是我!"由此引发了人们对郭沫若"隐曲心声"的考释。[①] 曹禺也往往通过女性人物表达自己作为剧作家的内心隐曲,如繁漪、愫方等。戏剧表现比起小说表现来,一个特别明显的特点就是剧作家可以在非常安全的状态下将自己的情绪和情愫寄托在与自己距离较大的人物身上,这既是一种看戏的感受,也是一种写戏的诀窍。因此,《孽子》的写作不仅强化了人生如梦如幻如戏如演的荒诞与空虚,而且也显示出白先勇深得戏剧构思之妙的创作心机。

白先勇小说创作善于运用丰富而厚重的戏剧资源,不仅在人生如梦、人生如戏的主题表现方面有着突出的建树,而且在人物性格的刻画,特别是人物性格在重大历史变故和命运转折中造成的巨大变异,体现着戏剧作品才具有的艺术力度。没有任何文学体裁像戏剧这样强调人物性格的刻画,特别是强调人物性格的历史,将人物性格的历史描写当作戏剧情节发展的必然要求。他的小说总是体现着像戏剧一样刻画人物性格,更像戏剧一样将主要情节

---

① 见贾振勇:《〈蔡文姬〉:郭沫若隐曲心声考释》,《郭沫若学刊》2007 年第 2 期。

处理成人物性格的历史，在巨大的戏剧突转中改变人物的性格。《谪仙记》中的李彤本来是一个美丽、爽朗、大方、得体的女孩，但一场重大的灾变不仅使她丧失了父母家庭，也使她性情大变，她变得忧郁而焦躁，歇斯底里而自暴自弃，一个美丽的生命就如同一朵绰约的鲜花，开放在肃杀的命运和残酷的环境之中，遭遇到的便是凄美的枯萎与消亡。人物生活遭遇和命运的改变，完全有可能而且也绝对有能力改变一个人的性格。《花桥荣记》中几乎所有的人物，都在命运的颠沛之中改变了性情，也改变了性格。其中的主人公卢先生，一开始以诚信、老实、守正为立身之本，但遭遇到生活的一次又一次打击，让他的希望的泡沫一次又一次破灭之后，他变得比任何人都更加世俗甚至变态，终于在历史的点配中，在悲苦飘零的处境和内心失去希望、失去依靠的情形下，在体验过生命的虚妄和命运的无常之后，终于发展到了精神上的放弃，情感上的放纵，生活上的放荡，完全失去了原来的谦谦君子之风。白先勇同样是在人生如戏、认真不得，如果认真对待，最后是伤痛淋漓的人生教训和悲剧况味中完成这个人物的性格历史书写的。总之，通过拉长历史长镜头，让人物在日常的但是毫无希望的命运中体验灾难性的隐痛，从而发生性格的变化，典型的作品是这篇《花桥荣记》。

悲剧性的命运与性格对于白先勇的小说人物来说，都像是比翼双飞的燕子，始终伴随，而且无处不在，无时不有。在《芝加哥之死》中，吴汉魂的命运与性格同样都坠入了沉闷的低谷，然后一蹶不振。《寂寞的十七岁》虽然没有通过命运的变异书写人物性格的历史，但那不幸的命运以及环境的捉弄所传达的悲剧性依然挥之不去，这应该是《孽子》的雏形。小说中的对话之精彩、机锋而无奈，体现出戏剧性的表现风格，而唐爱丽的反目成仇所具有的情节突变性则非常生动地体现了小说的戏剧品性。

三、白先勇小说的戏剧手法

白先勇小说其精致的小说味在于景象与人物描写的精美、传神，人物刻画的精致、深入，而其小说的戏剧资源的发挥则体现在精彩地、精炼地、精到地描写人物对话。且看《永远的尹雪艳》中的人物对话：

"亲妈，"徐太太忍不住又哭了起来，"你晓得我们徐先生不是那种没有良心的男人。每次他在外面逗留了回来，他嘴里虽然不说，我晓得他心里是过意不去的。有时他一个人闷坐着猛抽烟，头筋叠暴起来，样子真唬人。我又不敢去劝解他，只有干着急。这几天他更是着了魔一般，回来嚷着说公司里人人都寻他晦气。他和那些工人也使脾气，昨天还把人家开除了几个。我劝他说犯不着和那些粗人计较，他连我也呵斥了一顿。他的行径反常得很，看着不像，真不由得不叫人担心哪！"

"就是说呀！"吴家阿婆点头说道，"怕是你们徐先生也犯着了什么吧？你且把他的八字递给我，回去我替他测一测。"

徐太太把徐壮图的八字抄给了吴家阿婆说道："亲妈，全托你老人家的福了。"

"放心，"吴家阿婆临走时说道，"我们老师父最是法力无边，能够替人排难解厄的。"

这番对话将徐壮图太太和吴家阿婆的身份、性格、行动风格、说话语气等全部凸显出来，宛如舞台上的对白一般，读之可以联想到对话人的神态，甚至她们的样貌与动作、姿势，在小说中便如在戏剧舞台上那样得活灵活现。

白先勇的戏剧资源运用于小说创作，较普遍的情形便是将戏剧创作中习见常闻的表现手法融入小说叙事，从而使得小说作品体现出明显的戏剧性品质与韵味。这也是作家较多浸润于戏剧艺术的一种资源性运用的艺术效果。

戏剧创作中经常采用的突转、突变手法，在白先勇的小说中得到了较普遍的使用。即使是《寂寞的十七岁》这样属于少年题材的作品，属于远离人生的狂风巨浪的小说，作家也照样使用突转、突变的手法，强化作品情节性效果。杨云峰拒绝了唐爱丽的缠绵要求，但又觉得让女生难堪了，于是好心给她写了封安慰的信，没想到的是：

我到学校时，到处都站满了人在看书。我一走进教室时，立刻发觉情形有点不对，他们一看见我，都朝着我笑，杜志新和高强两个人勾着肩捧着肚子怪叫。前面几个矮个子女生挤成一团，笑得前仰后翻，连李律明也在咧嘴巴。我回头一看，我写给唐爱丽那封信赫然钉在黑板上面，信封钉在一边，上面还有限时专送的条子，信纸打开钉在另一边，不知道是谁，把我信里的话原原本本抄在黑板上，杜志新及高强那伙人跑过来围住我，指到我头上大笑。有一个怪声怪调的学道："唐爱丽，我好寂寞"，我没有出声，我发觉我全身在发抖，我看见唐爱丽坐在椅子上和吕依萍两个人笑得打来打去，装着没有看见我。我跑到讲台上将黑板上的字擦去，把信扯下来搓成一团，塞到口袋里去。杜志新跑上来抢我的信，我用尽全身力气将书包砸到他脸上，他红着脸，跳上来叉住我的颈子，把我的头在黑板上撞了五六下，我用力挣脱他，头也没回，跑出了学校。

这样的出乎意料的突转是戏剧常用的表现手法，因为戏剧情节一般都有时间上和篇幅上的经济要求，不可能提供娓娓道来的叙事空间，于是，突转性的情节和突变性的安排常常得以运用。白先勇在许多作品中都安排了突转和突变的情节设置，体现出戏剧资源在小说中运用的艺术特性。《一把青》、《金大班的最后一夜》、《玉卿嫂》、《花桥荣记》、《谪仙记》等小说都运用了命运突转或环境突变的表现方法，这些作品都因而体现出浓厚的戏剧性。

戏剧常用的情节揭秘法在白先勇小说中也得以普遍使用。戏剧作品须在比较集中的时间和场景完成故事的叙述，这种艺术构思的集中性常常通过剥茧抽丝、层层揭秘的办法加以展示，既持续调动观众的关注兴趣，又在舞台展示方面具有清晰的逻辑性。典型的表现在疑案性的剧作《十五贯》、《女起解》中都有揭示，莎士比亚戏剧《罗密欧与朱丽叶》、《威尼斯商人》等也存在这种逐层揭秘的表现策略。在白先勇的小说中，《玉卿嫂》是这方面极为成功的典范。玉卿嫂的神秘动作引起了所有读者像看戏一般的好奇与解密的冲动，并因此将我们探秘同时也是观赏的热情持续调动着。类似的场景错愕法以及动作解密法还体现于《我们看菊花去》。姐姐在外国留学由于各种原因得了严重的精神病，她特别信任的弟弟动议说带她去看菊花，一路上姐弟俩欢声笑语，亲情甜蜜，可是到了“看菊花”的地方才让读者，也让病重的姐姐真相大白：弟弟原来是受命将姐姐诓到精神病院，姐姐不仅失去了看菊花的烂漫梦想，而且也失去了家庭的温暖和人生的自由。在《芝加哥之死》等作品中，也都存在着类似的逐层揭秘的戏剧化写作的痕迹。

白先勇还从戏剧式创作中更走出一步，将电影手法，特别是蒙太奇手法运用于小说创作中，如《游园惊梦》、《金大班的最后一夜》都有这样的神奇与娴熟。这是戏剧资源的一种技术意义上的发挥。

这些戏剧资源在创作中的普遍应用，可以总结出白先勇解读的一个角度。这样丰富的戏剧资源使得白先勇小说具有天然的戏剧资源意义，他的每一篇小说皆可以转化为戏剧或戏文的文本。

孤臣孽子、历史重构与梦回民国

——白先勇小说创作与影视 IP 改编的精神谱系

金　进

（浙江大学文学院，浙江大学海外华人文学与文化研究中心）

内容摘要：白先勇一生历经劫难，也丰富多彩。阅历的丰富，文学的才情，造就了《台北人》、《纽约客》、《孽子》这些文学经典之作，也让他酝酿出以白崇禧为圆点的父辈记忆，重构父辈们的民国历史和台湾岁月。随着台湾政局的变化、文化"台独"势力的暗涌，白先勇及其代表的外省第二代的创作在当代台湾文学研究中的位置显得非常尴尬。本文将从小说创作和影视作品IP 改编的精神谱系入手，结合台湾文学及历史的第一手资料，对白先勇其人其文的"孤臣孽子"这一说法进行重新的理解，也探讨白先勇作品及其影视改编过程中，创作主题和人物形象从感伤怀乡、满含离散情结的"台北人系列"，慢慢成为关怀台湾本土的"新台北人"的写作姿态和心路历程，为白先勇研究提供一个宏阔的研究视野和新颖的研究方向。

关键词：白先勇　孽子　历史重构　影视 IP 改编　精神谱系

截至目前，白先勇小说的影视 IP 改编的作品有：1.《玉卿嫂》（1960），1984 年改编成电影，剧本由白先勇创作，但拍摄过程中，导演又找人修改；2006 年被中国大陆拍成电视剧。2.《谪仙记》（1965），剧本也是白先勇所写，1989 年被改编成电影《最后的贵族》（导演谢晋，主演潘虹）。3.《金大班的最后一夜》（1968），1984 年改编成电影，导演白景瑞，女主角姚炜，剧本由白先勇亲写。后被大陆拍过电视剧《金大班》。4.《孤恋花》（1970），1985 年改编成电影，女主角姚炜。2005 年改编成同名电视剧，导演曹瑞原，演员李心洁、袁咏仪和肖淑慎。5.《花桥荣记》(1970),1998年改编成同名电影,导演谢衍,演员郑裕玲、周迅。6.《孽子》(1983),1986年改编成电影上演。2003年同名电视剧版上映,导演曹瑞原,演员有杨佑宁、范植伟、庹宗华、张孝全等。

关于白先勇小说的影视IP改编的论文不少,但多流于对单个作品的文本解读,或者讨论单个作品从小说到影视的改编。通过梳理相关的研究资料,在台湾学界,根据曾秀萍的整理,最早关于白先勇的评论是魏子云的《寂寞十七岁——评介一篇触及少年问题的小说》(《联合报》1962年11月14日第8版)。最早关于白先勇小说的影视话剧改编的评论是张灼祥的《白先勇的小说搬上舞台》(《中国人月刊》第7期1979年8月)。而在大陆学界,根据刘俊的考证,最早关于白先勇的评论是《答读者问——关于白先勇小说〈思旧赋〉》(《作品》1979年12月)。[①] 最早论及白先勇小说与影视话剧关系的论文是林青的《小说〈游园惊梦〉与同名话剧比较分析:兼谈昆曲对白先勇创作的影响》(《台湾研究集刊》1988年第2期),讨论的是《游园惊梦》从小说到话剧的转化过程,以及昆曲对白先勇小说的影响。总体来说,大陆学界的研究很长时间滞后于台湾地区学界的研究。

一、孤臣孽子:从台北人到新台北人

1997年,当年10月24—26日,台湾民进党"立委"王拓承办了"乡土文学论战二十周年回顾研讨会",正式平反了乡土文学。而12月24—26日,台湾联合报副刊承办了"台湾现代小说史研讨会",两场研讨会都是在台湾"文建会"资助下主办。"现代文学"和

① 刘俊也指出在1979年有一些介绍台湾文学的文字中对白先勇都有所提及,如《介绍三位台湾作家》(《出版工作》1979年第10期)、《台湾小说选·编后记》(人民文学出版社1979年12月版)等。

"乡土文学"在二十世纪末的台湾陷入打擂台的境地，白先勇作为台湾文学现代主义文学的精神领袖，而现代主义一直占据台湾文学的主流，却在这个时段的台湾文学本体建构的风波中略显尴尬。五年后，台湾大学《中外文学》第30卷第2期2001年7月编辑"永远的白先勇"专号，统稿人梅家玲在《导言》这样介绍："和许多其他成名作家比起来，白先勇的著作并不算多，但在战后台湾文学史上，'白先勇'却一直是一个不断受到读者与评论者高度瞩目的名字。从早期《寂寞的十七岁》等短篇开始，他便受到前辈学者夏志清的高度赞扬，认为他'是当代短篇小说家中少见的奇才'、'在艺术成就上可和白先勇后期小说相比或超越他的成就的，从鲁迅到张爱玲也不过五六人'，'凭他的才华和努力，将来应该是中国文学史上的一位巨人'。《台北人》系列问世后，那一份对于'忧患重重的时代'的深情回顾，曾触动多少感时忧国者的心弦；八〇年代，他以《孽子》披露少年同性恋者的彷徨追寻，为台湾的小说关怀另辟洞天，亦具有划时代意义。"①

梅家玲的评价从文学史的角度没有问题，但联系当时台湾地区文学批评界的研究，当时的白先勇在台湾文学界的地位很高，但也在被台湾某些势力边缘化，普遍认为1963年白先勇移居美国之后，他就被烙印上"自我放逐"、"流浪"、"无根"的文学符号，但在中国大陆改革开放之后的当代文学建构中，白先勇及其作品不断地被经典化。以两套中国现代文学丛书为例，广西教育出版社在1989年和台湾海风出版社合作出版的"中国新文学大师名作赏析"系列（主编侯吉谅）中，共编选30本，包括：鲁迅、巴金、老舍、沈从文、艾青、冰心、夏丏尊、丰子恺、闻一多、郭沫若、丁玲、郁达夫、茅盾、臧克家、何其芳、朱自清、叶绍钧、萧乾、萧红、胡适、刘半农、

① 梅家玲：《导言》，《中外文学》2001年第2期，第1页。其中的引言出自夏志清《白先勇论（上）》，《现代文学》1969年12月。

刘大白、沈尹默、戴望舒、冯至、许地山、郑振铎、曹禺、周作人、赵树理、叶圣陶、苏雪林、凌叔华、庐隐、冯沅君、徐志摩、王统照、白先勇、林语堂39位现当代文学作家。其中白先勇是唯一一位抗战之后出生的作家，与其他入选的大师相差一两代的年龄差。而两年后的1991年，台湾前卫出版社出版的“台湾作家全集”系列，包括“日据时代”（作家包括赖和、翁闹、巫永福、王昶雄、杨守愚、吕赫若、陈虚谷、张庆堂、林越峰、龙瑛宗、张文环、杨逵、王诗琅、朱点人、杨云萍、张我军、蔡秋桐等）、“战后第一代”（作家包括李笃恭、陈千武、吴浊流、郑焕、林钟隆、廖清秀、钟肇政、文心、张彦勳、叶石涛等）、“战后第二代”（包括黄娟、欧阳子、钟铁民、陈恒嘉、季季、郑清文、七等生、陈若曦、施明正、东方白、施叔青、李昂、郭松棻、刘大任、张系国、郑清文、李乔等）、“战后第三代”（包括黄燕德、东年、王幼华、履疆、吴锦发、张大春、曾心仪、黄凡、宋泽莱、王拓、杨青矗等）和“别集”（作家周金波），一共收录了55位作家，但在“战后第二代”收录了同属于现代派也同样移居美国的欧阳子，没有收录白先勇。用当时研究者的话就是“伴随着白先勇这样在本岛逐步被边缘化的走向，近几年来我们却明显见到他在中国大陆的快速经典化”①。

除了知名学者组织的会议、作家文丛之外，白先勇在大陆与台湾两地的影响力似乎也很不相同。以台湾学术期刊在线数据库（TWS）和中国期刊网（CNKI）为例，以朱伟诚作出“白先勇在本岛逐步被边缘化”的判断1998年为统计下限，在TWS数据库中，关于白先勇作品及其影视改编研究的论文共计28篇，其中还包括梅家玲为《中外文学》组稿的“白先勇专辑”的8篇论文。而在CNKI数据库中，仅以白先勇为“主题”的搜索，相关论文1052篇。搜索同属“战后第二代”文学群体的欧阳子（2篇）、陈若曦（12篇）、郭松

① 朱伟诚：《（白先勇同志的）女人、怪胎、国族：一个家庭罗曼史的连接》，《中外文学》1998年第12期总312期，第48页。

茱(13篇)、郑清文(15篇),似乎研究型论文都不多。

白先勇在台湾文坛的"中心化"和"边缘化"的吊诡处境是怎样造成的呢?原因有三:首先是国民党政府解严之后,国民党与民进党轮流执政,统独两派对立思想的政治争锋开始波及和影响台湾文学界。欧阳子认为"难怪《台北人》之主要角色全是中年人或老年人。而他们光荣的或难忘的过去,不但与中华民国的历史有关,不但与传统社会文化有关,最根本的,与他们个人之青春年华有绝对不可分离的关系"①。《台北人》中与中国大陆母体文化的千丝万缕的联系是不可一世的"独派"绝对不能接受的。第二是白先勇的文化中国理念之下的创作,似乎也不为某些"文化台独分子"所喜,忽视《台北人》、《孽子》也就成为必然。评论家彭瑞金就认为白先勇把自己的创作写成"无根文学的哀歌",原因正是因为白先勇小说中对"流浪的中国人"的追求。② 第三是就白先勇小说中台北(人)的有意缺席也是很明显的,这种台北(人)的缺席也与台湾文学本土建构的追求相悖。梅家玲直言:"台北(现实)与大陆(过去)之间,遂形成即相互建构,也相互消解的吊诡关系——立足现实台北,是为了在失去过去之下重返过去,然而,过去的记忆之旅,却是以对台北现实的视而不见开始,以意识到大陆过往已无可回归告终。故而,所谓'台北人',便不得不成为流离于不同时空的放逐者,所造成的,乃是对台北与大陆的双重否定。也因此,无论是'台北',抑是台北'人',都要不断地于'在场'处宣告'缺席'。"③

---

① 欧阳子:《白先勇的小说世界——〈台北人〉之主题探析》,《台北人》,台北:尔雅1983年版,第7页。

② 彭的原话是"自认是流浪的中国人的白先勇,只能不断的自我放逐……自我放逐的流浪者回到原本他可以生根的地方,宣布自己精神上的死亡,无疑是这种无根文学的哀歌。"参见彭瑞金:《台湾新文学运动四十年》,台北:自立晚报社1991年版,第134—135页。

③ 梅家玲:《白先勇小说的少年论述与台北想像——从〈台北人〉到〈孽子〉》,《中外文学》2001年第2期,第61页。

那么白先勇在中国大陆的经典化的内外因素是什么呢？刘俊曾说“作为最早被介绍到大陆的台湾著名作家，白先勇进入大陆的学术视野几乎与他的作品被‘引进’大陆同步。从一九七九年到现在，二十一年来，白先勇一直是大陆的台湾文学研究界着力关注的重点研究物件”①。之后，白先勇的作品不断在大陆各大文学期刊重新刊发，加上著名学者袁良骏、王晋民和刘俊等的研究专著出现，②使白先勇成为在中国大陆最受欢迎的台湾作家。白先勇在中国大陆受到青睐，其原因是耐人寻味的，其中最重要的就是他基于感时忧国精神之上的对文化中国理念的追求。朱伟诚说：“如果综览白先勇小说探讨的主题，‘国族落难’所占的分量的确相当大，尤其是在他六三年赴美留学前后，停笔两年，再次提笔，已是深具新文学以来‘感时忧国精神’的《芝加哥之死》了。而此后从‘纽约客’系列到《台北人》，再到最近（也有一些时日了）的两个标属于‘纽约客’系列的单篇——即〈夜曲〉与〈骨灰〉——这样的主题关怀虽不能说涵盖一切，却是十分明显而且一以贯之的。”③ 林幸谦则更直接指出白先勇小说中所蕴含的国族意识：“在精神上，流落台湾的‘台北人’，并没有身处国土的归属感，反而全心全意等待回国的日子。他们永远在寻求回归国土的方向，具有和‘纽约客’一样的流浪心态和漂泊感。他们都是被逼流放，自成另一模式的海外中国人，是精神上的放逐者。……易言之，对《台北人》和《纽约客》中这两群人物来说，他们共同盼望的‘家乡’，即是‘中国’……”④而在我看来，无论是朱伟诚还是林幸谦，他们都点明白先勇文学创

① 刘俊：《白先勇研究在大陆：1979—2000》，《中外文学》2001 年第 2 期，第 155 页。

② 包括袁良骏：《白先勇论》，台北：尔雅 1991 年版。王晋民：《白先勇传》，台北：幼狮文化 1994 年版。刘俊：《悲悯情怀：白先勇评传》，台北：尔雅 1995 年版。

③ 朱伟诚：《（白先勇同志的）女人、怪胎、国族：一个家庭罗曼史的连接》，《中外文学》1998 年第 12 期，第 48 页。

④ 林幸谦：《生命情结的反思：白先勇小说主题思想之研究》，台北：麦田 1994 年版，第 225 页。

作的主题是"感时忧国"的演绎，而这一主题更深入的认知就是白先勇实际上演绎的是"文化中国"这一文学母题。

联系起白先勇的人生经历和创作情况，其笔下的"孤臣孽子"指的是1949年国民党败退台湾一隅，海峡两岸政治离散之后，心怀祖国，不忘母国，在离散的情感无依、孤立无援的一群人。如果说小说集《台北人》中多是花果飘零的"孤臣"故事，那么长篇小说集《孽子》则是展示"孽子"落地生根中经历的阵痛。或许被人质疑过"台湾作家"的定位，但白先勇一再强调，虽然他在台湾总共只居住了十一年，却是他一生中最珍贵、最实在的十一年。《台北人》、《孽子》都是在美国写的，但写的是台北、写的人也是道道地地的"台北人"。"不论是在纽约、旧金山，我都是透过台湾的镜头看世界的……我是以台北人自居的。"[①]

早在七十年代初，《台北人》系列刚完成后不久，《孽子》便开始创作，"故事都有了，可是拖了很久"，以至于1983年才成书。[②] 在《孽子》中，被逐出家门的阿青，心中总是耿耿于怀自己不能继承父亲的革命志向，似乎一直活在父辈赫赫战功的阴影之下。还有将门之后的王夔龙对父亲的仰慕，小说中的傅老爷子形象，都满含着白先勇对父辈(包括白崇禧)的尊重和爱戴，父亲在小说里就是英雄的存在。白先勇说"真正写台北人的是《孽子》，《台北人》中台北是个框框，后面的回忆大了，包括整个大陆"[③]。可以说一个个"孽子"在从"台北人"到"新台北人"的过程是痛苦的，一方面他们背负着父辈的荣光和期待，一次次将现实拉回民国记忆之中，参与着向父辈致敬的历史叙述的建构；另一方面，也正因为《孽子》这部作品，从《台北人》到《孽子》，从缅想中国大陆到关怀台北家园，从母

---

① 陈宛茜：《道道地地的"台北人"——白先勇专访》，《联合文学》2003年12月号，第35页。

② 蔡克健：《访问白先勇》，《第六只手指》，台北：尔雅1995年版，第441—475页。

③ 《白先勇谈创作与生活》，《中外文学》2001年7月，第197页。

体的依恋到在地的归化，白先勇真正地从老台北人过渡到了新台北人。而这条精神谱系就是白先勇影视改编的第一个核心关键词。

二、历史重构：从女史到父辈的历史

虽然白先勇曾经说过“我们父兄辈在大陆建立的那个旧世界早已瓦解崩溃了，我们跟那个早已消失只存在记忆与传说中的旧世界已经无法认同，我们一方面在父兄的庇荫下得以成长，但另一个方面我们又必得挣脱父兄加在我们身上的那一套旧世界带过来的价值观以求人格与思想的独立”①。但有一点是我们必须认识到的，白先勇作为离散作家，无论是桂林、重庆、南京、上海、台北，数十年的流离，出身将门，没有了“乌衣巷”的王谢高堂的“旧时”记忆，又如何重构得出“飞入寻常百姓家”的“堂前燕”的离散经历。白先勇曾经笑谈“我在上海住的房子变成‘越友餐厅’，我还在那儿吃过饭。我在松江路上住过的房子，拆了，现在的位置上是六福客栈”②。可以说，对国共内战之后的华人离散历史的再现，展示“人最后的挣扎”，是白先勇历史重构的主题。③

---

① 参见白先勇：《〈现代文学〉创立的时代背景及其精神面貌：写在〈现代文学〉重刊之前》，收入《第六只手指》，台北：尔雅 1995 年版，第 276 页。

② 陈宛茜：《道道地地的“台北人”——白先勇专访》，《联合文学》2003 年 12 月号，第 36 页。

③ 原文是这样的：“我的小说宿命观是蛮重的没错，人的命运很神秘，但我不觉得我写的东西很悲观，我觉得人最后的挣扎是差不多的，其实人一生下来就开始漂泊，到宇宙来就开始飘荡了，在娘胎里大概是最安全的，我从小就蛮能感受这东西，所以我的小说里没有很容易乐观的东西。……另一方面，我觉得我写的是文学，作为一个艺术家，自己有一套孤独的世界、自己的价值，是一种正面的使命感。写作时，至少在我们那一代，文学是我们的宗教，一旦下笔，便是以非常严肃的态度相待，不考虑其他的，这个最要紧，别的时候还可以妥协一下，马虎一点，文学是我的志业，那不能妥协的，是什么就是什么，而且也不顾虑一切，别人怎么讲都没关系。”《白先勇谈创作与生活》，《中外文学》2001 年 7 月，第 192—193 页。

很多评论文章认为白先勇的作品尽是着墨没落的贵族，但细究起来，白先勇笔下的娟娟、朱青、王雄、金大班、尹雪艳，还有飘落异乡的纽约客们，实在算不上贵族。白先勇曾说“我的确比较喜欢写边缘人物，英雄老去、美人迟暮，对社会底层的人物较为同情，《孤恋花》里的妓女、《金大班的最后一夜》的风尘女子，剥掉人为、文明的外衣，就是人性，他们最需要的还是爱：爱情、亲情、友情”①。而同学欧阳子则直接道明了白先勇《台北人》的主题：今昔之比、灵肉之争和生死之谜。在白先勇笔下，《一把青》写的是抗战胜利后的南京，空军军人与少女之间的爱恋，后来国民党败退台湾，朱青性格大变。《血染海棠红》本是白光的一首歌，在香港时，他与白光同住一条巷子，同名电影在台湾上映时，白先勇有感而挥就该文。《孤恋花》的创作源于白先勇去过一家酒家，巧遇杨三郎演奏该曲，演唱的酒女唱得哀婉悲戚，引发了白先勇创作五宝、娟娟的形象。而《玉卿嫂》、《花桥荣记》都是他曾经的童年经验和家乡记忆。

在白先勇笔下女性的形象最具特色，季季认为“在中国近代作家中，一般公认白先勇写女性写得最成功。白先勇对女性有一种特殊的崇拜，他笔下的女性，在两性关系中大多是‘强势货币’：她们凭美貌和手腕指使周遭的男人，很少吃大亏”②。蔡源煌借用荣格精神分析学理论来尝试分析白先勇笔下的女性形象：“白先勇笔下的女人，可以说是‘杀气’大于阴柔——白先勇的小说一再写道：女人与男人八字犯冲，克死了男人，正是此意。……按照荣格(Carl Jung)的说法，人的心灵是由三方面所构成：女性潜倾、男性潜倾、潜影(anima，animus，shadow)。男作家笔下的女人——若以男性潜倾为蓝图，那么泼辣凶悍的一面就显现出来了。……依

① 《白先勇谈创作与生活》，《中外文学》2001年7月，第196页。

② 季季：《两性关系的时代抽样》，载张小凤等《十一个女人》，台北：尔雅出版社1981年版，第5页。

此类推，白先勇笔下的女人，是男性潜倾的投射。”[①] “男性潜倾”，即阿尼姆斯(animus)，荣格提出的原型理论中的一种，荣格在分析人的集体无意识时，发现无论男女于无意识中，都好像有另一个异性的性格潜藏在背后。男人的女性化一面为阿尼玛(anima)，而女人的男性化一面为阿尼姆斯(animus)。以《永远的尹雪艳》为例，尹雪艳华丽沉稳的女性气质，宠辱不惊的人生态度，都展示着对周遭人事物的把控能力，她身上那挥散不去的老上海味道，使得她身上充满着隐喻意义和神秘魅力，尹雪艳身上的孤傲风格，使得她成为寄居台北的老民国男人的偶像。

“谪仙”意象的化用则是白先勇的建构女性历史叙事的又一重要主题。白先勇的短篇小说最早先后以《谪仙记》和《游园惊梦》结集出版。这两个书名在其象征意涵上有着特殊的意味。柯庆明认为，“‘谪仙’在白先勇的小说中可能具有较为具体的‘去国沦落’的特殊意涵，但其中由‘谪’所喻示的‘流离’命运，再加于原本是游戏逍遥，自在自由的‘仙’之上，就不但具有了‘流水落花春去也，天上人间’之沉沦的象征意蕴；而且更是喻示了，由‘少年不识愁滋味，爱上层楼，爱上层楼，为赋新词强说愁’到‘而今识尽愁滋味，欲说还休，欲说还休，却道天凉好个秋’的心理转化。因此在白先勇的小说中，‘谪仙’不但有历经生离死别的‘记’；而且还要有欲说还休，顾左右言他的‘怨’”[②]。在白先勇笔下，所有的小说都有着一个悲剧的，甚至悲情的结局。《芝加哥之死》中的吴汉魂、《谪仙记》中的李彤、《那片血一般红的杜鹃花》中的王雄、《金大奶奶》中的金大奶奶、《玉卿嫂》中的玉卿嫂、《花桥荣记》中的卢先生，还有大量牵涉死亡的小说，如《月梦》、《小阳春》、《永远的尹雪艳》、《一把

① 蔡源煌：《从台北人到撒哈拉的故事》，《海峡两岸小说的风貌》，台北：雅典出版社1989年版，第65—68页。

② 柯庆明：《情欲与流离》，《联合文学》2003年12月号，第27页。

青》、《梁父吟》、《国葬》，还有沉浸于故人之思的《思旧赋》、《孤恋花》、《秋思》、《冬夜》等作品。还有《孤恋花》中疯掉的娟娟、《我们看菊花去》中的姐姐、《思旧赋》中的少爷，都在一种发疯的状态之中。在《谪仙记》中，李彤的姓名一如对李白的影射，而李彤在毕业礼上的风光，与李白宫廷之中的逍遥有得一比，最后李彤在内战之后，只剩下痛饮、狂舞、豪赌，一如现代版的李白那狂放不羁的"痛饮狂歌空度日，飞扬跋扈为谁雄?"(杜甫《赠李白》)，最终在威尼斯游河跳水自杀，结束了自己的一生。《谪仙怨》中的黄凤仪、《黑虹》中的耿素棠，都有着"捉月"美梦、"捞月"而死的影子。更为关键的是，柯庆明认为《孽子》的产生有其"深远的根由"，正是因为白先勇小说中的"'雾里看花'遂与'水中捞月'成为互补的母题，共同象征的正是'假作真时真亦假，无为有处有还无'的虚妄与迷执；因而也正是将'谪仙''捉月'的主题，转向了'痴男怨女，可怜风月债难酬'，人类所无法勘破的'孽海情天'的方向"[①]。

关于父史的书写，白先勇是通过关于父亲白崇禧的回忆录完成的，如《父亲与民国：白崇禧将军身影集》(时报，2012，上册：戎马生涯，下册：台湾岁月)。另外，白先勇与廖彦博合著的有《止痛疗伤：白崇禧将军与二二八》(时报，2014)、《悲欢离合四十年：白崇禧与蒋介石》。可以说，二十一世纪以来的白先勇及其创作，是一种怀旧式的展示着他重返1949年之前的民国时期父辈历史的企图。李欧梵曾说起自己的老同学："白先勇的创作风格又和王文兴有显著的不同，因为我们从他的作品中看不到太多的西方现代文学风味，技巧上的借鉴当然是有的，但是内容却颇为'怀旧'，他把《台北人》献给他父亲那一代饱经忧患的国民党人士，表现的是另一种历史感……多年后白先勇的'情结'却又回到他父亲，最近即将出版的白崇禧将军传记，非但是他多年来的呕心沥血之作，也是他献给

① 柯庆明：《情欲与流离》，《联合文学》2003年12月号，第29页。

他父亲饱经忧患的那一代人的礼物。”①

三、结语

据陈宛茜的访谈，白先勇的创作时间在晚上十一点到清晨六点，他在花园挂满了灯泡，好让夜深人静的时候访花私语，仍是一片光彩璀璨。白先勇说“我写作写累了，习惯跟花说说话”②。我想象半夜笼罩在花之光晕里的白先勇，不正是《牡丹亭》里掌管花之精魂的花神吗？白先勇说他的青春版《牡丹亭》挑选出了的杜丽娘、柳梦梅都是二十五岁，正是容貌、演技的最好年龄。写第一篇“台北人”的白先勇不也正是二十五六岁吗？不论是孤臣孽子，还是新台北人；不论是意识流大师，还是自称昆曲义工，白先勇及其作品注定成为现代中国文学史上永恒的记忆，与他同在一个时代，何其幸哉！

① 李欧梵：《回望文学年少——白先勇与现代文学创作》，《中外文学》第30卷第2期（2001年7月），

② 陈宛茜：《道道地地的“台北人”——白先勇专访》，《联合文学》2003年12月号，第37页。

白先勇小说及其影剧改编的上海想象

梁燕丽

（复旦大学中文系）

内容摘要：上海作为中国最早具备现代性的国际化大都市，众多文艺作品在海内外共同想象上海。论文聚焦白先勇小说及其影剧改编的上海想象，选取《金大奶奶》、《永远的尹雪艳》及其同名改编沪语话剧《金大班的最后一夜》及其同名改编电影《谪仙记》及其改编电影《最后的贵族》等，作为白先勇作品与上海关联的通道，立足华语文学及其影剧改编策略，还原海派视角，如何沟通海内外，通过上海故事的女性传奇和海派文化空间的剧场、影像形塑，完成上海想象和形象建构。

关键词：白先勇　影剧改编　上海想象

白先勇诸多作品与上海这座城市，以至海派文化的关联，已是共识。白先勇说："我有三部短篇小说集，每部首篇都是从一则'上海故事'开始的。"①这里指的是《寂寞的十七岁》里的《金大奶奶》，《纽约客》里的《谪仙记》，《台北人》里的《永远的尹雪艳》。其中，《金大奶奶》全篇写上海虹桥镇金家的故事；《谪仙记》及其电影改编《最后的贵族》，李彤等四位中国女子的人生起点是上海，上海成为她们家国记忆的缩影；《永远的尹雪艳》从小说到沪语话剧，上海百乐门和台北尹公馆都是海派文化的象征，白先勇和编导徐俊达成共识：尹雪艳永远不老，就是上海永远不老的象征；《金大班的最

① 白先勇：《上海传奇——沪语话剧〈永远的尹雪艳〉》，《文学报》2013年10月17日，第11版。

后一夜》从小说到电影，在金大班眼里，最美的青春故事发生在上海，台北夜巴黎就是山寨版的上海百乐门。那么，白先勇小说及其影剧改编，作为海派文化空间的想象，如何参与上海这座城市的现代性建构？

近现代以来，上海作为最早工商业化的城市，成为中国一个具备现代性经验的典型，在此基础上形成独特的海派文化空间和海派文学传统，包含典型的城市性和现代性叙事，这在1930年代新感觉派和1940年代张爱玲那里已形成高潮。1960年代，白先勇的《永远的尹雪艳》、《金大班的最后一夜》、《谪仙记》等成为海派文学的海外延伸。新时期以来，王安忆的《长恨歌》主角是上海弄堂女儿，同时，海派文化及其生活方式、城市图景也是主角。程乃珊的《上海探戈》，陈丹燕的《上海的风花雪月》，以及1999年《收获》开辟"百年上海"栏目，2002年《上海文学》开辟"记忆·时间"、"上海地图"、"上海词典"等专栏，以至海内外"张爱玲"研究引发的海派文学研究热潮，李欧梵《上海摩登：一种新都市文化在中国（1930—1945）》，追忆老上海的摩登与繁荣，想象上海为"中国世界主义城市"……[①]上海形象成为海内外想象的共同体："老上海"的"现代性"成为"新上海"、"全球化"图景的前传和底蕴，新上海与老上海延续着一脉相承的传奇。海派文本的影剧改编，透过原著到影剧新媒体的转码，"上海想象"和上海性在剧场空间和影像空间得以展现。这样的改编作品众多，其中涉及白先勇小说的影剧如：1984年白景瑞导演的电影《金大班的一夜》、1989年谢晋导演的电影《最后的贵族》、2005年赵耀民编剧、熊源伟导演的话剧《金大班的最后一夜》、2013年徐俊等编导的沪语话剧《永远的尹雪艳》等。上海承载着海内外华人共同的历史记忆和繁华梦幻，《永远的尹雪

① 参见顾一然：《上海想象——怀旧消费文化下的海派改编话剧》（硕士学位论文），复旦大学，2016年。

艳》、《金大班的最后一夜》、《谪仙记》等从小说到影剧改编，共同场域便是作为海派文化空间的想象。一种都市性和现代性，体现在海派人物形象和海派空间叙事，相比之下，小说更注重人物形象刻画（人是城市的主体），影剧更注重空间叙事。

一、站在虹桥镇想象上海

白先勇早期小说《金大奶奶》（曾被改编为同名舞剧），上海这座城市作为未完成现代性的象征，人性的欲望和残忍得到赤裸裸的暴露。1940 年代上海的近郊虹桥镇，作为农耕文明和现代工商文明的交界处，成为从传统到现代转型的过渡地带。白先勇最初的上海故事聚焦虹桥镇最有钱的金家。富孀金大奶奶受到风流倜傥的金大先生的诱惑，再嫁金大，可见已不是恪守节烈观的传统女性。可在田契房契都到手之后，金大开始嫌弃金大奶奶这个老太婆。金大奶奶从此受尽虐待苦楚，直到金大再娶上海舞女，金大奶奶服毒自杀。这既是传统意义上忘恩负义、始乱终弃的故事，更是一个现代意义的欲望故事，包括情欲和物欲。《金大奶奶》可能使我们联想起《金瓶梅》，西门庆也是个金大先生，也曾诱娶寡妇以谋财骗色，西门家虽然也充满罪恶和糜烂，但大小老婆在传统社会的伦理框架中被组织和安置，妻妾成群在传统社会也算顺理成章。《金大奶奶》的时代背景不同了，在一个现代转型的海派社会，既不完全奉行传统伦理，也不完全遵循现代契约，前不着村后不着店，金大奶奶得不到任何保护，弱肉强食成为必然宿命。小说中有意无意写金二奶奶和新金大奶奶（舞女）都是很锋利有手段的强人，金大先生表面斯文，内里也是穷凶极恶。他总到上海办货，在徐家汇有黑势力，是紧跟上海这座城市工商业发展步伐的人物，也是强盗式的人物。跟他们相比，裹着小脚一无所恃的金大奶奶，在时代变迁中虽然不必被禁锢情欲（再嫁），却终究在人欲横流中被淘汰出局，任人宰割。这里，我们看到在金大先生、金大奶奶、金二奶奶这些人物符号的背后，似乎还有一个主角是上海这座城市的故事，更确切地说是上海所表征的现代性。白先勇的创作基于小时候在上海虹桥镇的记忆，这里并没有完全展开上海这座城市的故事，却精准地把握住社会转型期的景观。同时，我们也可能联想到莎士比亚戏剧《李尔王》(受到女儿女婿们的欺骗，待到什么都交出去，老父亲随即被抛弃)，一个西方社会的现代转型时期，欲望取代传统伦理，成为主角。《金大奶奶》既用中国古典小说的侧面叙事，也用现代小说的零度叙事，叙述人蓉哥和小虎子的儿童视角，把一个悲剧故事讲述得如同冰山一角。这里，一角即金大和金大奶奶的故事，整座冰山则是上海的故事，乃至中国现代转型的故事。可见，彼时的白先勇诚然是“人小鬼大”(黎烈文语)，《金大奶奶》不局限于传统批判忘恩负义的主题，更在于人性恶的存在主义表达，甚至饱含现代性的荒诞色彩。比起《金瓶梅》，金大奶奶没有被塑造成李瓶儿式的佳人，白先勇无意于落入俗套，把情欲、物欲故事再度包装为才子佳人故事。在现代语境下，《金大奶奶》更接近于人文主义时代的莎剧《李尔王》，传统伦理道德及其价值体系崩溃之后，面对人欲横流和人性之恶，人应该如何自处？在这个意义上，《金大奶奶》中人性和欲望成为主角。站在虹桥镇看上海，成为白先勇最初想象上海的方式。

二、上海故事的女性传奇

对于上海现代性的感知和表达，不少文艺作品具体化为上海故事的女性传奇。《海上花列传》、《金锁记》、《倾城之恋》、《永远的尹雪艳》、《金大班的最后一夜》、《长恨歌》、《上海王》等，都是这样的文本。虹影在《上海这个阴性的词》中说：“女性自我意识中的现代性。既是现代意识的表现，又是现代意识的象征。上海，又或者是中国现代性的象征。”[①] 韩邦庆的《海上花列传》，我们已然看到女性的生存状态从伦理框架到非伦理框架，从传统到现代，就此而言，白先勇的《永远的尹雪艳》、《金大班的最后一夜》书写女性的生存空间由长三书寓变成上海百乐门。回看《海上花列传》中十里洋场，正是中国社会转型和裂变的接触地带，那些寄居书寓的女人们，游离于血缘关系和家族关系之外，追逐金钱和物质，上海故事中最初赤裸裸物化的现代性，透过“她们”的故事得以“记载如实，绝少夸张”[②]。“长三书寓”的沈小红与王莲生们，不同于传统救风尘的故事，“而呈现转型时期的种种印记，甚至芜杂的个性解放的要求与呼声”[③]，其现代性特征，标志着传统价值体系的变异、新型工商业社会价值的崛起与失序。循此海派文化的书写脉络，白先勇笔下的女性形象，从伦理关系之中的金大奶奶到风月场中的尹雪艳、金兆丽，其中尹雪艳短暂嫁过人，金兆丽最后找到归宿，但主要的故事并非发生在传统伦理框架之内。上海故事的阴性书写，《上海王》的筱月桂模仿男权话语中的侠者风范，《金锁记》的曹七巧模仿男性话语中的残酷和阴暗面（指其后半生对于儿女命运的控制和伤害），《倾城之恋》的白流苏和《长恨歌》的王琦瑶，扮演“上海女人柔情似水”（虹影语）的神话。在一定模式和范畴之内，女性顺从或模仿男性经验，难以真正超越。华人世界有一种说法，除了曹雪芹的《红楼梦》，写女人很少作家能够写得过白先勇。白先勇笔下的尹雪艳、金兆丽、李彤，历经海上花、妖魔化、大女主的三重书写，成为上海故事的女性传奇谱系中最为璀璨的明珠。

尹雪艳和金兆丽可谓百乐门时代的“海上花”，在上海这座城

---

① 虹影：《上海这个阴性的词》，陈思和等主编《丰富的作家，丰富的文学》（会议论文集），内部资料，2018 年，第 9 页。

② 《中国小说史略》，见《鲁迅全集》（第 9 卷），人民文学出版社 1981 年版，第264 页。

③ 参见栾梅健：《中国现代文学的起源——论〈海上花列传〉的断代价值》，《文艺争鸣》2009 年第 3 期。

市的现代性之中，离开血缘关系和伦理框架，不受传统道德和现代法律保护，与各色男人纠缠不休却自主人生命运，纵然悲剧，也不再是金大奶奶式的悲剧。失去原生家庭保护的李彤，也始终没有再度进入伦理框架，而是成为漂泊美国的“海上花”。白先勇在刻画女性形象和描摹海派生活方式方面，远远走到了成熟、精雅、高超的境界。尹雪艳简直以女神一样的存在超越于一切男权之上，甚至超越时空，进入风刀霜剑无法伤害她的妖女行列。小说写了尹雪艳先后和三个男人王贵生、洪处长、徐壮图的故事，一再印证了祸水、死神、妖女的传说。与此同时，永远不老的尹雪艳，象征着上海冒险犯难而又精致成熟的现代性。上海既是魔都和冒险家的乐园，“八字带着重煞”的尹雪艳，成为沉浮洋场的男人们的欲望投射，金融家和实业界的新贵都想“去闯闯这颗红遍了黄埔滩的煞星儿”。[①] 金兆丽也作妖，从上海百乐门到台北夜巴黎作孽无数，被称为“九天妖女白虎星转世”[②]。这些带着迷信色彩的传说，都是站在传统伦理道德角度，对尹雪艳和金兆丽的妖魔化，这在西方女性主义理论中有专用话术，即魔女。魔都必出魔女。在尘世中游刃有余的金大班演绎着“金锁记”的故事。金大班一出场“金碧辉煌的挂满了一身”(黑纱金丝相间的紧身旗袍、金耳坠、项链、手串、发针)，[③]这凸显金大班一生被金钱和欲望绑架。但年轻时金兆丽也曾追求纯真的爱情，与月如(复旦学士)的相遇和相爱，为他怀孕，为他死去活来，可老上海的浮华并不允许聪明伶俐、有情有义的金兆丽走一条正常的人生道路。百乐门再奢华，都只是红尘万丈的风月场、欲望的深渊，金兆丽只有彻底放弃自己的理想，才能豁出去乘着年轻多捞金。这是一种自我毁灭式的蜕变，却是反成长模式，更接近鲁迅所说:悲剧就是把美好的东西毁灭给人看。现

---

① 白先勇:《台北人》，花城出版社 2000 年版，第 4 页。

② 同上注，第 60 页。

③ 同上注，第 51 页。

代性叙事伴随着繁华与颓废,在金钱和欲望中滚爬的人生终究是悲凉和虚幻的,人性被扭曲,人性又是不甘被扭曲的。尹雪艳和金兆丽都是世事洞明、人情练达,试图自主把控命运的女人。李彤的学识、理想、性格、能力都十分高强,到了美国,依然是那样光彩夺目的中国女子。她先后遇到的男人,哈佛高才生、古董商,这些男子的内在节奏都无法与之相匹敌。小说中其他三位女子(黄惠芬、张嘉行、雷芷苓)都回归家庭而存活,唯独李彤东飘西荡。李彤一定要自主命运,包括生死(来到出生地威尼斯投海自尽),这里隐含着李彤无法回归原乡和祖根,她身上有一种历尽沧桑始终不变的家国情怀。李彤视野开阔、理想高远,是尹雪艳和金兆丽无法比拟的,但上海故事的女主角多是见多识广、光彩照人,她们都是一个谱系的大女主,作品中男性都是用来烘托和陪衬她们的魅力。尹雪艳和李彤似有超人意味,金兆丽更有御姐范,全都是看透世事世情后,终能自主命运的大女人。从妖女、魔女到大女主,颇具女性主义话语色彩,但白先勇贴近生活,细致入微的刻画和把握,没有任何符号化或刻板化印象。就此而言,将尹雪艳、金兆丽放在上海的阴性书写谱系中解读,不仅相当自然,而且不能不赞叹白先勇创作出有血有肉的上海故事的女性传奇,创造出上海这座城市的阴性美学,蕴涵着丰富深邃的影剧改编空间。

三、上海故事的空间想象

上海 1843 年开埠,逐渐发展为远东第一大城市。一九四九年以后,上海成为“计划经济排头兵”;新时期中国社会转型,上海步伐稳健地走在改革开放的道路上,1993 年浦东新区建立,标志着上海再次跃居为面向世界最具活力的改革前沿。在剧场中想象上海,成为上海故事的一种空间化和仪式化的表现方式。其中,海派文学改编的海派话剧,仅从新世纪来看,就有 2003 年苏乐慈导演、赵耀民改编的《长恨歌》,2004年黄蜀芹导演、王安忆改编的《金锁记》,2005年熊源伟导演、赵耀民改编的《金大班的最后一夜》,2006年毛俊辉导演、喻荣军等改编的《倾城之恋》,2013徐俊编导的《永远的尹雪艳》,2013年郑星导演、徐企平等改编的《亭子间嫂嫂》,2018年马俊风导演、温方伊改编的《繁华》等。白先勇小说的话剧改编,属于这个脉络,其中,沪语话剧《永远的尹雪艳》具有典型性,本文以之为考察重点,兼及其他白先勇小说的影剧改编作品。

在白先勇笔下,上海是一个台北人记忆中不断出现的繁华梦,一种精致优雅的现代都市文化及其生活方式的表征,人物故事重心是在现实中的台北,叙述视角是从台北回望上海。话剧改编则是上海人和台北人共同想象上海,一种历史想象的交织,现实目光的交集。上海作为小说原著的重要背景乃至主体形象,改编正是借助海外华文经典关联老上海和新上海。上海形象成为话剧的象征寓意,剧场成为海派文化的招魂仪式:在时空中想象上海、戏剧化叙事和符号化人物、舞台空间的诗意创造,让沪语为"上海想象"注入一缕精魂……种种改编策略,透过如梦如幻的舞台声光、沪语声色,全方位渲染海派生活空间、海派风情、海派韵味,引发观众在剧场中共同追溯和体验上海"东方巴黎"式的繁华和传奇,意在海派文化空间的重建。

(一)在时空中想象上海

1999年底,白先勇面对繁华的上海南京路,赞叹"尹雪艳永远不老,上海永远不老",一句话穿透了老上海和新上海的历史时空。但自1965年首次发表,《永远的尹雪艳》从未被改编成话剧或电影,历经徐俊导演和白先勇的结缘,终以"上海形象"为关联点,得以在剧场中展现尹雪艳的口音和风采,成为上海前世今生的象征性仪式。剧场作为城市空间的隐喻,城市的形象往往由剧场所塑造。沪语话剧《永远的尹雪艳》的演出,可谓上海人在时空中想象上海的方式。为此,剧场中以上海故事和场景取代小说中的台北场景和故事,成为主角。原小说共五章,只有第一章回忆上海往事,后四章人物故事都发生在台北。话剧改编为八场,台北故事场景只出现在第五和第七场,其余都是上海场景的正面表现;而台北场景的尹公馆作为海派生活方式的缩影,台北并未真正在场,上海并未真正缺席。可见,话剧把人物故事放在精心组织的时空中塑造上海形象。具体的,空间作为剧场的直观呈现方式,以号称远东第一舞厅的百乐门作为上海的微空间贯穿全剧,这样舞台空间就找到了与之几乎重叠的物理空间。演出灵活地运用"三一律"和史诗剧场的结构方式:基本是一个地点上海百乐门(红都剧院和台北尹公馆都是百乐门的变身),一个事件"上海形象"(尹雪艳和百乐门都代表上海形象);戏剧时间则是史诗剧场架构:以 1949 年元旦百乐门始,至 1979 年百乐门重开止,其间出现 1960 年代的台北和"文化大革命"中的红都剧院,横跨海峡两岸三十年;具体以片断式场景展现,属于剧场主义的演绎方式。人物除了尹雪艳、徐壮图、乐经理贯穿全剧,作为群像,还有舞国小姐、舞客和舞厅侍者等,组成百乐门的众生相。全剧以空间为经、时间为纬,构成史诗规模。

小说以台北作为叙事起点,自然地追溯到十几年前上海百乐门的五陵年少,以回忆性叙述引出尹雪艳和王贵生、洪处长的瓜葛。白先勇写台北的小上海,空间之隔、时间之伤是小说的基调,历史感和文化意识并存,岁月流逝、沧海桑田是小说深切的表达,海派文化精致、优雅的审美趣味也得以展露和回味。白先勇说:"上海在中国那时候是一个独特文化,所以这群人到台湾来,他们的上海文化以尹雪艳为代表,'总也不老'。他们的影响很大的。"[①] 话剧改

① 白先勇、张大春:《〈台北人〉出版半世纪,张大春专访白先勇》,公众号"白先勇衡文观史",2021 年 12 月 22 日。

编以舞台形式，延续这种丰富深远的上海想象，寄予着海内外华人的共同理想。

第一场1949年元旦，以上海百乐门作为起点，舞台纱幕一拉起，便展开一幅百乐门全景图，直观地把观众带回历史想象。舞客们都是上海滩大亨，生意做到南洋、东洋、西洋；乐经理一出场，用夹杂着英语的沪语招呼各方来客，显示出多元、接纳、圆融的海派性格。相比之下，《茶馆》的王利发更为传统，市民气息更浓；乐经理更洋气，元旦夜百乐门宣布舞国皇后、舞国贵妃、舞国公主，可见，经营手法更加灵活多样，想方设法激发现代人的欲望。第二、三场王贵生和洪处长表白尹雪艳，空间场景转到老上海地标国际饭店十四层云楼，敞开另一个城市符码。第四场告别百乐门时代，释题“百乐门”（Paramount Ballroom）是“至高无上的意思”，尹雪艳则是“永远的尹雪艳”。第五场1960年代的台北场景，尹公馆再造“鸟语花香、温馨舒适”的海派生活空间。第六场插叙1966年“文化大革命”中，百乐门变身红都剧院，作为过渡场与第五场台北上海人在记忆中缅怀百乐门，构成一种平行时空结构。第七场尹雪艳和徐壮图再续上海百乐门前缘。改编把握住小说原著台北故事即上海故事的延续，尹雪艳和徐壮图在上海开始的故事，在台北故事中得以发展；同时改变小说片断式、开放式结构，精心安排尹雪艳和徐壮图这条故事主线，上海和台北，空间构成重叠，时间自然延伸。徐壮图从上海交通大学学生变成台北工商界的佼佼者，不变的是对于尹雪艳、对于上海的感情。透过徐壮图的视角，尹雪艳的不老象征上海的不老，在剧场叙事中便有了着实的感知。从上海到台北，被渲染的百乐门和被聚焦的尹雪艳都是上海这座城市的象征，这在剧场呈现尤为针脚细密。第八场1979年上海百乐门重开、尹雪艳归来，诸多场景和细节重现或呼应第一场，“想象上海”形成一个时空的圆。

从1949到1979年，上海形象在剧场中完整显化，既作为写实层面,也作为象征层面。写实层面集中在前四场,凸显上海场景和海派文化空间的视觉呈现;象征层面以尹雪艳和百乐门作为代表,贯穿全剧:透过百乐门,展现“生动的历史画卷,波澜壮阔、气势澎湃”[①];透过尹雪艳,展现精美绝伦的海派文化跨越时空,魅力无限。不同于小说,话剧运用剧场方式敞开上海—台北两个空间,根本上是上海一个空间,或者说,话剧有意构成上海—台北的时空叠加,让海内外共同想象上海,展开一种民间视角的史诗建构。

(二) 戏剧化叙事和符号化人物

亚里士多德的《诗学》界定戏剧的六要素为情节、人物、思想、语言、音乐、景观。情节为首要元素,戏剧冲突和戏剧性包含在戏剧情节之中。话剧《永远的尹雪艳》的戏剧化叙事,首先体现在上海形象主角化,围绕这个中心,凸显尹雪艳和王贵生、洪处长、徐壮图的故事线索,特别是徐壮图成为贯穿全剧的男主角,并增加百乐门乐经理这个地道上海人形象,以及增加百乐门重开、尹雪艳归来的大团圆结局。这样的构思同时带来一定程度的人物符号化,主要人物和次要人物都成为上海想象的一种符号表达。

首先,话剧表现王贵生、洪处长、徐壮图以各自方式追求尹雪艳,既是戏剧化叙事,也符号化人物。第二场,王贵生表白要为尹雪艳赚更多铜钿,“拿所有铜钿统统换成金条搭一部楼梯”[②],以此通天云梯为尹雪艳摘下月亮,用钻石玛瑙串成项链套住尹雪艳。尽管是极度浪漫的场景和修辞,王贵生的关键词只有一个“铜钿”,尹雪艳的回应是“铜钿、铜钿、铜钿,除脱铜钿就呒没别个了?”[③]这里“铜钿”显然没有完全打动尹雪艳。在洪处长看来王贵生就是“样样事体侪好拿铜钿来摆平个”。老上海赤裸裸的财色气在王贵

① 徐俊:《说上海话的尹雪艳》,文汇出版社 2013 年版,第 2 页。

② 徐俊编导:沪语话剧《永远的尹雪艳》(根据白先勇同名小说改编),2013 年首演;见徐俊导演提供的剧本《永远的尹雪艳》,第 13 页。

③ 同上注,第 12 页。

生和尹雪艳这场戏中充分展现。可惜"全上海顶灵光个地方"不灵光，王贵生因"有铜钿还想要更加多个铜钿，恨勿得拿侬身边个人统统打倒"[①]而遭枪杀。有权有势的洪处长以权求婚，结局同样"出事体"。情欲和物欲纠缠不清，上海洋场的冒险家们对于尹雪艳的身体想象，夹杂着对于财富的想象，融财色于一体，这样的故事恰如周作人在《上海气》中所说："上海文化以财色为中心。"[②]但话剧的深层含义是站在新世纪的上海，表现尹雪艳婚恋故事的三个层次：王贵生以钱求爱，洪处长以权求爱，都没有成功，只有初出茅庐的徐壮图以情求爱，真正打动了尹雪艳。这样的尹雪艳成为更高贵的上海女人，她所代表的上海形象也成为更高级文明的象征，以心交心，以情动情，没有异化，饱含人文色彩。然而，这种才子佳人的老故事，似乎不足以传达白先勇笔下入木三分的人生况味和社会剖析。或许，话剧意在表达"纯真和真情却是永远美好的"[③]，不似小说那样从容不迫地叙说老上海的繁华梦幻和尹雪艳的风华绝代，同时透露出无限悲凉和残缺美。

无论如何，尹雪艳和徐壮图的故事在剧场中得到完整叙述。在上海百乐门时代，只有写诗的徐壮图真正在尹雪艳的心里种下爱的种子，有了这个铺垫，台北场景中尹雪艳和徐壮图的恋情更具历史感和说服力，更符合情节逻辑。谢晋的电影《最后的贵族》，也曾把陈寅这个人物改编为贯穿始终的男主角。小说《谪仙记》中陈寅作为叙述人和视角人物，与李彤并无前缘；电影改编也让陈寅提前出场，在上海豪宅的生日派对上以哈佛大学生成为李彤的准男友，在李彤身世巨变之后，二人逐渐疏离，陈寅成为黄慧芬的丈夫。如此戏剧化和情节化讲述李彤和尹雪艳的故事，多从人物外在环

① 徐俊编导：沪语话剧《永远的尹雪艳》(根据白先勇同名小说改编)，2013 年首演；见徐俊导演提供的剧本《永远的尹雪艳》，第 13 页。

② 周作人：《上海气》，1926 年 2 月 27 日于北京；见《谈龙集》，北新书局 1927 年版。

③ 徐俊：《说上海话的尹雪艳》，文汇出版社 2013 年版，第 6 页。

境和性格逻辑去表达一种观众看得见的因缘。但就以上海代替尹雪艳成为真正主角而言，徐壮图承担了远比小说重要的角色功能。剧中以台湾口音的徐太太与苏家阿婆的交谈，彰显徐壮图是一个体面的上海男子：从一心扑在事业上的正人君子，到上海男人和台湾女人结婚，夫妻和美，“不要说破脸，就是连句重话向来都是没有的”①。这些话语和细节提炼自小说原著，却有意无意加重了徐壮图这个人物的“上海形象”。而尹雪艳身着旗袍，精心为徐壮图准备上海美食冰冻鸡头米，两人细品美食的配料和做法，凸显海派生活方式的精雅品质。正是渗透尹公馆的老上海味道，重新唤起二人的未尽情缘：

徐壮图：……我呒没想到迭能稀奇个物事，辣辣尹小姐侬此地吃着了。让我又想起了上海。我一直觉着，还是上海好……

尹：嗯？

徐壮图：迭个鸡头米，勿晓得小姐是啥地方觅来个？

尹雪艳：我是托朋友从香港寄来个。

徐壮图：尹小姐侬真来事，怪勿得我个娘舅一日到夜讲，蹲辣台北，想要寻老上海味道，除脱尹小姐此地就呒没第二个地方了。②

尹公馆“有鸡头米吃，有上海闲话讲”，徐壮图再也走不出尹公馆。他乡遇故知，话剧为尹雪艳和徐壮图的感情找到更深厚的基础：即“上海”这个介质，但尹雪艳和徐壮图形象也因此更符号化。戏剧性的突转发生在徐壮图向尹雪艳表白，与王贵生、洪处长的话语不谋而合：赚更多铜钿，为尹雪艳去冒险，去追逐成功。依然是情欲与物欲交织，尹雪艳陷入命运的怪圈：缘分轮回，尹雪艳始终

① 徐俊编导：沪语话剧《永远的尹雪艳》（根据白先勇同名小说改编），2013年首演；见徐俊导演提供的剧本《永远的尹雪艳》，第30页。

② 同上注，第25页。

身陷伦理道德之外，欲望深渊之中。台北的故事还是上海的故事。话剧安排尹雪艳为了保护徐壮图而紧急刹车，中国人所谓“发乎情，止乎礼”。剧中尹雪艳有胆有识、有情有义，有力量和觉悟主动把握命运，已然不是小说中神秘的死神和悲剧人物。这个改编的得失可以探讨，但上海导演徐俊的温和敦厚，可见一斑。如果说尹雪艳就是一个女子，话剧的把握显然细腻而精准；如果说尹雪艳是上海的象征，那么上海女人的品位格调、心气内蕴，也得到了升华，而上海形象本身，也有了情感温度和深度。小说中尹雪艳没有内心的敞开，话剧在徐壮图的故事中，一方面坐实了尹雪艳带着“重煞”和“犯白虎”的迷信说法；另一方面，还给她有血有肉的真身，尹雪艳在徐壮图的故事中，仍然带着宿命色彩，却是一个可敬可爱的玉女形象，应酬世人，心仪真情。话剧中尹雪艳的故事接近了金兆丽的故事，她们都难以摆脱“身份悲剧”，但有一段纯情滋养的人生，更富于理想色彩。这在白景瑞的电影《金大班的最后一夜》中，有着更完整、唯美且感人至深的影像表达。话剧《永远的尹雪艳》中徐壮图没有死，白先勇说徐俊编导不舍得让他死，更高尚的尹雪艳，不再是死神尹雪艳，而是百事周全、如沐春风的女神尹雪艳。从象征意味而言，一种更精细的分寸感，一种更包容的心态，无疑属于徐俊导演站在新世纪的上海想象，一种百年现代化进程累积而成的城市品格，非魔都和冒险家乐园这样的刻板印象可以简单覆盖。《永远的尹雪艳》中的徐壮图是上海交通大学毕业生，《金大班的最后一夜》中的月如则是复旦学士。白先勇让自己笔下两位最重要的男性角色出身上海两所最重要的大学，特别是月如，如白月光般的理想存在，照亮了金兆丽的人生底色。这或许不是巧合，而是白先勇极其动人的上海情结的细节流露。

剧场中，无论上海舞女尹雪艳、上海太太宋、赵、孙、李，还是上海男人徐壮图、乐经理、王贵生、洪处长，作为上海形象的象征，其符号价值都超过了生命感觉。尹雪艳与这座城市的契合点，除了风情万种，还在于阅历沧桑、见多识广的包容性，包容王贵生的财色欲望，洪处长的权色欲望，徐壮图的情色欲望，上海太太们的养尊处优，乐经理、吴经理的营营役役；接纳“花无百日红，人无千日好”的世事沧桑。这是上海这座现代性城市开阔成熟的一面。另一方面，尹雪艳成为洋场男士们追逐的物欲、情欲的象征，似乎暗示了半殖民地社会的复杂，人们欲罢不能地受到诱惑，缺乏根基的缥缈不定，难以自主命运的逐浪浮华。人性中不甘平庸的冒险精神和无止境的欲望相互纠缠和搏斗，既造就现代性英雄，也造成现代性悲剧，但上海这座传奇城市，从来不缺弄潮儿。这也是《永远的尹雪艳》的“上海想象”。

尹雪艳走下神坛，还原为有血有肉的女人，这样一个肉身的尹雪艳，如何既是你我她，又是上海形象的象征，如何永远不老？没有了疏离感和神秘感，尹雪艳成为海派世俗生活的载体，有了更多亲切感，但也因此少了超越感和震撼力，而泯然众人矣。小说中尹雪艳也有起伏不定的人生命运，然而，王贵生、洪处长、徐壮图都先后丧命或出事，尹雪艳不动声色地面对起起落落、得而复失的命运，如人饮水、冷暖自知；尹雪艳像一面镜子，折射出人世沧桑、祸福无常，人生的缥缈无依。小说原著更自然、凝练、深远，散发着悲剧的力量和人性的探索。话剧人物形象落地坐实，尹雪艳依然是完美的女神般存在，但不是普遍性、宇宙性的艺术精灵。

除了尹雪艳，四位面目模糊的上海太太和尹雪艳一起在台北构建上海记忆、上海形象。宋、赵、李、孙作为上海滩太太的符号，她们总是搓麻将（在上海、在船上、在台北尹公馆），这搓麻将也是某种符号。更重要的，还有一位百乐门的乐经理。根据徐俊的自述，乐经理这个形象的灵感来自白先勇特意推荐的法国电影《舞厅》。“舞厅”布景的舞台：展现不同时代人物的生活、心情和感觉。话剧因此增加了乐经理这个角色，上海百乐门需要这样一位从外表到性格都是典型的上海人乐经理，刚柔并济、海纳百川地守护着百乐门这一物象空间。尹雪艳、乐经理一虚一实都是上海精雅文化的代表。为了戏剧的整体性,改编还打破原著小说的结构,以大团圆的结局,形成戏剧叙事的完整格局,基于观众心理的完型格式和完美经验,使得全剧成为循环型、封闭式的故事结构;同时,人物在故事中达成某种圆满。

戏剧化叙事和符号化人物,以及文化层面的解析,这是传统通俗剧(话剧和电影)和宏大叙事视角的必然选择,但倘若实验话剧或新浪潮电影则未必如此。世俗化倾向的影剧改编,可能使现代社会中孤独的个体获得更多认同感和归属感,并且引起共鸣,但倘若更具实验性和探索性的改编,可能会以剧场方式去应和白先勇小说的诗性气质和现代派意味,加深剧作的人性深度和哲学视野。

(三)舞台空间诗意

现代戏剧家安托宁·阿尔托指出:剧场最重要的是空间诗意,包括形象和空间表达,具体指舞台上使用的一切表达方式:音乐、舞蹈、造型、动作、声调、建筑、灯光、布景等,每一种手段都有其特有的、本质的诗意,组合方式中产生高度的空间诗意,浓烈的自然诗意——不受制于话语的纯粹戏剧语言,一种象征性的表达。[①]改编话剧追寻戏剧本体,使得"舞台成了舞台,身体成了身体,表演成了表演……演员、观众(人)成了演员、观众(人)"[②]。《永远的尹雪艳》对精准舞台效果的追求,基于改编者对于剧场艺术的理解,在更深层次,则是如何运用剧场美学"想象上海"的问题。海派话剧《长恨歌》以自然主义幻觉剧场,表现上海的风俗变迁,剧组为此特意向上海观众征集道具:四十年代的旗袍、梳妆台,五六十年代的八仙桌,铁丝架子,饼干盒子,烘干小孩子尿布的煤球炉子……

① 参见安托宁·阿尔托:《残酷戏剧——戏剧及其重影》,桂裕芳译,商务印书馆2015年版,第37页。

② 钟明德:《神圣的艺术——格洛托夫斯基的创作方法研究》,台北:扬智文化2001年版,第236页。

被称为假戏真做。[1]《永远的尹雪艳》的舞美追求假定性的写意风格。徐俊导演擅长将戏曲艺术方式融入话剧舞台,将写实主义和象征主义、表现主义相结合,通过服装、灯光和剧场空间处理,构成统一的格调,既有戏曲性,又有象征意味,特别注重整体舞台气氛的构造,追求美轮美奂。如华美的服装设计,尹雪艳的八身旗袍特意邀请香港著名舞美设计师张叔平量身定做,不能是普通的旗袍,务必是质素精良和高端品位,充分体现上海女人的精细奢华。尹雪艳的旗袍果然引起观众的轰动效应,据说曾有场次观众两百人全穿旗袍,剧场特意为她们铺上红地毯,彰显了上海文化。戏剧更具仪式性,表现方式不只是语言、故事和逻辑;戏剧诉诸感性和感觉,回到摩登上海的梦幻体验,回归舞台形象,包括物质形象、物质形式、物质符号等,以及形体语言、空间诗意和精神仪式。剧作的精神深度通过形象和空间的和谐形式传达;剧场向来是一种公共空间,传达身体美学和人文精神。

剧场中的"诗意美"是形而上学的,却是诗意的。《永远的尹雪艳》第一场,百乐门亮相,金碧辉煌的多立克柱子和光芒四射的巨大吊灯颇有质感和时代气息,[2]但舞美设计没有刻意再现舞台真实环境,也不设环绕四周的桌椅和道具,而是中国戏曲写意式的以虚描景。虚拟情景中的舞客千姿百态,舞台空间却是极简主义,舞厅的场景气氛通过演员的表演来传达。表演是塑造人物形象的方式,也是创造舞台环境的手段。徐俊深谙中国戏曲的独特风格和表演体系,就连舞台时间和空间,也常常依靠演员的动作表演,启发观众的联想,形成具体的舞台环境。与此同时,百乐门透露出中西合璧的时尚,舞客们喝的是法国香槟,跳的是伦巴舞,第一场音

① 顾一然:《上海想象——怀旧消费文化下的海派改编话剧》(硕士学位论文),复旦大学,2016 年。

② 多立克(Art Deco),演变自十九世纪末欧美的 Art Nouveau(新艺术)运动,1940 年代在上海流行。

乐选用白光的《莫忘今宵》,以伦巴节奏的动感渲染元旦气氛;第四场众人告别百乐门,奏响的是爵士乐。尹雪艳的出场和造型,处处精雕细刻。第一场红幕升起,尹雪艳在高台上转身亮相,“沿着Z字形的斜波平台缓缓走向舞台中央”,凸显舞蹈化的台步和节奏,以及占据舞台中央的白色宝座。小说对于尹雪艳的文字描摹往往寥寥数语却力透纸背,以少胜多、无懈可击且略显神秘,剧场中尹雪艳造型唯美,“削肩蛇腰,鹤立鸡群”,成为众人瞩目的中心。有人约舞,有人搭宵夜、包场,有人乐意做一条忠犬……尹雪艳有礼有节地应对。舞场如战场,尹雪艳成为上海滩大亨们欲望和竞争的标的。王贵生、洪处长的明争暗斗和针锋相对,舞台上表现为“若即若离、跳进跳出”,通过假定性表演语汇外化人物内心活动。第二场和第三场“云楼各诉衷肠”高台穹顶繁星点点,下方舞客剪影隐隐约约,看似悠远空灵、诗情画意,实为王贵生、洪处长、尹雪艳空中楼阁式的欲望空间。洪处长表白时,尹雪艳“小云手旋扇,侧身拧转,频频收放扇子,随即双手背拢,右脚徐徐后抬,然后脚尖轻轻下地,脸部缓缓仰天,组合了戏曲和现代舞蹈的一系列动作……”①透过造型和动作显化尹雪艳内心的波澜起伏。而徐壮图与尹雪艳初遇,全场舞者定格、停顿,舞台上无法用动作和语言表达的,则用停顿,表示此时无声胜有声,只有抒情性歌曲《恋之火》烘托尹雪艳的花容月貌,也暗示尹雪艳的曲折命运和洒脱超越。第七场徐壮图与尹雪艳重逢,舞台叙事既简洁又形象。舞台空间处理成平行交叉的场景:一边是徐家的空间,昏暗、冷色调,徐太太茫然地拖着一把藤椅走来;另一边,尹公馆白墙投射尹雪艳和徐壮图激情舞蹈的剪影,剪影越来越大,像是尹公馆的写照,又像是徐太太的内心视像;徐家和尹公馆平行交叉的时空,以“假定虚

---

① 徐俊:《说上海话的尹雪艳》,文汇出版社2013年版,第9页。

拟的意象空间”[1]，呈现空间意义，这是阿尔托所谓空间诗意的典型；透过演员的表演进行空间阐释，则属于东方戏剧美学范畴。苏家阿婆施加法术，舞台上以剪影呈现：尹雪艳与徐壮图激烈、激情地跳着探戈；众徒们跳着对抗舞蹈，企图扯开尹雪艳与徐壮图。戏剧源于宗教仪式，舞台上的仪式化表现神秘而诡异。徐壮图向尹雪艳表白，却在重复王贵生和洪处长的声影和情状：舞台空间以白墙投射出大幅王贵生、洪处长的身影，这既与上海百乐门故事呼应，也仿佛是尹雪艳自己的心理阴影。尹雪艳拒绝和推开徐壮图。徐壮图出了尹公馆，传来凄厉的急刹车，此时出现王贵生、洪处长无数身影的人墙，仿佛是尹雪艳无法冲破的命运循环。

话剧演出最值得称道的还是舞台空间诗意。即使是配角，也充满仪式性感和符号价值。第三场宋、赵、孙、李四位太太上场，身穿黑白色系的旗袍，手持黑扇，脚着白鞋，一致的起步、搓步，齐齐地折扇、转扇、运扇，实现“现代造型和戏曲写意动作相结合”[2]。第五场台北尹公馆里无实物麻将戏的舞台表现，更是出奇制胜：没有桌子，没有麻将牌，只保留四把椅子，将椅子装上滑轮，采用虚拟的动作来表现打麻将的可信场面。特别是装有滑轮的椅子，演员坐在上面，可聚拢、可分散、可面对、可背向；可任意自由走动；可瞬间进入牌局，又可随时抽离其状。结合优美的舞姿，灵巧的动作，舞台空间生趣盎然，假定性写意化的麻将戏，让演员的表演得到最大限度的释放。[3] 第六场红都剧院作为过渡场，全场没有对话，只有舞台空间和动作，表现特殊年代，乐经理独自守护百乐门，回味昔日百乐门的现代性音符和节奏，情不自禁地跳起一段探戈……仅靠演员肢体语言的精准表现力，渲染和象征时代气氛并洞彻乐

① 徐俊：《说上海话的尹雪艳》，文汇出版社 2013 年版，第 11 页。
② 同上注，第 9 页。
③ 同上注，第 10 页。

经理难以言表的内心世界。

全剧唯美、精致的舞台形式，以表演动作和造型娓娓道出上海故事，观众需要何等静心，才能欣赏和品味。徐俊戏曲出身，他的话剧舞台表现形式，必然是中西合璧的，特别是带着中国戏曲舞台神韵的，但徐俊的舞台空间又是包容和开放的，这和白先勇的作品内在气韵相契合。两个有视野有情怀的中国人，携手讲述上海故事，有一种不言自明的心意相通。小说原著以人物为中心，人永远是主角，人的丰富性和复杂性最能展现上海想象的深阔远大。这是白先勇作品的精髓所在。话剧则着力创造中西合璧的舞台空间，倾情演绎上海地域性和世界性文化，以及作为中国现代性城市的象征意涵。

一方剧场演一方戏，既指语言亦指身体，用自己的“声音”和“身体”演绎自己的故事和文化，根本上是在建构“本我”。用沪语演出《永远的尹雪艳》和展现上海形象都是一种意图肯定自我的方式。沪语演剧传神而有力地凸显上海这个主角。方言所带出的地方性、地方感，承载着城市的历史底蕴和人们的记忆、认同和情感。作为大众参与的仪式化剧场，沪语话剧《永远的尹雪艳》演出的成功，隐含着人们的地方之爱和树立地域特色的文化自觉。剧场辨析本我的声音特别显著。但剧场发声、本我发声，未必只为还原方言本来面目，更在于把沪语从单纯的方言土话的地位，提升至剧场里本我的声音。沪语话剧《永远的尹雪艳》就是上海人在剧场里共度的精神仪式。

白先勇小说原著表现社会与时代，刻画超越时代的永恒人性，发掘隐藏在社会、时代、人性背后的哲思，但白先勇说：“希望这个剧能触动上海人心里的一种回忆，我当初写这部小说，也下意识地希望上海这种精致文化能通过文学作品定格为永恒。”[①]

① 转引自徐俊：《说上海话的尹雪艳》，文汇出版社 2013 年版，第 13 页。

现代教育视阈下中国现代文学研究的新收获

——评李宗刚的《民国教育体制与中国现代文学》

朱德发

（山东师范大学文学院）

内容摘要：李宗刚的《民国教育体制与中国现代文学》一书，全方位、整体性地聚焦于民国教育体制与中国现代文学错综复杂关系的切实而深入的探究。从纵向上简略而精到地揭示了民国教育体制与中国现代文学发生关系的动因、态势及其所完成的既定学术目标，史论结合，论从史出，主体思维的超越性与史实的牢固性相融合迸发出耀目的思想火花；然后从横向上如同扇面展开，多维度多侧面地探察并论析民国教育体制与中国现代文学的综复深微关系，从而建立起一套认知并表述民国教育体制与中国现代文学复杂关系的新颖独到而又丰实别致的话语体系。这对于同类研究课题已问世的学术成果来说，则是带有整体性的突破与创新，这也是本书重要的学术价值所在。

关键词：民国教育　新式教育　《民国教育体制与中国现代文学》　“五四”文学

“无专精则不能成，无涉猎则不能通”①。十多年前李宗刚教授攻读博士学位期间，既有专心精读的自觉性又有广泛涉猎的兴趣，在现代中国人文社会科学知识海洋里，不仅聚精会神、废寝忘食地精读中国现代文学的丰赡文本，也对现代中国的教育制度及其与现代文学的互动关系格外关注；并逐步形成了现代中国文学与现代中国教育体制相互关系的跨学科研究的主攻方向。他把现

① 梁启超：《读书分月课程》，《饮冰室合集·专集六十九》，中华书局1989年版，第11页。

代中国文学与现代中国教育体制这两大各自独立而又错综交织的文教系统，置于现代中国人文社会科学总系统的认知框架里，从宏观到微观，从微观到宏观，纵横开阖，由表及里，给予透析与研究，拟破译人文科学密码，探寻文学与教育的互动规律。

“学贵专门，识须坚定”[①]。宗刚无论在任何语境与条件下，始终咬住这一学术研究的主攻方向与总体设计不放松，竭尽全力地遵循三个逻辑层次向前推进，使这个“专门”学术课题的研究闪烁出耀眼的思想之光。第一个逻辑层次，博士学位论文选题是《新式教育与五四文学的发生》，经精心修改形成学术专著，由齐鲁书社2006年出版。第二个逻辑层次，赓续《新式教育与五四文学的发生》的总体思路，散发开去，扩而大之，以新视角透析新史料而设计出《民国教育体制与中国现代文学》新课题，被批准为2010年国家社会科学基金一般项目，结题后即将由中国社会科学出版社出版。第三个逻辑层次，在结题的基础上，宗刚发扬不惧辛劳连续作战的精神，新设计的《共和国教育与中国当代文学》，又被批准为2017年国家社会科学基金一般项目。我们即使不阅读上述著作，从国家社科基金支持的频率和力度上，也足见现代中国教育体制与现代中国文学互动关系研究的重要性及其学术水平所可能达到的期待高度。

对于《新式教育与五四文学的发生》的问世，笔者在序言中赞曰：“本书作者围绕‘新式教育与五四文学’互动关系这个中心点，充分发挥辐射思维的独特功能，从多侧面多维度展开发散以探索新式教育与五四文学发生的复杂深微关系。”“这一发现为其五四文学发生学研究选定了新角度、展开了新视域，且形成了新理路。这不仅在很大程度上突破前人对五四文学发生学研究的整体框

① 章学诚：《家书四》，《文史通义·外篇三》，民国嘉业堂章氏遗书本1922年版，第72页。

架，填补了长期被忽略的薄弱环节；而且也为五四文学发生学探讨开拓了新思路，展示出五四文学与现代教育跨学科研究的可能性和必要性。”[①]

若说2006年出版的《新式教育与五四文学的发生》，是宗刚从现代中国教育与现代中国文学互动关系这个总论题研究中磨出的也是亮出的第一剑，仅仅是初露锋芒；那么即将问世的《民国教育体制与中国现代文学》则是经过10多年的焠磨而亮出的第二剑，其锋利的光芒主要是从本著作的突破点或创新点上反射而出。考察一部专著或一篇论文的突破点或创新点，既要与自己的既成著述相比较，更要与整个学术界同类或相似研究课题所问世的著述相比较，唯有从相互比照中方可发现所评述著作的突破点或创新点；只有抓住了突破点或创新点，才能断定该著述在现代学术史上有无价值或者有多大价值。虽然从比较中难以准确地发现并断定所评著述的突破点或创新点，但是为了学术研究的不断增值和永远发展，即使再难也要探察著述的突破点或创新点，哪怕对其认识不准或把握不牢也要挖掘出来。宗刚这部新著《民国教育体制与中国现代文学》较之《新式教育与五四文学的发生》，尽管都是着眼于教育与文学关系的研究，然而其研究的深广度不限于某隅某角而带有全局性和整体性。它将民国教育与现代文学复杂关系的多方位考察完全纳入研究主体的学术视野，不论在逻辑框架的设计、理论观点的创新还是在资料信息的发掘、思维方法的运作方面，都有重大突破与总体创新。诚然，放眼全国学术界，热衷于民国教育与现代文学关系研究的学者大有人在，而且鸣世的学术成果也让人目不暇接；但综合考之，这些学术著作主要集中于大学文化、文学教育、教育文化等维度与现代文学关系的考察与探讨，至于对民

① 朱德发：《新式教育与五四文学的发生·序》，见李宗刚《新式教育与五四文学的发生》，齐鲁书社2006年版，第4页。

国教育体制与中国现代文学错综复杂多维关系的研究与洞察是相当薄弱的，即使有些关注或涉及的研究课题也缺乏深入的开掘与独特的发现。基于这种研究现状，宗刚教授的新著则是全方位、整体性地聚焦于民国教育体制与中国现代文学错综复杂关系的切实而深入的探究。就其总体逻辑思路审之，新著从纵向上简略而精到地揭示了民国教育体制与中国现代文学发生关系的动因、态势及其所完成的既定学术目标，史论结合，论从史出，主体思维的超越性与史实的牢固性相融合迸发出耀目的思想火花；然后从横向上如同扇面展开，多维度多侧面地探察并论析民国教育体制与中国现代文学的综复深微关系。宗刚教授既考析了民国教育体制与现代期刊文学的发生、民国教育体制下文学课程的传授、文学认同与文学传承，以及民国教育体制与现代女作家的关系；又论述了民国教育体制内学校文学教育个案和作家影像及他者建构，从而建立起一套认知并表述民国教育体制与中国现代文学复杂关系的新颖独到而又丰实别致的话语体系。这对于同类研究课题已问世的学术成果来说，则是带有整体性的突破与创新，这也是本书重要的学术价值所在。

具体论之，本书的亮点之一是，论者革新了既往的作品论、作家论乃至文学史书写的范式，自觉地将现代文学史上的人物、文本、作家纳入民国教育体制内予以审视与分析，获取耳目一新之见或者一些原创性论断。如对徐枕亚及其《玉梨魂》的探讨，突破原先"通俗文学"的研究框架，纳入民国教育视野进行重读重解，得出许多新认知新见识新判断；对茅盾的研究也是这样，突破了一般现代小说研究模式而将其置于民国教育体制加以考察，得出新的发现新的见解。亮点之二是，论者并不热衷于民国教育体制与中国现代文学关系的一般化的缺乏新意的泛泛而论，乃是将两者的错综纠葛关系融入具体的作家作品进行探赜洞微的透视，从人文、人性、人情的密码的破译中获取新颖独到的叙述见解。如以叶圣陶

《倪焕之》为个案对民国教育的文学想象与文学书写的阐释，以冰心及其文学创作为例对民国体制下的现代女性作家的探讨，颇有些精彩的分析与理论判断，给人以别开生面之感。亮点之三是，宗刚通过对“五四”新文学发生缘由的深入研究，发现文学革命先驱们如胡适、陈独秀、李大钊、周氏二兄弟等都是父权缺失者，正是这种特殊的人生遭遇，促使他们通过新式教育或民国教育的渠道完成自我人格从传统向现代的蜕变，以时代先锋的姿态充当了“五四”文学革命的弄潮儿[①]。这一新鲜见解，曾获得不少学人的点赞。亮点之四是，论者以民国教育体制为视野窥探中国现代文学主将鲁迅是民国教育体制中人，既是教育部的佥事又兼任通俗教育研究会小说股主任，并把小说创作和翻译文学纳入中华民国的政权诉求中，这就从体制上或理论上为新小说的创作实践提供了保障[②]。这不仅说明鲁迅创作首篇白话小说《狂人日记》既有《新青年》指派钱玄同的催稿，又表明鲁迅创作通俗白话小说是其就职于民国教育部的责任感所致；此种新发现，就能增加著作的新亮点。亮点之五是，论者极其重视原始资料的发掘和梳理，且通过民国教育体制的理论视野将其激活并给出有新意的逻辑阐释，绝不放空炮发空论，让扎扎实实的史料讲话，言之有根论之有据，事实胜过空泛的雄辩，从而勘探出一些学界既往习焉不察的新论，甚至通过对真伪难辨的史料的层层剥离，将隐藏于历史乱象背后的本真面目展示出来或者把规律性的东西寻找出来，以形成一家之言。亮点之六是，论者总是以辩证思维来看待并辨析民国教育体制与中国现代文学之间的复杂关系，既没有在民国教育体制与中国现代文学之间画上等号，又没有将中国现代文学的生成发展完全归因于民国教育体制，更没有无原则地美化民国教育体制，过度拔高

① 李宗刚:《民国教育体制与中国现代文学》，中国社会科学出版社 2021 年版，第 21 页。
② 同上注，第 22 页。

其对中国现代文学的意义，并从中体现出研究主体的求真务实的科学精神和论析复杂关系的难能可贵的分寸感。总之，从宏观的总体把握到微观的具体认知，全书显示出宗刚教授对民国教育体制与中国现代文学复杂关系的探讨与理解已达到一个新的学术层次。

由于民国教育体制与中国现代文学之间关系极为错综复杂，不可能在一两个研究课题中或者一两部专著里将其论析透彻，更不可能将其奥秘洞见清楚；宗刚的新著尽管有不少的突破与创新，为进一步深化研究奠定下良好基础，甚至提供了值得借用的宝贵史料、逻辑架构和方法论，然而不可忽略的是遗留下一些不该遗留的缺憾与问题：一是全书由六章构成，每章可以独立成篇，章与章之间若有几条主线联结起来，那就能形成无懈可击的严密的逻辑结构；况且本书对民国教育体制与中国现代文学关系的考察主要从横断面展开，也就是从多个维面来探询两者之间的关系，若在探察过程中能够厘清各维面之间的层层推进的逻辑关系，那研究成果会给读者厚重感或立体感，要是横向研究的各维面之间的逻辑关系理不顺、联不严，那给人的感觉则是“各自为政”的互不相关。二是民国教育体制与传统教育方式相比，它的根本特质是现代化的教育体制，即使它与传统教育模式有千丝万缕的联系，也难能改变其本质规定；正是这种本质规定决定了民国教育体制具有与中华民国政体国体相适应的民主性、科学性、平等性、独立性和自由性的功能特征或主要机制。这些现代性的功能机制通过与中国现代文学发生同质同构的联系，既培养了现代化的作家群又培养了现代化的读者群，为了适应读者的审美诉求，作家群以现代审美意识和审美形式营造了现代型的各体文学。如果认同这是民国教育体制与中国现代文学关系的内在本质联系，那就应该在新著中充分地深入地挖掘出这种联系，以作为全书的主线。三是民国教育体制应包括留学教育制度，正是留学生教育制度的坚持，不仅为中国现代文学的兴起与发展，造就了新文学的先驱者和重要的缔造者，而且使留学生所在国成为中国现代文学的策源地或者诸多现代文学社团流派的发祥地。宗刚教授在新著中虽然也触及留学生教育问题，但没有设专章以民国教育体制的视野来集中论述留学生教育与中国现代文学的重要关系，这不能不说是个遗憾。上述三点，只是我所感的不足，仅供进一步修改时参考。

近十多年，在我看来是宗刚取得博士学位后最忙碌的十年，也是最有成就感的十年。所谓最忙碌的十年，主要是因为扮演了多种角色，在多条战线上拼搏。作为研究生导师，他既要亲自指导硕士生又要指导博士生，并为其开设必修课和选修课；作为《山东师范大学学报》主编，除了做好约稿、编稿、定稿等工作外，还承担着把学报提升到CSSCI来源期刊所要求的总体学术水平，这个压力够重了；作为人文科学的研究者，且不说其承担的省部级研究课题，单就国家社科基金研究项目来说他便先后主持两项，一项刚完成，新的一项又批下来。若是缺乏持之以恒的拼搏精神和坚韧不拔的毅力，那怎能出色地完成如此繁重忙碌的艰难任务？所谓最有成就感的十年，且不说宗刚晋升为正教授，遴选为博士生导师，指导出数量可观的优秀的硕博研究生，其所主编的学报也被评为CSSCI来源期刊扩展版；重要的是，这十年宗刚的科学研究进入生命创造力的爆发期，他并没有总是把全部精力与时间投入民国教育体制与中国现代文学关系的主攻目标，而是以此为研究轴心发散开去，从学术理论研究与文学史料汇编两个相辅相成的维面同时发力，收获颇丰。学术专著出版了《新式教育与五四文学的发生》(2012年，花木兰出版文化出版社)、《中国现代文学史论》(2014年，山东人民出版社)、《中国当代文学史论》(2014年，山东人民出版社)、《行走于文学边缘》(2015年，山东人民出版社)、《父权缺失与五四文学的发生》(2015年，人民出版社)、《民国教育体制与中国现代文学》等6部之多；编选的资料汇编有出版了《炮声与弦歌——国统区校园文学文献史料辑》(2014 年,山东人民出版社)、《杨振声文献史料汇编》(2016,山东人民出版社)、《杨振声研究资料选编》(2016,山东人民出版社)、《郭澄清研究资料》(2016,山东人民出版社)等,他还重新校订了《第三次国内革命战争时期文艺运动资料汇编》;在《文学评论》、《文史哲》等刊物上所发表的百多篇学术论文,有 20 多篇被《新华文摘》、《中国社会科学文摘》、《高校文科学术文摘》以及"报刊复印资料"等转载。这期间不只宗刚独撰的论著三次获得山东省社会科学优秀成果奖一、二、三等奖,他参编的《现代中国文学通鉴》既获得山东省社会科学优秀成果一等奖又获得教育部人文社会科学优秀成果二等奖。

宗刚教授志存高远,追求更高的学术目标。因此,他并不满足已取得的骄人学术成就,更不在意已有的学术地位;而是以"为人第一谦虚好,学问茫茫无尽期"[①]的人生格言,自觉地以虚怀若谷、学无止境的精神,以勤思苦钻、自成其学、师人之长、补己之短、勇于探索、求实求新的风范,去汲取浩茫无际的学问,去攀登无限风光的人文科学险峰。由于宗刚具有这种"学以治之,思以精之,朋友以磨之,名誉以崇之,不倦以终之"[②]的好学勤研态度,又能持之以恒坚持下去,永远进击下去,故而他不仅可以在更高的学术层级上完成新批准的国家社会科学基金研究项目,使第三个逻辑层次的《共和国教育与中国当代文学》的学术成果达到预期的高度,而且也可以实现其所竭诚追求的高远的学术理想,在不久的将来使之变成众人注目的光辉现实!

草于 2017 年 8 月上旬酷暑

---

① 冯梦龙:《王安石三难苏学士》,《警世通言》,天津古籍出版社 2004 年版,第 25 页。
② 扬雄:《学行》,《杨子法言》,上海古籍出版 1989 年版,第 3 页。

跨媒介与超时空

——“白先勇戏剧影视作品研讨会”会议综述

于　迪

（南京大学中国新文学研究中心）

由南京大学白先勇文化基金主办、南京大学文学院协办、南京大学台港暨海外华文文学研究中心承办的“白先勇戏剧影视作品研讨会”，于2021年11月20至21日，在南京大学隆重召开。来自海内外多所高校及研究机构的60余位专家学者参加了此次会议，会议以线上线下结合的方式进行，基于白先勇戏剧影视作品的跨媒介与超时空属性进行多元审视，深入讨论了白先勇的文学文本在媒介转化过程中的实践与理论问题，涉及美学、文化研究、社会学、传播学和视、听觉文化等诸多领域，拓宽了白先勇研究的视野与边界。

白先勇是二十世纪世界华文文学中的著名作家，集中于1960、1970年代的小说创作为他奠定了华文文学史经典作家的地位；自1980年代以来，他的小说作品不断被改编为电影、电视剧、话剧（舞台剧）、现代戏曲等，以多种媒介的样态呈现给读者、观众，扩大并加强了他的影响力，也增加了对他文学作品的多元解读与深入阐释；而2004年开始演出的青春版《牡丹亭》及其一系列的昆曲复兴计划，不仅丰富了白先勇创作的文本内涵，更将他的文学地位与研究价值推向了文化研究与文明史论的高度。在反思西方中心主义与重新理解中国文明秩序、走向“中华文艺复兴”的当下，也正值小说集《台北人》出版50周年之际，对白先勇的文学创作及跨媒介实践进行一个整体性反思与再阐释，显得尤为必要，这也是华文文学研究者必须回应的学术挑战与时代问题。

会议开幕式由南京大学文学院刘俊教授主持，白先勇以视频形式亲自为本次会议致辞，简要回顾了自己小说作品改编成电影、电视剧及舞台剧的情况；南京大学文学院党委书记刘重喜教授现场致辞，生动、形象地介绍了南大文学院学科发展状况和南大台港暨海外华文文学研究中心取得的学术成就。随后，与会学者围绕"兼及古今·跨越媒介：白先勇戏剧影视作品的多元审视"的总议题，从白先勇跨媒介创作中的时空转换、改编创作者的实践经验、多元媒介间的比较互释等不同维度以大会主题发言、分论坛小组发言、青年学者论坛的形式展开了热烈的学术讨论。

一、超越时空的中国经验与文艺复兴

会议的主题发言由六位学者分别从时间、空间的角度，深入探讨白先勇的中国经验表达与中华文艺复兴的实践意义，从更为宏阔的视野给予白先勇再定位与新阐释。白先勇的小说作品被不同程度地改编为电影、电视剧、话剧（舞台剧）、现代戏曲等，每被推出必引发关注与热议，持续影响着当下两岸四地的文学与文化场域。而白先勇的小说作品为何成为影视竞相改编的对象，为何具备当下性，中国艺术研究院丁亚平研究员在大会主题发言《典型如何建构真实：白先勇、影视改编与空间叙事》中认为是因为白先勇的个人经验与文学创作具有"超空间"性。而他的作品影视化，更是借由中国化的典型场景与现代性互融表现，助推其成为影视改编实践过程中的文化文明协商的热点和互动的复杂的中国经验书写的亮点。丁亚平研究员将白先勇作品影视改编中的典型创作识为一种有生命的动力学，它作为历史的一部分，而非外在者，和中国性、现代性和文明性相呼应，体现出独具魅力的艺术真实。

这种“超空间”属性在跨媒介过程中得以更突出的体现，复旦大学梁燕丽教授以《白先勇小说及其影剧改编的上海想象》为题，聚焦于上海空间，将白先勇的小说创作放入海派文学谱系中，将其影视、话剧改编作品作为一种展现上海想象和上海性的路径，从海派文化空间和异托邦空间两个方面入手，探讨白先勇小说及影视改编作品中的都市现代性与审美现代性的议题。

而在中国社会科学院文学所黎湘萍研究员看来，时间比空间更为重要，时间属于每一个人，空间只是表达时间之哀伤的依托。因而他在此次发言《“白先勇时间”与中华文化复兴：从文学到影视的时空旅行》中，提出了“白先勇时间”的重要概念。“白先勇时间”是指从 1937 年白先勇诞生之时，到他以文学创作集中展开的 1960、1970 年代，再到他的影视剧改编、昆曲复兴计划至今，不仅包括白先勇小说中所描述的时间，而且包括白先勇生命历程中观察、感受、体验、表现时间的方法和特质，这是一个超越了白先勇个人的时间，是一种具有历史意义和文化价值的时间，它包含着白先勇所领悟的文化精神和白先勇所创作的艺术世界，上接汤显祖、曹雪芹所开创的新人文主义传统和“五四”新文化精神，下开战后中华文化复兴的大业。白先勇时间的容量大、持续时间长、影响广泛而深远，我们每个人都处在这个特殊的白先勇时间当中。黎湘萍指出，将白先勇放置于具有更深广意义的“中华文化复兴”历史进程中，“白先勇”三个字从一个专有名词，变成一个包含着文艺与文化意义的普通名词，可以用来描述具有世界意义的战后华文文学或者东亚文学的特质，也可以用来阐释中华文化复兴的内涵，赋予了当代人以更深邃、多样、开放的诠释，开启了古典与现代互相融合的人文与美学的新境界。

浙江大学金进研究员也从超越时间的角度，探讨白先勇小说创作与影视改编的精神谱系问题。他首先从白先勇在大陆和台湾文坛的“中心化”与“边缘化”吊诡处境入手，其次着力论述了白先勇在大陆文学界经典化的内外因素，认为白先勇在中国大陆受到青睐，是因为他基于“感时忧国”精神之上的对“文化中国”理念的追求，他的“孤臣孽子”是中国的，是延续中国文学传统的，是延续真正的中国文化的一脉。而白先勇小说与影视改编作品中的历史意识与历史书写，同时也具有人类学研究的意义与价值。

苏州大学朱栋霖教授更是高度评价了白先勇的文学创作成就，认为白先勇是在二十世纪中国文学史上最有资格获得诺贝尔文学奖的，并将青春版《牡丹亭》的策划作为白先勇的一次全方位创作，更从中华文化与美学复兴的意义上去认识与定位白先勇。最后聚焦到越剧《玉卿嫂》，以具体的戏曲改编实例来展现人物塑造与悲剧形态的处理上对传统越剧的超越。

澳门大学朱寿桐教授在《白先勇创作的戏剧资源及其开发运用》中，新颖独到地指出白先勇的人生与写作，都体现出丰厚的戏剧资源，这也可能是白先勇迷恋于戏剧的深刻的心理机制。更进一步，朱寿桐教授归纳总结了白先勇的戏剧作品，通过细致分析其中所运用的突变与情节、渐变与性格的历史、戏剧化的情节解密法与先锋戏剧手法等，来表明理解戏剧性是理解白先勇的一个重要门钥。这样丰富的戏剧资源使得白先勇小说具有天然的戏剧性，他的每一篇小说可以转化为戏剧或戏文的文本，从而也将白先勇与中国戏剧文化做了紧密的连结，开启了从戏剧资源、戏拟效应研究白先勇的新视角。

二、跨媒介转换中的文本流转：从小说到影剧改编

在分组论坛的四场小组发言中，共有二十多位专家学者作了报告。他们主要针对白先勇的小说作品在不同的媒介转换中发生的文本流转所涉及的具体问题进行分析讨论。无论是从小说到影剧的转换，还是改编后所形成的不同艺术形式的呈现，其实都涵盖

了比较的问题，学者们也就不可避免地以比较的视角、以跨学科、跨领域的方法进行分析探究。

在从小说到不同媒介的转换过程中，小说往往被视为原作，影视改编作品则被用以与原作相比较，忠实性问题、女性叙事、不同艺术呈现方式、意义的延展等都是被纳入比较考量的对象。华中师范大学江少川教授将小说《玉卿嫂》作为“母本”，分析比较了从小说到电影、电视、越剧、舞台剧四种不同艺术形式的《玉卿嫂》在转换过程中的得失问题。广西师范大学黄伟林教授选择《花桥荣记》作为分析对象，认为两个版本的话剧《花桥荣记》(2016 年张仁胜编剧版，2017 年广西师大青春版)都对原作进行了忠实性改编，并在思想艺术内涵上做了精妙的延伸。尤其是青春版话剧《花桥荣记》，不仅成为一个新的桂林文化符号，还在文化传承和审美教育方面起着积极的作用。

上海交通大学胡雪桦教授以《白先勇〈游园惊梦〉舞台演出 1988》为题，着重讨论了其父胡伟民导演 1988 年执导的话剧《游园惊梦》怎样将小说文本转换实现为戏剧舞台演出的核心问题，其中涉及了如何将中国传统戏剧的美学转化到现代舞台上、文学中的现代主义观念怎样与戏剧中的现代表现技法相融、怎样加强演员在舞台上的创造性和怎样强化舞台艺术的剧场性等话剧实践与理论问题，并将此次话剧演出作为话剧民族性和现代化探索的经典案例。同样，徐俊导演也以亲身改编的实践经验深入探讨了戏剧、电影在由小说转换过程中的人物塑造与语言展现问题，以《说上海话的尹雪艳》为题，重点介绍了沪语话剧《永远的尹雪艳》(2013 年)的改编原则与创作宗旨，更兼及越剧《玉卿嫂》(2007 年)、越剧电影《玉卿嫂》(2012 年)的实践经验，从假定性戏剧理论与中国戏曲的写意原理的共性出发，探讨中国戏剧的现代发展方向。

除从整体比较与宏观把握外，还有不少学者从具体微观的视角对小说原作与改编作品进行细致比较，既有精到的文本细读，又展示了丰富多元的阐释主题。温州大学孙良好教授聚焦于情欲书写，分析比较了白先勇小说与其改编的戏剧影视作品中对于情欲主题的不同表现方式，其中包含情欲主角的形象塑造问题、音乐、色彩、气味等细节处理与情欲氛围的营造等诸方面。香港大学赖庆芳讲师以《究论白先勇的美人观点及承传——以〈金大班的最后一夜〉〈永远的尹雪艳〉等小说及影视作品为例》为题，主要将白先勇小说中对美人形象的描述与影视剧女主角形象的展现做对照，深入探析了白先勇的审美观点，并将其放入古代文士的美人观点传统中，论证其承传关系。上海教育出版社施云编辑的《何为“女人”？为何“女性”叙事——管窥〈孤恋花〉小说及电视剧改编》则从现代女性立场出发，以叙事学视角，探讨《孤恋花》从小说到电视剧改编过程中，白先勇和导演曹瑞原不同的“女性”叙事立场，通过“我”和“他”的叙述话语建构以不同的媒介完成不同的叙事使命。

在小说文本转换为电影、电视剧的影像过程中，时间与空间是最能体现跨媒介不同表现形式的两个重要维度。中国矿业大学朱云霞副教授抓住了空间呈现这一角度，在《论白先勇小说电影改编中的空间构设及其文化——以〈最后的贵族〉和〈花桥荣记〉为分析对象》中考察了小说原作的“时空意识”如何通过电影的空间构设得以呈现或拓展，在具体分析中注重辨析文本跨界所产生的张力及新意义的衍生，进一步思考白先勇小说电影改编的意义和影响。而北京联合大学王璇讲师着重于电视剧《一把青》文本中的历史叙事与时间意识，她在《历史错位与解构离散——论白先勇小说〈一把青〉的影视改编》中指出，与原作小说相比，电视剧在改编中由于混乱的镜头语言、有意误读的历史而造成了历史叙事的错位与反转，进而引发作品主题的变化，解构了原作中的离散主题，让原本厚重的历史叙事成为以虚假的历史感博眼球的噱头。同时，也深入探析了这一转换背后的不同社会文化思潮差异及历史认识差异。而大连理工大学戴瑶琴副教授更是从意象群落、历史观念、悲剧性表达、繁简转换的创收手法等诸方面将白先勇的小说《谪仙记》及影视改编作品归纳为“飘”的微粒性与波动性美学，深入探讨了白先勇文本中的“无根”主题与抒情艺术，在与影视改编的可视化文本相较中，更加凸显了白先勇动态处理抒情与以共情介入的价值与意义。

在改编中，除将文字可视化外，还涉及听觉艺术的转换与实现。浙江师范大学俞巧珍讲师就从听觉样态的角度，在论文《时代曲与救亡歌：白先勇小说影视化过程中的乐曲文化》中考察白先勇小说在影视改编中插曲的叙事功能，尤其是《孤恋花》、《一把青》、《金大班的最后一夜》等几部本身蕴含着丰富乐曲因素的小说，在改编过程中，通过音乐流动传达关于“情”的经验、“家”的议题、“国”的脉络的影视叙事肌理。

三、多元媒介间的比较与互文

除考察从小说文字到影视图像转换的过程中所发生的各种衍异现象，许多学者还从不同媒介改编后的影像文本入手，横向比较不同媒介文本间的差异与特质。浙江越秀外国语学院钱虹教授的论文《两岸并蒂莲，梦同戏有别——评话剧〈游园惊梦〉的两个不同版本》，就细致比较分析了1980年代初台湾版话剧《游园惊梦》和1980年代末由胡伟民导演执导的大陆版话剧《游园惊梦》的舞台呈现、主题意蕴、艺术效果等诸多方面，并指出“戏内套戏，梦中蕴梦”是台湾版和大陆版话剧《游园惊梦》的最突出的特色，但二者在呈现方式和舞台效果上存在着极大的不同。新加坡华文作家何华聚集台湾和大陆两版的话剧《游园惊梦》的比较分析，认为台版《游》剧在运用多元媒体和女主角卢燕的大段独白设计上独具新意，大陆版《游》剧在吸收台版经验的同时，也有自己独特的理解和处理方式，尤其是下半场对“现代剧场”的运用和女主角华文漪现场演唱昆曲《游园惊梦》的设计，点出了“人生如戏，戏如人生”的主题意蕴。

江苏师范大学刘东玲教授的论文《电影〈孽子〉与〈孤恋花〉身份叙事比较》围绕“身份认同”这一议题将电影《孽子》与《孤恋花》进行比较研究，认为二者都有对于人物同性恋身份的表演，但《孽子》强调同性恋这一少数群体寻求社会身份认同的艰难，《孤恋花》则相对掩饰对这一身份的认同。香港都会大学助理教授郁旭映则以电影《最后的贵族》和电影《花桥荣记》为研究对象，分析比较两部电影的贵族视角与平民视角之差别，在叙事基调上也存在着出世的悲怆与世俗的无奈之别。其中，电影《最后的贵族》用群体的世俗生活来凸显贵族个体（李彤）在失去原乡之后的自我放逐，而《花桥荣记》则以平民个体视角来描述离散群体的沦落过程。最后，郁旭映认为前者是谢晋从“谢晋模式”突破的转型之作，而后者是白先勇作品改编的影视作品中少见的“黑色幽默”之作。

在跨媒介改编中，常常将小说与影视剧视为不同的文本形态，但在互文性理论视域中，任何文本都处于与其他文本的相互关联中，符号的意义则在文本的交织中演变、发展。江苏师范大学王艳芳教授从互文性理论出发，将白先勇的小说《游园惊梦》、舞台剧《游园惊梦》和昆曲青春版《牡丹亭》视为一种原文本的存在，而将汤显祖的《牡丹亭》视为不断被引用、借鉴、嵌套、隐喻的潜文本。如此，“游园”、“惊梦”不仅构成各自文本的重要部分，成为叙事推进的情节关键，而且还重塑了人物性格及其精神特质，深度渲染了故事的氛围和情调，更诠释了创作者对于兴衰质变、家国离散的情感文化意蕴。经由此路径，便可将白先勇创作与中国古典文本中以“儿女之情”寄“兴亡之感”的经典一脉相联结，同时也完成了对中国传统文学经典的复活与重新创造。

四、"昆曲新美学":传统戏曲的当代复兴

自 2004 年在台北首演以来,昆曲青春版《牡丹亭》在包含两岸四地在内的全世界范围内演出数百场,以及后来陆续制作的新版《玉簪记》、《白罗衫》、《红娘》等,成为重要的文化事件,影响深远。而白先勇作为策划人,从选角演员、讲戏排戏、剧本改编、舞美设计等各个环节都亲自参与,现代与传统相结合的制作理念与白先勇个人的文学创作理念也相一致,于是,青春版《牡丹亭》也可视为白先勇本人的一次全方位的创作与实践,本着"尊重传统而不因循传统,运用现代而不滥用现代"的美学方向,包括青春版《牡丹亭》在内的这一系列昆曲实践被称为"昆曲新美学"。《新民周刊》记者王悦阳就从青春版《牡丹亭》到新版《玉簪记》的"移步不换形"和"整旧如新"、"整新如旧"的成功经验,来审视白先勇本人的昆曲艺术观,并概括为"情与美的青春表达"。而苏州昆剧院著名表演艺术家也是青春版《牡丹亭》春香的扮演者沈国芳更是从实际表演与参与经验层面,介绍了白先勇在排戏过程中对演员的人物意识形态培养,并在讲戏中解释对人物、情节乃至服装设计的安排意图,其中,白先勇认为《游园》中春香穿绿色就是春天的象征,春香已经不是一个具体的人物,已经上升为一种意境的存在。这些都表明青春版《牡丹亭》中处处浸透着白先勇的艺术理念与创作原则,以及白先勇本人的人格力量与文化诉求。

东南大学张娟副教授的论文《传统复兴与中国经验——海外视野下的白先勇青春版〈牡丹亭〉改编与传播》首先详细统计了青春版《牡丹亭》的海外演出场次,其次归纳总结了青春版《牡丹亭》"昆曲新美学"在三个层面上的美学范式:跨界的艺术融合、传统与现代的统一、高雅艺术与平民欣赏的结合,最后定位于青春版《牡丹亭》作为文化输出的中国经验,指出白先勇是借助昆曲的复兴,

在世界视野下寻找失落的文化认同，重塑中国的文化自信，再用自己的文化影响世界，推动一种新的文化形态的建构。

2021年6月电影《牡丹还魂——白先勇与昆曲复兴》在上海放映，记录讲述了青春版《牡丹亭》诞生的故事，以及围绕"青春版"《牡丹亭》推动昆曲传承的幕后细节。盐城师范学院王晶晶副教授在《从电影〈牡丹还魂〉看白先勇的传统与现代》中认为在电影中可以看出白先勇的现代精神，尤其是平等精神和实验主义的态度，主要是指：对传统的改变、创造，使之与现代融合；"去精英化"的昆曲传承之路；"进行"即"目的"，演出的过程就是培养演员、观众，传承昆曲的过程，本身即是成就。白先勇是在中国文艺复兴的绝大视野与绝高境界中致力于昆曲事业的，而电影《牡丹还魂》更是把青春版《牡丹亭》置诸更大的背景——昆曲百年甚至几百年的兴衰来考察，借此思考世界文化与人类文化视野中的中国文艺复兴。

五、青年论坛：跨媒介视域下的文本、历史与文化研究

为了给青年学者提供学术平台，此次会议特设青年学者论坛，共有香港大学、南京大学、香港都会大学、香港浸会大学、马来亚大学、南京师范大学、厦门大学、暨南大学等海内外高校的20余位青年学者参与了讨论。所提交的论文涉及多种媒介的改编与转换，同时展现出文本、历史与文化研究多元结合的新趋势与新气象。

白先勇创作于1966年的短篇小说《一把青》在2015年由导演曹瑞原改编成同名电视剧，从万字小说到31集电视剧，其中的丰富内涵与媒介转换具有非常大的探讨空间，因而本次青年论坛有多篇论文都是以电视剧《一把青》为探讨对象，展开了多方面、跨学科、跨领域的分析论述。其中，南京大学博士研究生马海洋的论文《增衍叙述下〈一把青〉的创伤呈现与情感政治》就是以小说到电视剧改编过程中的"增衍叙述"为切入点，认为电视剧《一把青》补足

了小说中的留白内容,并呈现了从抗战结束到1980年代中国两岸的历史,即一个台湾版的战争故事。同时,电视剧以罗曼史和家国史的相互指涉展现出中国特定历史时间的创伤记忆,并将情感政治指向一种对于创伤的弥合与救赎,开启了对于创伤的问责机制,但又以“告别政治”的口吻表达救赎,显示出一种立意与结局之间的自我消解。南京大学博士研究生卢军霞的论文《论电视剧〈一把青〉的战争叙事与创伤体验》也是聚焦于战争历史背景下离散者的创伤体验,以电视剧为分析文本,指出电视剧高举人性与反战旗帜,用生动影像再现战争历史的残酷,以反衬当今珍惜和平、反思暴虐的时代强音。而广州大学硕士研究生蒋妍静的论文《战争历史空间下的女性生存图景呈现——论白先勇小说〈一把青〉改编电视中的女性叙事》则着重于女性叙事,分析电视剧以女性为叙事主体、展现女性生存困境是怎样对历史革命题材影视作品的限制进行突破的。中南财经政法大学硕士研究生罗欣怡较为全面地归纳总结了电视剧《一把青》在人物形象、视听语言和主题思想方面的成功改编之处,厦门大学硕士研究生易文杰则更进一步将电视剧《一把青》对小说的改编概括为从文化诗学到历史诗学的转换,同时指出治愈“内战—冷战”结构下两岸离散的伤痕,不仅是白先勇小说创作及其影视改编留下的宝贵经验,也是海峡两岸知识人共同的责任。此外,南京师范大学陈晓讲师的论文《荡妇与移民:离散主题与〈东山一把青〉的跨媒介改编》别出心裁地以歌曲《东山一把青》为切入点,聚焦创作本身所凝聚的灵感、经验及时代记忆,梳理了《一把青》创作的“后传”和“前史”,指出小说《一把青》与作为电影《血染海棠红》插曲的《东山一把青》之间跨媒介的姿态以及二者所具有的同题异构的关系,由此构筑了个体身份在性别、文化及社会群体结构中的多重边缘性:女性身份、作者身份与移民身份。最后,面对去国怀乡的离散主题,《一把青》的创作指向了敞开式的地带,从而具有时代性与超越性。

小说《花桥荣记》被改编为电影、电视剧，也引发了许多青年学者的关注与研析。南京大学博士研究生于迪的论文《〈花桥荣记〉的桂林叙事：从影剧改编到小说的再解读》以桂林叙事为切入点，将改编而成的话剧、电影《花桥荣记》作为对小说文本的二度阐释，而话剧《花桥荣记》又是对电影的摹本，以一种嵌套逻辑重新对小说文本进行解读。在电影中，桂林作为一个前景，是自然状态下的风景；而在话剧中，桂林是叙事的主体，是一个极具地方感的存在。而如若将桂林放入民族区域的视野中，就会发现小说文本中呈现出现代民族国家建构过程中的民族主义与地方主义的症候，从而将《台北人》系列小说纳入现代中国的视野中。南京师范大学博士研究生姚刚同样聚焦话剧《花桥荣记》，从改编的具体方式入手，细致分析了从小说到话剧进行文本转换过程中所使用的变形、扩充、新增等方法，开辟出较之于原著的陌生空间，为观众带来“熟悉（小说意旨）——陌生（话剧舞台）——再熟悉（乡情）”的观剧体验，实现观演关系的两性互动和乡情表达的深化。而南京大学博士研究王云杉则从乡土叙事的角度切入，将小说与话剧《花桥荣记》放入乡土文学的谱系中，认为两种文本建构了理想化的乡土世界，扩大了乡土叙事的精神空间，但同时指出二者没有认识到“故乡”与“他乡”的辩证关系，很难建立起缓解乡愁的情感机制，从而降低了乡土伦理的审美价值，从而对白先勇的文学经验进行了批判性思考。

《最后的贵族》是1980年代末期由谢晋执导、由小说《谪仙记》改编而来的电影，南京大学博士研究生戴水英的论文《从“家国”到“原乡”——从电影〈最后的贵族〉的改编看“谢晋电影模式”的转型及成败》就是在谢晋半个世纪的电影创作生涯的横向维度和电影与文本的差异纵向维度上，探讨《最后的贵族》作为“谢晋电影模式”的转型和成败，并进一步指出《最后的贵族》突破了“谢晋电影模式”的政治正确的“家国”叙事策略，走向了心灵“原乡”的寻找，但保留了大量传统戏剧叙事的痕迹，是其转型过程中审美性阻力的体现。暨南大学硕士研究生王天然则从人物塑造的层面，主要分析了电影对李彤这一角色形象的改编，通过增加恋爱、艳情与世俗的逻辑，冲淡了“谪仙”的哲学意义，而她的流放、离散与死亡影射了中国性的失落。南京大学硕士研究生周孟琪则以《转型时代的文化症候——基于电影〈最后的贵族〉的考察》为题，着重于电影《最后的贵族》的产生历程，展现了1980、1990年代之交复杂的大众心理和社会文化图景。通过对电影的生产和接受过程进行的史实梳理和分析，来考察1990年代前期大陆的文化激荡的时代境况。

白先勇长篇小说《孽子》曾被改编为电视剧、舞台剧、电影等多种艺术形式，也引来较多关注。南京大学博士研究生崔婷伟的论文《论白先勇的同性恋文学创作及影响》从白先勇的同性恋文学创作出发，首先指明白先勇是汲取《牡丹亭》与《红楼梦》的养分，借鉴郁达夫和田纳西·威廉斯的同性恋文学作品，并融合自身独特的生命体验及悲天悯人的情怀，正面深入刻画同性恋者的情感世界和生活形态的。其中，长篇小说《孽子》被改编为电影、电视剧、舞台剧等多种艺术形式在中外多地上演，更扩大和加深了白先勇同性恋文学在华人社会的影响。香港浸会大学硕士研究生庞鹤以2014年舞台剧《孽子》为研究对象，从视觉与听觉两个角度进行分析，展示视听元素增加后所发挥的情感指向、节奏把控以及意蕴象征作用。厦门大学硕士研究生阮雪玉以2003年版电视剧和2014年舞台剧为主要对象，研究《孽子》的跨媒介改编如何用不同的艺术形式表现原作中的“人伦”内涵，以及同性恋群体与这一内涵的关系。

除了电影、电视剧、舞台剧之外，白先勇的小说作品还被改编为越剧。南京大学硕士研究生刘垚就以越剧《玉卿嫂》为对象，从叙事方式、舞台艺术、人物形象、主题意蕴四个方面出发，讨论此剧在对原著改编过程中的得与失。此外，白先勇与昆曲的现代化也是此次论坛讨论的重点。南京大学本科生卢李响的论文《青春常在——白先勇〈牡丹亭〉与戏曲现代化》将白先勇的戏剧改良观念归纳为“青春”的宗旨，而这种宗旨又与持续的戏曲现代化讨论有互文之处：支持对传统戏曲做创新性处理；在故事叙述上寻求新的形式与媒介；整体的商业化趋势。马来亚大学博士研究生耿雪云的论文《回余温，醅新酒——昆曲新编戏〈白罗衫〉的改编与创新》则关注于昆曲新编戏《白罗衫》，从《白罗衫》故事改编的整体架构入手，再具体到主、配角设定、人物形象进行由表及里的分析，并从西方戏剧美学的角度对命运的注定性做了真实的探讨，也表达出创作者抛弃旧戏传统伦理道德观以及礼法与亲情问题的思考，极具现代人文主义情怀。

此外，南京大学博士研究生霍超群从特殊的媒介——有声剧《台北人》出发，探讨白先勇小说集《台北人》的听觉化改编策略，指出有声剧通过听觉影像化、音色形象化、同构联觉、声音蒙太奇四个策略“转译”小说原著，故事世界经由声音媒介的多元表达，呈现出更加立体、丰富的“风景”，也对于思考视听时代文学经典的生存之道有重要的启示意义。而云南大学马峰讲师和南京大学博士研究生吴麟桂都聚焦于纪录片电影《姹紫嫣红开遍：白先勇》，分别从内容思想与叙述形态两个方面来探讨白先勇的生命历程、文化理想与传记呈现。

刘俊教授在大会总结中，指出这次会议在白先勇研究领域体现出“再深入”、“跨领域”、“青春气”和“国际化”的特点。“再深入”是指这次会议的议题将白先勇的研究从小说散文的领域推广到了戏剧影视领域；“跨领域”是指会议论文很多都呈现出跨学科跨媒介的特质；“青春气”是指这次参会的青年学者成了半壁江山，为白先勇研究带来了新锐的朝气和青春的活力；“国际化”是指这次会议有马来西亚、新加坡、美国、丹麦等国的学者参与，可以说是一次国际学术研讨会。相信这次会议及其成果，必将成为白先勇研究中的一座重要里程碑。

图书在版编目(CIP)数据

中国现代文学论丛 / 张光芒主编. —南京 ：南京大学出版社，2022.11

ISBN 978-7-305-26293-7

Ⅰ. ①中…　Ⅱ. ①张…　Ⅲ. ①中国文学—现代文学—文学研究②中国文学—当代文学—文学研究　Ⅳ. ①I206.6

中国版本图书馆 CIP 数据核字(2022)第 219811 号

出版发行　南京大学出版社
社　　址　南京市汉口路 22 号　　邮　　编　210093
出 版 人　金鑫荣

书　　名　中国现代文学论丛
主　　编　张光芒
责任编辑　郭艳娟　　编辑热线　025-83686659

照　　排　南京开卷文化传媒有限公司
印　　刷　南京百花彩色印刷广告制作有限责任公司
开　　本　635 mm×965 mm　1/16　印张 22　字数 300 千
版　　次　2022 年 11 月第 1 版　2022 年 11 月第 1 次印刷
ISBN　978-7-305-26293-7
定　　价　78.00 元

网　　址　http://www.njupco.com
官方微博　http://weibo.com/njupco
官方微信　njupress
销售热线　025-83594756
